लहू बोते मानव

शांति को तरसती, रूस-यूक्रेन युद्ध की एक कहानी

AF836062

मयंक तोमर

BlueRose ONE.com
Stories Matter
NewDelhi • London

BLUEROSE PUBLISHERS
India | U.K.

For permissions requests or inquiries regarding this publication, please contact:

BLUEROSE PUBLISHERS
www.BlueRoseONE.com
info@bluerosepublishers.com
+91 8882 898 898
+4407342408967

ISBN: 978-93-5989-131-6

Cover design: Mamta Arya
Typesetting: Tanya Raj Upadhyay

First Edition: March 2024

समर्पित

यह उपन्यास स्वर्गीय श्री मेजर रणवीर सिंह तोमर (बाबाजी) एवं स्वर्गीय श्रीमती हीरा देवी तोमर (दादीजी) के द्वारा दिए गए प्रारंभिक संस्कारों शिक्षा और सत्य के प्रति उपजाये विश्वास के बल पर आज दुनिया में जगह-जगह व्याप्त अशांति, हिंसा और युद्धों की पीड़ा झेल रहे वैश्विक जन समुदाय को इस आशा के साथ समर्पित है कि वे उन पुराने प्रतिमानों से किनारा करेंगे जो विभेद ओर हिंसा को जन्म देते हैं।

आभार

हर मनुष्य अपने जीवन काल में कई तरह के भावों का सृजन करता है और वास्तविक रूप में हर मनुष्य की नींव सृजनात्मकता का एक अलग पहलू है। मेरे जीवन में सकारात्मक सृजन का निर्माण मेरे आस-पास के लोगों से हुआ है। सही अर्थों में यही लोग इस उपन्यास के वास्तविक रचियता हैं, मैंने तो मात्र शांति और प्रेम के भावों को छानकर लिख दिया है। अनिर्मित स्वरूप में यह उपन्यास इन्हीं लोगों का है।

मेरी माँ श्रीमती नीलम तोमर ने शुरू से ही मुझे लिखने के लिए प्रेरित किया और मैं लिख सकता हूँ, यह पहला विश्वास उन्हीं का दिया हुआ है । शायद मेरे अंदर कई कहानियों को देखा होगा पर यह कहानियां प्रेम की कविताओं से होते हुए सामाजिक परिपेक्ष्य और तत्पश्चात आवाम के मौलिक सवालों तक पहुँची मेरे पिता श्री हरीश तोमर जी की वजह से । मैं और वे दोस्त ज़्यादा हैं और जब कोई आपकी उम्र से काफ़ी बड़ा मित्र होता है तो आप ज़िन्दगी के फ़लसफ़े जल्दी समझने लगते हैं । इस उपन्यास में विचार विज्ञान उन्हीं की देन है। मैं उपन्यास के रचयिता के तौर पर अपने माता-पिता जी को धन्यवाद तो देना चाहता हूँ पर एक पुत्र के तौर पर सोचता हूँ तो लगता है शब्द उनके आभार के लिए कम पड़ेंगे। फिर भी माताजी और पिताजी का बहुत-बहुत धन्यवाद मेरे अंदर समानुभूति को रोपित करने के लिए जिसके सहारे में युद्ध से घिरे लोगों की पीड़ा को समझ पाया।

एक अच्छी वैचारिक नाव का मुख्य चरित्र ये है कि वह संलाप को सही दिशा में खेने का कार्य करे । मेरी धर्म पत्नी डॉ. ममता ने यही कार्य किया है, उपन्यास के स्फुटन से लेकर उसके वृक्ष बनने तक उन्होंने मेरे विचारों की कई

जगह सकारात्मक आलोचना की और फलस्वरूप उपन्यास में विभिन्न विचार एक साथ आज़ादी से साँस ले रहे हैं। उपन्यास को लिखने में जो अनगिनत घंटे लगे और उस समय मेरी जिम्मेदारियों का निर्वहन करने के लिए मैं तुम्हें भी कृतज्ञता ज्ञापित करता हूँ।

उपन्यास को लिखने के कई कारणों में से एक कारण मेरा यह सोचना भी था कि आखिर इस दौर में जहाँ बच्चा पैदा होने के तुरंत बाद बाज़ार की गिरफ्त में आ जाता है जिसका नतीजा यह है कि हम सब एक ऐसे समाज की तरफ बढ़ रहे हैं जहाँ भाव सिर्फ अर्थ से उपजे हुए हैं। मेरी बेटी के जन्म ने मुझे इस कर्तव्यबोध से अवगत कराया जिसमें हमारी भावी पीढ़ी को अर्थ की कैद से मुक्त कर संवेदनाओं से लिप्त करना है| अतः कहीं-न-कहीं यह किताब मेरी बेटी त्रिअम्बिका के लिए भी है। शायद यह किताब उसे प्रेम से ओतप्रोत एक वैश्विक नागरिक बना पाए।

जब इस उपन्यास पर मैं काम कर रहा था तो काम के बाद मेरे मित्रों ने मुझे तनाव से काफी दूर रखा जिसके कारण मैं एक नवीन परिप्रेक्ष्य के साथ इस उपन्यास को लिख पाया । मैं ईशा जी, निहाल जी, शिवानी जी, रेनू जी, रजनी जी, डॉ.राहुल सिरोही जी, डॉ.राकेश एम कृष्णन जी, डॉ.राकेश राय जी, डॉ संजना जी, स्वाति शास्त्री जी अभिषेक कुशवाह जी और एकता का शुक्रगुज़ार हूँ जिन्होंने मेरा इस बौद्धिक यात्रा में साथ दिया।

किसी भी उपन्यास का जन्म लंबी और कभी न खत्म होने वाली चर्चाओं से होता है, मैं डॉ. दिवाकर शर्मा, डॉ. संतोष सिंह चौहान, सतीश सिंह चौहान जी, और डॉ. यासर अराफात, डॉ. मनु, डॉ. स्मृति और परीक्षित जी को अपनी कृतज्ञता समर्पित करता हूँ जिन्होंने अपना अनमोल समय मुझे दिया और मुझमें युद्ध से इतर विचार रोपित किये।

हर व्यक्ति चाहे वह लेखक हो या कोई और, वह एक उत्पाद होता है और इस उत्पाद का समाजीकरण उसका परिवार करता है। मैं अपने पूरे परिवार का आभारी हूँ कि उन्होंने मेरा समाजीकरण इस तरह किया कि मैं बड़े लक्ष्य और बड़े मिशन (शांति की स्थापना) को एक तात्कालिक आवश्यकता के रूप में देख पाया। मैं गिरीश तोमर जी, राजेश तोमर जी, अर्चना सेंगर जी, श्रीश सेंगर जी, सरिता तोमर जी, कल्पना तोमर जी, आरती तोमर जी मनुराज प्रताप सिंह जी, शशांक तोमर जी, अनामिका तोमर जी और अनुष्का तोमर जी का आभार प्रकट करता हूँ।

अंत में मैं अपने सभी अध्येताओं को साधुवाद देना चाहूँगा विशेषकर अभिज्ञान जी, अंजली जी, अनिशा जी, राजप्रिया जी, आरीशा जी और श्रेया जी जिनके कारण मैं अपनी बात लोगों तक पहुंचा पाया, जिन्होंने मुझे पल-पल नए-नए साधनों से अवगत कराया जिस से मैं अपने इस उपन्यास को लोगों के बीच रख पाऊँ।

इस किताब के प्रकाशन के सफ़र में ब्लूरोज प्रकाशन ने हर कदम पर मेरा साथ दिया और मेरे विचारों को एक पटल दिया... विशेषकर कशिश जी, साक्षी जी और राशिद जी, जो मेरी पुस्तक के संपादक भी हैं, मैं सभी का बहुत आभारी हूँ क्योंकि कहीं न कहीं ये सभी मेरे इस सफ़र में सम्मलित हैं, इनके बिना यह सफ़र इतना सुगम नहीं होता।

नोएडा

26/02/2024

मयंक तोमर

शांति की एक आवाज़

युद्ध क्यों? यह उपन्यास मैं अपने सुधी पाठकों को अर्पित करता हूँ, जो इस उपन्यास की सघन अमानवीय पृष्ठभूमि में जाकर उस मानवीय त्रासदी को महसूस कर पाएं और एक नई शांति और सहयोग से भरी दुनिया के लिए अपने हृदय में शांति की गहन चाह में डूबी उन आवाजों को जन्म दे सकें जिनकी आज समूची मानव जाति के अस्तित्व को ज़रुरत है।

हमारे चारों ओर मौजूद भयभीत मानवीय उदासीन संवेदनशीलता को आज एक वैचारिक संबल और शांति के मजबूत इरादों से भरी सोच की ज़रुरत है। बेहतर समाज के लिए बेहतर शिक्षा और शांति का वातावरण आवश्यक आज़ादी के रूप में देखा जाना चाहिए। शांति से आच्छादित विचारों के बल पर ही कल की सर्वसमावेशी दुनिया का जन्म होगा। विनाशकारी इतिहास की समूचे विश्व में तेज़ होती जा रही गति की यह उपन्यास मात्र एक झलक भर है। तमाम विनाश की कहानियाँ विश्व पटल पर आज चारों ओर बिखरी हुई हैं, उन्हें देखकर खामोश रह जाना, विनाश के कारणों से दूर खड़े रहना, मानव सभ्यता को सँजोने की राह में एक रोड़ा ही है। हम सब मिलकर उठें और एक मानव हित में खड़ी विश्व शांति की बात करें क्योंकि असलियत से मुँह मोड़ना शुतुरमुर्ग की तरह रेत में मुँह छुपा लेने जैसा ही होगा।

मैं भली-भांति जानता हूँ मेरे जैसे कुछ और लोगों के इस तरह के उद्यमों से क्या होगा? शांति की आशा को बलवती करने के लिए तो हमें समूचे वैश्विक समाज के सहयोग से परिपूर्ण, ईमानदार, सारगर्भित उद्दम प्रवाह चाहिए। मेरी आँखें और हृदय इस शांति की आवाज को बुलंद करती आवाजों की तलाश

में जीवनपर्यन्त बनी रहेंगी और उन सभी का हृदय से आभार मानेंगी, जो इस आवाज़ के झंडे को दुनिया भर में बुलंद करने का काम करेंगी।

यूँ तो सत्य और न्याय के लिए कोई शास्त्र संगत आधार ढूंढना आज की दुनिया में कुछ असंगत सा ही दिखता है, फिर भी समूचे मानव समाज की हिफाज़त के लिए उँगलियाँ उठाना कोई अधर्म का कार्य तो नहीं ही होगा?

मेरा काम किस्म-किस्म के तंत्रों में तमाम असुविधाओं, पीड़ाओं, और तिरस्कारों को झेल रहे जनवृत्त को आगाह करना है जिसके लिए इस भूमंडल का हर एक कोना शांति और जीवकोपार्जन की दृष्टि से महत्वपूर्ण है, जिसपर उसकी भावी पीढ़ियों का भविष्य आश्रित है। आज मानव और उसके पर्यावरण की सुरक्षा को शांति और समूची मानवता को लक्षित करके ही हासिल किया जा सकता है।

युद्ध की बुनियाद बरसों से सामाजिक सन्दर्भों में फैले और फैलाए गए उपलब्ध विभेदों के आधार पर प्रबुद्ध स्वार्थी वर्गों के लोगों द्वारा तैयार की जाती है जिसमें हमारी सहमति और असहमति हमारी शिक्षा और मानवीय इतिहास की समझ में उपलब्ध गुण, दोषों और कमियों पर निर्भर होती है। इसके मूल में मानवीय गुण नहीं, संकीर्णता विद्यमान होती है। दिमागों में बदलाव लाये बगैर आचार-व्यवहार में बदलाव नहीं लाया जा सकता। यही वो बिंदु है जहाँ सही शिक्षा की ज़रुरत होती है, जिसमें निहित ईमानदारी सिर्फ और सिर्फ सही दिशा में मानवता को निर्दिष्ट करने में संलग्न हो।

यह उपन्यास एक ऐसी मानवता को समर्पित निर्मिती है जो युगों-युगों तक जन्म लेती रहेगी जब तक हम अपने रास्तों को मानवीय समाधानों से आच्छादित नहीं कर लेंगे क्योंकि आज और अभी यह युद्ध और उपजे सवालों को उठाता यह उपन्यास समग्र रूप में मानव अस्तित्व की सुरक्षा में खड़ा चेतावनी देता वैश्विकजनों के लिए विचारमनन का आह्वान है।

शांति और मानवता के लिए कमज़ोर पड़ती कोशिशों का सर्वाधिक खामियाज़ा वैश्विक स्तर पर गरीब, किसान, मजदूर, औरतों और आम आदमी को भोगना पड़ता है। युद्ध में लिप्त राज्यों का जनकल्याणकारी ढाँचा धीरे-धीरे स्वतः ही ढह जाता है।

मैं जानता हूँ मेरा सामर्थ्य और साधन नगण्य है इसलिए मेरे पास समूचे विश्व के जनमानस को आवाज़ देने के सिवाय और क्या है!

महात्मा गांधी जी, मार्टिन लुथेर किंग और नेल्सन मंडेला की महान आत्माओं को आदर सहित।

मयंक तोमर

1

ज़िन्दगी की खाद और पानी ज़िन्दगी का भय है।

खारकीव (यूक्रेन)

23 फरवरी 2022

इंसान युद्ध के पहले युद्ध की भयावहता और युद्ध की निर्ममता को माप ही नहीं सकता। ये नज़रअंदाज़ करने की कला मनुष्य को जीने का बल देती है, वो भी तब जब युद्ध आपकी सीमा पर हो। लाशें, तबाही और ख़ौफ़ के साये में यकीनन युद्ध के इन कारिंदों से निपटने के लिए ज़िन्दगी ने नज़रअंदाज़ करना सीखा होगा। शायद इससे ज़िन्दगी पर इनका असर कम हो, कुछ समय के लिए।

एक बड़े से चौकोर काले गेट के सामने एक लड़की खड़ी है। गेट के ऊपर काला चमड़ा चढ़ा हुआ है और गेट के ठीक सामने काली कमीज में चार बाउंसर खड़े हुए हैं। थोड़ी सी ही दूरी पर बुकिंग काउंटर है जिसके पीछे एक लड़की खड़ी है और उसके पीछे काले गेट पर सफेद लाइट में चमकता 'यूफोरिया नाईट क्लब' लिखा हुआ है । एक लड़की ठीक बुकिंग काउंटर के सामने आकर खड़ी हो जाती है ।

लड़की ने कानों में इयर फ़ोन लगा रखे हैं पर आवाज़ इतनी तेज़ है कि बाहर तक आ रही है।

लड़की भी साथ-साथ गाना गुनगुना रही है "दूजे के होंठों को, देकर अपने गीत... कोई निशानी छोड़, फिर दुनिया से डोल.... इक दिन बिक जायेगा... माटी के मोल ।"

बुकिंग काउंटर के पीछे खड़ी लड़की ने कहा, "आपका स्वागत है यूफोरिया नाईट क्लब में। क्या मैं आपका नाम जान सकती हूँ?"

उसे बुकिंग काउंटर वाली लड़की के सिर्फ होंठ हिलते हुए दिखे। उसने अपना एक इयर फ़ोन उतारा और कहा, "क्या जानना है आपको?"

“आपका नाम क्या है?”

इस बार उसने सुन लिया... उसका प्रश्न और उत्तर देने से पहले दूसरा इअर फ़ोन भी उतार लिया और अपने हाथों में पकड़ कर कहा, ‘सन्धि’ नाम है मेरा।” यह कहते हुए उसने अपने दोनों हाथ ओवरकोट की जेब में डाल लिए।

उसने कहा, “आपके साथ एक बुकिंग और है।”

“हाँ है, पेत्रोविच नाम है उनका... वो बस आते ही होंगे। मैं उन्हीं का इन्तज़ार कर रही हूँ।”

वाक्य खत्म होते ही एक नौजवान की आवाज़ आयी जो दौड़ते हुए आवाज़ दे रहा था।

“सन्धि... सन्धि।”

आवाज़ के साथ ही अचानक सन्धि के चेहरे पर मुस्कुराहट आ गयी जैसे खारकीव की लोपान नदी में बारिश हुई हो और नदी में उत्पन्न तरंगे सन्धि के होठों तक पहुँची हों।

सन्धि ने थोड़े से गुस्से के साथ कहा जो कि सिर्फ दिखाने के लिए था, “हम दोनों में से कौन गर्लफ्रैंड है, मैं या तुम। हमेशा मैं ही तुम्हारा इंतज़ार करती हूँ। देर से क्यों आये?”

पेत्रोविच ने कहा, “पत्रकारों की यही ज़िन्दगी है। एक ज़रूरी मीटिंग थी, थोड़ी सी देरी हो गयी। खबर घटने से पहले भी हमें चौकन्ना रहना होता है। सन्धि ने बात खत्म होने का भी इंतज़ार नही किया और बोली, “तुम हमेशा देर से आते हो। ऐसी क्या मीटिंग थी।”

“बाद में बताऊंगा होटल में, कुछ बाद के लिए भी छोड़ दो।”

सन्धि देख रही थी कि यह बात बोलते हुए पेत्रोविच का चेहरा बिल्कुल सपाट हो गया था... ना हँसी की लकीर, ना चिंता की और ना कोई क्षोभ की लकीर। शायद खेद होने पर ऐसा सपाट चेहरा हो जाता होगा। सन्धि ने इस बात को ज्यादा कुरेदा नहीं क्योंकि वो क्लब के अंदर जाना चाहती थी। पेत्रोविच ने अपने सीधे हाथ की हथेली की सारी उंगलियों को मोड़ा और अपने उल्टे हाथ को उसके ऊपर रख कर अपने मुँह के पास ले गया और मुँह से गर्म हवा छोड़ते हुए कहने लगा, "डॉक्टर! मुझे तो तुम ही बॉयफ्रेंड लगती हो।"

संधि हँसने लगी और पेत्रोविच की हँसी भी उसकी हँसी में शामिल हो गयी।

सन्धि हँसी रोककर, "चलो अब मेरा हाथ पकड़ो मेरी गर्लफ्रैंड और ये सर्दी का नाटक छोड़ो। हाथ दो मुझे अपना।"

पेत्रोविच अपना हाथ सन्धि के कन्धों पर रख लेता है और सन्धि अपने हाथों को ओवरकोट की जेब में डाल लेती है।

पेत्रोविच यह देखकर कहता है, "वाह तुम्हें सर्दी लग रही है और मुझे नहीं लगेगी क्या?"

सन्धि सामने नाईट क्लब की सफेद लाइट को, जिसपर क्लब का नाम लिखा था उसे देखते हुए बोलती है, "तुम यूक्रेनी हो, तुम्हें तो आदत होनी चाहिए यहाँ की सर्दी की, मैं तो ठहरी भारत की। हमारे यहाँ इतनी सर्दी नहीं पड़ती। हमारे यहाँ मकर संक्रांति हो चुकी है और यहाँ फरवरी में भी -2 डिग्री तापमान है।"

"यह है यूक्रेन का जादू, यहाँ का मौसम मज़बूत बनाता है। चलो क्लब के अंदर चलते हैं, क्या सारी रात यहीं गुज़ार दोगी?"

वह इस बार उसकी तरफ देखती है और कहती है, "हाँ हाँ चलो मेरी गर्लफ्रैंड। दोनों अपनी एंट्री करवाते हैं बुकिंग काउंटर वाली लड़की से और बाउंसर उनकी चेकिंग करके उनके लिए गेट खोल देते हैं, अंदर भेज देते हैं, उस काले चमड़े चढ़े गेट के पीछे।"

वह जैसे ही उस भारी गेट को पीछे धकेलती है वहाँ से बहुत तेज़ और बहुत सारी ध्वनियाँ आती हैं।

सन्धि जैसे ही यह तेज़ ध्वनियाँ सुनती है तो सबसे पहले अपने कानों पर हाथ रखती है और फिर पेत्रोविच से बोलती है, "देखो इस गेट के बाहर पता भी नही चलता कि अंदर यहाँ इतना तेज म्यूजिक भी है।"

पेत्रोविच को सन्धि की बात सुनाई नहीं देती तो वह अपने हाथ, जो सन्धि के कंधे पर थे, उन्हें अपने कानों के पास लाकर कहता है, "क्या कहा तुमने।"

"इस गेट के बाहर पता भी नही चलता कि अंदर यहाँ इतना तेज म्यूजिक भी है। इसे कम से कम संगीत तो नहीं कह सकते हैं।"

पेत्रोविच यह बात सुनकर हँसता है और कहता है, "मैं आज तक नहीं समझा कि तुम क्यों आती हो ऐसी जगह जब तुम्हें यह पसंद नहीं आती।"

सन्धि अपने हाथों को कानों से हटाकर कहती है, "तुम यूक्रेन में पैदा हुए एक मर्द हो और मैं एक भारत में पैदा हुई लड़की।"

"पत्रकार मैं हूँ पर बातें तुम्हारी होती हैं गोल-मोल।"

सन्धि अपने ओवरकोट के बटन खोलते हुए उसकी यह बात सुन रही होती है और ठीक आखिरी बटन खोलने से पहले वो कहती है, पत्रकार! मैं डॉक्टर हूँ नहीं पर एक साल में बन जाऊँगी और ये बात मैं जानती हूँ कि ज़िन्दगी बंद होने से पहले चालू होना ज़रूरी है।"

यह कहते-कहते वो रशियन संगीत पर थिरकने लगी... पीली और नीली रोशनी उसके चेहरे पर थी। पेत्रोविच भी सन्धि को देखकर थिरकने लगा और वो दोनों एक-दूसरे का हाथ पकड़कर धीरे-धीरे उछलने लगे, ज़िन्दगी का उत्सव मनाने लगे। शायद दोनों सोच रहे थे नौजवानी कुछ दिनों के लिए होश खो देने का किस्सा भर है।

नाचते-नाचते सन्धि और पेत्रोविच बार के काउंटर तक आ पहुँचे। जैसे ही सन्धि को एहसास हुआ कि वो बार तक आ पहुँची है, उसने पहले बार की गोल मेज़ को देखा जिसके बीचों-बीच बारटेंडर खड़ा था और शराब की बोतलों से करतब कर रहा था।

सन्धि यह देखकर कहती है, "मुझे समझ नहीं आता कि जब अंत में शराब ग्लास में ही डालनी है तो यह बारटेंडर इतना करतब और देरी क्यों करता है।"

पेत्रोविच जोर से ठहाका मार के हँसता है और हँसते हँसते उसे धीरे से उठाकर बार की टेबल से सटी कुर्सी पर बिठा देता है। उसके बाद खुद भी उस ऊँची सी कुर्सी पर बैठ जाता है और कहता है, "तुमने ही कहा था बंद होने से पहले चालू होना ज़रूरी है... बस वो भी शराब को अंतिम गन्तव्य से पहले ज़रा घुमा रहा था।"

सन्धि को पेत्रोविच का जवाब अच्छा लगा और वो बिना पलक झपकाए पेत्रोविच को देखती रही। क्लब के अंदर की अलग-अलग रोशनियाँ उन दोनों की आखों में पड़ रहीं थी पर न पेत्रोविच ने आँखें झपकाई और न सन्धि ने।

अचानक पेत्रोविच ने कहा, "बताओ क्या पियोगी" और ये कहते-कहते वो सन्धि की तरफ झुका और सन्धि भी उसकी तरफ झुकी।

पेत्रोविच को सन्धि की गर्दन में लगी परफ्यूम की खुशबू आयी और एक पल को जो भी तनाव उसके ज़ेहन में था, वो खत्म हो गया। पेत्रोविच के दिमाग में एक विचार कौंधा कि युद्ध ये सब कोमलता में डूबीं उमंगें भी छीन लेगा।

सन्धि बिना पलकें झपकाए कहती है, "यूक्रेन में हूँ, वोद्का सिर्फ वोद्का।" यह कहकर वो दोबारा बारटेंडर को देखने लगती है।

पेत्रोविच तेज़ आवाज़ में बारटेंडर को बोलता है, "टू 60 एम एल शॉट्स। बारटेंडर बोलता है, "बस एक मिनट सर।"

जब तक बारटेंडर उनके वोद्का शॉट्स बनाता तब तक वो अपनी अपनी कुर्सी को घुमा कर बाकी लोगों को नाचते हुए देखने लगते हैं। सन्धि ने उन लोगों को देखते हुए कहा, "ज़िन्दगी भी क्या चीज है, किसी जश्न से कम नहीं।"

"तुम्हारे साथ तो मौत भी जश्न सी ही होगी" और हँसने लगता है। सन्धि भी उसे देखकर हँसने लगती है।

पीछे से बारटेंडर आवाज़ लगता है, "सर आपका आर्डर।"

पेत्रोविच और सन्धि दोबारा अपना चेहरा बार काउंटर की तरफ कर लेते हैं और अपने-अपने ग्लास उठा लेते हैं।

सन्धि- "ज़िन्दगी के नाम, चियर्स।"

पेत्रोविच- "ज़िन्दगी के नाम।"

एक साँस में वो दोनों अपने-अपने ग्लास मुँह से लगाकर खत्म कर देते हैं और सन्धि आखिरी बूंदों को खत्म करने से पहले कहती है जब तक उसके मुँह से ग्लास हटा भी नहीं होता, "एक और बार।"

पेत्रोविच सिर्फ इशारे से बारटेंडर को एक और शॉट्स लगाने के लिए कहता है।

पेत्रोविच जैसे ही सन्धि की तरफ देखता है वह बोलती है, "हाँ अब बताओ क्या बोल रहे थे।"

सन्धि के दिमाग में पेत्रोविच का वो सपाट चेहरा अभी भी था इसलिए वो अपने बहुत सारे सवालों और चिंताओं को विराम देने के लिए पूछती है।

पेत्रोविच फिर से बात टालता है और बारटेंडर की तरफ देखने लगता है जैसे उसे वोद्का की चिंता है।

सन्धि कहती है, "नहीं, मुझे अभी जानना है।"

पेत्रोविच उसकी तरफ देखता है और समझ जाता है कि अब वो और नहीं धकेल सकता इस सवाल को, यह सवाल अब पूछने और कहने के मुहाने पर आ खड़ा है।

पेत्रोविच ने कहा, "हमारी एजेंसी को खबर मिली है कि पूर्वी और उत्तर पूर्वी सीमाओं पर रूसी फ़ौजें बहुत बड़ी तादात में खड़ी हैं और वो शायद हमला भी कर सकती हैं।"

"इसका मतलब यह हुआ कि फ़ौज हमसे सिर्फ 25-30 किलोमीटर दूर खड़ी है।"

पेत्रोविच बिना कुछ कहे अपना सिर हिलाता है। फिर एक मिनट के करीब दोनों अपने खाली ग्लासों को देखते हैं और अचानक वो आवाजें, जो उस क्लब में मौजूद थी, उन्हें सुनाई नहीं दे रही थी। सोचते होंगे तमाम अगर-मगर तर्कों को और इस तथ्य को अपनी वैचारिकी से नकारते होंगे कि युद्ध नहीं हो सकता। इस सोच के बीच न जाने कब बारटेंडर ने दोनों के दूसरे 60-60 एम एल के शॉट्स रख दिये।

सन्धि एक मिनट बाद भरे हुए ग्लास को उठाती है और इस बार बहुत धीरे-धीरे पीती है। पीते-पीते वो दोबारा अपनी कुर्सी घुमाती है और नाचते-झूमते लोगों को देखती है और सोचती है इन नाचते-झूमते लोगों को इसकी परवाह नहीं या फिर ये अनभिज्ञ हैं युद्ध से। पेत्रोविच एकटक सन्धि को देख रहा था और फिर अचानक बोला, "लोग अगर अपनी चेतना को किसी बाहरी ज़रियों से खत्म या कम नहीं कर सकते तो हर मुल्क में आधे से ज्यादा लोग अपने आपको अपने घर के पंखों से लटका लेते क्योंकि चेतना, शासन, प्रशासन और कुशासन सबकी जटिलताओं में जाकर व्यवस्थाओं के चक्रव्यूह में फँसे आम आदमी को परेशान ही तो करती है। बार-पब ये सब जगह चेतना की क्रमिकता को कम करने के लिए हैं। इन्हें पता ही नहीं क्या होने वाला है, क्यों होने वाला है।"

वह उसकी बात बिना उसे टोके सुनती है और एक झटके से अपना बचा हुआ ग्लास खत्म कर देती है। पेत्रोविच की बात का नशा उसने शराब पीकर उतार लिया।

फिर कुछ देर के बाद वो दोनों ही एक साथ कहते हैं, "नहीं-नहीं युद्ध मुमकिन नहीं। हो ही नहीं सकता युद्ध।"

पेत्रोविच इस बात को और पुख्ता तरीके से खुद मानने और सन्धि को मनवाने के लिए कहता है, "यदि इस बार युद्ध हुआ तो संपूर्ण विश्व खत्म हो जाएगा। शक्तिशाली देश ऐसा नही होने देंगे... अगर हुआ भी युद्ध तो भी हमारी जीत होगी।"

सन्धि उसे घूरकर देखती है और उसकी इस नज़र से सिर्फ घृणा का उत्सर्जन होता है, वह कहती है, "जीत होगी तो क्या, युद्ध तो फिर भी होगा ना। युद्ध हुआ तो लोग तो मरेंगे ही। जीत क्या करेगी। क्या मौतों को रोक लेगी।"

"तुम परेशान मत हो। युद्ध नहीं होगा।"

"अगर नहीं होगा तो फिर तुमने बताया ही क्यों मुझे इस बारे में।"

"मैंने कहाँ बताया तुमने ज़ोर देकर पूछा और ये सिर्फ खबर है, युद्ध अभी हुआ नहीं है।"

सन्धि चैन और पीड़ा दोनों महसूस कर गयी इस बात से और झट से बोली, "सिगरेट है तुम्हारे पास।"

पेत्रोविच ने 'हाँ' में सिर हिलाया। उसे सिगरेट का पैकेट और लाइटर दोनों दे दिए।

सन्धि बिना कुछ कहे क्लब की स्मोकिंग ज़ोन में चली गयी और सोचने लगी जब आप ये सोचने लगो कि आपकी ज़िंदगी आने वाले पल में खत्म होगी पर वो पल कब आएगा। वो पल कई अनगिनत पलों और तथ्यों पर निर्भर करने लगे तो आपकी ज़िंदगी में ऊब आने लगेगी क्योंकि आप पर कई बातों और पलों के इंतज़ार का दवाब होगा। हमारी चेतना दो इच्छाओं का दवाब नहीं झेल पाती, यह तो अनगिनत अगर-मगर की स्थिति है, ऊब आना लाज़मी है। जो भी है, बस अभी है। बाकि सब व्यर्थ है।

यही सोचते-सोचते सन्धि ने सिगरेट जलाई और जब पहला कश लिया तो देखा पेत्रोविच अपनी बारी का इंतज़ार कर रहा था।

सन्धि ने उसे सिगरेट दी और कहा, "जी लो तुम भी।"

पेत्रोविच ने मुस्कुराकर कहा, "हाँ सही कहा तुमने।"

दोनों ज़िन्दगी की अनिश्चितताओं का मज़ाक उड़ाकर उसे धुँआ-धुंआ कर रहे थे या फिर जीवन को पूरी तरह से निश्चित मान रहे थे, यह समझना मुश्किल था।

पेत्रोविच ने एक कश लेकर सन्धि को सिगरेट दे दी।

सन्धि ने सिगरेट लेते हुए कहा, “ये डेमोक्रेसी भी अजीब चीज है, अगर किसी देश में न हो तो मुश्किल और अगर हो तो अलग तरह की मुश्किल। भारत में है पर बहुत सारी समस्याओं के साथ है जैसे गरीबी, बेरोज़गारी, महंगाई और भ्रष्टाचार। रशिया में नहीं है तो इन समस्याओं के साथ-साथ युद्ध की समस्या। खैर युद्ध तो खुद अपने आप में एक बड़ी समस्या है। पता नहीं गरीबी, बेरोज़गारी, महगांई और भ्रष्टाचार की समस्याओं की वजह से रशिया को युद्ध में धकेल रहे हो ताकि ये समस्याएं दिखें नहीं या फिर बहुत लंबे समय से युद्ध के दवाब के कारण हथियारों पर इतना पैसा खर्च हो गया इसलिए ये सब समस्याएं हैं।”

पेत्रोविच सिगरेट बुझाते हुए कहता है, “इतना आसान नहीं है इन बातों पर बोलना। बहुत पेचीदा हैं ये।”

“मुझे नहीं पता पेचीदा हैं या नहीं, मैं बस इतना जानती हूँ कि युद्ध जो करवा रहे हैं, उन्हें छोड़कर किसी के लिए भी युद्ध फायदेमंद नहीं है। चाहे डेमोक्रेसी हो या निरंकुश शासन, मुझे आवाम से सम्बंधित बड़े फैसले करते सिर्फ बड़े नेता दिखते हैं। जनता सिर्फ युद्ध के बाद या युद्ध के दौरान दिखती है मरते, कटते, उड़ते या राख होते हुए या अपने प्रियजनों के खोने पर रोते हुए, अपने घरों को खोने पर, और अपने हौसलों को खत्म होने पर रोते बिलखते हुए। मैं देखना चाहती हूँ आम लोगों के चेहरे बड़े नेताओं के चेहरों के ऊपर। ये सब नेता क्या इतिहास में अपने इन्हीं कामों से अमर होना चाहते हैं या फिर इतिहास इन्हीं बड़े नेताओं की चर्चा क्यों करता है, क्यों नहीं करता उन लोगों की चर्चा जो युद्ध में बेवजह मारे गए। ये नेता सिर्फ और सिर्फ इतिहास और वर्तमान पर अपनी पकड़ चाहते हैं क्योंकि इतिहास जनता को निष्ठावान बनाने में काम आता है और वर्तमान संजीवनी शक्ति के रूप में प्रकट किया जाता है, पर किसकी कीमत पर, आम लोगों की कीमत पर। मेरी और तुम्हारी कीमत पर।”

पेत्रोविच हँसते हुए, “इतना गंभीर मत हो सन्धि और ये जो तुम आम लोगों के चेहरों की बात कर रही हो ना, ये आम लोग ही चाहते हैं समाचार पत्रों और टी.वी पर अपने अपने बड़े नेताओं को देखना। जिस दिन ये अपने जैसों का चेहरा देखना चाहेंगे, अख़बार छाप देंगे और हम दिखा देंगे।”

तभी डी जे माइक से बोलता है रात के 12 बज गए हैं और हम अब भी पूरी जोरों-शोरों से नाच रहे हैं और उसके बाद पूरी नाचती भीड़ भेड़ों सी उन्माद में ये...ये ये ये कहकर चिल्लाने लगती है।

सन्धि भी अपनी घड़ी देखती है। उसे विश्वास नहीं हुआ कि 12 बज गए हैं, वह कहती है, “चलो होटल चलते हैं”।

पेत्रोविच कहता है, “बाहर निकलकर कैब बुक करते हैं” और वो दोनों उस चमड़े लगे दरवाज़े से बाहर निकल आते हैं। बाहर निकलकर सन्धि नीचे देखती हुई चल रही थी और उसकी परछाई उसको बिल्कुल साफ मार्बल में अपने जूतों पर दिख रही थी और वो अपने चेहरे को मार्बल से टकराने से रोकती है। फिर उसका ध्यान पेत्रोविच के चेहरे पर जाता है, वो सामने देखकर चल रहा होता है और उसे पेत्रोविच का सिर्फ आधा हिस्सा ही दिखता है मार्बल पर।

पेत्रोविच पूछता है, “क्या कर रही हो?”

“कुछ नही।”

“लिफ्ट के अंदर चलो।”

सन्धि गर्दन को सीधा करती है और लिफ्ट में घुसती है।

लिफ्ट में और भी लोग होते हैं और वो सब रशिया की सेना की बात कर रहे होते हैं और वो सब यही मानते हैं कि युद्ध नहीं हो सकता। सन्धि उन सबकी बातें सुनकर और उन सबके चेहरे देखती है, वो सब भी सन्धि के चेहरे को

देखते हैं और दोनों पक्ष एक-दूसरे के चेहरे पर अनिश्चितता में लिप्त भय देखते हैं और अचानक सभी लोग लिफ्ट के नम्बरों को देखने लगते हैं जिसमें लिखा था - लिफ्ट अधिकतम वजन 2267 किलोग्राम का ले सकती है।

लिफ्ट के दरवाज़े खुलते हैं और सब बाहर आ जाते हैं। बाहर आते ही एक भव्य सा काँच का दरवाज़ा था और ठीक बाहर कैब खड़ी थी। सन्धि कैब का दरवाज़ा खोलती है और बैठ जाती है, दूसरी तरफ से पेत्रोविच भी बैठ जाता है। कैब के अंदर रेडियो चल रहा होता है जिस पर रशियन फ़ौजों के बारे में बताया जा रहा था कि वो पूर्वी सीमा पर हैं।

कैब वाला ये सुनकर अपने सिर पर हाथ फेरता है और कहता है, "शाम से यही सुन रहा हूँ। समझ नहीं आता कुछ और क्यों नहीं बताते।"

पेत्रोविच बोलता है, "कुछ होगा तो ज़रूर बताएंगे।" कैब वाला कहता है, "युद्ध नहीं होगा, बहुत मुश्किल है। अगर होना होता तो अब तक हो जाता और वैसे भी हमारे साथ नाटो है, अमेरिका है और यूरोपियन देश है। हम से पुतिन नहीं लड़ेगा।"

सन्धि पेत्रोविच और कैब वाले की बात सुन रही थी और सोच रही थी कि हर जगह शक्ति पर आश्रित दिखाई देता अस्तित्व क्या न्याय और जीवन के अधिकार के प्राकृतिक सिद्धांत के खिलाफ जाता नहीं दिखता है। कमज़ोर इंसान को अपने होने के लिए किसी न किसी की ज़रूरत ज़रूर होती है। वह कहीं ज्यादा निर्भर करता है दूसरों पर एक सशक्त व्यक्ति की तुलना में। कमज़ोर राष्ट्र को भी ज्यादा प्रभावशाली और शक्तिशाली राष्ट्र की ज़रूरत होती है अपनी संप्रभुता बचाये रखने के लिए। क्या राज्य और व्यक्ति दोनों अनीतिगत संबंधों के आक्रमणों को झेल रहे हैं।

कैब वाला दूसरा चैनल लगाता है रेडियो का और उस चैनल पर वार्ता चल रही होती है विभिन्न एक्सपर्टस के बीच। उनमें से एक एक्सपर्ट कहता है,

"पुतिन एक सेल्फ मेड इंसान है, वो यहाँ तक आसानी से नहीं पहुँचा है।" दूसरा एक्सपर्ट कहता है, "डेमोक्रेसी में नेता झूठे वादे करके ऊपर तक पहुँच जाते हैं। तो ये जंग एक सेल्फ मेड मैन और एक ऐसे सिस्टम के बीच की है जो जनता के साथ फरेब करके ऊपर पहुँचे हैं।"

पेत्रोविच ये सुनकर सीट पर हाथ मारता है और कहता है, "इसे कहते हैं प्रोपोगंडा।"

कैब रुकती है और ड्राइवर कहता है, "आपका होटल ओरिएंटल पैलेस आ गया।"

इन 7 मिनट में सन्धि को भी यह लगने लगता है, कि वो किसी वार्ता का हिस्सा थी पर उसे सिर्फ सोचने का काम दिया गया था, कुछ भी बोलने का नहीं। यह सोचते-सोचते सन्धि ने सोचा दुनिया में मौजूद सभी स्त्री-पुरुषों के बीच जितना स्पष्ट और ईमानदार विमर्श होगा, मानवीय हितों के पक्ष में उतना अच्छा शासन चलेगा लेकिन इस विमर्श को छद्म अखबारी और अक्सर टीवी पर दिखाई देने वाले भौंपू बुद्धिजीवियों से अवश्य बचाना होगा, हमारे तर्क-वितर्क हमारे अपने पुख्ता ज्ञान–पिपासा से जनित और प्रेरित होने चाहिए, उत्प्रेरित तो बिल्कुल नहीं, अन्यथा उनका किसी कूड़े के ढेर से ज्यादा कोई महत्व नहीं होगा, आज विचारों को भटकाने की कला सामाजिक समरसता पर आक्रमण की सबसे बुनियादी विधि है। विचारों की कड़ी टूटते ही वह बहुत जल्दी करती है कैब से उतरने में।

जब तक पेत्रोविच उतरता, वह होटल के गेट पर होती है। पेत्रोविच उतरकर कहता है, "मेरे लिए रुकना"। सन्धि कुछ नही कहती, बस खड़ी रहती है। पेत्रोविच आता है फिर दोनों साथ-साथ होटल के रिसेप्शन से कमरे की कार्ड-की लेते हैं और अपने कमरे में पहुँचते हैं।

कमरे के अंदर घुसते ही पेत्रोविच पूछता है, "तुम्हें कमरा पसंद आया?"

संधि सिर्फ 'हाँ' में सिर हिलाती है और पलंग के सामने लगी तस्वीर को निहारने लगती है।

पेत्रोविच पूछता है, "तुम्हें अच्छी लगती हैं क्या मॉडर्न पेंटिंग्स?"

"हाँ अच्छी लगती हैं, क्योंकि जो आपको दिखता है उसमें, वो ज़रूरी नहीं किसी और को भी दिखे।"

"तुम्हें क्या दिखता है इसमें?"

सन्धि एक लंबी साँस के बाद, "मुझे दिखता है कि अपने संबंधों की विफलता और उनमें अविश्वास के चलते ही कोई व्यक्ति विध्वंसक हो सकता है, युद्ध करा सकता है। संबंधों में डूबने की क्षमता का न होना या फिर कोई भी काबिल संबंध न होना ही व्यक्ति को हिंसक बनने की ओर अग्रसर करते हैं।"

"तुम सही कहती हो," और करीब आकर उसे गले से लगा लेता है।

गले लगते ही भावुकता वश सन्धि की आँखों से आँसू टपक जाते हैं जो पेत्रोविच के कन्धों को ढके ओवरकोट में जज़्ब हो जाते हैं। वो तब तक गले लगी रहती है जब तक आँसू से बनी दो लकीरें सूख नहीं जाती हैं और सूखते ही सन्धि अपनी गर्दन को पेत्रोविच के कंधे से हटा देती है।

पेत्रोविच उसके चेहरे को पकड़ कर उसके माथे को चूम लेता है और पूछता है "अरे तुम्हारी बिंदी कहाँ गयी।"

"मुझे भनक भी नहीं कि क्या हो रहा है।"

पेत्रोविच आधी हँसी हँसते हुए कहता है, "चलो सोते हैं काफी रात हो गयी है।"

"हाँ चलो सोते हैं, हम दोनों की कल फ्लाइट भी है।"

पेत्रोविच 'हम्मम' करता है और कुछ देर बाद पूछता है, "डॉक्टरी की पढ़ाई कैसी चल रही है?"

सन्धि कहती है, "बस एक साल और -फिर मैं पूरी डॉक्टर बन जाऊँगी।" फिर दोनों हँसने लगते हैं।

पेत्रोविच बिस्तर पर लेटते हुए कहता है, "मैं तुम्हारे लिए नाईट वियर लाया हूँ... तुम चाहो तो कपड़े बदल सकती हो। पर एक बात बताओ तुम्हें सामान लेकर चलना क्यों अच्छा नहीं लगता।"

सन्धि हँसते हुए बोलती है, "1 घंटे की फ्लाइट है, क्या सामान लेके चलना। मैंने सोचा था यही पहन के आयी हूँ, रात भर पार्टी करेंगे, इसी को पहन के लौटने की फ्लाइट पकड़ लूंगी। ज़िन्दगी में ज्यादा तनाव नहीं लेना चाहिए। ज़िन्दगी उन्मुक्त होनी चाहिए और अब तुम ले आये हो नाईट वियर तो बदल लेती हूँ।"

"वाह डॉक्टर तुम आज भी स्टूडेंट हो।"

वह 'हाँ' में अपना सिर हिलाती है और कहती है, "मैं आज भी आज़ाद हूँ और कल और आज़ाद होने की कोशिश होगी मेरी।"

यह बोलते हुए वह पेत्रोविच के हाथ से नाईट वियर लेती है और बाथरूम में चली जाती है।

पेत्रोविच उसके जाने के बाद बड़ी ही नज़ाकत से अपने कपड़े उतारता है और फिर बड़े सलीके से हेंगर में टांग देता है। उसके बाद वह बिस्तर में लेट जाता है और बिस्तर के सामने लगी मॉडर्न पेंटिंग को देखने लगता है। सन्धि बाथरूम से बाहर आती है और पेत्रोविच अपने आपको उस पेंटिंग से बाहर निकालता है पर सन्धि देख लेती है कि पेत्रोविच भी उसी पेंटिंग को देख रहा

था। सन्धि भी रेशमी कंबल के अंदर चली जाती है और अपना सिर वो पेत्रोविच के कंधे पर रख लेती है।

पेत्रोविच उसके बालों को चूमता है और गुड नाईट कहता है। सन्धि भी उसे गुड नाईट कहती है। गुड नाईट कहने के काफी देर बाद तक आँख बंद किये दोनों फिर से युद्ध के बारे में सोचने लगते हैं। सन्धि बार-बार युद्ध के बारे में सोचते-सोचते खुद पर गुस्सा करने लगती है और सोचती है क्या उसने कभी इतना प्रेम के बारे में सोचा है। हम क्यों हमेशा उन चीजों के बारें में ज्यादा सोचते हैं जिनसे ज़िन्दगी को खतरा होता है।

क्या ज़िन्दगी सबसे अहम है। या ये ज़िन्दगी का अहं है कि वो बाकी सबकी परवाह नहीं करती। ज़िन्दगी का खाद और पानी ही ज़िन्दगी का भय है और वो दोनों अपने-अपने ढंग से समझने की आज़ादी के साथ उसी पेंटिंग के सामने मौजूद पलंग पर धीरे-धीरे नींद में डूब जाते हैं।

24 फरवरी 2022

अचानक पेत्रोविच के मोबाइल की घंटी बजती है। वो बदहवास सा उठता है और उसकी नज़र बिस्तर के सामने की घड़ी पर पड़ती है, उसमें सुबह के 4 बजे थे, वो फ़ोन उठाता है और नींद में पूछता है, "कौन बोल रहा है"। दूसरी तरफ से आवाज़ आती है, "मैं बोल रहा हूँ फ्रैंक" (पीछे से लोगों के चिल्लाने की आवाजें आ रहीं थीं)।

"फ्रैंक इतनी सुबह क्या हुआ और ये पीछे से चिल्लाने की आवाज़ें क्यों आ रहीं हैं।"

"रशियन फौजों ने हमला कर दिया है... मैं पूर्वी क्षेत्र में रिपोर्टिंग कर रहा था, वहाँ हमला हो चुका है। रुसी फौजें हमारी सीमा में प्रवेश कर चुकी हैं और वो मिसाइल्स का इस्तेमाल कर रहे हैं, तुम ये खबर हमारी न्यूज़ एजेंसी की

वेबसाइट पर डाल दो, मैं यहाँ फँसा हुआ हूँ...” और पीछे से एकाएक बड़े धमाके की आवाज़ आती है।

यह आवाज़ इतनी तेज़ होती है कि पेत्रोविच का मोबाइल हाथ से छूट जाता है। अगले ही क्षण फ़ोन उठाकर उसने फ़ोन को दोबारा कान पर लगाया और आवाज़ लगाने लगा फ्रैंक... फ्रैंक। दूसरी तरफ से कोई आवाज़ नहीं। पेत्रोविच समझ गया कि हमला शुरू हो चुका है, इसका मतलब अब सब कुछ बदल जायेगा और उसे अनपेक्षित याद आया कि फ़ोन पर कितना तेज़ धमाका सुना था उसने। यह सब सन्धि देख रही थी, जो उठ के बैठी हुई थी और उसने अपने पैरों को बिल्कुल सिकुड़ा कर अपने सीने के करीब कर लिया था और मुट्ठी भींच रखी थी जिसमें बिस्तर की चादर थी।

एक पल के लिए दोनों की नज़रें मिली एक-दूसरे से और पेत्रोविच को उल्टी सी आ गई। वो बिस्तर पर से ही झुका और उल्टी करने लगा। सन्धि बिना कुछ बोले यह सब देख रही थी, धमाके की आवाज़ फ़ोन से बाहर तक आई थी और उसके कानों तक पहुंची थी। पेत्रोविच उल्टी कर रहा था और सन्धि बस उसे देख रही थी। यक-ब-यक सन्धि ने ये सब देख कर अपने आपको संभाला और उसे अपनी माँ की आवाज़ कानों में आई, उसकी माँ कह रही थी कि तू मेरा निडर बच्चा है पहली बार घर से निकली और वो भी इतनी दूर जा रही है। ये आवाज़ का कानों में कौंधना और सन्धि की भींची हुई मुट्ठी खुलने लगी। वो सफ़ेद नाईटी में उठी और पेत्रोविच के पीठ पर हाथ फेरने लगी। वो हाथ फेरती जा रही थी और कहती जा रही थी, “हमें कुछ नहीं होगा ...हमें कुछ नहीं होगा।”

तभी अकस्मात उनका पूरा कमरा हिला और सारा सामान तितर-बितर हो गया। सब कुछ जितने सलीके से था, अब वो उतना ही अस्त-व्यस्त हो गया। एक पल के लिए हर चीज मानो हवा में उड़ी हो और फिर धप्प से नीचे आ

गई। सन्धि और पेत्रोविच भी ज़मीन पर गिर गए। पूरे माहौल में धूल और धुआँ था। दोनों बस खांस रहे थे, सन्धि अपने आपको इस परिस्थिति से तब जोड़ पायी जब उसे ये एहसास हुआ कि उसके माथे पर खिड़की के कांच की किरच टूट कर घुस गयी है। उसने पूरी शक्ति से अपनी आँखों को खोला और धूल उसकी आँखों में घुस रही थी, फिर उसने कांच की किरच को खींच कर निकाला और जिसके निकलते ही खून की एक बूँद उसकी पलकों पर लुढ़क गयी जिसे उसने अपने सफ़ेद नाइटी से पोंछा (जो अब सफ़ेद नहीं थी धूल, धुआँ और खून सब थे उसके ऊपर)। पेत्रोविच उसी उल्टी में गिरा हुआ था पर अब उल्टी दिख नहीं रही थी उसके ऊपर धूल जमा हो चुकी थी।

सन्धि ने बहुत तेज़ आवाज़ दी पेत्रोविच को जबकि पेत्रोविच उसके बिल्कुल करीब था, इस आवाज़ से एक बार फिर से संप्रेषण शुरू हुआ दोनों के बीच और बिना बोले दोनों रूम के गेट की ओर भागे। सन्धि पहले पहुंची और गेट खोला।

गेट खुलते ही धुआँ और उस धुएं में लोगों का दम घुटते, खांसते, भागते लोग दिखे उसे। कुछ लोग, जो धुंए की घुटन से उबर चुके थे, वे चिल्लाते दिखे। धुआँ और धूल अब कमरे के अन्दर आने लगा था। सन्धि और पेत्रोविच एक-दूसरे को ज़ोर-ज़ोर से पुकारने लगे। पेत्रोविच उसके बिल्कुल पीछे खड़ा था पर धुएं ने सब कुछ ढक लिया था। सिर्फ लोगों के धड़ लहराते हुए दिख रहे थे।

वे दोनों भी उसी भीड़ में शामिल हो भागने लगे। लोगों की संख्या और आतुरता के कारण भागने में असुविधा हो रही थी तो बहुत जल्दी ही लोग एक-दूसरे के ऊपर चढ़ कर भागने लगे। यह देख सन्धि बिल्कुल दीवार से चिपक गयी पर शायद पेत्रोविच इस दौड़ में आगे निकल गया या शायद पीछे

रह गया। उसने फिर से आवाज़ लगायी पर उसकी आवाज़ दब गयी चीखों में। अब उसकी आवाज़ भी चीख बनने लगी थी।

वो रोने लगी पर बमुश्किल एक पल के लिए ही वो रोई होगी और बहुत जल्द उसे ये बात समझ आ गई कि इन सबसे कुछ नहीं होगा, जहाँ पहले से ही इतना आतंक व्याप्त हो, उसके दो आँसू क्या कर पाएंगे। वो भी दीवार से चिपक कर भागने लगी और उसे उसके पैरों के नीचे दबे हुए लोग महसूस हो रहे थे पर वो रुक नहीं सकती थी वर्ना उसे भी कोई महसूस करता अपने पैरों के नीचे।

भागते-भागते वो सीढ़ियों के पास पहुंची जो नीचे हॉल के लिए जा रहीं थीं। वहाँ वो देखती है कि कुछ लोग सीढ़ियों से गिर रहे हैं क्योकि उन्हें पीछे से लोग धक्का दे रहे हैं और नीचे हॉल भी धुएं से भरा हुआ था। वो सीढ़ियों से नीचे उतर रही थी और देख रही थी सीढ़ियों पर पड़े लोगों को, वो पेत्रोविच को तलाश रही थी। आखिरी सीढ़ी पर उसे एक औरत दिखती है जो गर्भवती थी। उसका गाउन पूरा उसके चेहरे पर था और उसका पेट बिल्कुल खुला हुआ जिस वजह से उसका फूला पेट साफ़ दिख रहा था पर उसका चेहरा बिल्कुल ढका हुआ था।

सन्धि से रहा नहीं गया। एक बार को उसने उस सीढ़ी को छोड़ दिया था। पर वो दोबारा उस आखिरी सीढ़ी पर आई और उस लड़की का गाउन नीचे किया, उसके चेहरे पर खरोंचें थीं और होठों से खून निकल रहा था। सन्धि उसके बगल में बैठ गयी अपनी मटमैली नाईटी से उसका खून पोंछा और पेत्रोविच को फिर से याद किया। उतरते लोगों की लातें उसे लग रही थी। कई लोग उसके सर का इस्तेमाल सहारे के लिए भी कर रहे थे पर सन्धि उसके चेहरे पर धीरे-धीरे हाथ से मारकर उसे होश में लाने की कोशिश कर रही थी।

जब वो होश में नहीं आई तो सन्धि ने अनायास ही उसे तेज़-तेज़ थपथपाना शुरू कर दिया। उस गर्भवती महिला ने आँखें खोली और बिना कुछ बोले सन्धि की आँखों में देखने लगी। सन्धि को लगा वो उसे पहचानने की कोशिश कर रही है तो सन्धि ने खुद ही कहा "मैं सन्धि।"

उसने छटपटाते हुए अपना नाम बताने की बजाय कहा कि मुझे बहुत दर्द हो रहा है पेट में, मेरे बच्चे.....और ये कहते कहते वह पुनः बेहोश हो गयी।

सन्धि ने फिर से उस औरत को होश में लाने की कोशिश की पर इस बार सब बेकार रहा। संन्धि ने अपना पूरा ज़ोर लगाया... उस लड़की को उठाने की कोशिश की पर वो होश में नहीं थी जिसकी वजह से सन्धि उसको संभाल नहीं पा रही थी। सन्धि ने उसके हाथ को अपने गले में डाला और उसे उसकी पीठ पर सहारा देकर उसे घसीटते हुए ले चली वह। ज्यादा दूर नहीं चल सकी सन्धि ने उसे बस किनारे कर लिया और उसके चारों और वहीं से कुर्सियाँ खींच कर लगा दी।

अब वो दौड़ कर बड़े से एक्वेरियम के पास गयी और एक कुर्सी को खींच कर उस पर खड़ी हो गयी। फिर एक्वेरियम के ऊपर का ढक्कन हटाया और एक चुल्लू पानी अपनी हथेलियों में भरा। पानी हथेलियों से रिसने से पहले वो वहाँ पहुँच गयी जहाँ उसने उस लड़की को लिटाया था। सन्धि ने जोर से वो पानी उस औरत के चेहरे पर मारा। ये सब करने के बाद उसे ध्यान से देखने लगी। पानी डालने के कुछ देर बाद उस औरत को होश आने लगा, सन्धि ने पिछले एक घंटे में पहली बार खुद को जिंदा महसूस किया था। सन्धि ने उस को गले लगाया और वो लड़की भी शायद सन्धि को गले लगाना चाहती थी। सन्धि ने उस औरत की बाँहें अपनी गर्दन के पीछे रखी और फिर से उसे उठाया और काफी तेज़ी के साथ बाहर निकलने की कोशिश की।

धुआँ छट चुका था और सन्धि बाहर साफ़ देख पा रही थी दमकल कर्मियों को, पुलिस को और आर्मी को। उसके देखते ही देखते एक और बम का गोला आकर दमकल की गाड़ी में लगा, दमकल की गाडी खिलौने सी हवा में उठी और गिर गयी पर बम और दमकल की गाड़ी के गिरने का कम्पन इतना तेज़ हुआ कि मुख्य द्वार पर लगे ज्यादातर काँच टूट गए। काँच हर जगह फ़ैल गए, लोगों की खालों में घुस गए। खून रिसने लगा, चीखें आने लगी हर तरफ से। सन्धि और वो औरत भी गिर गए पर अब तक पहले विस्फोट के बाद दोनों इतना नहीं डरे जितना पहली बार डरे थे। गिरते वक़्त सन्धि ने अपना हाथ उस औरत के पेट पर रखा हुआ था। यह कहना मुशकिल था कि ऐसा उसने एक औरत होने की वजह से किया या एक डॉक्टर होने की वजह से।

सन्धि और वह औरत दोबारा खड़े हुए और बाहर निकलने लगे। बाहर आते ही उन्होंने देखा कि कुछ लोग आग में झुलस रहे थे, जन-जीवन के लिए तड़प रहे तो कुछ पूर्ण रूप से मरे भी नहीं हैं पर वह आग से निकलने के लिए संघर्ष कर रहे थे। एक जूता होटल के गेट के बाहर पड़ा था जिसमें आधा पैर घुसा था और आधा पैर सड़क के दूसरे किनारे पर था। दूसरे जोड़ी जूते में खून भरा हुआ था जुराब की जगह और चमड़े के काले जूते पर लाल खून था। हाथ की उंगलियाँ चल रही थी पर हाथ धड़ से अलग था। ऐसा लग रहा था कि हाथ धड़ को बुला रहा हो। जिस समय यह धमाका हुआ, उस समय सूरज उग रहा था पर धमाका इतना रोशनी और धुएं से भरा था कि कुछ देर के लिए आँखों के आगे अँधेरा छा गया। सूरज की रोशनी उस धमाके के गुबार के आगे फीकी सी थी। इस असहनीय झुलसन के कारण बहुत तेज़ चीखें आ रही थी। सन्धि ये सब देखते हुए उस औरत को लेकर बाहर निकल चुकी थी पर बाहर आकर एक और मुश्किल थी कि अब कहाँ जाए। अब

सन्धि अकेली नहीं थी, उसके साथ एक और गर्भवती औरत थी जो प्रसव पीड़ा से विचलित और असंयत थी।

सब लोग बस दौड़ रहे थे। सन्धि भी बिना कुछ समझे उन लोगों के पीछे चलने लगी। हालांकि वो उतनी तेज़ नहीं चल पा रही थी बाकी लोगों की तरह पर कोशिश कर रही थी भागने की। जितना तेज़ वो चल रही थी, उतना ही उस गर्भवती महिला को दर्द हो रहा था। सन्धि समझ नहीं पा रही थी कि वो तेज़ दौड़े या धीरे चले, दोनों ही सूरतों में नुकसान था। अंत में उसने तेज़ चलने का रास्ता चुना और दूसरी औरत का ध्यान बाँटने के लिए उसने उससे बात करनी शुरू कर दी। पर वो औरत, बाहर जो भी कुछ घटा था, उन दो विस्फोट के बीच, उसमें खोकर भयभीत थी। सड़क के दोनों ओर के पेड़ जल-बुझ रहे थे, पत्तियाँ जली-झुलसी इधर-उधर नीचे गिर रहीं थीं और हवाओं के साथ काली धूल भरी राख उड़ रही थी जो वहाँ मौजूद हर इंसान के चेहरे पर वक़्त की गर्द सी जमा हो रही थी, जिंदा हो या मरा हुआ। कई जगह लोग एक के ऊपर एक मृत पड़े थे। ऐसा लग रहा था जैसे लाशें बोरियों सी इस्तेमाल हो रही हों बैरीकैडिंग के लिए। कुछ इमारतों की खिड़कियों में इक्का-दुक्का लाशें लटकी हुई थी जली हुई अधनंगी, मानवीय नृशंसता को समेटे स्वतः गिर रहीं थीं अपने वजन से। नीचे गिरते ही खून के फव्वारे निकल रहे थे। कुछ लोग बस खड़े हुए रो रहे थे पर वो इतने डरे और सहमे हुए थे कि आँखों का वीरानापन छिप नहीं पा रहा था। हवा में मांस के जलने की एक अलग बू आ रही थी। हर दृश्य के साथ उसका हाथ अपनी कोख पर जाता था।

सन्धि ने उससे पूछा, "तुम्हारा नाम क्या है?" उस औरत ने कोई जवाब ही नहीं दिया जैसे उसे सुनाई ही नहीं दिया हो। सन्धि ने फिर से पूछा और इस बार अपने हाथ से उसका चेहरा अपनी तरफ किया। जब तक वो सड़कों पर लाशें और जले हुए लोग देख रही थी वह कराह तक नहीं रही थी पर जैसे ही

सन्धि ने उसका चेहरा अपनी तरफ किया वैसे ही विभीषिका का सम्मोहन टूटा और हक्का-बक्का होकर उसने कहा, "जूलिया ....जूलिया।"

"जूलिया परेशान मत हो, सब कुछ ठीक हो जायेगा।"

जूलिया ने सन्धि की तरफ ऐसे देखा मानों कह रही हो कि झूठ मत बोलो, अब कुछ ठीक नहीं हो सकता। फिर वो नीचे नज़रें कर अपने पेट को देखती है और आह भरते हुए कहती है, "बस इसे कुछ न हो।"

सन्धि ने उसे विश्वास दिलाते हुए कहा, "मैं डॉक्टर हूँ तुम परेशान मत हो, सब ठीक हो जायेगा।"

जूलिया के चेहरे पर आशा आई पर दर्द ने वो ख़ुशी बहुत जल्दी छीन ली। दर्द अधिक होने लगा था और सामने सन्धि देखती है लिखा था - 'प्लोस्चा स्वोबोदय स्क्वायर' और उसके बगल में लिखा था- 'यूनिवर्सिटी मेट्रो स्टेशन नीचे है'।

सन्धि समझ गयी लोग इसलिए इस तरफ भागे आ रहे थे क्योंकि मेट्रो स्टेशन अंडरग्राउंड है। यह जगह बमों से बचने के लिए ठीक थी। सन्धि बहुत थक चुकी थी। अब उसकी दौड़ने की गति भी बहुत धीमी हो चुकी थी, वो धीरे-धीरे प्लोस्चा स्वोबोदय स्क्वायर से नीचे मेट्रो की तरफ जाने वाली सीढ़ियों पर चलने लगी पर भीड़ इतनी थी कि उसकी गति और धीमी हो गयी। हौसला करके वो धीरे-धीरे नीचे उतरने लगी और जूलिया का दर्द और गहरा होता गया। अब कराहने की आवाज़ चीखों में तब्दील हो गयी थी।

सन्धि ने फिर से उसका ध्यान अपनी ओर खींचा और पूछा, "इस बच्चे के पिताजी कहाँ हैं?" यह सुनते ही वह और तेज़ रोने लगी।

सन्धि को तब लगा कि युद्ध के समय प्रियजनों से जुड़े प्रश्न सिर्फ पीड़ा देते हैं। शायद दुःख और आत्मीयजनों से विलगता अभिशापित समय के प्रतीक बन

जाते हैं। उसके बाद सन्धि ने उस औरत से कुछ नहीं कहा बस धीरे-धीरे उसे नीचे उतार रही थी सीढ़ियों से। नीचे आकर वह औरत एक कदम भी नहीं चल पायी और वहीं लेटने लगी। वहां जगह नहीं थी, लोग खड़े थे पर जूलिया लगभग बेहोश हो गयी थी। वो लोगों के पैरों में ही गिर गयी। सन्धि उसे काफी कस कर पकड़े हुए थी पर फिर भी वो रोक नहीं पायी उसे गिरने से। भीड़ ने थोड़ी जगह दे दी जूलिया को, इस वक़्त उनके पास इससे ज्यादा कुछ नहीं था। जगह दिल में और जगह जूलिया को लेटने की। शायद दोनों मिलकर इस विभीषिका के बीच भी एक मानवीय कथा लिखने को आतुर थे।

जूलिया लेटते ही और बढ़ते दर्द से छटपटाने लगी और उसके फटे गाउन में से कुछ पानी सा रिसने लगा। सन्धि ने पहले सोचा कि दर्द की अधिकता से जूलिया ने पेशाब कर दी है। वहाँ खड़े लोगों ने भी यही सोचा और थोड़ा सा और पीछे हुए उस पानी को पेशाब समझ कर। पर पानी रिसना बंद नहीं हुआ तो सन्धि ने उसका गाउन ऊपर किया और वो तुरंत समझ गयी कि यह पेशाब नहीं है। जूलिया के बच्चेदानी से पानी का रिसाव है। सन्धि खड़ी थी पर यह देखकर बैठ गयी और एकाएक रोने लगी, कहने लगी, "मैं अभी डॉक्टर नहीं हूँ पूरा एक साल बचा है। मैं ये प्रसव कार्य नहीं कर सकती। मेरे पास ना मेडिकल उपकरण है न मेरे पास सहायता करने वाला कोई है। मुझसे नहीं होगा।"

आस-पास के लोग पहले तो उसके चिल्लाने से दूरी बनाये हुए थे पर जब वो बिल्कुल टूट कर रोने लगी और अपने हाथ आखिरी सीढ़ी पर मारने लगी तब कुछ लोगों ने उसे रोका। जूलिया ने भी बेहोशी की हालत में बुदबुदाया, "तुम कर सकती हो।"

भीड़ में से एक छोटी बच्ची निकल कर आई। उसकी उम्र लगभग 15 साल रही होगी। उसने कहा, "मेरा नाम हेलगा है, मैं आपकी मदद करूंगी।"

हेलगा की मासूमियत उसकी दृढ़ आवाज़ के सामने कम थी। सब लोग उसे देखने लगे थे पर वो बिल्कुल निश्चित थी अपनी इस बात पर। उसने जिस तरह से नाम बताया, उससे लग रहा था वो किसी नौकरी का साक्षात्कार देने आई है। उसके कपड़े किसी स्कूल की ड्रेस से थे।

इस बच्ची का जोश देखकर एक और मददगार आगे आया और उसने भी बिल्कुल हेलगा के तरीके का अनुसरण किया और कहा, "मेरा नाम इवान है, मैं भी आपकी मदद करना चाहूँगा।"

सन्धि भी धीरे-धीरे दोबारा खड़ी हुई और अचानक कहने लगी, "एक घेरा बनाओ जल्दी से," और यह सुनते ही हेलगा चिल्लाने लगी, "घेरा बनाओ... घेरा बनाओ।"

"पीछे हटो ....पीछे हटो" इवान कहने लगा।

अचानक ये तीनों उस अंडरग्राउंड मेट्रो के नायक बन गए और लोग भी इन तीनों की बात मानने लगे थे। सन्धि भी धीरे-धीरे उठ खड़ी हुई और अचानक मेट्रो की सबसे ऊपर वाली सीढ़ी पर चढ़ गयी। सबसे नीची सीढ़ी के नीचे जूलिया लेटी थी और सबसे ऊपर सन्धि खड़ी थी।

सन्धि ने सबको देखा और कहा, "ये औरत खतरे में है, हम सब खतरे में हैं पर इसका मतलब ये नहीं कि हम सब एक-दूसरे को अकेला छोड़ दें। आज सुबह मैं जिसके साथ थी, वो अब यहाँ नहीं है... पता नहीं कहाँ होगा। मुझे दुःख है उसका- पर जूलिया मेरे लिए अभी प्राथमिकता है। हम सबको गम होगा किसी के खोने का, भय होगा कि आगे क्या होगा - पर सच मानिये

अभी जो भी हमारे पास में है जैसे जूलिया, हेलगा बस यही हमारी हकीकत है। हमें इन्हीं को बचाना होगा।"

कुछ तो था उसकी इस बात में। लोग उसके नीचे उतरने से पहले जूलिया को उठा कर अंडरग्राउंड मेट्रो के मध्य में ले आये। अंडरग्राउंड के बाहर एकाएक बहुत तेज़ धमाका हुआ। उस धमाके की धमक नीचे तक महसूस हुई। इस धमाके के बाद उसकी चीखें और तीव्रतर होती गयी और दर्द की तेज़ रफ़्तार जूलिया के लिए असहनीय होने लगी। जूलिया की हालत और बिगड़ने लगी थी। यह देख कर सन्धि को कुछ भी समझ नहीं आ रहा था... वह बस जूलिया को देखे जा रही थी। सन्धि जैसे ही सीढ़ियों से उतरी, वैसे ही उसने कहा, "मुझे कुछ साफ़ कपडे चाहिए।" पलक झपकते ही लोगों ने अपनी कमीज उतार दी।

तभी भीड़ में से एक लड़खड़ाती आवाज़ आई, "मेरे पास कुछ बिल्कुल साफ़ कपड़े हैं, मैं इसी के साथ भागा था," और वो हँसने लगा।

"मैं एक शर्त पर अपने कपड़े दूंगा।"

इवान ने पूछा "क्या शर्त है।"

"शर्त ये है कि इसे तुम दोबारा से साफ़ करके दोगे," यह कह कर वो दोबारा हंसने लगा।

हेलगा उसके पास गयी और जब तक वो देता, उसने उससे साफ़ कपड़े छीन लिए और छीनते ही कहा, "कैसी बातें करते हो तुम।"

एक गोला बन चुका था जिसके अन्दर सन्धि थी, हेलगा उसके सीधे हाथ पर खड़ी थी और इवान उल्टे हाथ पर। गोले से ज़रा हट कर वो लड़का बैठा था- जिसने अपना बैग दिया था साफ़ कमीजों का। हर इंसान सिर्फ जूलिया के पेट

की तरफ देख रहा था और सन्धि उस तरफ देख रही थी जहाँ से रोशनी आ रही थी।

एक बूढ़ा यूक्रेनी सन्धि के पास आया और बोला, "मैं भी तुम्हारी मदद करूंगा।"

सन्धि ने कहा, "जितने लोग होंगे अच्छा है, एक-दूसरे के साथ खड़े होने पर ही इस युद्ध से बच पाएंगे।"

हेलगा ने उस आदमी के बैग से सफ़ेद कमीज निकाली, कमीज़ इतनी साफ़ थी कि या ये कहो कि आस-पास के कपड़े इतने मैले थे कि वो कमीज़ और ज्यादा साफ़ लग रही थी। यूँ लग रहा था कि ओलिंपिक की मशाल हो। उधर खेल भावना और इधर मानवता, दोनों की मशाल जल रही थी।

सन्धि ने जूलिया के पेट को थोडा सा दबाया। जूलिया वैसे ही दर्द से कराह रही थी और अब तो और ज्यादा दर्द में थी। उसकी आँखों से आँसू निकल रहे थे और होंठ सूख चुके थे और चेहरा पीला पड़ चुका था।

सन्धि ने उससे कहा, "जूलिया जितनी ताकत हो, उतनी ताकत से बच्चे को बाहर निकालने की कोशिश करो।"

हेलगा ने पीछे से सन्धि का हाथ छुआ। वो लगभग ऐसा था कि हेलगा छूकर कह रही हो कि तुम करो जो कर सकती हो, मैं तुम्हारे साथ हूँ।

जूलिया भी सन्धि को देख रही थी। उसने सन्धि से कहा, "मैं अपनी सारी शक्ति एक प्रयास में लगाऊंगी, तुम तैयार रहना। तुमको भी करना पड़ेगा प्रयास, मैं दर्द से मर रही हूँ। अगर तुम नहीं करोगी कुछ तो मैं वैसे भी मर जाऊंगी।"

सन्धि की आँखों के सामने सारी पढ़ी हुई किताबों के पन्ने आ गये। स्वयं पर विश्वास अभी भी नहीं था, फिर भी उसने जूलिया से कहा, "मैं तैयार हूँ।"

खून बहुत तेज़ी से फैलने लगा। सन्धि की नाईटी पूरी तरह से अब लाल हो चुकी थी हल्के-हल्के काले धूल और धुएं के धब्बों के साथ, गोला बनाये लोगों के जूतों के नीचे खून आ रहा था।

जूतों के तलवे चिपचिपा रहे थे। जूलिया बेहोश थी दर्द से, इवान उसको होश में लाने की कोशिश कर रहा था और बाकि सारे लोग, जिनसे देखा जा रहा था, वो देख रहे थे और जिनसे नहीं देखा जा रहा था वो आँख बंद करके खड़े थे। इंतज़ार कर रहे थे आवाज़ का, किलकारी की आवाज़ का, चीख से थोड़ी कम तीखी, भय से बिल्कुल आज़ाद।

सन्धि ने इवान और हेलगा को बुलाया फिर उसने पीछे देखा तो उसे वो बूढ़ा व्यक्ति भी दिखा। सन्धि ने पूछा, "आपका नाम क्या है?" बूढ़े व्यक्ति ने कहा, "मार्को।"

सन्धि ने कहा, "मार्को तुम भी आओ।" मार्को दो कदम आगे आकर सन्धि के पास खड़ा हो गया। सन्धि के ठीक सामने ज़मीन पर वो भी बैठा था जिसने कमीज़ का बैग दिया था। सन्धि ने उसे भी इशारे से बुलाया।

उसने कहा, "आता हूँ," और वह खड़ा हो गया। सन्धि ने उस से पूछा, "तुम्हारा नाम क्या है।" उसने कहा, "व्लादिमीर।" और उसने सन्धि से सफ़ेद कमीज़ ले ली और बोला, "तुम बच्चा निकालो... मैं उसे इस शर्ट में रख लूँगा।"

सन्धि ने उन सब को देखते हुए कहा, "मुझे आप सब की ज़रुरत पड़ेगी, आप सब मेरी मदद करना।" व्लादिमीर ने अपनी कमीज़ को देखते हुए कहा, "ठीक है।"

सन्धि ने बच्चे को खींचा और जब बच्चा बाहर आया तो उसने अपनी रोने की आवाज़ से पूरे भय को चीर दिया और बेपरवाह रोने लगा बिना किसी डर के।

सन्धि के हाथ में बच्चा था और पीछे से बहुत तेज़ आवाज़ आती है सन्धि...सन्धि। सन्धि पीछे मुड़ कर देखती है तो उसे कोई नहीं दिखता क्योंकि बहुत भीड़ थी पर भीड़ हटाते हुए एक इंसान सन्धि की तरफ बढ़ रहा था। जैसे ही उस इन्सान ने आखिरी इंसान को हटाया वैसे ही सन्धि ने आवाज़ लगायी "पेत्रोविच।"

सन्धि की आँखों में आँसू थे, माथे पर खून और हाथ में नवजात शिशु, जो रो रहा था। तब तक मेडिकल सर्विस के लोग भी अंडरग्राउंड जगह पर आ गये थे। सन्धि ने बच्चे को हेलगा को दिया और उससे कहा, "तुम बहुत निडर हो, तुमने एक बार भी आँख बंद नहीं की।"

"आँखे कैसे बंद करती, छोटा यूक्रेनी जो आने वाला था।"

तब तक भीड़ से गुज़रते हुए पेत्रोविच भी सन्धि के करीब पहुँच गया। पूरे प्रसव कार्य के दौरान सन्धि बिल्कुल नहीं घबरायी, न डरी और न रोई पर पेत्रोविच को देख कर वो अपने खून से रंगे हाथों के साथ उसकी बाहों में गिर गयी। पेत्रोविच और वो दोनों बैठ गए, सिसकते हुए सन्धि ने उसे अपने लाल हाथ दिखाए और बोली, "देखो जीवन का खून.....देखो ज़िन्दगी का खून। मानव इतिहास में अविश्वास के भयावह क्षणों में दिखाया गया अप्रत्याशित साहस ही परिस्थितियों को अब तक बदलता आया है, हमने भी अभी-अभी कुछ-कुछ वही शुरुआत की है।"

2

कौन बताएगा मेरे जीवन के युद्ध के बाद का परिणाम कि
कितने अरमान शहीद हुए और कितनी ख्वाहिशें घायल हुई।

खारकीव - 24 फरवरी

मेडिकल टीम मेट्रो स्टेशन की सीढ़ियों से नीचे उतरती है और उनके कपड़े देखकर लगता है कि खारकीव शहर में कई लोग घायल हुए हैं। 4-5 मेडिकल कर्मी बहुत जल्दी-जल्दी नीचे उतरते हैं स्ट्रेचर के साथ। उन्होंने जल्दी से स्ट्रेचर पर जूलिया को डाला और उनके बाकी लोग दोबारा से वैन में गए और दवाई लेकर नीचे आये।

यह सब सन्धि दूर बैठे देख रही थी। पेत्रोविच ने सन्धि के खून से सने हाथों को पकड़कर कहा, "मुझे विश्वास नहीं होता ये तुमने किया है।"

सन्धि अपने हाथ दिखाते हुए, "देखो इन हाथों को युद्ध के वक़्त भी- मैंने ज़िन्दगी को पैदा किया है और मैं क्या कोई भी कर सकता है ये, बस विश्वास होना चाहिए। मुझमें भी शुरुआत में विश्वास नहीं था पर मैंने खुद पर विश्वास किया क्योंकि मुझे इन्हीं लोगों ने विश्वास भरी नजरों से देखा। मैंने कोई जादू नहीं किया... बस वही किया जो एक इंसान दूसरे इंसान के लिए कर सकता है। ज़िन्दगी इतनी मुश्किल भी नहीं है पेत्रो, बस राह पकड़नी होती है जिसमें तुम्हें सुकून मिले।" यह सब बोलते-बोलते वो सिर्फ एकटक जूलिया को देख रही थी।

जूलिया का बच्चा जूलिया के पास था, जूलिया ने उसे अपने से चिपका रखा था। जूलिया की आँखें ठीक से नहीं खुल रहीं थीं पर फिर भी जूलिया ने उसे छोड़ा नहीं था।

पेत्रोविच भी जूलिया को देख रहा था। फिर उसने सबके चेहरे भी देखे। हर किसी के चेहरे पर एक सुकून था। पेत्रोविच सोच रहा था कि ज़िन्दगी को संजोए रखना कितना अहम है और शायद इन सब लोगों की खुशी का एक कारण सन्धि भी है।

पेत्रोविच ने सन्धि से कहा, “मेडिकल टीम यहीं इलाज कर रही है जूलिया का, लगता है कि हमला और ज्यादा गहन हो गया है।”

“तुम पूछते क्यों नहीं मेडिकल टीम से?”

पेत्रोविच ने जाकर एक मेडिकल ऑफिसर से पूछा, “क्या बात है, आप वैन में क्यों नहीं ले जा रहे हैं मरीज़ को?”

मेडिकल ऑफिसर ने कहा, “बाहर हालात सुरक्षित नहीं हैं। कभी भी कहीं भी हमला हो सकता है। रशियन सेना अंदर घुस आयी है। हमारी सेना से उनकी मुठभेड़ चल रही है। खारकीव अब बिल्कुल भी सुरक्षित नहीं है।” यह कह कर वो दोबारा जूलिया की जाँच में जुट गया।

पेत्रोविच ने यह बात बीच में किसी को भी नहीं बताई। कई लोगों ने पूछा भी कि क्या कह रहे थे मेडिकल अफसर तो पेत्रोविच ने कह दिया, “कुछ नहीं कह रहे थे, बस यही जूलिया अब जल्दी स्वस्थ हो जाएगी।”

पेत्रोविच ने सन्धि को ही पूरी बात बताई, वह सोच रहा था कि सन्धि सुनकर घबरा जाएगी। लेकिन सन्धि ने पूरी बात सुनकर कहा, “इसका मतलब है कुछ भी सुरक्षित नहीं है और यह जगह शहर के बीचों-बीच है, हम कल सुबह तक या आज रात यहीं रुकेंगे।”

“हम मतलब।”

सन्धि उसकी आँखों में आँखे डालकर कहती है, “हम मतलब मैं, तुम और ये सब।”

सन्धि फिर से खड़ी होती है पर इस बार वो अपने घुटनों पर हाथ रख कर खड़ी हो पाती है। खड़े होकर वो कहती है, “बाहर कुछ भी सुरक्षित नहीं है, हर जगह या तो रूसी मिसाइल हैं या तो रूसी सैनिक या फिर रूसी टैंक हैं, हम बाहर गए तो खतरे से खाली नहीं होगा, बेहतर होगा हम यहीं रहें कल

तक, क्योंकि यह जगह शहर के बीचों-बीच है तो यहाँ खतरा सबसे कम है। सन्धि अपनी बात को खत्म करके लगभग सभी की आँखों में झांकती है। फिर कहती है, "आप लोगों को क्या लगता है क्या करना चाहिए?"

सभी लोग आपस में बात करने लगते हैं तो सन्धि दोबारा से कहती है, "हमें अगर यहाँ रहना है तो कम से कम आवाज़ करनी होगी ताकि किसी को भनक तक न हो हमारे यहाँ होने की।"

इस बात के बाद लोग थोड़े डरे पर फिर थोड़ी देर बाद धीरे-धीरे सलाह मशविरा करने लगे। सबने बहुत धीरे पर पुख्ता तरीके से कहा कि यही सही रहेगा।

सन्धि फिर धीरे से डाक्टर के पास गई। जैसे ही सन्धि डॉक्टर के पास पहुँची डॉक्टर एकदम सावधान मुद्रा में आ गया और सन्धि को बताने लगा, "तुमने ठीक किया, कोई और चारा नहीं था जान बचाने का इसके सिवाए।"

"मैं अभी डॉक्टर नहीं हूँ, एक साल बचा है मेरी मेडिकल की पढ़ाई में।"

"पढ़ाई तो कर ही लोगी तुम, तुम्हारा इस व्यवसाय से जुड़ना तुम्हारी फितरत को दिखाता है जो दूसरे की कद्र करने की है।"

"मैं डॉक्टर कभी नहीं बनना चाहती थी पर क्या करूँ, किस्मत..." और यह कहकर वो वहाँ से चल देती है।

चलते-चलते सन्धि सोचती जा रही थी कि उसको एक सीनियर डॉक्टर भी इतनी इज़्ज़त क्यों दे रहा है जबकि उसकी तो अभी डिग्री होने में भी पूरा एक साल है। फिर वो स्वयं से बात करती है, कहती है, 'यह युद्ध है इसमें आम ज़िन्दगी के नियम नहीं चलते, यहाँ जो जीतता है बस वही सिकन्दर होता है पर मुझे सिकन्दर नही बनना, इतने लोग मेरी वजह से मारे जाएं, मुझे कतई गवारा नहीं होगा। तो मुझे फिर क्या बनना है .....क्या बनना है मुझे?' यह

कहते-कहते वह बैठ जाती है और बाकी सब भी उसके आस-पास आकर बैठ जाते हैं।

डॉक्टर सन्धि के पास आकर कहता है, "हमने टाँके लगा दिए हैं जूलिया को पर उसका खून बहुत बह गया है। आपमें से किसी को उसको खून देना पड़ेगा।"

"क्या ब्लड ग्रुप है उसका"

"ओ पॉजिटिव"

सन्धि सुनते ही खड़ी होती है और जूलिया की तरफ इशारा करके पूछती है, "इसे खून की ज़रूरत है, आप में से किसी का ब्लड ग्रुप ओ पॉजिटिव है क्या? अगर है तो बताइए डॉक्टर चेक करके जूलिया को खून चढ़ा देंगे।"

सब एक-दूसरे से पूछने लगते हैं - इवान, हेलगा, और मार्को भी बाकी सब से पूछने लगते हैं।

हेलगा सन्धि से कहती है, "व्लादिमीर सो रहा है, उसको उठा कर पूछूं क्या?"

सन्धि ने एक बार को सोचा पर दूर तक कोई और उपाय नहीं था। कोई बता भी नहीं रहा था कि किसी का ब्लड ग्रुप मेल खाता है या नहीं। सन्धि ने कहा, "पूछो"। हेलगा व्लादिमीर के पास ही खड़ी थी... उसने आवाज़ दी पर व्लादिमीर ने नहीं सुना।

हेलगा ने अपने स्कूल बैग में से पानी की बोतल निकाली और पानी व्लादिमीर के मुँह पर डाला। व्लादिमीर गाली देते हुए उठा। मार्को ने व्लादिमीर को मना किया कि हेलगा बहुत छोटी है, उसे गाली न दे। तो इस पर व्लादिमीर कहता है, "ये मेरी प्रतिक्रिया है... तुम किसी शराब पीये हुए

इंसान को अगर इस तरह उठाओगे तो वह यही करेगा” और फिर वो हँसने लगा।

हेलगा के चेहरे से गुस्सा झलक रहा था। उसने कहा, “तुम में बिल्कुल भी तमीज नहीं है।”

“तमीज तो नहीं है ये बात सच है पर मैंने जानबूझकर ये नहीं किया। तुम जब युद्ध चालू हुआ तो डरी थीं कि नहीं बोलो?”

हेलगा पूछती है, “इस बात से क्या मतलब है।”

“बताओं डरी थीं कि नहीं।”

“नहीं।”

“सच बताओ!” इस बार पहली बार व्लादिमीर अपनी स्कॉच की बोतल से आँख हटा कर हेलगा की तरफ देखता है। हेलगा उसकी आँखों में देखती है और सच उगल देती है। “हाँ, पहली बार जब बम की आवाज़ आई थी तो डरी थी पर उसके बाद नहीं डरी।”

“क्यों नहीं डरीं उसके बाद?”

“क्योंकि मुझे लगा विडियो गेम जैसा हो रहा है... बस इसमें जो एक बार मरता है, वो दोबारा नहीं उठता, मुझे अच्छा लगा ये कॉन्सेप्ट और मैं अब इसके मज़े ले रही हूँ।”

व्लादिमीर ने ये जवाब सुन कर सर खुजलाते हुए थोड़ी देर बाद कहा, “तू तो मुझसे भी ज्यादा पागल है।”

“व्लादिमीर सुनो मेरे लिए ये विडियो गेम जैसा है पर इसका मतलब यह नहीं कि मैं इंसान या उसकी ज़िन्दगी की इज्ज़त नहीं करती।”

“तो तुम्हें क्या लगता है, मैं नहीं करता?”

सन्धि माहौल थोड़ा सा गरम होते देख खुद अगला सवाल व्लादिमीर से करती है, "ये सब छोड़ो, ये बताओ कि क्या तुम्हारा ब्लड ग्रुप ओ पॉजिटिव है?"

"नहीं मेरा नहीं है पर अगर होता तो क्या तुम मेरा खून इस्तेमाल करती?"

सन्धि समझ गयी कि व्लादिमीर क्या कहना चाहता है। पर वो फिर भी पूछती है, "क्यों क्या खराबी है तुम्हारे खून में।"

"कल रात से पी रहा हूँ।"

"क्यों??"

व्लादिमीर खड़े होते हुए बोला, "क्या करता बताओ। एक इंसान जो छुट्टी मनाने यहाँ आया है, वो मज़े ही तो करेगा, मुझे क्या पता था यहाँ ये सब होगा।"

सन्धि चौंक कर कहती है, "क्या तुम यहाँ के नहीं हो, पर लगते तो बिल्कुल यहीं के हो।"

"नहीं मैं यहाँ का हूँ भी और नहीं भी। मेरी माँ यहीं रहीं थीं पर वो रशिया की थीं" (रशिया का नाम सुनते ही सब लोगों की निगाह व्लादिमीर पर आ गई), व्लादिमीर ने कहा, "आगे भी सुनो और पिताजी अमेरिका के नागरिक थे।"

यह कहते हुए व्लादिमीर अपनी ज़ेब में कुछ ढूँढने लगा और फिर सिगरेट निकाल लेता है। यह सब बता कर वो हँसने लगा और कहने लगा, "हर रशियन से तुम्हारी दुश्मनी नहीं है, तुम्हारी दुश्मनी है उन लोगों से जो तुम्हारी धरती पर खड़े हैं और जो तुम्हारे लोगों को मार रहे हैं।"

सन्धि बड़ी गंभीरता से ह्म्म्म कहती है और व्लादिमीर अपनी ज़ेब से सिगरेट निकाल कर जलाने लगता है। भीड़ अचानक से हटने लगती है। इवान, एक

औरत और एक कुत्ते के साथ वहाँ आता है। कुत्ता व्लादिमीर को देखकर भौंकने लगता है। कुत्ते के साथ जो औरत थी, वो कुत्ते को 'हीरो...हीरो' कहकर बुलाने लगती है।

हीरो शांत हो जाता है। फिर वो औरत, जिसने 'हीरो' कह कर उस कुत्ते को बुलाया था, वह बताने लगी, "हीरो ने बम फटते हुए देखा था। एक आग का गुबार सा था और तब से ये कोई भी जलती हुई चीज देखता है तो भौंकने लगता है।" व्लादिमीर तीन-चार कदम चलकर कुत्ते के पास जाता है और अपनी जली हुई सिगरेट को पीठ के पीछे कर लेता है और बड़े प्यार से हीरो के ऊपर हाथ फेरता है और बोलता है, "हीरो डरो नहीं ये सिर्फ सिगरेट है, बम नहीं और मैं उन जैसा नहीं हूँ।"

सन्धि उस औरत को देखती है, वो कुछ कहती उससे पहले कुत्ते के साथ वाली औरत कहती है, "मेरा ब्लड ग्रुप ओ पॉजिटिव है, मुझे इन्होंने (इवान की तरफ इशारा करते हुए) बताया कि किसी को खून की ज़रुरत है, मैं ज़रा पीछे की तरफ थी तो पता ही नहीं चला कि यहाँ क्या हो रहा है।"

सन्धि ने कहा, "बहुत अच्छी बात है कि आप जूलिया की मदद करना चाहती हो।"

वो औरत, जो कुत्ते के साथ थी, समझ गयी कि जूलिया को ही खून की ज़रुरत है क्योंकि सिर्फ जूलिया ही स्ट्रेचेर पर थी, वो जूलिया के पास जाती है, उसके साथ-साथ उसका कुत्ता भी उसके पास जाता है, वह कहती है, "मैं तैयार हूँ।"

सन्धि उससे पूछती है, "तुम्हारा नाम क्या है?"

उसने कहा, "नताशा।"

सन्धि डॉक्टर को आवाज़ लगाती है, मेडिकल टीम तब तक बाकी लोगों की मरहम-पट्टी कर रही थी। एक डॉक्टर सन्धि की तरफ भी आ रहा था, उसके घाव को साफ़ करने के लिए। डॉक्टर को अपनी तरफ आते देख सन्धि कहती है, "आप पहले जूलिया का इलाज़ करें, मुझे तो सिर्फ एक खरोंच है।"

सन्धि की बात सुनकर डॉक्टर लौट जाते हैं जूलिया की तरफ। डॉक्टर्स जूलिया के साथ थे और बाकी मेडिकल टीम घायल लोगों को देख रही थी। डॉक्टर ने नताशा के खून की जाँच के बाद बिना किसी देरी के नताशा की नसों में सुई डाली, नताशा के मुँह से आह निकल गयी और हीरो डॉक्टर्स के ऊपर भौंकने लगा। नताशा ने हीरो के ऊपर हाथ फेरा और कहा, "हीरो मैं सही हूँ।" हीरो अपने दोनों कान खड़े किये, बड़ी सावधानी से नताशा की बात सुन रहा था।

डॉक्टर डरते-डरते सुई का दूसरा सिरा जूलिया की नसों में डालते हैं। खून चढ़ना शुरू हो जाता है। डॉक्टर ने इवान से कहा, "क्या हम कुत्ते को थोडा दूर कर सकते हैं।"

इवान ने सन्धि की तरफ देखा और सन्धि ने सिर्फ इतना कहा, "यूक्रेन उसका भी उतना ही है जितना तुम्हारा है डॉक्टर साहब। वो भी डरा हुआ है जैसे हम डरे हुए हैं।" डॉक्टर को अपनी बात पर शायद अफ़सोस हुआ होगा और बिना कुछ बोले वह जूलिया का इलाज़ करने लगा।

बाहर के माहौल में गोलियों की आवाज़ अंडरग्राउंड जगह तक पहुँच रही थी और ये सुनकर जूलिया, नताशा और हीरो डर रहे थे। सन्धि ने जब देखा कि खून चढ़ने लगा है और ये तीनों डर रहे हैं तो वह पास जाकर खड़ी हो गयी। हीरो ने उसे ऊपर सर करके देखा फिर जीभ बाहर निकाल उसके हाथ चाटने लगा। सन्धि को उसकी जीभ के स्पर्श से ख़ुशी हुई। उसने हीरो के सर पर हाथ फेरा। सन्धि काफी थक चुकी थी, वो वहीं बैठ गयी। उसने ज़मीन पर बैठ

कर अपने हाथ पीठ के पीछे कर लिए थे और उनके दम पर बैठी हुई थी। पेत्रोविच भी वहां आ गया और बैठ गया। व्लादिमीर की सिगरेट भी बुझ चुकी थी और वो भी वहीं जाकर बैठ गया। बैठते-बैठते उसने अपनी जैकेट का कॉलर ऊपर कर लिया ताकि उसे गर्दन पर सर्दी कम लगे। मार्को पहले से ही जूलिया के पास खड़ा था, हेलगा पहले इवान के पास बैठी थी पर जब उसने देखा कि सन्धि भी बैठ गयी है तो वो धीरे से उठकर सन्धि के सामने जाकर बैठ गयी। बाकि लोग जो बैठे हुए थे, वो हेलगा की इस हरकत से थोड़े से परेशान हुए पर सब इतने थके थे कि उन्होंने हेलगा को कुछ नहीं कहा और जगह दे दी।

धीरे-धीरे सीढ़ियों के करीब बस यही 8-9 लोग बचे थे... बाकी सभी अंडरग्राउंड मेट्रो स्टेशन के और अन्दर जाकर बैठ गए। सक्रियता के वर्गक्रम के हिसाब से जो ज्यादा सक्रिय था, वह सीढ़ियों के पास, जो कम सक्रिय था, मेट्रो स्टेशन के और भीतर चले गए।

हेलगा सन्धि के पास जैसे ही बैठी, सन्धि ने उसके कंधो को पकड़ा और बड़े मज़ाकिया अंदाज़ में कहा, "तुम्हें इस कॉन्सेप्ट में मज़ा आ रहा है।"

हेलगा थोड़ा शरमाई और बोली, "नहीं....नहीं मेरा वो मतलब नहीं था... मुझे बस शुरुआत में ऐसा लगा पर जब मैंने जूलिया को देखा तब लगा कि इसमें कुछ मज़ा नहीं है... बस परेशानी है। डर है, मृत्यु का भय है।"

सन्धि ने बड़े धीरे से ह्म्म्म किया और फिर कहा, "बेटा इसमें मज़ा सिर्फ राजनेता को आता है, तुम तो एक छोटी बच्ची हो।"

हेलगा कहती है, "यह सब छोड़ो... आप बताओ ना कुछ अपने बारे में।"

"मैं क्या बताऊँ..." ये कहते-कहते उसने पेत्रोविच को देखा। पेत्रोविच ने भी हँसते हुए कहा, "बताओ कुछ ऐसा जो मुझे नहीं पता हो।" सन्धि हँसी और

बाकी सभी जो उसके आस-पास बैठे थे उन्हें देखा, एक पल के लिए पृष्ठभूमि में जो पीछे गोलियों की आवाज़ आ रही थी, उन्हें सुना और फिर पूछती है, “बताओ क्या जानना है तुम्हें?” (वो सबके चेहरों को देख कर समझ गयी थी कि सभी को उसके बारे में जानना है, उसे ये भी समझ आ गया था कि आत्मीयता से बात करके ही यह खराब समय निकाला जा सकता है, इसलिए ये ज़िम्मेदारी उसने अपने कंधो पर ले ली थी।)

हेलगा कहती है, “जो भी आप बताना चाहो।”

सन्धि हेलगा के सुनहरे बालों को छूते हुए कहती है, “मैं भी तुम्हारी तरह थी। मैं ही क्यों, हर लड़की, हर औरत लगभग एक जैसी ही होती है। क्या भारत और क्या यूक्रेन। हम सभी को एक ख़ास तरह की परेशानियों से गुजरना पड़ता है, जैसे ये मानना कि हम जो भी चुनते या करते हैं जीवन में वो बिना किसी पुरुष की नसीहत के करेंगे तो गलत ही होगा। मेरे पिताजी भी एक ऐसे ही इंसान थे जो मेरी ज्यादातर बातों को काटा करते थे... कई इसलिए कि वो मेरी बहुत फिक्र करते थे और कई इसलिए क्योंकि उन्हें लगता था कि मैं इनमें सफल नहीं हो पाऊंगी। बस इन्हीं फिक्रों में ‘मैं’ वो और माँ तीनों थे। वैसे मेरे घर में बाकी लोग भी थे जैसे चाचा, चाची और बुआ पर चिंता नहीं थी उन्हें मेरे भविष्य की, शायद उन्हें अपने भविष्य की भी कोई विशेष चिंता नहीं थी। दादी और दादा, जब मैं छोटी थी, तभी गुज़र गए थे। ज्यादा उनकी याद नहीं, बस एक बात दादी की नहीं भूलती कभी, उनका वो रुमाल जिसमें वो पैसे रखतीं थीं। खैर छोड़ो उन्हें क्यों परेशान करें याद कर के। फिर एक दिन अचानक मैं बड़ी हो गयी और मेरे भविष्य की चिंता होने लगी मेरे पिताजी और माँ को। मुझे रस्सी कूदना और दौड़ना पसंद था और पापा ने मेरे हाथों में स्टेथोस्कोप पकड़ाने का मन बना लिया।” (सन्धि अपने पुराने दिनों में लौटती हुई बोली।)

बनारस

23 जून, 2017

बनारस में घाट से थोड़े ही दूर पर वृन्दावन राय का मकान था। उस मकान के तीसरे माले पर एक लड़की दरवाज़ा अन्दर से बंद कर के बिस्तर पर बिल्कुल विकर्ण सो रही थी और पूरे घर में सन्धि......सन्धि नाम का शोर था। यह आवाज़ सन्धि के पिताजी की थी। दरवाज़े पर लगातार दस्तक हो रही थी और सन्धि के पिताजी सन्धि को जगाने की कोशिश कर रहे थे।

सन्धि ने कमरे के अन्दर से ही पूछा, "क्या हुआ?"

पिताजी ने कहा, "दरवाज़ा खोलो... अभी तक सो रही हो सुबह के 11 बज चुके हैं।"

सन्धि उठी, फिर कुछ सोचा और दोबारा सो गई। पिताजी ने फिर दरवाज़ा खटखटाया और कहा, "अरे खोलो, दरवाज़ा क्यों नहीं खोल रही हो?"

इस बार सन्धि उठी, उसने टी शर्ट टेबल से उठाई जिस पर स्पोर्ट्स की कई किताबें रखी हुई थी और मेज़ के ऊपर एक पोस्टर लगा था जिस पर लिखा था 'आई डोन्ट केयर'। टी शर्ट पहनने के बाद वो अपना स्पोर्ट्स का लोअर ढूँढने लगी पर अभी भी पिताजी का दरवाज़ा पीटना बंद नहीं हुआ था। लोअर उसे बिस्तर के नीचे मिला। उसने झट से लोअर पहना और एक मिनट के लिए शीशे के सामने खड़ी हुई और अपने बाल ठीक किये, फिर खुद को शीशे में देखकर कहा, "लगता है तेरा रिजल्ट आ गया है।"

यह कहकर उसने उबासी लेते हुए दरवाज़ा खोल दिया, दरवाज़ा खुलते ही पिताजी ने उससे कहा, "इतनी देर लगती है क्या दरवाज़ा खुलने में और इतनी देर तक क्यों सोती हो।"

"देर तक कहाँ पापा, अभी सिर्फ 11 बजे हैं।"

सन्धि की माँ भी ऊपर ही आ गई थी, इतनी तेज़-तेज़ दरवाज़ा जो पीट रहे थे उसके पिताजी। दरवाजे के बाहर से माँ ने सन्धि को आँख दिखाई।

“तुम बोल रही थी कि अभी सिर्फ 11 बजे हैं, रोज़ क्या इससे भी देर तक सोती रहती हो।”

सन्धि माँ की आँख देख कर समझ गयी कि कुछ गलत बोल दिया है उसने, उसे ये कहना था कि अभी 11 बजे हैं। यह बात कि सन्धि देर तक सोती है, यह सिर्फ सन्धि और उसकी माँ के बीच की थी।

सन्धि ने बात बदलते हुए कहा, “आप क्यों दरवाज़ा पीट रहे थे... ये तो बताइए।”

“तुम्हारे नीट के एग्जाम का रिजल्ट आ गया है।”

नीचे के माले से सन्धि के चाचा ने आवाज़ लगाना चालू कर दिया, “सन्धि अपना रोल नंबर दे दो, हम मोबाइल पर देख लेंगे।”

सन्धि ने चिल्लाकर बोला, “हम देखेंगे, हमारा रिजल्ट है।”

पिताजी ने कहा, “अरे दे दो रोल नंबर... वो देख लेगा।”

“हम ही देख लेते हैं रुको।” सन्धि दोबारा अपने कमरे में चली गयी और बाहर उसकी माँ खड़ी थीं, पिताजी अन्दर आये और अन्दर आकर बिस्तर पर बैठ गए।

सन्धि ने पिताजी को देखा बैठे हुए, फिर माँ को देखा बाहर दरवाजे से टिक कर खड़ी थीं और सीढ़ियों पर किसी की आवाज़ आ रही थी। सन्धि ने सोचा ज़रूर बुआ होंगी। उसने झट से मोबाइल निकाला और कहा, “इससे पहले कि पूरा मोहल्ला आ जाये, मैं रिजल्ट देख ही लेती हूँ।”

उसने मोबाइल में इन्टरनेट चालू किया और रात की खुली हुई जो साइट्स थी, जिसमें वह ढूंढ रही थी कि कैसे १०० मीटर दौड़ा जाये, बंद कर दी। नीट की साईट पर जाकर अपना रोल नंबर डाल दिया। उसकी माँ इधर भगवान् को याद कर रही थी पर सन्धि ने किसी को भी याद नहीं किया... बस उसकी निगाह 'आई डोन्ट केयर' वाले पोस्टर पर गयी। उसने देखा और पिताजी को बता दिया, "पापा मैं पास हो गयी हूँ।"

पापा ने जैसे ही यह सुना तो उन्होंने बोला, "जय बाबा विश्वनाथ की"।

सन्धि ने पापा को देखा और कहा, "अब खुश, अब मैं जाऊं?" पापा ने कहा, "हाँ....हाँ जाओ पर कल से लेट मत उठना और अब कॉलेज का पता करो कि कौन सा कॉलेज मिलेगा तुम्हें।"

"हाँ ठीक है।"

"अब मेरी बेटी डॉक्टर बनेगी, दुनिया देखेगी मेरा रुतबा।"

सन्धि अपने कमरे से बाहर आई तो उसकी बुआ खड़ी थीं, बुआ ने भी सन्धि को बधाई दी। सन्धि ने कहा, "धन्यवाद बुआ बस अब एक अदरक वाली चाय पिलवा दो" और वहाँ से चली गयी सीधे नीचे।

नीचे पहुंचकर उसने तौलिया उठाई और अंगड़ाई ली... फिर लेट गयी जूट की खाट पर। गर्मी में भी वह धूप में लेटी थी फिर अचानक उठी और बाथरूम में घुस गयी।

नहाकर दस मिनट में बाहर आ गयी तो उसकी माँ ने कहा, "इतनी जल्दी तू कैसे नहा लेती है।"

सन्धि बाहर आँगन में तौलिया सुखाती हुई कहती है, "मैं नहाती हूँ आम लडकियों की तरह पर माँ तुम तो किसी हीरोइन की तरह घंटों नहाती हो।"

माँ ने सन्धि को देखा और बोला, “तुमसे तो बात करना ही मुश्किल है।”

सन्धि ऊपर गयी और तैयार होकर झट से नीचे उतर आई और माँ से कहा, “माँ! मैं जा रही हूँ अभी रोशनी के घर, वहाँ से मैं जाऊंगी नीट के कॉलेज का पता करने।”

सन्धि आँगन से होते हुए घर के बाहर निकली, बाहर बाइक खड़ी थी, बाइक को पोंछने के दौरान उसकी आँखें पिताजी की नेमप्लेट पर गयी। पहले तो उसने नेमप्लेट को पोंछा जिस पर लिखा था ‘डॉक्टर वृन्दावन राय, BDS’ फिर अचानक उसने अधूरा ही पोंछा और वहाँ से निकल गयी अपनी बाइक पर।

बाइक चलाते-चलाते सन्धि सोच रही थी कि अगर कोई अच्छा कॉलेज नहीं मिला तो फिर वह क्या करेगी। क्या वह दोबारा से अपने सपनों के लिए 100 मीटर दौड़ेगी या फिर दोबारा से नीट देगी। पर नीट दोबारा से देना फिर से 1 साल पढ़ना घर के अन्दर रह कर। चलते हुए बाइक पर वह सर हिलाने लगी। फिर सोचने लगी पापा ने कहां फँसा दिया इस मेडिकल की पढ़ाई में, पहले तो कोचिंग लो मेडिकल के लिए, उसके लिए न जाने कितने पैसे लग गए, फिर जब इतने पैसे लग गए तो मुझ पर दवाब आ गया। फिर मैं और फँस गयी इस चक्कर में जो कभी ख़त्म नहीं होगा शायद। पता नहीं जिनके पास पैसा नहीं होता, क्या वो डॉक्टर नहीं बनते?

डॉक्टर बनना इतना ज़रूरी क्यों है। ज़रूरी मेरे लिए नहीं है, मेरे लिए तो ज़रूरी मेरा ग्राउंड है और मेरे 100 मीटर हैं। ये सिर्फ पापा के लिए ज़रूरी है, खुद नहीं बन पाए तो मुझ में अपना सपना बसा लिया। मेरे दिल में तो वो पिस्तौल की आवाज़, जो रेस शुरू होने से पहले होती है, वो और मेरे 100 मीटर, बस यही बसे थे। क्या ज़माना है किसी और का सपना किसी और को पूरा करना है। बीच-बीच में कई मंदिर निकले पर सन्धि ने एक भी मंदिर पर

सर नहीं झुकाया बल्कि मंदिरों को घूर के निकली वो। सन्धि ने गाड़ी धीमी की और रोक ली, रोकते ही उसकी दोस्त रोशनी ने उसे हाथ दिखाया। सन्धि ने गाड़ी रोकी और पूछने लगी, “कितने नंबर आये हैं तेरे?” रोशनी ने पीछे बैठते हुए कहा, “मुझे पक्का कोई गवर्नमेंट कॉलेज मिल जायेगा।”

सन्धि ने यह सुना और कहा, “चल इस बात पे तो पान बनता है फिर उसने गाड़ी स्टार्ट की और वहाँ से निकल गयी।”

सन्धि ने गाड़ी तेज़ की और पूछने लगी, “फिर कहाँ पढ़ेगी तू? ”

“मैं तो यहीं पढूंगी... बाबूजी जाने नहीं देंगे, अरे-अरे गाड़ी धीरे कर सन्धि।”

“कभी तो आज़ाद रह।” फिर रोशनी ने पीछे से उसे नोंचा और सन्धि हँसने लगी।

सन्धि ने पान की दुकान पर गाड़ी रोक ली और पान लेने चली गयी फिर पान वाले को कहा, “सफ़ेद कुर्ते वाले चाचा ज़रा दो पान लगा दो।”

पान वाले ने सन्धि को देखा और हँस के कहा, “ऐसे हमें कोई नहीं बुलाता।”

“मूर्ख हैं सब... तुम पान की दुकान पर बैठते हो, दिन में कम से कम 1000 पान बनाते होंगे और पूरे दिन तुम्हारा कुर्ता साफ़ रहता है, ये कमाल है कि नहीं।”

पान वाले चाचा हँसने लगे। फिर सन्धि ने उनसे कहा, “चाचा तुम ना एक दम भारत की गवर्नमेंट की तरह हो, लाख बुराइयां हों, पढ़ाई महंगी हो, लोग भूखे हों, रोज़ी-रोटी की किल्लत हो, कुछ भी हो और कुछ भी वो करें, पर रहेंगी तो गवर्नमेंट ही। हमें सुनना तो उन्हीं को पड़ेगा। हमारी थोड़े ही वो सुनेंगे, चाचा चलो लगने दो पान – हम क्या कर सकते हैं।”

चाचा ने जल्दी से पान लगाया और सन्धि को दे दिया। सन्धि ने वहीं एक पान खा लिया और एक पान रोशनी को दे दिया। रोशनी ने पान खाते ही मुँह पर कपड़ा बाँध लिया। सन्धि ने यह देखते ही कहा, "अबे निगलती ही रहोगी सब कुछ, कभी कुछ थूकोगी कि नहीं।"

सन्धि ने गाड़ी दोबारा स्टार्ट की और पीछे होकर पूछा, "अब बताओ कहां चलें?"

"चलो जहाँ तुम्हें चलना हो।"

"चलो फिर मैं अपनी सबसे ख़ास जगह ले चलती हूँ।"

" नहीं नहीं वहाँ नहीं।"

"वहाँ क्यों नहीं?"

"वहाँ लाशों का अंतिम संस्कार होता रहता है, वहाँ नहीं।"

"मेरे अन्दर जब भी कुछ मरता है, मैं वहीं जाती हूँ।"

"तेरे अन्दर क्या मरा आज ऐसा?"

"तू नहीं समझेगी पागल... आज़ाद होना बहुत मुश्किल काम है और जब तुम जानती हो कि तुम आज़ाद नहीं रहोगी तब बहुत कुछ खत्म होता है, चल छोड़। वहीं चलते हैं, वहीं निर्धारित करेंगे क्या करना है ज़िन्दगी के साथ।"

थोड़ी देर में दोनों वहाँ पहुँच कर, घाट पर एक कोने में बैठ जाते हैं। सन्धि बिना कुछ बोले सिर्फ देखती रहती है गंगा को और जलती हुई लाशों को। फिर कहती है, "धुआँ धुआँ धुआँ सिर्फ धुआँ है ज़िन्दगी में... रोशनी तुझे पता है धुआँ कब उड़ता है?"

रोशनी उसे देखती रहती है बिना कुछ बोले, फिर झट से कहती है, “हाँ विज्ञान के हिसाब से देखें तो जब कोई चीज सही से नहीं जल रही होती है तो धुआँ उठता है।”

सन्धि झट से खड़ी हो जाती है कहती है, “बिलकुल सही। मेरे अन्दर बहुत धुआँ हो गया है जल भी रही हूँ पर ढंग से नहीं। कुछ भी सही से नहीं हो रहा है।”

“क्या हुआ बता तो।”

“यार मेरे 440 नंबर हैं 720 में से, अब ये बता क्या मुझे कोई अच्छा गवर्नमेंट कॉलेज मिल सकता है?”

रोशनी एक मिनट शांत रहती है, फिर कहती है, “बहुत मुश्किल है।”

“ठीक है, अब ये बता कि प्राइवेट कॉलेज की फीस कितनी होगी?”

“वो तो तू भूल जा, बहुत महंगी होगी। कम से कम सत्तर-अस्सी लाख लग जायेंगे?”

सन्धि हँसने लगती है और फिर रोशनी से कहती है, “सामने देख।”

“सामने क्या है?”

सन्धि लाश की तरफ इशारा करते हुए कहती है, “ऐसे जलते हैं ख्वाब धू-धू करके।”

“क्या तू सच में डॉक्टरी की पढ़ाई करना चाहती थी?”

“नहीं यार, मैं तो नहीं करना चाहती थी पर पिताजी ने इधर-उधर से कर्जा माँग के कोचिंग की फीस दे दी। फिर मैंने कोचिंग भी कर ली, अब सोचती हूँ जब पापा इतना कर रहे हैं तो इसी को अपना सपना बना लूँ।”

"अच्छा तो हमारी सन्धि जी ने सन्धि करा दी है ख्वाहिशों और यथार्थ में।" फिर दोनों काफी देर तक हँसते रहते है।

"चल चलते हैं घर, पापा वर्ना फ़ोन करने लगेंगे।"

"चल-चल चलते हैं।

"तू कभी यहाँ रात में आई है?"

"नहीं कभी नहीं आऊँगी रात में यहाँ।"

"आना बहुत अच्छा लगता है।"

"क्या अच्छा लगता है।"

"धधकती आग वो भी इंसानों की देखने को मिलती है यहाँ। आगाज़ या अंजामों के शुरू होने न होने का क्रंदन दिखता है यहाँ।"

"मैं तो कभी नही आऊंगी रात में, कितना डरावना लगता होगा यहाँ।"

सन्धि हँसती है और कहती है, "मौत से ज्यादा हसीन और दिल फरेब चीज कुछ भी नही है। बस वो आपके पसंदीदा लम्हातों में आई हो।" फिर से दोनों हँसने लगते हैं और हँसते-हँसते गाड़ी तक पहुँच जाते हैं।

सन्धि घाट से बाहर जाते समय एक बार गंगा जी के सामने झुकती है और बाहर निकल जाती है। फिर बाइक दोबारा से स्टार्ट करती है और रोशनी को कहती है, "चल बैठ... घर चलते हैं।"

दोनों बाइक पर बैठते हैं और फिर वहाँ से चल पड़ते हैं। इस बार सन्धि और तेज़ गाड़ी चला रही होती है तो रोशनी कहती है, "क्या सन्धि आज जान ले लेगी तू?"

"मर मत, मरने नहीं दूँगी तुझे... तू डॉक्टर के साथ बैठी है।" इस बार सन्धि नहीं हँसी सिर्फ रोशनी हँसी।

सन्धि ने रोशनी को घर पर उतारते ही कहा, "मुँह धो लेना... पान खाया है तूने... फिर कहीं तेरे बाप ने देखा तो मुझे गाली देगा" और गाड़ी तेज़ करके वहाँ से निकल जाती है।

सन्धि रास्ते भर यही सोचती हुई गाड़ी चलाती है कि क्या होगा घर जाकर जब पापा को वह बताएगी कि कोई सरकारी कॉलेज नहीं मिलेगा। इसी उधेड़बुन में वो घर पहुँच जाती है।

घर पहुंच के वो गाड़ी खड़ी करती है और इस बार वो नेमप्लेट को अच्छी तरह से साफ कर देती है। फिर एक गहरी साँस लेकर अंदर जाती है। अंदर जाते ही पानी पीती है ताकि पान का लाल रंग कम हो जाये। उसके बाद सन्धि बैठ जाती है नीचे वाले आँगन में। सन्धि मन ही मन में सोच रही थी कि यहाँ बैठना ठीक होगा क्या? फिर खुद जवाब देती है स्वयं को, 'जो होना है, वो हो जायेगा... जितनी जल्दी होगी, उतना अच्छा।"

फिर थोड़ी देर तक वह खेलती रहती है अपने बालों से अलग-अलग तरीके से उन्हें बाँधकर। एकाएक उसके कानों में आवाज़ पड़ती है, सन्धि.....सन्धि।

इस बार वो एक बार में ही आवाज़ का उत्तर देती है। पापा आकर बैठ जाते हैं पास में, फिर टीवी खोलते हुए कहते हैं, "पता किया, क्या हुआ, कौन से कॉलेज मिलेंगे।"

सन्धि उठकर बैठ जाती है और कहती है, "पापा मुझे 440 नंबर मिले 720 में से, मुझे मुश्किल से ही कोई सरकारी कॉलेज मिलेगा।"

पिताजी उसे देखते रहते हैं गुस्से में फिर कहते हैं, "पढाई क्यों नहीं की अच्छे से।"

सन्धि कुछ नहीं कहती, कमरे में सब लोग जमा हो जाते हैं। चाचा, चाची, बुआ और माँ भी। सब सन्धि को देखते हैं।

अब चाचा ने पूछा, "तुम्हें कैसे पता कि सरकारी कॉलेज नहीं मिलेगा।"

"बहुत लोग फॉर्म भरते हैं और बहुत कम को ही सरकारी कॉलेज मिलता है।"

"अरे ऐसा नहीं है भाई साहब... याद है आपको वो गाँव में चचिया ससुर के मौसी के लड़के को सरकारी कॉलेज मिला था।"

सन्धि के पापा को एक मिनट लगा याद करने में... फिर बोले, "मैं और पता करता हूँ" और वहाँ से उठ कर चले गए। सब लोग अपने अपने काम करने लगे और सन्धि वहीं उस कमरे में बैठी रही। सन्धि सोच रही थी कि स्टूडेंट की ज़िन्दगी भी बड़ी ज़िल्लत से भरी होती है। कोई परीक्षा पास कर लो तो बढ़िया, नहीं हुई तो बस तिरस्कार। कम से कम थोड़े दिनों का तो होता ही होता है। लड़कियों के साथ थोड़ा अलग तरीके का तिरस्कार होता है, साथ रख कर तिरस्कार करते हैं जैसे उनका बाहर निकलना बंद।

पिताजी लौट कर आये फिर बोले, "मैंने पता किया है सरकारी कॉलेज मिलना मुश्किल है, बेटा तुम्हें और पढ़ना चाहिए था।" बाकी लोग भी लौट आये दोबारा उसी कमरे में।

इस बार सन्धि चुप नहीं रही इस सवाल पर और उसने कहा, "पापा जिस विषय में मेरा बिल्कुल मन नहीं लगता हो उस विषय में मेरे इतने नंबर आये हैं, सिर्फ आपके कहने पर मैंने ये मेडिकल की तैयारी की है वर्ना आप जानते है मेरा मन कहाँ था।"

पापा ने गुस्से में कहा, "तो क्या सारी ज़िन्दगी फील्ड पर गुज़ार देती?"

"हाँ गुज़ार देती... यहाँ तो इन सब चीजों को पढ़ के घुट-घुट के सोचने में कि वो करती तो कहाँ पहुँचती, इस से तो बेहतर ही होता वो फील्ड पर गुज़ारा गया वक़्त।"

चाचा ने सन्धि को कहा, "सन्धि ऐसे बात मत करो... जवाब मत दो।"

"ऐसे सवाल मत करो फिर।"

कमरे में सन्नाटा था। पिताजी ने सन्नाटे को तोड़ते हुए कहा, "अब बताओ एक आखिरी सवाल"

"हाँ पूछिए।"

"अब करना चाहती हो मेडिकल या नहीं।"

"हाँ, करना चाहती हूँ पर सिर्फ आपके लिए और ये बताने के लिए कि मैं पढाई में कमज़ोर नहीं हूँ... मेरा बस मन स्पोर्ट्स में जाने का था और देश के लिए मैडल लाने का था।" यह बात सुनकर सब भौचक्के रह गए क्योंकि यह पक्ष सन्धि का किसी ने नहीं देखा था।

"यह देश प्रेम कब से आ गया तुम में।" सन्धि के पिता ने थोड़ा हँसी के साथ पूछा।

"हमेशा से था पिताजी पर आपने कभी जानने की कोशिश नहीं की और मैंने कभी बताना ज़रूरी नहीं समझा क्योंकि मुझे पता था कि एक न एक दिन ये सब छोड़ना पड़ेगा।"

"पर देश की सेवा तो तुम डॉक्टर बनकर भी कर सकती हो।"

"वही सोचा है पापा पर मैंने एक फैसला और लिया है।" इस बात पर सब लोग थोड़े हैरान थे क्योंकि सन्धि ने बहुत ठोस तरह से यह बात कही थी। ज्यादातर बातें वो मज़ाक में ही करती थी।

"क्या फैसला लिया है?"

"पिताजी मैं अपनी पढ़ाई का खर्चा खुद उठाऊंगी।"

"खुद उठाओगी... वो कैसे।"

"मैं लोन लूँगी... एजुकेशनल लोन।"

पिताजी उसको देखते रह गए। उन्हें समझ आ गया कि अब वो बड़ी हो चुकी सन्धि से बात कर रहे हैं। बुआ बोली, "जानती हो कितनी महंगी होती है मेडिकल की पढ़ाई?"

"जानती हूँ बुआ, सब पता करके आयी हूँ प्राइवेट कॉलेज में कम से कम 70 से 80 लाख की होगी मेडिकल की पढाई।"

चाचा ने कहा, "इतना बड़ा लोन लोगी तुम, चुका पाओगी?"

"भगवान के लिए मुझ पर और मेरी काबिलियत पर शक करना बंद कर दो। नहीं करते भरोसा मत करो... पर प्लीज अपने तक रखो आप सब ये अविश्वास।"

पिताजी ने कहा, "सन्धि मैंने अभी अपने एक मित्र को फ़ोन किया था, वो कोचिंग में पढ़ाता है। उसने ही मुझे बताया कि तुम्हारा उन नम्बरों पर सरकारी कॉलेज में एडमिशन होना मुश्किल है।" सन्धि ने अपनी गर्दन लटका ली, वो थक सी गयी थी बार-बार नम्बरों की बात से। फिर पिताजी ने कहा पर उसने अपनी गर्दन सीधे की और पिताजी की ओर देखा। जैसे ही पिताजी ने देखा कि सन्धि ने चेहरा ऊपर किया है उन्होंने बोला, "उसने एक और रास्ता बताया है।"

"वो क्या रास्ता है?"

"यूक्रेन में मेडिकल की पढ़ाई काफी भारतीय छात्र करते हैं और वहाँ की फीस भी बहुत कम है... यहाँ से लगभग आधी। नीट के मार्क्स से ही तुम्हारा एडमिशन हो जायेगा। तुम्हारे नंबर के हिसाब से तुम्हें कॉलेज मिल जाएगा वहाँ पर और वहाँ से डॉक्टरी की पढ़ाई करने के बाद तुम यहाँ आकर एक परीक्षा दोगी, फिर उसके बाद तुम भारत में भी प्रैक्टिस कर सकती हो।"

सन्धि की माँ ने कहा, "कहाँ है ये यूक्रेन?"

पिताजी ने बताया, "बहुत दूर है यहाँ से विदेश में।"

माँ ने कहा, "हे भगवान आप बेटी को इतनी दूर भेजोगे!"

पिताजी ने जवाब दिया, "मैं नहीं भेज रहा हूँ... बस एक विकल्प बता रहा हूँ।"

चाचा बोले "आप विकल्प भी क्यों दे रहे हैं?"

पिताजी ने कहा, "जो अपनी पूरी फीस देगा, उसे कम से कम विकल्प तो सारे पता होने चाहिए।" यह कह कर वो उठ कर अपने कमरे में चले गए।

सन्धि समझ नहीं पा रही थी कि पिताजी ने यह विकल्प बता कर उसकी मदद की है या उसको और कठिन निर्णय लेने पर विवश किया है। सन्धि पिताजी को उनके कमरे में जाते-जाते देखती रही और उनकी इस बात का मतलब निकालने की कोशिश करती रही। चाचा-चाची और बुआ माँ आपस में पिताजी के लिए कुछ-कुछ कह रहे थे। फिर जब उनको बहुत कोस लिया तो फिर सन्धि को कोसने लगे। सन्धि उठी और सबको हँसते हुए देखा। वहाँ से वो सीधे पापा के कमरे में चली गयी।

कमरे में जाकर वो पिताजी के पैरों की तरफ लेट गयी और पिताजी से पूछा, "आप क्यों बिना खाना खाए लेट गए।" पिताजी ने मुस्कुराते हुए कहा, "अभी खाना बना नहीं है थोड़ी देर में खाऊँगा... तू बता क्या बात है।"

“पापा आपने मुझे वो यूक्रेन का सुझाव क्यों दिया? आप यह देखना चाहते हो न कि मैं क्या चुनती हूँ। आपको पता है मुझे आपसे, माँ से और इस शहर से बहुत प्यार है और अगर मैं इन सब चीजों को छोड़ सकती हूँ तो मैं सच में यही करना चाहती हूँ। इसलिए आपने मुझे ये सुझाव दिया, है न?”

सन्धि की तरफ उसके पिता ने बहुत ही अलग तरह से देखा, इस बार बिल्कुल उस तरह से जैसे वो अपने मित्रों से बात करते थे। उन्होंने बहुत प्यार से कहा, “बेटा जी! तुम में बहुत काबिलियत है और उससे ज्यादा आत्मीयता... और ये दोनों का मिश्रण कमाल का होता है। तुम डॉक्टर भी बनोगी और बहुत कमाल की इंसान भी।”

सन्धि ने उसके बाद कुछ नहीं कहा। वह उठी और पिताजी के हाथों को हल्के से दबा कर कहा, “सुझाव के लिए धन्यवाद , तारीफ के लिए भी और हाँ अब मैं जा रही हूँ सोने क्योंकि सुबह मुझे बैंक जाना है लोन का पता करने।” सन्धि हँसते हुए कमरे से बाहर निकल गयी।

सन्धि अपने कमरे में पहुँची तो सबसे पहले वह मेज़ पर खड़ी हुई और उसने वह ‘आई डोंट केयर’ वाला पोस्टर फाड़ा और अपनी वो स्पोर्ट्स वाली किताबों को चूमा, बैग में उनको अच्छे से दबा दिया। फिर अपनी बॉलकनी में आकर खड़ी हुई और घर के पास वाले मंदिर को देखने लगी। तभी उसकी माँ वहाँ पर आई। उसने माँ को पलटकर नहीं देखा। वो एक टक सिर्फ मंदिर को देख रही थी, माँ ने उसे पीछे से गले लगाया तो उसने कहा, “जयश्री आज बहुत प्यार आ रहा है तुम्हें मुझ पर।”

“बेशरम नाम लेती हो माँ का।”

“माँ मज़ाक कर लेने दे... फिर बहुत दूर जाना है मुझे।”

"मैंने सुना तुम्हारी और पापा की बातों को, अच्छा है तू बड़ी हो गयी है अब, सयानी हो गयी है, मैं बस यह कहूँगी कि जो कुछ मैं नहीं कर पाई बड़ा, वो तू करना, ठीक है। 'बड़ा आदमी' सुन-सुन कर ज़िन्दगी निकल गयी मेरी, तू बड़ी औरत बनना... बहुत बड़ी औरत और सिर्फ पैसों से नहीं, ईमान से भी।"

सन्धि मुड़ी और माँ को जोर से गले लगा लिया। माँ ने कहा, "इतनी तेज़ गले लगाएगी तो साँस ही घुट जाएगी"

"पिताजी तो मुझे गले नहीं लगाते तो तू ही उनका हिसाब पूरा कर," फिर एक लम्बी साँस लेकर बोलती है, "ये खुशी इसलिए है मुझे इतनी ज्यादा क्योंकि बहुत वक़्त बाद मैंने बाबूजी को इतना खुश देखा है और मेरी तमाम कोशिशों के बाद आज उनकी आँखों में अपने लिए प्यार नहीं सम्मान देखा है।" इस बात को सुनकर माँ भी रोने लगी और दोनों माँ-बेटी रोते-हँसते रहे कुछ देर।

सुबह होते ही सन्धि उठी, नहाई, तैयार हुई और जब तक बाबूजी उठते, वो नीचे आँगन में बैठ कर अख़बार पढ़ने लगी। पिताजी उसे देखकर बहुत खुश हुए और बोले, "आज सूरज मेरे आँगन में ही आ गया है।"

सन्धि मुस्कुरायी और बोली, "चाय पीयेंगे आप?"

पिताजी ने कहा, "हाँ।"

तब तक माँ दोनों के लिए चाय ले आई। फिर सन्धि अपने मोबाइल में कुछ करने लगी। पिताजी ने पूछा, "क्या कर रही हो?"

"पिताजी यूक्रेन की यूनिवर्सिटीज में फॉर्म कैसे दाखिल करना है, यह देख रही हूँ। एक-दो दिन में फॉर्म को भरने की कोशिश करूंगी।"

"शाबाश!" और वो टहलने चले गए। सन्धि काफी देर तक सब कुछ पता करती रही फिर वह बैंक जाने के लिए निकल गयी।

एक महीने बाद

शाम के करीब 6 बजे तक सन्धि वापिस नहीं आती है, उसके पिताजी बाहर टहल रहे थे चिंता में। लगातार फ़ोन कर रहे थे पर उसका मोबाइल बंद आ रहा था। बार-बार घड़ी देख रहे थे और जयश्री से पूछ रहे थे, "कहाँ चली गयी है वो? अभी तक नहीं आई।"

सन्धि की माँ ने कहा, "आ जायेगी... आप परेशान न हों।"

"ऐसे कैसे परेशान न हों, सुबह से शाम आज कल बैंक के चक्कर लगाती है। कब तक पास होगा ये लोन, पता नहीं। कोई विद्यार्थी पढ़ना भी चाहे इस देश में तो वह भी जुल्म है। हज़ार कानून पूरे करो तो और हज़ार कानून... मज़ाक है ये देश, सिर्फ मज़ाक। पैसे कम होना इस देश में सारे अपराधों से बड़ा अपराध है।" तभी वो देखते हैं कि सन्धि अपनी बाइक से आ रही है।

पिताजी से रहा नहीं जाता, वो गेट खोल देते हैं और झट से जगह बनाते हैं उसकी बाइक खड़ी करने के लिए। जैसे ही वह गाड़ी से उतरी, पिताजी ने सवालों का पहाड़ खड़ा कर दिया। सन्धि शान्ति से सारे सवाल सुनती रही, फिर गाड़ी खड़ी कर बोली, "पिताजी! थोड़े दिन ही बचे हैं, उसके बाद आपकी ये डांट मैं सिर्फ फ़ोन पर सुन पाऊंगी।"

पिताजी समझ गए कि लोन पास हो गया... उन्होंने झट से गले लगा लिया सन्धि को। न जाने कितने दिनों बाद उन्होंने सन्धि को गले लगाया होगा, सन्धि भी बुत की तरह खड़ी रही बस, उसने सिर्फ अपनी आँखें बंद कर ली थी। वो इस अहसास को हमेशा के लिए अपने साथ रखना चाहती थी। चाचा और चाची, बुआ सब आ गये थे बाहर। बहुत दिनों बाद सब एक साथ खुश हुए थे बिना किसी मन-मुटाव के।

पिताजी जैसे ही सन्धि को अलग करते हैं सन्धि उनके पैर छूती है और वह अपना हाथ उसके सिर पर रखते हैं, फिर चाचा-चाची के पैर छूती है और फिर अपनी माँ के। माँ वहीं दादी के रुमाल में रखे रुपए देती है और कहती है, "मिठाई ले आना।" सन्धि मुस्कुराती है और सबको एक साथ अन्दर लाती है घर के। फिर सब लोग आँगन में बैठ जाते हैं। सन्धि सबको बताते हुए कहती है, "मुझे अगले हफ्ते के टिकट करने होंगे क्योंकि वहाँ कि क्लासेज जल्दी ही प्रारंभ हो जाएँगी।"

बाबूजी ये सुनते ही सन्धि से पूछते हैं, "क्या मैं ट्रेवल कंसल्टेंसी को फ़ोन कर दूँ?"

"हाँ पिताजी जल्दी से जल्दी हमें टिकट, वीसा वगेरह सबका इंतज़ाम करना होगा।"

पिताजी चाचा को इशारा करते हैं और वो दोनों ट्रेवल एजेंसी के लिए निकल जाते हैं। माँ और चाची सन्धि के लिए लड्डू बनाने के लिए किचन में चली जाती हैं। बुआ सन्धि के कमरे में जाकर उसका सामान लगाने लगती है। सन्धि अकेले रह जाती है आँगन में। फिर वह बड़े इत्मीनान से पूरे घर को देखती है और सोचती है कि लाख मन-मुटाव हों आपस में, पर सब आखिर एक ही हैं। घरों की खासियत ही यही होती है हर कमरे की लम्बाई-चौड़ाई कितनी ही अलग क्यों न हों पर जब घर की बात होती है तो किसी भी कमरे को छोड़ नहीं सकते। वो सोचती है कि अब इस घर को उसे छोड़ना पड़ेगा। उसकी आँखों में आँसू आ जाते हैं, फिर वह धीरे से बुदबुदाती है- क्या सभी कुछ इसी घर के आस-पास नहीं मिल सकता महादेव। फिर खुद ही उत्तर भी दे देती है- नहीं मिल सकता, मैं जानती हूँ। वो उठकर अपने कमरे में चली जाती है।

सन्धि की यूक्रेन के लिए रवानगी वाले दिन

सुबह-सुबह सबसे पहले सन्धि के बाबूजी उठ जाते हैं उनकी माँ के भी पहले, फिर उनके चाचा जी भी उठ जाते हैं। उसके बाद चाची, बुआ और माँ उठती हैं। सभी लोग अपने-अपने कामों को जल्दी से जल्दी ख़त्म करने के लिए प्रयासरत होते हैं। सन्धि सबसे लेट उठती है, फिर वो तैयार होकर नीचे आती है। सब बहुत खुश बाहर से पर अन्दर से सब दुखी होते हैं। यह बात सन्धि समझ रही होती है। पिताजी सुबह से बाहर बैठे हैं, अन्दर नहीं आ रहे हैं। एक अजीब सी घबराहट है उनमें, हर चीज पर गुस्सा कर रहे हैं। सन्धि यह सब देख कर बाहर पिताजी के पास गयी और उनके पास कुर्सी डाल कर बैठ गयी। वो जैसे ही बैठी पिताजी पूछने लगे उससे कि उसने सारा सामान चेक कर लिया है ना। सन्धि ने कहा, "मैंने सब कुछ सही तरह से रख लिया है पर पिताजी आप क्यों परेशान हैं, किस बात से परेशान हैं।"

"क्या बताऊँ तुझसे... क्या छुपाना, सब कुछ तो पता है तुझे, तेरे चाचा कुछ करते नहीं, तेरी बुआ अपना घर छोड़ कर यहाँ हैं, जो भी है वो ये घर, गाँव की जमीन और मेरी दांतों की दुकान से जो होता है बस वो है। इस घर में एक अरसे से कुछ ठीक नहीं हुआ है तो बड़ा जी घबराता है। तेरे लिए भी ज्यादा कुछ नहीं कर पाया मैं, वहाँ का टिकट और कुछ पैसे कर पाया बस। "

सन्धि बड़े धैर्य से पिताजी की बात सुनती है फिर बोलती है, "ईश्वर पर विश्वास रखिये... सब ठीक हो जायेगा और मेरे लिए जितना किया है ना आपने आप सोच भी नहीं सकते। मैं आज जितनी जिद्दी अपने लक्ष्य को लेकर हूँ ना वो आपकी ही बदौलत है। आप नहीं समझोगे कि आपने क्या किया है मेरे लिए। मैं भटकती ही रहती ज़िन्दगी भर पर आपने बताया है कि मुझे क्या पकड़कर चलना है जीवन में। आप ने मेरा मार्गदर्शन किया है और क्या दे सकते हो आप इस से ज्यादा।"

पिताजी अपने आँसू नहीं रोक पाए और अन्दर चले गए। सन्धि थोड़ी देर बाहर बैठी रही, फिर पिताजी के नाम की नेमप्लेट को देखती रही जब तक सिर्फ उसे वृन्दावन नहीं दिखा।

फ्लाइट का टाइम हो चुका था। सब लोग किराये की गाड़ी में बैठ चुके थे। घर से बहुत करीब ही था एयरपोर्ट, बहुत जल्दी ही पहुँच गए सब लोग। रास्ते में किसी ने भी किसी से बात नहीं की... एक दम शांति थी, कोई भी कुछ बोलकर माहौल को और संजीदा नहीं बनाना चाहता था।

एयरपोर्ट पर सन्धि उतरी, बाकी सारे घर वाले भी उतरे, सारा सामान उतारा और एक किनारे खड़े हो गए सब। अब कौन पहला वाक्य बोलेगा यह समझ नहीं आ रहा था किसी को। बहुत देर होने के बाद सन्धि ही ने कहा, "अच्छा फिर मिलते हैं।"

बस ये कहना था और सबकी आँखों में आँसू थे। माँ ने अपना चश्मा उतार लिया और रोने लगी, पिताजी ने सन्धि का हाथ पकड़ लिया था, चाचा ने कंधे पर हाथ रखा था, बुआ ने सन्धि का बैग पकड़ा हुआ था और चाची ने सन्धि के गाल खीचे हुए थे। सन्धि सबके बीचो-बीच थी।

फिर कुछ देर बाद सन्धि ने सबको गले लगाया, अपना बैग उठाया और जाने लगी। शायद उसे लगा कि कुछ और देर वो रुकेगी तो फिर जा ही नहीं पायेगी। सब लोग उसे देखते रहे पर उसने पलट कर नहीं देखा क्योंकि वो रो रही थी। जब वो एयरपोर्ट के अन्दर पहुँच चुकी थी और उसके और परिवार के बीच काँच का एक गेट आ गया था, वो तब घूमी और उसने हाथ हिलाया सबको फिर अपनी मंजिल की ओर प्रस्थान कर गयी।

विमान के अन्दर बैठ कर उसे बेहद अजीब सा लग रहा था। वो पहली बार घर से बाहर निकली थी और जब निकली तो सीधे 5000 किलोमीटर दूर के लिए। सन्धि को अपनी कुर्सी की पेटी को बांधते समय लगा कि अब वो

अपने लोग, अपना शहर छोड़ रही है तो इस घबराहट में वो अपनी पेटी बाँध ही नहीं पा रही थी... फिर कई बार कोशिश करने के बाद ही वो अपनी पेटी बाँध पायी।

विमान हवाई पट्टी पर दौड़ने लगा। खिड़की से उसे सब चीजें तेज़ी से उससे दूसरी दिशा में भागती दिखीं, विमान हवा में आया सन्धि को लगा कि वो बिल्कुल हल्की हो चुकी है, उसके अन्दर ज़रा सी भी ज़िदगी नहीं बची। फिर उसे एक मंदिर दिखा, उसने उस मंदिर को देखकर सबकी खैरियत मांगी। विमान और ऊपर आया अब उसे लगा कि सब कुछ नीचे रह गया। वो ऊपर उठ गयी या फिर वो अब ऊपर अकेली है बिल्कुल। उसने खिड़की को और ऊपर उठाया और वो कोशिश कर रही थी अपनी 100 मीटर की फील्ड को देखने की पर ना जाने वो कितने ऊपर आ गई थी क्योंकि वहाँ से उसका शहर भी नहीं दिख रहा था अब। सिर्फ आशाओं के बादल क्षितिज पर फैले दूर तक नज़र आ रहे थे। ज़िन्दगी भी युद्ध ही तो है, बस इसमें मौत अरमानों की होती है। कौन बताएगा मेरे जीवन के युद्ध के बाद का परिणाम कि कितने अरमान शहीद हुए और कितनी ख्वाहिशें घायल हुई। लेकिन तट छोड़ चुके नाविक को तो बहना ही पड़ता है।

3

देशभक्ति एक पहरेदारी है, प्रेम है, सैन्य और सांस्कृतिक दोनों ही दृष्टि से। पर राष्ट्रवाद एक आक्रामक रवैया है, एक रोषकारी व्यवहार है।

खारकीव

24 फरवरी, 2022

हीरो भौंकता है और डर कर पीछे की ओर जाने लगता है। नताशा उसके ऊपर हाथ फेरती है पर वह नहीं रुकता, पीछे-पीछे होने लगता है। वह देख तो आगे की ओर रहा था पर जा पीछे रहा था। सन्धि उठती है पर उसके पैर उसका साथ नहीं देते हैं। हेलगा उसको थोड़ा सा सहारा देती है उठने के लिए और वह उठ जाती है।

सन्धि नताशा से, "लगता है बहुत ज्यादा तादाद में रुसी फौज अन्दर आ गई है।"

नताशा गुस्से में कहती है, "न जाने कितने बम चलाएंगे वो लोग, लगता है उनका इरादा एक भी इंसान छोड़ने का नहीं है।"

इवान कहता है, "ऐसे कैसे ख़त्म हो जायेंगे हम सब। इतना आसान नहीं है हमें मारना।"

मार्को अपने माथे से पसीना पोंछता है, व्लादिमीर यह देख कर मार्को से कहता है, "क्या बात है... इतनी सर्दी में भी इतना पसीना!"

मार्को कुछ बोलने जा ही रहा होता है तभी एक विस्फोटक अंडरग्राउंड मेट्रो के ऊपरी हिस्से से टकराता है और पूरा अंडरग्राउंड मेट्रो स्टेशन हिलने लगता है। सन्धि के ठीक ऊपर का पेंट और थोड़ी कंक्रीट नीचे गिरती है। सन्धि धीरे से अपनी जगह बदलती है। डॉक्टर्स भी खून चढ़ाने की नली निकाल लेते हैं क्योंकि खून चढ़ चुका था। सभी लोग धीरे-धीरे रेंग कर एक जगह से दूसरी जगह जा रहे होते हैं। जूलिया का स्ट्रेचेर नताशा और हेलगा ने एक किनारे कर दिया था। उसका दर्द अब कम था... डॉक्टर्स ने उसे दर्द निवारक गोलियां दे दी थीं।

इवान कहता है, “सभी लोग अन्दर की तरफ निकल जाओ ताकि अगर रुसी फौज यहाँ आये तो उसे ये जगह खाली दिखे।” पेत्रोविच कहता है, “मेट्रो स्टेशन काफी बड़ा है... हमें सीढ़ियों के सामने से हट जाना चाहिए।” सन्धि धीरे-धीरे रेंग कर अन्दर की तरफ जाती है और ऊपर गोलियां और गोले चल रहे होते हैं। सन्धि के पीछे-पीछे बाकि लोग भी रेंगने लगते हैं। हेलगा शुरुआत में तो रेंग कर चलती है पर बाद में खड़ी हो जाती है।

व्लादिमीर उसे इशारा करता है लेट के चलने के लिए पर वो नहीं समझती। एक गोली सीढ़ी के ऊपर लगे हुए बल्ब में लगती है, व्लादिमीर दौड़ कर हेलगा को नीचे कर देता है और सब लोग शांत हो जाते हैं। हीरो भी अपनी हाँफती हुई जीभ को अन्दर कर लेता है इस घटना के बाद। व्लादिमीर हेलगा को अपने हाथ से दबाकर नीचे लिटा देता है। हेलगा भी बिल्कुल शांत हो जाती है... कुछ सेकंड्स पहले ही उसने गोली से बल्ब फूटते हुए सुना था। व्लादिमीर हेलगा से धीरे से पूछता है, “क्या जान प्यारी नहीं है? ये स्कूल के गेम्स नहीं हैं हेलगा, एक गोली और काम खत्म।”

हेलगा उसकी आँखों में डर देख कर सचमुच थोड़ा डर जाती है क्योंकि वो खुद बहुत डरा हुआ होता है। हेलगा व्लादिमीर को कहती है, “धन्यवाद व्लादिमीर।” व्लादिमीर सुनता है पर कुछ बोलता नहीं है और आगे चला जाता है।

अब सीढ़ियों के आगे बिल्कुल घुप्प अँधेरा हो चुका होता है और अन्दर की तरफ थोड़ी सी रोशनी थी क्योंकि ऊपरी सतह पर इतने बम बरसे थे कि कई बल्ब और लाइट्स काम करना बंद कर गयी थीं। कुछ लाइट्स जल और बुझ रहीं थीं। सीढ़ियों के ऊपर साफ़ पता लग रहा था कि कई लोग चल रहे हैं। मतलब काफी बड़ी टुकड़ी सीढ़ियों के ऊपर थी।

व्लादिमीर- “लगता है ये रुसी भाषा में बात कर रहे हैं।”

पेत्रोविच व्लादिमीर से कहता है, “हाँ तुम सही हो, ये रशियन भाषा ही है पर ये समझ नहीं आ रहा कि ये क्या बात कर रहे हैं।”

हेलगा सन्धि से कहती है, “तुम्हारी कहानी... नहीं नहीं तुम्हारी ज़िन्दगी बड़ी दिलचस्प है। भारत से यूक्रेन और अब यहाँ, वाह।” सन्धि उसको देखकर मुस्कुराती है और कहती है,“दिलचस्प तो है पर कठिन भी है। शायद कठिनता के बिना दिलचस्प होना मुश्किल है।” हेलगा अपना सर हिलाती है।

“तुम्हारे मुझे जानने के सिलसिले में मुझे मेरी माँ और पिताजी, पूरे घर की याद आ गई। दो दिन हो गए हैं उनसे बात नहीं हुई है। वो सब भी यहाँ की खबरें सुनकर परेशान होंगे।”

फिर धीरे-धीरे ऊपर के पदचापों की आवाज़ धीमी हो गई पर फिर भी किसी ने हौसला नहीं किया उठने का। थोड़ी देर बाद जब माहौल पहले जैसा हो गया जहाँ आवाज़ें दूर से आ रही थी ऐसा प्रतीत होने लगा, तब सब लोग उठे पर अब सब लोग अन्दर की तरफ ही बैठे थे। सन्धि उठकर दीवार से टिक कर बैठ गयी। बाकी सब भी बैठ गए पर डरे हुए थे। सन्धि का चेहरा डरा हुआ नहीं था पर वह याद में डूबी हुई थी।

पेत्रोविच उसका चेहरा देख के उसके पास जाकर बैठ जाता है और पूछता है, “क्या बात है सन्धि?” सन्धि नीचे गर्दन किये ही जवाब देती है कहती है, “थक गयी हूँ ज़िन्दगी से। प्यास से बुरा हाल है, सर में दर्द हो रहा है और इन सब से ऊपर मुझे घर की याद सता रही है। माँ का बुरा हाल होगा, पिताजी ने खाना नहीं खाया होगा। मैं उनसे हर रोज़ बात करती थी, दो दिन से बात नहीं हुई... न जाने क्या करते होंगे।” यह सब कहते-कहते वह रोने लगी और कहने लगी, “मुझे उनसे बात करनी है, क्या फ़ोन चालू होंगे अभी यहाँ पर या सारी सुविधाएं खत्म हो चुकी हैं संचार की।

पेत्रोविच कहता है, “मेरे ख़याल से अभी फ़ोन तो काम कर रहे होंगे। मैं यहाँ देखता हूँ किसी के पास फ़ोन है या नहीं, अंडरग्राउंड होने के कारण सिग्नल की समस्या हो सकती है।”

“हाँ, देखो अगर बात हो जाएगी तो उन लोगों को मेरी चिंता कम होगी। पता नहीं ये क्या ज़िन्दगी है और क्या चाहती है मुझसे, अभी मेरा लोन बचा है, एक साल है मेरी डिग्री में, मैं यहाँ इस अंडरग्राउंड जगह में हूँ, कब तक रहूँगी पता नहीं। मुझे निकलना है यहाँ से अपने घर जाना है।” सन्धि यह सब कहने के बाद रोने लगी।

सन्धि के रोने में आँसू बहुत कम थे, शायद उसे काफी बड़ा सदमा लगा था। उसके अफ़सोस में जिम्मेदारियों का बोझ ज्यादा था आँसू कम। लग रहा था कि उसे गोली लगी हो जिस तरह से वह चीख रही थी। पेत्रोविच ने उसके मुँह पर हाथ रखा और उसे कहा, “सन्धि तुम्हारी ये आवाज़ें रुसी टुकड़ी को इस तरफ खींच सकती हैं, कृपया धीरे रोओ।”

पेत्रोविच यह कहकर खुद सोचने लगा कि उसने क्या कह दिया यह कि धीरे रोओ। पेत्रोविच सोच रहा था कि इतना ज्यादा कष्ट है कि नहीं रोना भी अपने आपको जीने नहीं देगा। शायद रोना आपके इंसान होने का सबूत है। यह सोचते-सोचते उसके भी कुछ आँसू निकल गए पर सन्धि देखती उससे पहले उसने पोंछ लिए।

शाम हो गयी थी। अंडरग्राउंड मेट्रो में रोशनी भी कम थी, ज्यादातर बल्ब बहुत कम रोशनी दे रहे थे। माहौल ही अपने आप में काफ़ी धीमा था। ज़िन्दगी इतनी धीमी होती नहीं है या फिर हमें ज़िन्दगी को इतना धीमा देखने की आदत नहीं थी। इस वक़्त या तो जो भी हो रहा था, वो बहुत तेज़ी से घट रहा था या फिर बहुत ही धीमे। जैसे इस वक़्त सब थके हुए, भूखे-प्यासे और घायल थे, लगभग हर किसी ने कुछ खोया था... या तो घर, या दोस्त, या

परिवार, या चैन और सबसे बड़ी बात आगे का कोई सुनिश्चित रास्ता किसी के भी सामने नहीं था।

सन्धि चाह के भी आराम से नहीं बैठ पा रही थी। उसे परिवार और उसके दिए हुए स्नेह की याद आ रही थी। यहाँ तक कि इस वक़्त वो अपना बिस्तर तक याद कर रही थी। फिर उसे अपनी बाइक की याद आई, फिर अपनी दोस्त रोशनी की। उसकी पूरी चेतना सिर्फ परिवार से जुड़ना चाहती थी। उसके दिमाग में यह भी चल रहा था कि वो माँ और पिताजी को क्या बताएगी कि वो कहाँ है क्योंकि वो उन्हें बता के नहीं आई है कि वो खारकीव जा रही है। उसने यही नहीं बताया है अभी तक कि पिछले दो साल से वो एक लड़के के साथ प्यार में है। उसने सोचा था कि जैसे ही डिग्री करके भारत जाएगी और फिर वहाँ की परीक्षा देकर प्रैक्टिस शुरू करेगी, फिर पूरा लोन चुका देगी, तब अपने पिताजी को बता देगी। अब वो इसलिए भी परेशान थी कि वो क्या बताएगी अपने पिताजी और माँ को कि वो कहाँ है। बहुत सारी दुविधाएं और असमंजस ने पकड़ रखा था सन्धि को। इन दुविधाओं और असमंजस से निजात पाना इतना आसान नहीं था। वो समझ चुकी थी कि जब तक बात नहीं होगी, तब तक कोई भी समस्या का समाधान नहीं होगा। वह ये नहीं निर्धारित कर पा रही थी कि वो क्या कहेगी उनसे कि वो कैसी है, कहाँ है, पेत्रोविच के बारे में बताएगी कि नहीं बताएगी वगैरह...वगैरह...वगैरह।

सन्धि पेत्रोविच को ढूंढती है। वह इवान से पूछती है, "पेत्रोविच को देखा तुमने?"

इवान उसे बताता है, "हाँ उसने पेत्रोविच को अभी मार्को से बात करते हुए देखा था।" सन्धि मार्को को ढूँढने लगती है। थोड़ी दूर चलने के बाद पेत्रोविच उसे मार्को से बात करते दिखता है। पेत्रोविच और मार्को कुछ बात कर रहे

होते हैं पर वह उनकी बात को काट कर पेत्रोविच से बात करने लगती है और पूछती है, “फ़ोन कहाँ से मिलेगा कुछ पता किया तुमने?”

पेत्रोविच बताता है कि वह मार्को से यहीं बात कर रहा था। मार्को यहीं पास में रहता है। उसने पेत्रोविच को बताया कि एक टेलीफोन बूथ है, पास में थोड़ा गली में अन्दर जाकर... वो शायद चलता होगा क्योंकि उसे रशियन फौज ने खराब नहीं किया होगा। तो व्लादिमीर चलते हुए उसी तरफ आता है और पूछता है, “क्या हुआ?”

पेत्रोविच उसे नज़रंदाज़ करता है पर मार्को उसको जवाब देता है कि यह सब फ़ोन की बात कर रहे हैं। सन्धि को अपने घर पर बात करनी है, उनसे संपर्क बनाना है।

सन्धि ने पूछा, “क्या मैं अकेली ही हूँ जिसे अपने घर पर बात करनी है, और कोई नहीं है क्या जिसे घर की याद आती हो।”

व्लादिमीर कहता है, “उसे भी बात करनी है अपनी माँ और पिताजी से, बताना है कि वो सुरक्षित हैं।”

सन्धि इवान से पूछती है, “क्या तुमको बात नहीं करनी है?”

इवान भी कहता है, “हाँ करनी है मेरी बहन से।”

सन्धि- “काफी लोग हैं हम, हम सब मिलकर जा सकते हैं उस टेलीफोन बूथ पर।”

पेत्रोविच- “बहुत खतरे की बात होगी यह, इतना आसान नहीं होगा यह सब। जान का खतरा भी होगा इसमें, पूरे खारकीव में रशियन सेना है।”

“जान का खतरा होगा तो बना रहे, मुझे अपनी माँ को बताना ही होगा कि मैं ठीक हूँ।”

नताशा और जूलिया भी वहाँ आ जाते हैं, वो दूर से यह पूरी बातें सुन रहे होते हैं। नताशा कहती है, “अगर जाना है तो रात तीन-चार बजे का समय सबसे ठीक रहेगा, उस समय सैनिक कम क्रियाशील होंगे। वह ज्यादा शिथिल होंगे क्योंकि वो भी सुबह के 4 बजे से आतंक फैला रहे हैं।”

सन्धि उसकी बात से सहमत थी। उसने कहा, “तुम सही कह रही हो।”

पेत्रोविच ने नताशा से कहा, “तुम कैसे जानती हो यह सब कि कब वो शिथिल होंगे और कब नहीं, तुम्हें कैसे पता?”

“मुझे बहुत कुछ पता है... मेरा मंगेतर आर्मी में था।”

सन्धि पूछती है, “अब कहाँ है वो।”

“अब वो परियों के साथ है। 2014 में जब क्रीमिया पर हमला किया था रशिया ने तब उसकी जान चली गयी। वह क्रीमियन फ़ौज में था। पता नहीं क्यों कुछ राष्ट्र सिर्फ युद्ध ही करते रहते हैं।”

“हाँ, नताशा तुम सही कह रही हो... कुछ राष्ट्र सिर्फ युद्ध ही करते रहते हैं, कभी सत्ता चलाने के लिए और कभी सत्ता बचाने के लिए।”

“मुझे ये समझ नहीं आता कि जो युद्ध करते हैं, उन्हें ये क्यों नहीं दिखता कि युद्ध सिर्फ और सिर्फ मानवीय संबंधों को बदलते हैं, उनका स्थायित्व ख़त्म करते हैं और फिर यही सम्बन्ध कोई पुख्ता स्वरुप न ले पाने के कारण परिवार, समुदाय और राष्ट्र के बुनियादी ढांचे को खोखला करते हैं। जब बुनियादी ढांचा खोखला हो जायेगा तो फिर क्या उसके ऊपर बनने वाली कोई भी संरचना कामयाब होगी?”

“हमारी ज़रुरत युद्ध नहीं है, हमारी ज़रूरत प्यार है, विश्वास है। हमने लड़ना बाद में सीखा, पहले हमने प्रेम सीखा।”

इवान कहता है, “मेरे हिसाब से युद्ध एक छोटे बच्चे का गुस्से में होने जैसा है। वो ज़िद से अपनी बात को मनवाना चाहता है, उसे ये नहीं पता कि वह इसी बात को किसी और तरह से कह सकता है, कर सकता है। पर उसकी बस ज़िद है, वह युद्ध करके, जो भी उसने निर्धारित किया, उसे मनवाना चाहता है। जो भी सरकारें युद्ध चाहती हैं, जनता को तुरंत उन्हें बदल देना चाहिए। अपने सारे हितों को, जो उन सरकारों से सम्बंधित है, उन्हें पीछे छोड़कर उन्हें उस इंसान को चुनना चाहिए, जो जनता से बात करे, विमर्श करे। जितना ज्यादा विमर्श होगा, उतना अच्छा शासन चलेगा। नहीं तो संकट आएगा।”

मार्को कहता है, “युद्ध एक संकट ही तो है जो विमर्श के न होने से उपजा है। कभी भी अगर बात यहाँ से वहाँ नहीं जा पा रही है, मतलब संकट उपजने वाला है और यह संकट सिर्फ युद्ध का स्वरुप ले, यह ज़रूरी नहीं। कई बार ये बेरोज़गारी, भूख, अपराध और ख़राब अर्थव्यवस्था का स्वरुप भी ले लेता है।”

पेत्रोविच कहता है, “युद्ध का सच कुछ और ही है।”

सन्धि कहती है, “सत्य क्या है... सत्य कुछ समूहों द्वारा निर्धारित बातें, सत्य कभी भी बिना पक्षपात के नहीं आ पाता। वो हमेशा किसी न किसी समूह का भरण-पोषण करता है। इस युद्ध को ही देख लो, राष्ट्रपति पुतिन का सच अलग है जेलेंसकी के सच से। अमेरिका का सच अलग है, यूरोपियन यूनियन का सच अलग है। पर यहाँ देखो, हमारा सच इन सभी के सच से जुदा है। अपने हितों और लोभ को सहेज कर सत्य तक नहीं पहुंचा जा सकता है, सत्य निष्पक्ष और सर्वजनीय होता है। अगर वह है तो सबके पक्ष में खड़ा दिखाई देगा, बशर्ते देखने वालों की आखें घृणा और लालच में डूबी न हों और वह सत्य देखना चाहते हों। युद्ध हमें झेलना पड़ रहा है, परिवार हमारे

परेशान हैं। इनका क्या है, ये तो इतिहास में अमर होना चाहते हैं। अपनी वीरता के किस्से सुनाना चाहते हैं प्रिंट मीडिया के माध्यम से। समाचार पत्र, टीवी, सोशल मीडिया, रेडियो और आम इंसान इन सब का सच एक नहीं है। हाँ... पर कोशिश इन सारे सचों को एक करने की ही है। देखो किस तरह रशियन समाचार पत्र एक सच तैयार करेंगे अपनी जनता के लिए और यूक्रेन के समाचार पत्र अपनी जनता के लिए।"

मार्को ने कहा, "रशिया युद्ध इसलिए करवा रहा है क्योंकि वो अपने देश के अन्दर की स्थिति को संभाल नहीं पा रहा है।"

सन्धि- "बिल्कुल ठीक बोल रहे हो तुम, पर यह सिर्फ रशिया तक ही सीमित नहीं है। आज कल जो भी देश, अपने देश की स्थिति नहीं संभाल पा रहे हैं, वो नफरत का बखूबी इस्तेमाल कर रहे हैं। नफरत को वह पहले पालते-पोसते हैं, फिर उसे अपने नियंत्रण में करते हैं और फिर अपनी स्थिति कमज़ोर होते ही उपयोग में लाते हैं। इस युग में नफरत एक भाव नहीं है, वह एक हथियार है अपनी सत्ता को बचाने के लिए। शासक राष्ट्र की हर समस्या को इसी नफरत की आड़ में छुपा लेते हैं और अपने ऊपर किसी भी समस्या की आंच नहीं आने देते हैं।"

पेत्रोविच- "पर यह संभव कैसे होता है, क्या लोग समझ नहीं पाते हैं उनके अपवित्र इरादों को?"

नताशा- "कहां से समझेंगे क्योंकि हर आदमी का राज्य के साथ सम्बन्ध अलग तरह से होता है। क्योंकि राज्य का आपके साथ संबंधों का निर्धारण, आप किस वर्ग के हो, उससे निर्धारित होता है। इसका अर्थ है आपकी बाज़ार में क्या हैसियत है। आप बाज़ार में निर्माता हैं, व्यापारी हैं, बिचोलिये हैं, निवेशक हैं, दानदाता हैं या महज उपभोक्ता हैं, मजदूर हैं, किसान हैं, उससे संबंधों का निर्धारण होता है। जब हर आदमी का राज्य के साथ अलग तरह

से सम्बन्ध होगा तो क्यों नहीं राज्य हर आदमी को अलग तरह से तौलेगा। यही कारण है राज्य नफरत उपजा लेता है। वो आपको सहायता करेगा तो किसी और को नुकसान।"

इवान यह सुनकर उत्तेजित होकर कहता है, "तो क्या हम अपने राज्य से गद्दारी करें, उसकी वफ़ादारी नहीं करें।"

इस सवाल को सुनकर सब शांत हो जाते हैं पर सन्धि इवान को देखती रहती है, जैसे वो कुछ सोच रही हो और रुक कर थोड़ी देर बाद कहती है, "इवान सुनो देश प्रेम और राष्ट्रवाद में बहुत फर्क होता है। हम सब इन दोनों शब्दों को समझ ही नहीं पाते हैं इसलिए इनके झांसे में आ जाते हैं। देशभक्ति से मेरा मतलब किसी विशेष जगह और ज़िन्दगी की एक अलग समझ के प्रति विश्वास से है, जिसे कोई भी वहाँ पर रहने वाला पूरी दुनिया में सबसे ऊपर मानता है लेकिन वह उसे दूसरे राष्ट्र के लोगों पर या अपने ही राष्ट्र के लोगों पर जो उसकी इस भावना से ताल्लुक नहीं रखते हैं, उन लोगों पर थोपने की कोई इच्छा नहीं करता। देशभक्ति एक पहरेदारी है, प्रेम है, सैन्य और सांस्कृतिक दोनों ही दृष्टि से। पर राष्ट्रवाद एक आक्रामक रवैया है, एक रोषकारी व्यवहार है। देशभक्ति बाहरी हमलों और क्रूरताओं से बचने-बचाने की एक सजग चेष्टा है।"

इवान यह सुनकर बिल्कुल चुप हो जाता है और कहता है, "मैं समझ गया कि रशिया और यूक्रेन में से किसका देशप्रेम है और किसका राष्ट्रवाद।"

व्लादिमीर इतनी देर से यह सब सुन रहा था अंत में वो झल्ला कर कहता है "राष्ट्रवाद और देश प्रेम को छोड़ो, मुझे बहुत तेज़ प्यास लग रही है कोई बताएगा मुझे कि पानी कहाँ मिलेगा।"

सन्धि पूछती है, "अभी कितना समय हो रहा है?" पेत्रोविच कहता है, "अभी तो रात के 2.45 हो रहे हैं।"

सन्धि - "अभी काफी टाइम बचा है, तुम तैयार हो न नताशा?"

"हाँ मैं बिल्कुल तैयार हूँ।"

पेत्रोविच - "एक बार और सोच लो सन्धि... तुम्हारी वजह से इन सब की जान भी खतरे में पड़ सकती है।" यह बात सुनते ही सब लोगों ने पेत्रोविच को देखा। उन सबकी आँखें इस बात का विवरण चाहती थी।

पेत्रोविच ने कहा, "अगर किसी ने तुम्हें देख लिया तो वह तुम्हारा पीछा करते-करते यहाँ आ जायेगा और इन सबकी जान मुश्किल में पड़ जाएगी।" सन्धि ने नताशा और नताशा ने सन्धि की आँखों में झाँका। मार्को और इवान भी परेशान थे इस बात से।

जूलिया ने कहा, "सन्धि ने मेरी जान बचायी थी, मैं भी उसके साथ जाऊंगी।"

सन्धि ने कहा, "नहीं तुम्हारा बच्चा है, तुम नहीं जाओगी।" जूलिया की बात करने से बच्चे की नींद खुल गयी और बच्चा जोर-जोर से रोने लगा।

जूलिया ने बच्चे के मुँह पर हाथ रखा तो सन्धि ने उसे कहा, "नहीं ऐसा न करो, बच्चा है डर जायेगा।" सन्धि ने कहा, "तुम कही नहीं जाओगी, उसे दूध पिलाओ ताकि वह सो जाये।"

काफी देर चुप रहने के बाद सन्धि कहती है, "मैं अकेले जाऊंगी" पेत्रोविच और व्लादिमीर बीच में ही उसे रोकते हैं और कहते हैं, "अगर किसी ने तुम्हारा पीछा किया तो या फिर तुम्हें देख लिया तो।"

सन्धि ने दृढ़ता से कहा, "मेरी पूरी बात सुनो व्लादिमीर, पेत्रोविच... अगर किसी ने मुझे देख लिया तो मैं लौटूंगी ही नहीं यहाँ, मैं उनसे लड़ूँगी या फिर कहीं और चली जाऊँगी और हाँ पेत्रोविच मैं तुमसे नहीं पूछूंगी तुम्हारे इस सवाल के बाद कि तुम मेरे साथ चलोगे या नहीं। मैं वैसे भी तुम्हें नहीं ले

जाती अपने साथ तुम्हारी जान हमेशा से मेरे लिए बहुत ज़रूरी थी और आज भी है।"

पेत्रोविच ये सुनकर कहने लगा, "नहीं सन्धि तुमने मुझे गलत समझा... मैं तो तुम्हारे साथ चलता ही चलता। मैं तो बस इन लोगों के लिए कह रहा था।" सन्धि ने कहा, "पेत्रोविच तुम मुझे जानते हो, न मैं स्पष्टीकरण देती हूँ और न लेती हूँ।"

सन्धि थोड़ा आगे चलकर खड़ी हो गयी। नताशा उसके पास गयी। उसने पहले तो पेत्रोविच को घूरा, फिर वह सन्धि के पास जाकर खड़ी हो गयी और बोलने लगी, "मैं अब भी यही कहूँगी कि मैं तुम्हारे साथ चलूंगी।" पीछे से इवान भी आता है और कहता है, " मैं भी"। नताशा कहती है, "अब हमें चलना चाहिए वर्ना कुछ देर में रोशनी आ जायेगी।"

सन्धि पूछती है नताशा से, "क्या हीरो भी चलेगा हमारे साथ?"

"जहाँ मैं, वहाँ हीरो।"

सन्धि हँसकर उसको गले लगा लेती है और हीरो को सम्मान के साथ देखती है। हीरो भी सन्धि को चाट लेता है। सन्धि पीछे जाकर पेत्रोविच को गले लगाती है बिना उससे पूछे और उसे कहती है, "अगर ज़िन्दगी बची तो फिर मिलेंगे।"

पेत्रोविच कहता है, "क्या मैं भी चलूँ तुम्हारे साथ, अगर तुम्हें मेरी ज़रुरत हो तो। "

"नहीं तुम यहीं रहो ये सुरक्षित जगह है।" फिर वह मार्को के पास जाती है और कहती है, "साथ देने के लिए धन्यवाद।"

मार्को - "बेटी मैं डरा हुआ हूँ ज़िन्दगी को लेकर... मेरे पास तुम्हारा जैसा साहस नहीं है, मुझे माफ़ करना।"

"आपने सच्चाई बयां की, मुझे अच्छा लगा, ज़िन्दगी के लिए डरना गलत नहीं हैं, पर अपनी ज़िन्दगी से झूठ बोलना गलत है।" फिर वह व्लादिमीर के पास जाती है और कहती है, "इन सबका ध्यान रखना... तुम बहुत ही साफ़ इंसान हो, हो सकता है लोग तुम्हें ख़राब इंसान की श्रेणी में डाल दें पर तुम जो हो, वो दिखाते हो... अच्छा है ये।" फिर आखिरी में वो जूलिया के पास जाती है जूलिया उसे देख कर रोने लगती है और कहती है, "तुम भगवान् हो मेरे लिए।" सन्धि हँस के टाल देती है उसकी यह बात और बच्चे को उठाती है, चूमती है और कहती है, "तुम भविष्य हो यूक्रेन का और याद रखना ऐसा कुछ नहीं करना जिस से तुम्हारी माँ को तकलीफ हो जाये।"

उसके बाद वो बच्चा जूलिया को देती है और नताशा से कहती है, "चलो देखें क्या होता है।"

पेत्रोविच पीछे से सन्धि को आवाज़ लगाता है। सन्धि को लगता है कि वो कहेगा चलने के लिए पर वो सन्धि से पूछता है, "क्या तुम माँ और पिताजी को मेरे बारे में बताओगी?"

"हाँ बताऊंगी... ये मत सोचना कि तुम मेरे साथ नहीं चल रहे तो तुमको छोड़ दूँगी। मैं औरत हूँ, जब मैंने अपने बाबा के लिए सब कुछ छोड़ दिया तो तुम्हारे लिए तुम्हारी बातों को भूल जाऊंगी।"

सन्धि, नताशा और हीरो आगे बढ़ते हैं। तभी अचानक गोलियाँ चलने लगती है। नीचे से सिर्फ और सिर्फ रोशनी के छोटे-छोटे पुंज दिख रहे थे दोनों तरफ जाते हुए, बाकि कुछ नहीं।

सैनिकों की आवाजें आ रहीं थीं चिल्लाने की और चीखों की, पर दिखाई सिर्फ रोशनी के छोटे-छोटे बिंदु पड़ रहे थे जोकि गोली चलने के बाद आते हैं। सन्धि और नताशा तुरंत पीछे चले गए हीरो को लेकर और उन तीनों को हवा में उड़ता हुआ एक हथगोला दिखा जिसके ज़मीन पर गिरते ही लाश के

चीथड़े उड़े और कुछ मांस के टुकड़े नीचे भी आये जहाँ सन्धि और नताशा खड़े थे। अब दोनों ओर से ऐसा लग रहा था कि दो इंसान दौड़ कर एक दूसरे के पास आ रहे हैं। पूरा दृश्य यह तीनों नीचे से देख रहे थे और बल्ब के फूटने से आगे की तरफ नीचे बिल्कुल अँधेरा था। ऊपर से कोई भी नहीं देख सकता था। दो सैनिक आपस में हाथ-पैरों से लड़ रहे थे।

दोनों ने अपनी अपनी राइफल की संगीन निकाल ली थी और वो दोनों किसी भी कीमत पर एक-दूसरे को मारना चाहते थे। रूसी सैनिक ने संगीन को बहुत तेज़ी से चलाया यूक्रेनी सैनिक की छाती की तरफ, यूक्रेनी सैनिक पीछे हट गया और उसका वार खाली चला गया। यूक्रेनी सैनिक पीछे हट के फिर से आगे आया और उसे लात से मारना चाहा पर रूसी सैनिक ने झुक कर उसके वार को विफल कर दिया। यूक्रेनी सैनिक ने ज़ोर से दौड़कर टक्कर देकर उसे गिरा दिया और गिरने के बाद उसने रूसी सैनिक को संगीन से मारा पर रूसी सैनिक ने सारे वार अपने हाथ से रोक लिए। सिर्फ एक वार उसकी हथेली को चीर गया। इसलिए उसने जल्दी से पूरा ज़ोर लगाकर उसको अपने पैरों के बल पर पीछे धकेल दिया। यूक्रेनी पीछे गिरते ही फिर से उठा पर रूसी सैनिक ने जल्दी से उठकर उसकी टांग पर वार कर दिया। संगीन आर पार चली गयी। रूसी का हाथ और यूक्रेनी का पैर दोनों घायल हो गए थे।

नीचे नताशा सन्धि से पूछ रही थी, “क्या हम यूक्रेनी की मदद करें?” सन्धि ने कहा, “नहीं, क्योंकि अगर किसी और सैनिक ने हमें देखा तो फिर हम खतरे में पड़ जाएंगे।” नताशा ने ‘हाँ’ में सर हिलाया और कहा, “सही है क्योंकि कोई न कोई इनको ज़रूर देख लेगा और वो कोई भी हो सकता है या तो रूसी या फिर यूक्रेनी।”

उधर ऊपर मल्लयुद्ध धीमा पड़ गया था क्योंकि दोनों जख्मी थे। दोनों हाँफ रहे थे... ज्यादा देर का नहीं था अब खेल बाकी, एक पुख्ता वार और खेल

खत्म। देखना यह था कि कौन वह वार करेगा। यूक्रेनी सैनिक रूसी को चेहरे पर मुक्का मारता है, जब तक रूसी मुक्के को बचाता है दूसरा वार यूक्रेनी ने संगीन का कर दिया और इस बार संगीन रूसी के पेट में लगी, पर संगीन से वार करने के लिए यूक्रेनी को रूसी सैनिक के पास आना पड़ा जिसका फायदा हुआ रूसी सैनिक को। उसने भी संगीन घुसा दी यूक्रेनी सैनिक के। अब दोनों बुरी तरह घायल थे। घायल हाथियों की तरह वो दोनों चिंघाड रहे थे, पैर ज़मीन पर रगड़ रहे थे और धूल उनके आर्मी के जूतों से उड़ रही थी। उसी मिट्टी में खून गिर रहा था और वह मिट्टी में सना खून आटे की तरह उनके जूतों से चिपक रहा था। रशियन सैनिक पीछे गया और उसने बहुत तेज़ पैरों को धूल में मारा जिससे धूल यूक्रेनी सैनिक की आँखों में चली गयी और फिर क्या था रूसी सैनिक ने पेट पर किसी रुई के तकिये की तरह तीन प्रहार किए यूक्रेनी सैनिक पर।

यूक्रेनी सैनिक भी पहले के दो वार झेल गया पर तीसरा उसकी बुलेटप्रूफ जैकेट को फाड़ता हुआ आर-पार चला गया। संगीनें इतनी तीखी थी दोनों सैनिकों की कि लग रहा था कि हवा का भी कत्ल हो रहा है। उनकी संगीन से सिर्फ हवा को चीरने की आवाज़ आ रही थी। जब रूसी सैनिक ने संगीन चौथे वार के लिए निकाली तो उसकी संगीन के साथ झटके से यूक्रेनी सैनिक का खून भी निकला। पर संगीन निकलते उसमें थोड़ी सी बेचैनी दिखी और इसी बेचैनी में उसने सारी शक्ति एकत्रित की और एक वार रूसी सैनिक के पीठ पर किया और संगीन निकाली नहीं, उसे नीचे तक फाड़ने की कोशिश की पर कोशिश ज्यादा देर तक नहीं कर पाया क्योंकि रूसी सैनिक ने आखिरी वार यूक्रेनी की गर्दन पर किया और एक खून का तीखी निर्णायक धारा बही और यूक्रेनी सैनिक का खेल ख़त्म हो गया।

रूसी सैनिक ने संगीन उसकी गर्दन में ही लगी छोड़ दी, शायद उसमें भी शक्ति नहीं बची थी और एक वार करने की। यूक्रेनी गिरते ही निष्क्रिय हो

गया और रूसी खुद को संभाल नहीं पाया और सीढ़ियों से लुढ़कता हुआ नीचे आ गया। नीचे आते ही वो भी निष्क्रिय हो गया। एक मिनट वो बिल्कुल वैसे ही निष्क्रिय पड़ा रहा। फिर नताशा, सन्धि और हीरो उसे देखने के लिए आगे बढ़े। उन तीनों का मुँह उसके ठीक ऊपर था और वो तीनों उसे ऊपर से देख रहे थे। फिर जब इन तीनों को ये लगा कि वह मर चुका है तो उन्होंने पीछे मुड़कर इशारा किया बाकी लोगों को। जब ये तीनों इशारा कर रहे थे तो वह अचानक उठा और उसने नताशा की गर्दन पकड़ ली थी। सन्धि ने उसके हाथों पर मारना चालू किया पर उसने नहीं छोड़ा। हीरो ने अपने दांत गड़ा दिए उसके हाथों में तब कहीं जाकर उसने छोड़ा पर हीरो अभी भी नहीं छोड़ रहा था उसको। नताशा ने हीरो को पीछे से खींचा और कहा, "नहीं हीरो नहीं हीरो।" उसके बाद हीरो ने उसको छोड़ा।

बाकी लोग डर गए थे जब उसने गला पकड़ा था नताशा का पर गला पकड़ते ही पेत्रोविच और इवान आ गये थे पर उनकी जरूरत ही नहीं पड़ी। हीरो वाकई में हीरो था। बाकी लोगों ने उस फ़ौजी को पकड़ लिया और उसे मारने की कोशिश करने लगे। इवान, पेत्रोविच, हेलगा और मार्को उसे मारने की पूरी कोशिश कर रहे थे। सन्धि ने बहुत तेज़ आवाज़ में कहा, "नहीं हम भी युद्ध में सहायक नहीं होंगे। हमें युद्ध रोकना है, बढ़ाना नहीं है।" सब लोग रुक गए और सन्धि की तरफ देखने लगे।

पेत्रोविच कहता है, "ये रशियन है, इसे क्यों नहीं मारने दे रहीं तुम,और कौन हो तुम जो हमें बता रही हो कि क्या करना चाहिए और क्या नहीं?"

'शायद दुश्मनी का यही निर्णायक घृणा के रूप में प्राप्त परिणाम दिलों में बैठ कर घर बना चुका यह निर्णय ईर्ष्या जनित भाव मानवीय सभ्यता का सबसे विनाशकारी दुश्मन सिद्ध होता है।' सन्धि ने सोचा।

मार्को गुस्से में कहता है, “इन्होंने हमारी शांति छीनी है, हमारे घरों को खाक किया है। क्यों नहीं मारें हम इन्हें?”

रशियन सैनिक भयग्रस्त था। उसकी आँखों के सामने उसकी जिंदगी का फैसला हो रहा था। सिर्फ एक औरत चाहती थी उसे बचाना, बाकी कोई नहीं। व्लादिमीर कहता है, “जो करना है करो पर धीरे बोलो... कहीं तुम लोगों की आवाज़ सुनकर बाकी सैनिक नहीं आ जाएं।” फिर कुछ सेकण्ड्स रुका और बोला, “इसकी जेबें चेक करो, पता करो यह किस रैंक का है। अगर बड़ी रैंक का है तो इसे ढूँढते-ढूँढते बाकि सैनिक भी आ सकते हैं।”

जूलिया कहती है, “क्या होगा इसकी ज़ेब टटोलकर, सन्धि इसने तुम्हारे सामने यूक्रेनी सैनिक को मारा है। ये हत्यारा है इसने हमारे देश के सैनिक को मार दिया। मेरी हालत भी इसी की वजह से है ऐसी। मेरे बच्चे को भी इन्हीं से खतरा है।”

सन्धि ने कहा, “तुम्हारी कोई भी समस्या इस इंसान की मौत से नहीं सुलझने वाली। यह एक सैनिक है, अगर ये नहीं मारता तो यूक्रेनी सैनिक उसे मार देता। ये लड़ाई दो बिल्कुल विपरीत विमर्श से उपजी है, अगर इसे मारेंगे तो नफरत का विमर्श बलवती होगा और अगर छोड़ देंगे तो शायद प्यार जीत जाए, मानवता जीत जाए। मेरे लिए ज़िन्दगी अहम है, चाहे इसकी हो या किसी और की।”

इसी बीच मार्को उसकी जेबें टटोलता है और उसके हाथ सैनिक की ज़ेब से कुछ निकालते हैं। सन्धि उसे देख कर हतप्रभ रह जाती है।

पेत्रोविच उसे मार्को के हाथ से ले लेता है, तब तक सन्धि कहती है, “क्या इससे मैं अपने घर पर बात कर पाऊँगी।”

नताशा बोलती है, "पता नहीं कितना खराब किया है इन रूसियों ने संचार को।"

पेत्रोविच हँसते हुए उठता है, बाकि लोग रूसी सैनिक को पकड़े हुए हैं और पेत्रोविच को उठता हुआ देख रहे हैं। फिर पेत्रोविच के चेहरे पर एक अलग तरह का घमंड आ जाता है। वो सबको देखते हुए कहता है, "ये है सैटेलाइट फ़ोन और इस फ़ोन से हम कहीं भी किसी को भी फ़ोन लगा सकते हैं। रशियन ने कितने भी संचार खत्म कर दिए हों, यह तब भी काम करेगा क्योंकि यह सैटेलाइट से काम करता है।"

सन्धि भी उसे देखकर थोड़ी प्रसन्न हुई और कहती है, "अब मैं अपने परिवार वालों से बात कर सकती हूँ।"

पेत्रोविच अचानक फिर शांत हो जाता है और कहता है, "अगर ये सैटेलाइट फ़ोन इसके पास था, इसका मतलब है ये कोई बड़ा अफसर है रशियन आर्मी का।"

ये बात सुनकर रुसी सैनिक की हालत खराब हो गयी। वो कुछ बोलना चाह रहा था पर मार्को ने उसका मुँह बंद कर रखा था। जूलिया बोलती है, "अगर यह इतना बड़ा अधिकारी है तो इसको मारना ही ठीक रहेगा।" सन्धि फिर से मना करती है... इस बार और पुख्ता तरीके से कहती है, "नहीं, समझो जूलिया यह हमारी समस्या नहीं है, हमारी समस्या युद्ध है। इसे मारने से हम मानवता को मारेंगे, मुझे भी इसको मारने का मन है पर उससे इस सोच की जीत होगी जो ये कहती है कि इंसान अगर इंसान को मारेगा तो कुछ समस्याओं का हल निकलेगा।"

नताशा कहती है, "मैं एक बात कहना चाहती हूँ, अगर ये बड़ी ऊपर की रैंक का ऑफिसर है तो इसे काफी कुछ पता होगा रशियन प्लान के बारे में, हम क्यों न इस से वो सब पूँछें और फिर किसी यूक्रेनी से संपर्क करके सारी

सूचना दें उसे। इससे इस वक़्त की समस्या का समाधान भी होगा और देश की मदद भी होगी।" सबको ये सुझाव पसंद आया। व्लादिमीर ने भी इस सुझाव के लिए हामी भरी। वो भी नहीं चाहता था रुसी सैनिक को मारना, शायद उसे फर्क भी नहीं पड़ता कि वो जीए या मरे। वो बस अभी जिंदा रहना चाहता है। तो निश्चत यही हुआ कि उसे मारा न जाये।

पेत्रोविच कहता है, "फिर हमें इसके खून को रोकना होगा।" और वो सबको उसके ऊपर से हटाने लगता है और मार्को, इवान और हेलगा को कहता है कि वो इस से पूछताछ करे। हेलगा को उसने ये कार्य इसलिए दिया क्योंकि उसे लगा हेलगा जल्दी उत्तेजित हो जाएगी और सैनिक को मारने-पीटने लगेगी। पेत्रोविच नहीं चाहता था कि वो जीवित रहे।

सन्धि ने जब देखा कि पेत्रोविच ने इस तरह की तिकड़ी बनायी है जो सबसे पहले उसे मारने लगेंगे तो वह कहती है, "नताशा तुम भी इससे पूछताछ करो।" नताशा भी उसे मरने नहीं देना चाहती थी इसीलिए उसने जानबूझकर यह चाल चली। वो मुखर रूप से लड़ना भी नहीं चाहती थी पर वो उसे मारने भी नहीं देना चाहती थी। मार्को, हेलगा, इवान, पेत्रोविच और नताशा उसे ले जाते हैं खींच के बगल में और वहाँ पहले उसका खून रोकने के लिए उपलब्ध कुछ कपड़ों से उसके घावों को बाँध देते हैं, फिर उससे पूछताछ करते हैं।

रुसी सैनिक की खींचतान से पहले पेत्रोविच सन्धि को सैटेलाइट फ़ोन देता है और कहता है, "यह लो और अपने घर पर बात कर लो। मैं तुम्हारे लिए ये लाया हूँ, सबसे पहले तुम बात करोगी क्योंकि तुम घर वालों से बात करने के लिए अपनी जान का जोखिम भी उठाने से नहीं डर रहीं थी।" यह बात वो सबके सामने बोलता है ताकि सब सुने पर सच्चाई यह थी कि सन्धि के अलावा और कोई भी खतरे को उठाना नहीं चाहता था बात करने के लिए।

सिर्फ सन्धि थी जिसने अपने से ऊपर अपनी माँ और पिता को रखा। जोखिम और इनाम के सिद्धांत पर सन्धि प्रथम थी।

सन्धि के हाथ में जैसे ही वह फ़ोन आया, पहले तो वो उसे देखती रही... फिर जब पेत्रोविच ने उसे कहा कि फ़ोन करो सन्धि, तब उसने फ़ोन लिया और चार कदम आगे आई और नताशा से पूछा, "नताशा! क्या तुम किसी को फ़ोन करना चाहोगी।" वो कहती है, "धन्यवाद सन्धि पर मेरा कोई नहीं है हीरो को छोड़कर।"

सन्धि सोचती है कि मैं क्यों देर कर रही हूँ फ़ोन करने मैं, मैं अभी तो इतना बात करना चाह रही थी अब क्यों विलम्ब कर रही हूँ फ़ोन करने में। फिर वो नंबर लगाती है पिताजी के मोबाइल का और बैठ जाती है सर पकड़ कर।

घंटी जाती है... पहली घंटी में फ़ोन नहीं उठता, दूसरी में नहीं उठता, तीसरी जाती है और फ़ोन उठ जाता है। वहाँ से बड़ी दबी सी आवाज़ आती है, "हेलो कौन?" सन्धि यहाँ से बहुत भारी आवाज़ में बोलती है, "पापा"। फिर वो गला और आँसू साफ़ करके बोलती है, "पापा मैं सन्धि।" "बेटा कैसी हो तुम। हमने टीवी पर देखा वहाँ के हालात बहुत खराब हैं, तुम ठीक हो न।"

माँ की आवाज़ भी पीछे से आ रही थी, चाचा की आवाज़ भी आ रही थी। सन्धि सबकी आवाजें सुनती है फिर आँख बंद करती है और उसके गालों पर आंसुओं की रेखा बन जाती है जिस रेखा को मुस्कराहट तोड़ती है। सन्धि बोलती है, "पापा मैं सही हूँ, आप मेरी चिंता मत करना, मैं ठीक हूँ।"

"बेटा कैसे न करे चिंता, तू कहाँ है अभी।" बस इस सवाल को सुनकर सन्धि टूट जाती है पर फिर भी खुद को संभालती है और कहती है, "पापा मैं एक दोस्त के यहाँ खारकीव में हूँ।"

"खारकीव ये कहाँ है?"

“ज्यादा दूर नहीं है। हम सुरक्षित हैं।”

पिताजी रोते हुए बोलते हैं, “सरकार यूक्रेन से सारे स्टूडेंट्स को लेकर आएगी, तुम परेशान मत होना।”

“हाँ पापा मैं परेशान नहीं हूँ, माँ कैसी है?”

“ले अपनी माँ से बात कर।”

सन्धि फ़ोन पर माँ कहते ही और रोने लगती है और जहां से आवाज़ जाती है फ़ोन में वहाँ हाथ रख लेती है। तब तक माँ वहाँ से आवाज़ लगाती रहती है, “सन्धि सन्धि सन्धि”। सन्धि फिर से बात करने लगती है आँसू और आवाज़ को ठीक करके।

“माँ! आपको एक बात बतानी थी।”

“हाँ बेटे बताओ।”

“माँ! मैं यहाँ खारकीव में अपने बॉयफ्रेंड के साथ हूँ। मैंने आपसे यह बात छुपायी पर मैं पिछले दो साल से उसके साथ हूँ।”

“कोई बात नहीं बेटा, होता है। बड़ी हो गयी हो तुम... सब संभाल लेना, ले अपने पिताजी से बात कर ले।”

पिताजी फ़ोन लेने से पहले ही अपनी पत्नी से पूछते हैं, “क्या बोल रही थी सन्धि!”

“कुछ नहीं, बोल रही थी कि ठीक है वो।”

सन्धि पिताजी से कहती है, “पिताजी! जल्दी ही मिलते हैं।”

पिताजी - “हाँ बिल्कुल अबकी बार ज्यादा दिन के लिए आना। तुम्हारे बिना ऊपर का कमरा सूना-सूना हो जाता है,” और फूट-फूट के रोने लगते हैं।

सन्धि - "समझती हूँ पिताजी... आती हूँ जल्दी, आप अपना ख़याल रखना। माँ और चाचा से कहना मैं ठीक हूँ, मैं जल्दी आऊँगी" और फ़ोन काट देती है। फ़ोन काटने के बाद वो फ़ोन को माथे पर रख कर रोने लगी, 'पापा....माँ' कहते-कहते।

4

तुम्हें प्रेम पसंद नहीं क्योंकि वह सरल है,
तुम्हें युद्ध पसंद है।

खारकीव

25 फरवरी - 5 AM

जब सब सैटेलाइट फ़ोन से बात करने की ख़ुशी में लगे थे और कुछ रुसी सैनिक से पूछताछ करने में जुटे थे, तब हीरो नीचे अंडरग्राउंड जगह, जहाँ पर रुसी सैनिक पहले गिरा हुआ था, वहाँ पर कुछ सूंघ रहा था। उसके बाद वहाँ पर उसने चाटा भी। हीरो दौड़ कर फिर रुसी सैनिक की तरफ गया जहाँ नताशा, मार्को और इवान उससे पूछताछ कर रहे थे, पेत्रोविच यहाँ नहीं था। वह सन्धि के घर पर बात करते हुए सुन रहा था, जब सन्धि ने फ़ोन रख दिया तो उससे बात करने लगा।

रुसी सैनिक को घेर के बैठे थे- नताशा, हेलगा, इवान और मार्को इन लोगों के बीच में से हीरो बार-बार घुसने की कोशिश कर रहा था क्योंकि उसे सूंघना था रुसी सैनिक को। नताशा ने पहले तो उसे मना किया और पूछ-ताछ करने लगी पर जब हीरो नहीं माना बार-बार अन्दर घुसने की कोशिश करने लगा तो नताशा ने सबको अचानक रोका और कहा, "रुको...रुको...हीरो इसके पास क्यों आना चाह रहा है बार-बार, कुछ तो बात है।"

सभी लोग हीरो को बड़ी हैरत से देखने लगे और हीरो भी बैठ कर उन्हें देखने लगा। पर वह अब भी रुसी सैनिक के पास जाना चाहता था। नताशा ने कहा, "हीरो को इस रुसी सैनिक को सूंघने दो।" मार्को ने कहा, "अरे! तुम भी क्या, इस कुत्ते की बातों को इतना गंभीरता से लेती हो। यहाँ बैठो और पूछ-ताछ करो और अगर नहीं करनी है तो मैं अकेले ही कर लूँगा।"

नताशा ने कहा, "पहले तो इसका नाम कुत्ता नहीं है, हीरो है और दूसरी बात यह कि मार्को यह कुछ भी बेवजह नहीं करता, जैसे तुम नहीं करते। ये सोचना कि जानवर बेवजह कुछ करते हैं, हमको सोच से जानवर बनाता है।"

मार्को उसका जवाब सुनकर थोडा हडबड़ाया और फिर उसने कहा, “ठीक है सूंघने दो। दो मिनट में क्या बिगड़ेगा।” इवान ने हीरो के ऊपर हाथ फेरा और कहा, “हीरो सूंघ लो।”

हीरो ने सूंघना चालू किया पर रुसी सैनिक इन लोगों की पूछताछ में इतना नहीं घबराया था जितना हीरो के सूंघने से घबरा रहा था। वह कहने लगा, “इसे दूर करो... ये कहीं मुझे काट न ले।”

नताशा ने उससे कहा, “अभी हम लोग पूछ रहे थे तुम से सवाल, तो तुमसे बोला नहीं गया और अब जब डरे तो बोलने लगे।”

हीरो ने अपने मुँह से उसकी दबी कमीज़ को पैंट के अन्दर से निकाला, उसके अन्दर सूंघने लगा। यह देख नताशा ने शर्ट के अन्दर हाथ डाला तो उसकी उंगलियों ने कुछ छुआ, जब हाथ बाहर निकाला तो उसमें से चॉकलेट निकली। चॉकलेट का ज़िक्र इतना हुआ कि यह बात पेत्रोविच और सन्धि के कानों तक चली गयी, वह दोनों भी वहाँ पहुँच गए।

नताशा बताने लगी सभी को, “उसके पास से करीब 12 चॉकलेट निकलीं और एक पानी की बोतल भी निकली, जो शर्ट के अन्दर की वेस्ट में छुपा रखी थी।” नताशा ने कहा, “यह कोई आम चॉकलेट नहीं है... यह सिर्फ युद्ध के लिए तैयार की गयी चॉकलेट है। इनमें बहुत शक्ति और भरपूर मात्रा में पोषक तत्त्व होते हैं।”

सन्धि ने बीच में रोकते हुए पूछा, “पानी कितना है उसके पास।”

नताशा ने हँसते हुए कहा, “सब को एक-एक घूँट मिल जायेगा।”

सभी लोग चॉकलेट, पानी और सैटेलाइट फ़ोन के आकर्षण में थोड़े खोये हुए थे। उनकी रुकी हुई भूखी, प्यासी और अलगाव से भरी हुई ज़िन्दगी में ये

चीजें आयीं और थोड़ी देर के लिए उनका जीवन जीवन सा लगा उन्हें। हालांकि अभी भी वह वास्तविक जीवन से बहुत दूर था।

सन्धि ने नताशा और पेत्रोविच से कहा, " ये सभी चीजें सब में बराबर से बांटी जाएंगी। एक बात और यह चीजें हीरो के साथ भी बांटी जाएँगी।"

यह सुन कर व्लादिमीर ने कहा, "हीरो के साथ ये क्या बात हुई?"

नताशा ने कहा, "ये चीजें खोजी तो उसी ने हैं। मार्को ने तो तलाशी ही नहीं ली थी ढंग से। उसने सिर्फ सैटेलाइट फ़ोन निकाला।"

व्लादिमीर बोलता है, "इस वक़्त जब खाना और पानी बहुत ज़रूरी चीज है तब हम इस संकट में ये खाना और पानी जानवरों के साथ बाटेंगे!"

सन्धि हँसते हुए इसका जवाब देती है "बिल्कुल व्लादिमीर" और कहती है, "संकट उसके लिए भी है, सिर्फ तुम्हारे लिए ही नहीं है। एक चीज और ये खाना और पानी हम रुसी को भी देंगे।"

इस पर सब लोग सन्धि की तरफ अलग ही तरीके से देखने लगे।

मार्को, जो रुसी सैनिक के पास बैठा था, वह भी बहुत गुस्सा गया और कहने लगा, "इस औरत का दिमाग खराब हो गया है।"

पेत्रोविच ने मार्को को सुनने के बाद कहा, "सन्धि तुम्हारी सारी बातें ठीक हैं पर तुम यह नहीं निर्धारित कर सकती कि खाना-पानी किसको मिलेगा और किसको नहीं।"

सन्धि कहती है, "मैंने किसी को देने से मना तो नहीं किया, मैंने तो बाँटने के लिए ही कहा है सिर्फ।"

व्लादिमीर भी कहता है, "हीरो तक तो ठीक है पर ये रुसी सैनिक... इसको क्यों?"

जूलिया भी कहने लगती है, “मैं किस हाल में हूँ, मेरा हिस्सा अगर किसी ऐसे इंसान को जाएगा जिसने मेरे बच्चे को मारने का प्रयास किया था तो फिर मैं यह बर्दाश्त नहीं करूंगी।”

सन्धि कहती है, “जूलिया मैं तुम्हारी बात को समझ सकती हूँ। तुम, अभी भी जो होटल में जो हुआ, उससे उबरी नहीं हो पर क्या होटल में तुम अकेली थी जिसके साथ ये हुआ था? मैं भी थी तुम्हारे साथ और मैं ही थी जिसने, अगर जैसा तुम सोच रही हो, वैसा सोचा होता, तो तुम यहाँ नहीं होती। मैं सिर्फ अपने बारे में सोच सकती थी जैसा तुम अभी सोच रही हो। पर क्या इस से दुनिया चलती है,” फिर खुद ही कहती है, “हाँ शायद चलती है पर वह दुनिया जिसमें हम सिर्फ अपने बारे मैं सोचते हैं, उसी दुनिया में युद्ध भी होते हैं, चोरी भी होती है, लूट भी होती है, बलात्कार भी होते हैं, हिंसा भी होती है, भूख भी होती है, धन का असमान वितरण भी होता है, बेरोज़गारी भी होती है और लाचारी भी होती है।”

सन्धि एक मिनट के लिए शांत होती है और फिर कहती है, “यही कारण है हम जब भी संसाधनों और अधिकारों को न्यायोचित बाँटने की बात करते हैं तो हमें जाति, प्रजाति, रंग, रूप, वेशभूषा, पैसा, शोहरत, प्रान्त और राष्ट्र में विभाजित कर दिया जाता है और आज हम इस रुसी सैनिक को पानी और खाना सिर्फ इसलिए नहीं देना चाहते क्योंकि यह रुसी है और हम सब कुछ रुसी लोगों की वजह से युद्ध में हैं पर इसके राष्ट्र का नाम इसके इंसान होने पर भारी पड़ रहा है। सबसे पहले ये इंसान है फिर बाकी कुछ और।”

पेत्रोविच इतना सब सुनकर कहता है, “तुम्हारी इन बौद्धिक बातों से यथार्थ नहीं बदलेगा, इस इंसान ने अभी थोड़ी ही देर पहले एक इंसान को मारा था जो मेरे राष्ट्र का सैनिक था और जो मेरा घर-परिवार बचा रहा था। मैं कैसे इसे अपने हिस्से का खाना और पानी दे दूँ।”

सन्धि ने उत्तर में कहा, "रोना तो इसी बात का है कि इस समय में अगर किसी का सबसे ज्यादा उपहास हो रहा है तो वह है बौद्धिकता का, बौद्धिक वातावरण का और यह इसलिए हो रहा है क्योंकि बौद्धिक समूह अब चाटुकार हो गया है। ज्यादातर बौद्धिक व्यक्ति वो बात नहीं कहते, जो सही हो बल्कि वो बातें कहते हैं जिनसे उन्हें फायदा हो। जब बौद्धिकता ही यह देखेगी कि फायदा कहां है तो हम मूर्ख से क्या उम्मीद करेंगे, और ज्यादा मूर्खता की, जो कि चल रही है। जिस बात से उनकी स्थिति मज़बूत हो, उन्हें मुनाफा हो, बौद्धिकता वहाँ जाती है। नतीजा हम देख रहे हैं एक राष्ट्र युद्ध पर उतारू है बाकी सब अपना अपना हित देख रहे हैं। मैं, तुम, ये सब इस परिस्थिति में भी अपना हित देख रहे हैं। ये हित देखना हम सब का एक दिन अहित कराएगा। इस मानव इतिहास के रचयिता और क्रूर चितेरे ऐसी ही हिंसा और प्रति हिंसा की त्रासदियों में अपने-अपने पक्ष की लाभ प्राप्ति के लिए ढिंढोरा पीटकर मुर्ख मंडल से उपजे लाभ को खोज निकालने में लगे रहते हैं जिसमें आहत होने वाले समूहों का बड़प्पन छुपा रहता है।"

पेत्रोविच कहता है, "तुम बहुत बातें कर चुकी... अब यह बताओ कि यह कैसे निर्णय होगा कि इसको पानी देना है या नहीं?"

"अगर तुम्हें मेरी बातों से भी नहीं समझ आ रहा है तो फिर तुम अडिग मूर्ख हो।"

"मैं मूर्ख नहीं हूँ... बस तुम्हारी बातों से ताल्लुक नहीं रखता।"

हेलगा रुसी के पास बैठी थी और कहती है, "ये सैनिक दर्द से तड़प रहा है और पानी माँग रहा है, इसको भी दे दो पानी का एक घूँट और टॉफी, एक टुकड़े से क्या बिगड़ जायेगा।"

पेत्रोविच कहता है, "हेलगा यह बात एक घूँट पानी और एक टुकड़े टॉफी की नहीं है। यह बात है संसाधन किन के बीच में वितरित हो और कैसे वितरित

हो। हम सब का अधिकार है इस पर तो हमें पूरा हक है इस बात का निर्धारण करने के लिए।"

सन्धि हँसते हुए कहती है, "क्या यह बात तुम सरकार से कह सकते हो? सरकार जब अपने पूंजीपति साथियों को हमारे संसाधनों का हिस्सा दे देती है, वह भी कई बार तो लगभग हमसे छीन कर के हमारे अभावों और ज़रूरतों को दरकिनार कर के तब तुम ये बात सरकार से कहते हो क्या?"

पेत्रोविच शांत होकर कहता है, "उनसे नहीं कह सकता पर यहाँ कह सकता हूँ।"

जूलिया झल्ला कर कहती है, "अगर यह सब हमारे संसाधन हैं तो इसको किसे देना है, यह हम सबको मिल कर निर्धारित करना चाहिए। हमें वोट करना चाहिए, जिस मत के वोट सबसे ज्यादा उसी मत का समर्थन होगा।"

पेत्रोविच कहता है, "हाँ वोट से निर्धारित करेंगे।"

सन्धि - "कोई ज़रुरत नहीं, मैं अपने हिस्से से ही उसे पानी और चॉकलेट दे दूँगी।"

पेत्रोविच - "वोट होना ज़रूरी है" मार्को भी उसके साथ कहने लगता है "हाँ, यह सही तरीका है।" पेत्रोविच आगे कहता है, "बताओ कौन-कौन इस पक्ष में है कि इसे पानी और खाना नहीं मिलना चाहिए।"

सभी लोग हाथ उठा देते हैं सिर्फ हेलगा, नताशा और सन्धि को छोड़कर।

जूलिया कहती है, "फैसला हो गया... खाना-पानी नहीं मिलेगा बस।"

सन्धि विनम्रता के साथ कहती है, "मुझे मेरा हिस्सा दे दो।"

"हाँ, बिल्कुल!" फिर पेत्रोविच सन्धि से कहता है, "तुम बुरा नहीं मानना, उसे देना मुझे स्वीकार नहीं था।" बात करते-करते पेत्रोविच उसे उसका हिस्सा दे देता है और कहता है कि पानी मार्को के पास है।

"पिछले दो दिनों में पेत्रोविच तुम बदल गए हो, पर कोई नहीं यह तुम्हारा सोचना है।" और अपने हिस्से की चॉकलेट में से आधा हिस्सा निकाल देती है रुसी के लिए, उसके पास जाती है। रुसी को वह टुकड़ा देती है। रुसी उसे बड़े ही गौर से देखने लगता है और धीरे से रशियन में 'थैंकयू' बोलता है। सन्धि उसके थैंकयू बोलने से पहले ही वहाँ से चली जाती है।

मार्को उसे आवाज़ देता है और कहता है, "पानी ले लो अपने हिस्से का।"

"सैनिक को पिला दो।" मार्को कुछ मन ही मन बड़बड़ाता है और बोतल दोबारा से अपने पास रख लेता है।

हेलगा यह देख रही होती है वो मार्को से कहती है, "पानी पिला दो इसे, सन्धि का हिस्सा दे दो इसे।"

"तुम चुप रहो हेलगा!"

"तुम्हें ज़रा सी भी मानवता है, इतने बूढ़े हो चुके हो अब भी बदनीयत रखते हो। भगवान् से नहीं डरते क्या? मेरी माँ कहती है जब तुम बेईमानी करते हो तब कोई देखे या न देखे भगवान् ज़रूर देखता है। चलो दो पानी"

"तुम पागल हो और ज़रुरत से ज्यादा बोलती हो।" मार्को पानी की बोतल खोल कर रुसी को पानी पिला देता है। रुसी की हालत खराब हो रही थी। खून काफी निकल चुका था।

मार्को ने कहा, "पेत्रोविच, अब हमें इससे पूछताछ कर लेनी चाहिए।"

पेत्रोविच - "तुम पानी की बोतल यहाँ ले आओ।"

पेत्रोविच सन्धि से भी कहता है, "तुम भी वहाँ चलकर बैठो जहाँ पूछताछ चल रही है।"

सन्धि 'हाँ' में सिर हिलाती है। पेत्रोविच अपनी चॉकलेट का हिस्सा लेकर सन्धि के साथ रुसी सैनिक के पास आ जाता है और पूछताछ करना शुरू करता है। नताशा और हेलगा बाकी सब को चॉकलेट और पानी बाँट रहे होते हैं।

व्लादिमीर भी अपना हिस्सा लेकर, बाकी सब जो सैटेलाइट फ़ोन से बात करना चाहते थे, उन सभी को बात करवा रहा है पर अब सभी का समय भी निर्धारित हो गया है... सभी को दो मिनट मिलेंगे बस।

पेत्रोविच पहले पूछता है, "बताओ कि क्या योजना है युद्ध की... हमला कहाँ-कहाँ करोगे।"

सैनिक कुछ नहीं बोलता, मार्को सैनिक को मारता है, सन्धि बिल्कुल करीब थी मार्को के, उसने तुरंत मना किया पर मार्को ने एक नहीं सुनी और मार्को कहने लगा, "अगर उसने नहीं बताया कुछ तो मैं उसको जान से मार दूँगा।"

सन्धि ने कहा, "मैं तुम्हें ऐसा नहीं करने दूँगी।"

पेत्रोविच ने देखा कि यह दोनों लड़ रहे हैं। उसने बात को संभाला और उन्हें कहा, "मैं बात कर रहा हूँ ना... तुम दोनों बहस करना बंद करो और मार्को अभी रुको।"

मार्को अपने दांत पीसते हुए कहता है, "ठीक है।"

पेत्रोविच फिर से पूछता है, "बताओ हमला कहाँ-कहाँ होगा।" इस बार सन्धि भी उसे कहती है, "बता दो वर्ना यह सब लोग मेरी नहीं सुनेंगे।" रुसी उन चारों का चेहरा देखता है और कहता है, "हम पूरे यूक्रेन पर हमला करेंगे और जीतेंगे।" उसके बाद वह चुप हो जाता है।

पेत्रोविच पूछता है, "और क्या-क्या जानते हो तुम युद्ध के बारे में?"

"मैं ज्यादा नहीं जानता क्योंकि हर दिन के आर्डर अलग-अलग आते हैं।" यह बोलते-बोलते वह खांसने लगता है। तकरीबन एक घंटे की पूछताछ के बाद पेत्रोविच उठ जाता है और सन्धि वहीं बैठ कर उसके घाव पोंछ रही होती है।

पेत्रोविच उठते ही कहता है, "मार दो उसे मार्को... अब उसके पास कुछ भी नहीं है बताने के लिए।"

यह सुनते ही मार्को की आँखों में चमक आ जाती है उसे नफरत को हकीकत में बदलने का ये खूनी मौका मिलता है।

वह उसकी गर्दन पकड़ लेता है और उसका गला घोंटने लगता है। सन्धि मार्को के हाथों से उसे बचाने की कोशिश करती है। हेलगा भी सन्धि के साथ यह कोशिश करती है पर मार्को उसकी गर्दन छोड़ने का नाम ही नहीं ले रहा होता है। सन्धि यह देख कर कि मार्को मार देगा उसे, वह नताशा को आवाज़ देती है। नताशा भी कोशिश करने लगती है और यह तीनों अंत में कामयाब हो जाते हैं। गला छूट जाता है रशियन सैनिक का। जैसे ही गला छूटता है सन्धि पूरी ताकत के साथ आवाज़ देती है "पेत्रोविच.....पेत्रोविच।"

पेत्रोविच उसकी तरफ देखने लगता है जैसे कुछ हुआ ही नहीं हो।

सन्धि- "यह क्या नृशंसता है। तुमने मार्को से क्यों कहा कि इसे मार दो? क्यों तुम लोग इसकी जान के पीछे पड़े हो? क्या मिलने वाला है इसकी मृत्यु से?"

उधर नताशा ने मार्को को पीछे से पकड़ा होता है। पेत्रोविच नताशा से कहता है, "उसे छोड़ दो।" नताशा नहीं छोडती मार्को को। फिर सन्धि भी कहती है, "उसे छोड़ दो नताशा।" नताशा तब जाकर मार्को को छोड़ती है।

हीरो मार्को को देख कर गुर्राने लगता है। पेत्रोविच कहता है, "उसे जितना बताना था बता दिया, अब हम उसका क्या करेंगे।"

सन्धि - "वाह! हर इंसान का पुर्जे की तरह का बस एक काम है तुम्हारी नज़र में, कितने उपभोक्तावादी सोच के हो गए हो तुम पेत्रोविच।"

"ऐसा नहीं है सन्धि पर वो हमारे लिए खतरा है। जब तक उसके हाथ बंधे हैं, वो यहाँ है... जैसे ही खुलेंगे सबसे पहले वह हम सब को मार देगा।"

मार्को ने उसका गला काफी तेज़ दबाया था। रुसी अपने मुँह से बार-बार खून थूक रहा था और उसे देख कर मार्को हँस रहा था।

उधर व्लादिमीर सबकी बात करा रहा था सैटेलाइट फ़ोन पर और यह सब छोड़ कर वह उस तरफ आ जाता है जहाँ यह पूरा घटनाक्रम चल रहा था। आते ही वह गुस्से से कहता है, "तुम लोग हमेशा लड़ते रहते हो, सिर्फ तुम्हारे पास लड़ाई ही लड़ाई है। तंग आ गया हूँ मैं तुम सब से।" वह चुपचाप बैठ जाता है। फिर थोड़ी देर बाद अपने आप से कहता है, 'आज मैंने अपने माँ और पिताजी से बात की... वह सब बहुत परेशान थे, मुझे उनकी याद आ रही है और तुम लोग लड़ रहे हो। मुझे नफरत हो रही है इस माहौल से अब।'

सन्धि उसके पास जाती है, उससे बात करती है। फिर उसे समझाती है कि उसे भी घर जाना है और वह भी घर जाना चाहती है। वह उसे बताता है अपने घर के बारे में और अपने परिवार के बारे में। थोड़ी देर सन्धि से बात करने के बाद व्लादिमीर को अच्छा लगता है और वह सन्धि को गले लगा लेता है। सन्धि उसके सिर पर हाथ रखती है और बोलती है, "परेशान न हो, अगर समस्या है तो समाधान भी होगा। कभी-कभी कुछ परिस्थितियां आपसे धैर्य और समझदारी के साथ संयत व्यवहार की माँग करती हैं जिन्हें पूरा करना ही भविष्य के लिए हितकर होता है।"

रशियन सैनिक की हालत और खराब होने लगती है, सन्धि उसके पास जाती है और उसकी जैकेट खोलती है ताकि वह आसानी से साँस ले सके। फिर मार्को और पेत्रोविच को देख कर कहती है, "तुम दोनों की वजह से इसकी ये हालत है। तुम लोग हत्यारे हो और इस युद्ध में इस नफरती माहौल को और बढ़ा रहे हो।"

मार्को - "यह जीने लायक नहीं है।"

नताशा मार्को की बात का जवाब देती है, "यह तुम कैसे निर्धारित करोगे कि कौन जियेगा और कौन नहीं?"

पेत्रोविच तेज़ आवाज़ में, "बस करो तुम सब!" फिर वह व्लादिमीर के पास आकर कहता है, "मुझे फ़ोन दे दो।"

"क्यों चाहिए तुम्हें फ़ोन?"

"मुझे मेरे ऑफिस फ़ोन करना है... उन्हें, मुझे रुसी सैनिक ने जो बताया, वो बताना है और अपने घर पर भी बात करनी है।" व्लादिमीर फ़ोन निकाल कर दे देता है।

पेत्रोविच थोडा दूर जाकर फ़ोन लगाता है और बात करते-करते बड़ा हतप्रभ होता है। फिर अचानक उसके चेहरे पर गुस्सा आने लगता है और वह रुसी सैनिक को देखता है गुस्से से। कभी बैठता है और कभी खड़ा हो जाता है। करीब 5 से 10 मिनट बात की होगी उसने। बात ख़त्म कर वह आता है सबके करीब और देखता है सन्धि रो रही होती है और नताशा से कह रही होती है कि उसे घर जाना है वह यहाँ नहीं रहना चाहती। उसे उसका मेडिकल भी नहीं करना उसे बस घर जाना है और अपनी माँ और पिताजी के गले लगना है। वह इस शहर से दूर, इस माहौल से दूर अपने घर जाकर प्रेम से सबके साथ रहना चाहती है।

पेत्रोविच यह सब देख कर भी सन्धि के पास नहीं जाता और कहता है, “तुम लोगों को पता है कि रशियन राष्ट्रपति ने क्या कहा है?”

मार्को और जूलिया पूछते हैं, “क्या कहा है बताओ बताओ!”

“रशियन राष्ट्रपति कहते हैं कि उन्होंने एक स्पेशल मिलिट्री ऑपरेशन चालू किया है जो यूक्रेन की जनता को मारने के लिए नहीं है बल्कि पूर्व में जो लोग हैं, जो रशियन भाषा बोलते हैं, उनको बचाने के लिए है यह युद्ध। रशियन राष्ट्रपति कहते हैं कि यूक्रेन के शासन काल में उन लोगों पर बहुत अत्याचार किया गया है। हजारों लोग मारे गए... उनके बचाव के लिए यह कार्यवाही है।”

पेत्रोविच गुस्से में और और तेज़-तेज़ बोलता है, “उन्होंने यह भी कहा कि नाटो शीत युद्ध के बाद से उनकी सीमाओं के करीब आता जा रहा है। रशिया ने कई बार कोशिश की कि कोई हल निकले पर अमेरिका ने यह नहीं होने दिया। यह सब रशिया कर रहा है और हम इस सैनिक को बचाने की बात कर रहे हैं।”

रशियन सैनिक कुछ बोलने की कोशिश कर रहा था पर वह बोल नहीं पाया। उसके मुँह में खून आ गया। उसने साँस ली और फिर बोलना चालू किया, “हमारे लोगों पर बहुत अत्याचार हुआ है यूक्रेन में, उनको तो बचाना ही होगा, वह हमारे लोग हैं। यह युद्ध अमेरिका और नाटो की वजह से हुआ है। नाटो और अमेरिका हमारी सीमा पर आये, हम नहीं गए उनकी सीमा पर। यह युद्ध अमेरिका की देन है,” बोलते बोलते वह फिर से खून थूकने लगा।

व्लादिमीर अचानक खड़ा हुआ और कहने लगा, “यह क्या तुम बार-बार अमेरिका-अमेरिका करने लगे हो। हमने क्या किया, कौन सा युद्ध कर दिया?”

रशियन सैनिक फिर से दर्द से कराहते हुए बोला, "क्या भूल गए तुम इ...राक, लीबिया, और सी....रिया!"

रुसी सैनिक की बातें सुनकर व्लादिमीर चुपचाप बैठ जाता है। कुछ नहीं बोलता है, बस शांत हो जाता है पर उसकी आँखों में आँसू थे और सोच रहा था कि महाशक्तियों के खेल और मनावता के कष्ट क्या ऐसे ही साथ-साथ चलते रहेंगे या इन पर कभी विराम भी लगेगा।

पेत्रोविच - "यह सैनिक हमें सिखा रहा है कि देश प्रेम क्या होता है! इसे मार देने में ही सबकी भलाई है।"

नताशा यह सुनकर गुस्से से पेत्रोविच को देखती है पर कुछ नहीं कहती।

सन्धि पेत्रोविच की बात सुनकर कहती है, "क्यों तुम इसे बार-बार मारने की बात करते हो, तुम्हें क्यों समझ नहीं आता है कि यह सिलसिला फिर रुकेगा नहीं। तुम मारोगे, फिर कोई और... फिर तुम्हारे बच्चे बदला लेंगे और फिर उनके। हम एक बार नफरत करने लगते हैं तो वह हमारा भविष्य नफरत के एक अंतहीन चक्र में फंस जाता है। अपनी संतति को क्या देना चाहोगे, बदला लेने का दर्शन या फिर प्रेम। यह बताना चाहोगे उसे कि तुम्हें उससे प्रेम करना है या ये बताना चाहोगे कि तुम्हें उससे बदला लेना है। तुम्हें फैसला लेना है... कल तुम्हारा है, उसे कैसा देखना चाहोगे, संघर्षरत या प्रेमपूर्ण।"

सन्धि उसके बाद कुछ नहीं बोलती है, बस वहाँ से चली जाती है। नताशा सन्धि को परेशान देख उसके पीछे जाती है। व्लादिमीर शांत नीचे बैठा हुआ था अपनी गर्दन झुकाए। हेलगा सैनिक के पास बैठी थी, वह पूरी बातों को बहुत ध्यान से सुन रही थी।

पेत्रोविच मार्को को कुछ इशारा करता है और मार्को वहाँ से चला जाता है। इवान भी परेशान था। वो लगातार रुसी सैनिक को घूरे जा रहा था। जूलिया

अपने बच्चे को पकड़कर लेटी थी... बच्चे को देख रही थी। माहौल बिल्कुल शांत था, कोई किसी से नहीं बोल रहा था।

मार्को अचानक दौड़ कर आता है। उसके हाथ में एक कांच का टुकड़ा होता है और उस टुकड़े को वो एक ही वार में रुसी सैनिक के गले में घोंप देता है। सबकी निगाह जब तक उस पर जाती मार्को के हाथों रुसी सैनिक को मार दिया जाता है। हेलगा खून के प्रवाह को देख कर डर जाती है, खून किसी टूटे नल से पानी के रिसाव सा था। बेहिसाब खून निकल रहा था। कुछ छींटे हेलगा के मुँह पर भी पड़े और वो जल्दी से पीछे हटी पर वो खुद को संभाल न सकी और गिर गयी।

खून को देख कर मार्को के चेहरे पर एक विस्मयकारी ख़ुशी थी, जैसे उसने खुद पर हुए खराब व्यवहार का बदला उस रुसी सैनिक से लिया हो। फिर अचानक वो निराश हो गया और वहीं रुसी सैनिक के पास बैठ गया।

सन्धि दौड़ कर आई और उसने कोशिश की उसे बचने की, नताशा भी आई उसके साथ और उसने उसकी नब्ज़ देखी जो कि चलना बंद हो गयी थी। उसने सन्धि से कहा, "सन्धि मत करो कोशिश... वो जा चुका है। नफरत जीत गयी।"

सन्धि एकदम शांत हो गयी। जैसे उसके अन्दर से किसी ने आवाज़ निकाल ली हो... वह रो रही थी पर आवाज़ के बिना।

व्लादिमीर वहीं बैठा रहा और अपना सिर हिलाता रहा, व्लादिमीर ने धीरे से कहा, "हम सब पर युद्ध का असर होने लगा है, हम मनुष्य नहीं बचे हैं अब। इस तरह बदले की आग में डूबकर हिंसक जानवर बन जाने का एक ही अर्थ है कि हम समस्या के शांतिपूर्ण हल से दूर जा कर सभी स्तरों पर विध्वंस को स्वीकार करने को तत्पर हो चुके हैं, सेना और नागरिक समाज का यही

आचरण दो विश्व युद्धों की तबाही का प्रमुख कारण था", यह कह कर उसकी आखों से आँसू टपकने लगे।

जूलिया ने यह देखकर अपने बच्चे को अपने गाउन के अन्दर कर लिया और उसके चेहरे पर अजीब सा संशय था, वह हर चीज को एक संदेह की नज़र से देख रही थी।

हेलगा अपने चेहरे को बार-बार अपनी ड्रेस से साफ़ कर रही थी और सबके पास जाकर पूछ रही थी, "मेरे चेहरे पर लगा खून साफ़ हो गया कि नहीं।"

हीरो रुसी सैनिक के पास जाकर उसे सूंघ रहा था। थोड़ी देर सूंघने के बाद वह वहाँ से चला गया। उसे भी समझ आ गया कि ज़िन्दगी की खुशबू अब विदा हो गयी है।

इवान तेज़-तेज़ चल रहा था, शायद उसके अन्दर कुछ उतनी ही तेज़ी से चल रहा था, जितना तेज़ वह बाहर चल रहा था। सन्धि ने कोशिश की पर वो कुछ बोल नहीं पा रही थी। चौथी कोशिश में उसके मुँह से आवाज़ निकली और उसने कहा, "मार्को क्यों किया तुमने ऐसा... क्यों किया? जितना मैंने तुम्हें जाना तुम इतने अच्छे इंसान हो, फिर ऐसा क्यों किया तुमने?"

पेत्रोविच जल्दी से आ गया मार्को और सन्धि के पास, फिर मार्को के गले में हाथ डालकर सन्धि को समझाते हुए कहा, "हो जाता है ऐसा कभी-कभी। युद्ध के दवाब में ऐसा हो जाता है।"

सन्धि - "युद्ध के दवाब में! यह क्या बात हुई कि दवाब में किसी की जान ले ली जाए।"

"किसी की नहीं, वो रुसी सैनिक था। उसे ऐसे ही मरना चाहिए।"

मार्को पेत्रोविच का चेहरा देखता रहा। सन्धि ने कुछ और कहना चाहा पर फिर पेत्रोविच का चेहरा देखा और कुछ नहीं बोली। बस बैठ कर सीढ़ी के

ऊपर खाली जगह को देख रही थी। गोलियों की आवाज़ और तेज़ आने लगी थी अब। पेत्रोविच मार्को को दूर ले गया और वहीं से बताने लगा कि उसने अपने ऑफिस में बता दिया है लोगों को - वो जल्दी ही कुछ मदद भेजेंगे।

मार्को को वह दूर ले जाकर समझाने लगा, "किसी को बताना नहीं कि मैंने तुम्हें इशारा किया था इसे मारने के लिए, ठीक है।" मार्को कुछ नहीं बोला... बस देखता रहा उसको।

रुसी सैनिक का खून निकलना अब बंद हो गया था, शरीर में से पूरा खून निचुड़ चुका था। हेलगा अब भी अपने चेहरे से खून साफ़ कर रही थी। इवान अब और भी तेज़-तेज़ चल रहा था। लगभग सभी लोग इस मौत से तनाव में थे। इतने पास से शायद किसी ने किसी को मारते हुए नहीं देखा होगा। एक अजीब सा मंज़र था वो। कांच अब भी उसकी गर्दन में घुसा हुआ था। सन्धि दोबारा वहाँ पहुँची और काँच को निकाल कर पूरे ज़ोर के साथ दूर फ़ेंक दिया। कांच के निकलते ही जो ज़रा सा खून बचा था शरीर में, वो भी निकल गया।

सन्धि बैठ गयी नताशा के पास और कहने लगी, "जल्दी से जल्दी वह यहाँ से निकलना चाहती है, यह जगह अब रहने लायक नहीं बची।"

"हाँ, मैं भी यही सोचता हूँ।" व्लादिमीर भी सन्धि के पास आकर बैठ जाता है।

पेत्रोविच मार्को को फ़ोन देता है बात करने के लिए, मार्को फ़ोन को पकड़ता है फिर देखने लगता है जैसे उसे नहीं पता कि उसे फ़ोन के साथ क्या करना है और कहता है, "मैं किस से बात करूंगा कोई नहीं है मेरा। बेटा-बहू दोनों मुझसे बात नहीं करते। मैं बिल्कुल अकेला हूँ। किस से बात करूंगा... क्या मेरी बात रुसी से हो सकती है, मुझे रुसी सैनिक से बात करनी है। मुझे तो

इसका नाम भी नहीं पता और मैंने इसे मार दिया। पेत्रोविच मेरी इस से बात कराओ, इस रुसी से बात कराओ।"

पेत्रोविच मार्को से थोडा दूर हटकर कहता है "मार्को यह सब क्या बोल रहे हो तुम?"

"हाँ, मुझे बात करनी है इससे। मैं इसको दोबारा बुलाना चाहता हूँ... इससे बात करना चाहता हूँ।"

"मार्को होश में आओ... ये मर चुका है।"

"हाँ, यह तो मर चुका है, मैंने इसे मार दिया" फिर मार्को शांत हो जाता है। फिर अचानक कहने लगता है, "मैंने इसे मारा पर मुझे इसे मारने को तुमने उकसाया।" जैसे ही यह बात मार्को के मुँह से निकलती है, सब लोग पेत्रोविच को देखने लगते हैं।

पेत्रोविच यह देख कर हक्का-बक्का हो जाता है और कहने लगता है, "क्या बक रहे हो मार्को!"

"मैं बक नहीं रहा हूँ... तुमने ही मुझे पहले भी उकसाया था और तुमने ही मुझे दूसरी बार इशारा किया। तुम्हारी गलती नहीं है पेत्रोविच, तुमने मेरे अन्दर की नफरत का फायदा उठाया है। तुमने तो बस आग दी है मेरे अन्दर के विस्फोटक को, जैसे ही आग मिली मैं फट गया। पर मैंने इसकी मृत्यु से क्या पाया? कुछ नहीं कुछ भी नहीं, सिर्फ और सिर्फ ज़मीन पर फैला मुझे दोषी करार देता यह खून है और मेरे दिमाग में खुद के लिए नफरत।"

मार्को रुसी के पास जाता है और उसकी लाश को गले लगाकर कहता है, "यही मैंने पहले किया होता तो आज मुझे खुद पर इतना अफ़सोस नहीं होता। मुझे गले लगा लेना था तुमको रुसी, अगर तुम मुझे नहीं भी लगाते गले तो कम से कम मैं तुम्हारे लिए इज्ज़त तो रख सकता था और अगर तुम मेरे

शहर में आकर यहाँ के लोगों को मारते हो, तो भी मुझे तुम्हें मारना नहीं था। कोई न कोई रास्ता तो होता जिसमें हम और तुम दोनों जीते, हमें ऐसे ही रास्ते खोजने हैं। मैं तुम्हें मारना ही नहीं चाहता था, मैं तो बस खुद से परेशान था... खुद को जो मिला, जो नफरत मिली बीवी से, बच्चे से और उसकी बहू से, उसे ख़त्म करना चाहता था पर वह तो ख़त्म नहीं हुई एक और नफरत चढ़ गयी सर पर।"

कुछ देर रुसी को देखने के बाद कहता है, "पेत्रोविच तुमने मुझसे बहुत बड़ा पाप करवा दिया।"

सन्धि पेत्रोविच को देखती है तो पेत्रोविच कहता है, "यह कुछ भी बोल रहा है। इसका दिमाग खराब हो गया है। मैंने कुछ नहीं किया है... सन्धि मेरा विश्वास करो।"

सन्धि कहती है, "विश्वास किस चीज का करूं मैं, पिछले दो दिन से मैं तुम में बहुत बदलाव देख रही हूँ। तुम मेरा साथ नहीं देना चाहते, तुम लोगों को बरगलाते हो, लोगों से हत्याएं करवाते हो। क्या कहूँ मैं तुम्हें। क्या बोलूँ तुम्हें... तुम वो नहीं रहे या फिर तुम कभी वो थे ही नहीं। तुम्हारा प्रेम सिर्फ भौतिक है, वह यथार्थ में कभी था ही नहीं। वह बस गायब हो गया अचानक शायद। मैंने कहीं पढ़ा था पेत्रोविच विपत्ति के समय इंसान अपना सही चेहरा दिखाता है। तुम्हारा चेहरा यही है। तुम्हारा यही चेहरा है जिसमें तुम सिर्फ और सिर्फ युद्ध से प्यार करते हो। तुम्हें युद्ध चाहिए, तुम्हारे अंतरतम को युद्ध चाहिए, तुम्हें ऑफिस में प्रतियोगिता चाहिए, प्रेम में भी प्रतियोगिता चाहिए, तुम हमेशा बताते थे कि तुमने क्या किया मेरे लिए, तुम्हें परिवार में भी प्रतियोगिता चाहिए थी इसीलिए तुम अपने माँ और पिताजी से बात नहीं करते क्योंकि तुम उनसे कुछ कम कमाते हो। यह छोटे-छोटे स्वरुप युद्ध के तुम्हें शायद बहुत पसंद हैं। तुम्हें प्रेम पसंद नहीं क्योंकि वह सरल है, तुम्हें युद्ध

पसंद है, युद्ध के हथकंडे पसंद हैं। तुम में भी अधिकाधिक पा लेने की बलात लालसा माँ, बाप, समाज और भौतिकवादी वातावरण से ही पल्लवित हुई है। इसमें प्रेम के महत्व को तुम्हें सिखाये जाने के कुल जमा परिणाम के रूप में तुम एक फरेब बन गए हो जो इस समूचे व्यवहार को संघर्ष समझता है। ईमानदारी से की गयी मेहनत और ईर्ष्यालु संघर्ष के अंतर को लोभवश न समझ पाने का अंतिम परिणाम सामाजिक अशांति के रूप में जन्म लेता है क्योंकि उसमें दूसरे का स्वाभाविक बहिष्कार समाहित होता है। मानवीय श्रम और रचनात्मकता से निर्मित सुन्दरता देखने की योग्यता आदमी सिर्फ तभी खोता है जब वह स्वयं को केंद्र में रखकर हर चीज को देखना शुरू कर देता है।"

सन्धि ने इसके बाद कुछ नहीं बोला और पलट कर दूसरी तरफ देखने लगी... सीढ़ियों की तरफ जहाँ से ऊपर दिखता था आकाश। सीढ़ियों को देखकर बस लगातार बोल रही थी, "तुम्हें युद्ध पसंद है.....तुम्हें युद्ध पसंद है, तुम्हें युद्ध पसंद है, तुम्हें संघर्ष पसंद है, तुम्हें प्रतिस्पर्धा पसंद है, बस मानवीय होना तुम्हें पसंद नहीं है।"

5

दो लोगों का प्रेम अगर समाज के गहनतम समर तक न पहुँचे और वहां फैले विवाद को प्रेम में न बदल सके तो फिर वह प्रेम नहीं।

खारकीव – 01 PM

25 फरवरी

सन्धि बड़ी असमंजस में बैठी हुई थी और बैठे-बैठे वह सिर्फ सीढ़ियों को देख रही थी। भूख से उसका हाल बहुत खराब था। अंडरग्राउंड मेट्रो स्टेशन में मौजूद सभी लोग परेशान थे। भूख, प्यास, नींद, लगातार गोलियों की आवाज़ का आना, उससे लगातार खौफ के साये में रहना, यह सब इंसानी तौर पर वहाँ मौजूद सभी लोगों पर एक अलग ही प्रभाव डाल रही थी। कुछ इस बैचैनी के प्रभाव से और बेहतर इंसान बन रहे थे, कुछ इसके प्रभाव से और नृशंस बन रहे थे। बचपन से अब तक मिले खाद, पानी, हवा, वातावरण और परवरिश में शामिल मूल्यों से उत्पन्न अद्भुत मानवीय उदघटन का इन्द्रधनुषी समागम था वहां।

व्लादिमीर सन्धि के पास आकर कहता है, "तुम लगातार सीढ़ियों को क्यों देख रही हो, मैं तुम्हें पिछले 4 या 5 घंटे से देख रहा हूँ, तुम बस सीढ़ियों को ही देखे जा रही हो, क्या हुआ है तुमको?"

सन्धि कुछ नहीं कहती, अब भी वह बस देख ही रही होती है। व्लादिमीर फिर से कहता है, "सन्धि!"

सन्धि कहती है, "मैं क्या देखूँगी व्लादिमीर... बस यही देख रही हूँ कि इन सीढ़ियों से नीचे तो आ गई पर क्या इनसे ऊपर दोबारा जा पाऊंगी। कितना अजीब है ना, हमें कोई नहीं रोक रहा यहाँ से ऊपर जाने के लिए पर हम जा भी नहीं सकते क्योंकि ऊपर हमारी जान को खतरा है। पता नहीं कब यहाँ से निकलूंगी और कब दोबारा पहुंचूंगी अपने घर। तुम कहाँ जाओगे व्लादिमीर यहाँ से निकलते ही?"

व्लादिमीर भी सीढ़ियों को देखता है और कहता है, "सबसे पहले तो यहाँ से निकलते ही पानी पिऊँगा, ढेर सारा पानी। फिर अगर कुछ खाने को मिला तो खाऊँगा, फिर सीधे घर जाऊँगा, माँ और पिताजी के पास, बहुत दिन हुए उनसे मिले" यह कहकर व्लादिमीर चुप हो जाता है। फिर कहता है, "एक बात बताऊँ तुम्हें माँ और पिताजी से मेरे ज्यादा अच्छे रिश्ते नहीं थे पर आज जब बात की न उनसे, तो लगा मैं गलत था उनके बारे में। पिताजी ने कहा-वो मुझे यहाँ से निकाल लेंगे। मेरे पिताजी मुझसे बहुत प्यार करते हैं, यह जानकर बहुत अच्छा लगा मुझे।"

रुसी सैनिक की हत्या से ग़मगीन सन्धि व्लादिमीर की बातें सुन कर उससे बहुत शांत शब्दों में कहती है, "प्रेम और शांति के आलिंगन में उल्लास और रचनात्मक सुन्दरता स्वतः ही आकर बस जाते हैं, इसके विपरीत घृणा और ईर्ष्या विध्वंस और अशांति की मानसिक भूमि का धीरे-धीरे विस्तार करने में लगे रहते हैं। प्यार ऐसा ही होता है, उसको जानना एक अलग अनुभूति देता है और उसके ठीक विपरीत युद्ध होता है जिसको जानकर, देखकर आप पागल हो जाते हो। आप ज्यादा दिन बर्दाश्त नहीं कर सकते युद्ध को। इंसान बदल जाता है युद्ध में, मार्को को ही देखो।"

"तुम्हें लगता है क्या पेत्रोविच ने इशारा किया होगा?"

"पता नहीं, पर कर भी सकता है... इंसान बदलता है, वह भी बदला है, न जाने क्या किया होगा उसने!"

"मार्को जिस तरह से कह रहा था, मुझे लगता है पेत्रोविच ने किया होगा।"

"हो सकता है काफी बदल गया है वो।" यह बात चल ही रही थी तभी पेत्रोविच आ गया और सन्धि के पास बैठ गया।

सन्धि के पास जैसे ही पेत्रोविच बैठा व्लादिमीर उठ कर चला गया। व्लादिमीर को जाते देख पेत्रोविच ने व्लादिमीर को घूर कर देखा पर व्लादिमीर हमेशा की तरह अपनी ही दुनिया में था। उसने गौर भी नहीं किया कि पेत्रोविच उसे घूर रहा है।

पेत्रोविच ने बैठकर सन्धि से कुछ नहीं कहा, बस बैठ गया आकर उसके पास। सन्धि भी चुपचाप बैठी रही बस।

जब काफी देर हो चुकी थी तब पेत्रोविच ने कहा, "सन्धि नाराज़ हो क्या मुझसे तुम? सन्धि ने कहा, "किस बात पर नाराज़ होऊँगी मैं बोलो!"

"पता नहीं, मुझे लगा कि तुम नाराज़ हो इसलिए पूछा।"

"अच्छा किया।"

"मैंने इशारा नहीं किया था मार्को को उस रुसी सैनिक को मारने के लिए।"

"क्या फर्क पड़ता है, वह तो मर चुका... वो पड़ा है, उसकी लाश में से बदबू भी आना शुरू हो गयी है और वैसे भी तुम एक बार तो कह ही चुके थे मार्को को कि उसे मार दो। दोबारा भी कर सकते हो, क्या पता।"

"तुम मेरा विश्वास क्यों नहीं करती। क्या तुम्हारा प्यार ख़त्म हो गया है मेरे लिए?"

"जो इन्सान मुझे अकेला जाने दे बाहर जब कि मेरी जान को खतरा हो सकता था, जो इंसान मेरी विचारधारा की इज़्ज़त नहीं करता, मैं ये नहीं कहती कि तुम मेरी विचारधारा को मानो पर तुमने तो न माना और ना ही उसकी कोई परवाह की। मैं तुम्हें कई साल से जानती हूँ, अब तो लगता है कि इंसान को जानने के लिए कितना समय काफी है, ये सोचना होगा। पता नहीं तुम ऐसे कैसे हो गए।"

“कैसा हो गया हूँ मैं?”

“प्रेम विरोधी हो गए हो तुम।”

“प्रेम विरोधी, मैं तो तुमसे प्रेम करता हूँ।”

“जो भी युद्ध पसंद करता है, लोगों को मारने की कोशिश करता है, वह प्रेम विरोधी है और ये मत कहो कि तुम मुझसे प्रेम करते हो... अगर प्रेम करते तो रुसी को मारने की सोचते भी नहीं।”

“तुम समझ लो, ये युद्ध है, हम युद्ध में है।”

“युद्ध है! क्या मतलब है इस बात का कि अगर कुछ गलत हो रहा है तो तुम उस गलत में साथ दोगे, बताओ मुझे। क्या तुम्हें युद्ध अनुज्ञप्ति देता है किसी को मारने की, किसी के खिलाफ षड्यंत्र करने की? पेत्रोविच प्रेम वह है जब तुम उसमें होते हो, तो तुम बस होते हो। यह नहीं हो सकता कि तुम मुझसे प्रेम में हो पर दूसरे ही क्षण तुम किसी से नफरत करने लगो। प्रेम रक्त जैसा होता है, प्रवाह है उसका हर जगह से सिर्फ लाल ही। प्रेम में बलात अधिपत्य के भाव का व्याप्त होना, रक्त के रंग का कालिमा से ग्रसित होना है, यह प्रेम नहीं रहेगा, दूषित उर्जा में परिवर्तित हो जायेगा। शरीर कटता है तो हर जगह से खून ही निकलता है न, वैसे ही प्रेम में हो तो हो।”

पेत्रोविच सन्धि को देखता है। इस बार सन्धि भी पेत्रोविच की आँखों में देखती है।

पेत्रोविच कहता है, “तुम्हारी आखों में मेरे लिए प्रेम नहीं है अब।”

“इसको तुमने ही मारा है, प्रेम तो है पर अब तुमसे नहीं है। तुम्हारा दिया प्रेम आज भी है जो अब रक्त के ज्वार का मान रख कर मानवता के प्रति प्रेम का स्वरुप ले चुका है।”

"प्रेम का स्वरुप ले चुका है, मैं कुछ समझा नहीं।"

सन्धि बहुत देर बाद हँसती है और कहती है, "प्रेम, तुम प्रेम समझते हो? चलो मैं तुम्हें प्रेम बताती हूँ आज।"

सन्धि अपनी गर्दन ऊपर की तरफ उठाती है और छत की तरफ देखती है और कहती है, "तुम्हें क्या लगता है, तुम बहुत अच्छे दिखते हो, बहुत सुन्दर हो, तुम्हारे ये सुनहरे बाल, लम्बा कद-काठी मुझे आकर्षित करती है? नहीं पेत्रोविच! मैं जब भी तुम्हें देखती थी तो मुझे अहसास होता था अपने अन्दर इन्कलाब का, कुछ बदलेगा, तुम्हें देखकर लगता था मेरी ज़िन्दगी में और तुम्हारी ज़िन्दगी में भी। मेरा प्रेम तुम्हारे साथ बिताया हुआ वो पल नहीं जहाँ तुम और मैं बिस्तर में पड़े विलासी भावनाओं में लिप्त हैं। मेरा प्रेम मुझे अगर दूसरों से प्रेम करना न सिखा पाया तो फिर वो प्रेम नहीं। मेरा प्रेम मुझे कामुकता से क्रांति की ओर अग्रसर करता है। प्रेम में स्वार्थी शिथिलता प्रेम को बोझिल बनाती है। मैं देखती हूँ मेरी पीढ़ी के लोग प्रेम को किस तरह लेते हैं... उनके लिए प्रेम हाथ पकड़ना, साथ रहना, साथ सोना और साथ एक-दूसरे को भोगना बस इतना ही है।"

"वाह! तो क्या तुम्हारे हिसाब से ये सब ज़रूरी नहीं है प्रेम में।"

"बिल्कुल ज़रूरी है पर यह प्रेम का एक आयाम है, प्रेम सिर्फ पूर्णतः भोगवादी आयाम में पहुँच कर खुद मर जायेगा। दो लोगों का प्रेम अगर समाज के गहनतम समर तक न पहुँचे और वहां फैले विवाद को प्रेम में न बदल सके तो फिर वह प्रेम नहीं। प्रेम के प्रस्फुटन को तलाशता प्रेम का संकुचन भर है जिसकी असफ़लता उसके विस्तार को स्वार्थ वश रोकने में निहित है। आजकल प्रेम क्यों तिरोहित हो रहा है इतनी जल्दी, क्यों एक सम्बन्ध के बाद हम दूसरा ढूंढते है, फिर तीसरा फिर ढूंढते-ढूंढते हम बूढ़े हो

जाते हैं और मर जाते हैं, बिना प्रेम के। प्रेम हर समस्या का निवारण है.... खुद समस्या नहीं है।"

पेत्रोविच सुनता रहता है फिर एक गहरी सोच के बाद उठता है और पूछता है, "तुम मुझसे अभी भी प्रेम करती हो?"

"हाँ करती हूँ।"

पेत्रोविच के चेहरे पर रौनक आ जाती है फिर सन्धि कहती है, "पर तुम्हारे साथ रहने के लिए नहीं करती, पर तुमसे प्रेम है। तुमसे प्रेम है इसलिए मैंने अपनी माँ को तुम्हारे बारे में बताया पर अब मुझे लगता है तुम युद्ध में इतने खो गए हो कि तुम प्रेम को भूल गए हो। मैं प्रेम की भावना को आहत होते नहीं देख सकती इसीलिए मैंने तुम्हें छोड़ने का फैसला लिया है। मैं यह नहीं देख सकती कि तुम्हारे अन्दर का युद्ध मेरे अन्दर के प्रेम के साथ युद्धरत हो, इसीलिए प्रेम और युद्ध को अलग होना पड़ेगा। अगर मेरा प्रेम सही हुआ तो तुम युद्ध से निकल कर प्रेम ग्रहण करोगे और अगर तुम्हारा युद्ध धर्म युद्ध है तो आने वाली पीढियां उसके गीत गायेंगी और उसका गुणगान करेंगी जो कि मुझे नहीं लगता है कि यह है और यह होगा।

सन्धि आगे कहती है, "दो विश्व युद्ध के बाद यूरोप के लोग यह समझ पाए कि वह एक-दूसरे को समाप्त नहीं कर सकते, सिर्फ प्रेम से साथ रह सकते हैं। यही वैश्विक निर्भरता का आधार है और यही वजह है कि यूरो करेंसी, यूरोपियन यूनियन (यूरो होम), यूरोपियन पार्लियामेंट आज वहाँ अस्तित्व में है। "

"मैं तुमसे इतना प्रेम करता हूँ, तुम्हें समझ में क्यों नहीं आता है, तुम्हारे साथ अच्छा समय गुजार पाऊँ इसीलिए अच्छे से अच्छे होटल में तुम्हें ले जाता हूँ, अच्छे से अच्छे कपड़े खरीदता हूँ तुम्हारे लिए। सब कुछ करता हूँ तुम्हारे लिए और तुम फिर भी मुझे छोड़ रही हो।"

"नहीं पेत्रोविच मैं तुम्हें नहीं छोड़ रही, मैं बस प्रेम को पकड़ रही हूँ, तुम पहले प्रेम में थे इसलिए तुम्हें लगता था कि तुम मेरे साथ हो। आज तुम नहीं हो प्रेम में इसलिए तुम्हें नहीं लगता कि मैं तुम्हारे साथ हूँ। मैं कल भी प्रेम के साथ थी और आज भी हूँ। तुमने जिस तरह बताया कि तुमने क्या किया है मेरे लिए, इससे समझ में आता है कि मैं और तुम कितने अक्षम हैं इस बाज़ार के वैचारिक आक्रमण के संक्रमण के सामने। बाज़ार गढ़ रहा है संबंधों के तौर-तरीके और मायने और जिसे तुम प्रेम कहते हो, उन क्रमिक व्यवहार के मानकों को बाज़ार गढ़ रहा है और हमारी पीढ़ी उसे ही प्रेम समझ बैठी है।" शायद सन्धि की बौद्धिक ईमानदारी आज बहुत निर्मम लगी थी पेत्रोविच को।

"पेत्रोविच तुम प्रेम को क्या समझ रहे थे किस तरह समझ रहे थे, मैं नहीं समझ पायी।"

सन्धि की इन सब बातों को सुनने के बाद पेत्रोविच वहां से चला जाता है।

सन्धि उसके जाने के बाद आँखें बंद कर मंद-मंद मुस्कुराती है और मन ही मन सोचती है कि बाज़ार के हानि-लाभ के आधार पर प्रेम का विस्तार व्यवसाय की दिशा में ही बढ़ेगा। इसमें दोनों पक्ष लाभ के आकर्षण में डूबेंगे, प्रेम में नहीं।

फिर दोबारा से सीढ़ियों को देखने लगती है।

थोड़ी देर बाद सन्धि उठ कर खड़ी होती है और बाकी लोगों के पास जाती है, जूलिया लेटी हुई थी, बच्ची सो रही थी। सन्धि ने जूलिया से पूछा, "बच्ची कैसी है?" जूलिया ने कहा, "अभी तो ठीक है पर जल्द से जल्द रेस्क्यू टीम नहीं आई तो समस्या होगी।" सन्धि ने कहा, "ईश्वर पर भरोसा रखो... जब यहाँ तक सब ठीक है तो आगे भी ठीक होगा।"

हेलगा नताशा की गोदी में सिर रख कर लेटी थी। सन्धि भी वहीं बैठ जाती है। सन्धि पूछती है धीमी आवाज़ में, "इसकी तबियत खराब है क्या?"

नताशा कहती है, "नहीं... नहीं इसकी तबियत ठीक है, बस थकी है, नींद सही से नहीं हुई इसलिए शायद सो गयी बेचारी।"

सन्धि - "इतनी छोटी सी है पर इस युद्ध ने किसी को नहीं बख्शा है। न जाने कितने बच्चे खायेगा ये युद्ध, न जाने कितने बच्चे यतीम होंगे और न जाने कितने बच्चे इस युद्ध की वजह से सही परवरिश नहीं पा पाएंगे। युद्ध सब कुछ निगल लेता है... आपका वर्तमान, आपका भविष्य और आपकी आत्मा।

नताशा कहती है, "मैं तो बस यह कहूँगी कि लोगों का बदलना देखना हो तो युद्ध करवा दो। जो जिसका चेहरा होगा, वो वही चेहरा दिखा देगा। बदलते चेहरों के बारे में क्या कहूँ। मानवता के पक्ष में समाधानों को तलाशने का साहस स्वार्थी गुटीय दलगत भावना के साथ रह कर कभी भी नहीं किया जा सकता है और यही कारण है कि हम लोगों के असली चेहरे देख पाते हैं क्योंकि उनके निर्णय उनके अपने निहित स्वार्थों से ऊपर नहीं जा पाते हैं।"

"बस यहाँ से निकलूं जल्दी से जल्दी वर्ना मैं भी पागल हो जाऊंगी मार्को की तरह।"

"क्यों... मार्को को क्या हुआ?"

"वो देखो रुसी सैनिक को उठाने की कोशिश कर रहा है, बार-बार उसे उठता है। बात करने की कोशिश करता है।"

"आखिर है तो वह भी इंसान ही। घृणा और मानवीयता के बीच झूलता इंसान। गलती हुई उससे और अब उसका मष्तिष्क उसकी गलती की भरपाई भ्रम पैदा करके कर रहा है।"

नताशा बहुत हताशा से हम्म्म्म करती है।

“एक बात कहूँ नताशा, मुझे यहाँ से जल्दी से निकलना है, उसके बाद देखती हूँ कि कैसे भारत पहुँचूंगी पर पहले यहाँ से निकलना है।”

नताशा पूछती है, “तुम्हारा और पेत्रोविच का कुछ हुआ है क्या?”

“क्या हुआ है! कुछ भी तो नहीं... बस जो प्रेम नहीं चाहता वो क्यों साथ में रहे।”

“पूछ सकती हूँ हुआ क्या?”

“मैं उसको दोष नहीं दूँगी, इस युद्ध ने इंसान बदल दिए। इस युद्ध ने हमारे विकास में मानवीय पक्ष के अविकसित रह जाने की त्रुटियों को उजागर किया है, इस कारण आज हर क्षण लोगों में कई असंगत बदलाव दिखाई दे रहे हैं। पर तुम्हें कैसे लगा कि कुछ हुआ है या नहीं?”

“मैंने पेत्रोविच को इवान से बात करते सुना कि अब सन्धि मेरे साथ नहीं है।”

सन्धि हँस कर कहती है, “अभी तो धागे टूटे भी नहीं ढंग से और इन्होंने तो बेसब्र होकर सबको एक-एक छोर पकड़ा दिया।”

इसके बाद नताशा और सन्धि दोनों हँसने लगीं। हीरो भी इन दोनों को प्यार से चाटने लगा।

खारकीव - 25 फरवरी

समय - रात के 11

सभी लोग भूखे पेट सोने की कोशिश कर रहे थे, कुछ को तो नींद भी आ चुकी थी और कुछ नींद का इंतज़ार कर रहे थे। कुछ रुसी सैनिक की लाश के सड़ने की बदबू से परेशान थे, तभी अचानक किसी की आवाज़ आती है और वह बहुत आक्रोश में बात कर रहा होता है। सभी लोग अचानक उठ

जाते हैं नींद से और देखते हैं कि पेत्रोविच फ़ोन पर किसी से बात कर रहा था और कह रहा था, "मैं लगातार फ़ोन कर रहा हूँ पर कोई नंबर नहीं लग रहा है।"

फिर थोड़ी देर वह सुनता रहता है और कहता है, "ये हुई न बात। मुझे फक्र है यूक्रेनी होने पर। हमारे राष्ट्रपति जेलेंस्की ने कमाल कर दिया। मुझे गर्व है उन पर।" फिर कहता है, "मैं अब फ़ोन रखता हूँ।"

फ़ोन रखते ही पेत्रोविच कहता है, "तुम लोगों को पता भी है कुछ, क्या हुआ अभी कुछ देर पहले!"

मार्को दौड़ कर आया और कहने लगा, "बताओ बताओ क्या तुमसे रशियन सैनिक की बात हुई।"

पेत्रोविच ने बड़े ही उपहास उड़ाने के अंदाज़ से कहा, "तुम मार्को यहाँ से जाओ, उधर बैठो।" मार्को यह सुन कर दूर जाकर बैठ गया।

पेत्रोविच फिर सभी को बताने लगा, "आज हमारे राष्ट्रपति जेलेंस्की ने एक वीडियो टेप जारी किया है और उसमें उन्होंने कहा है कि मैं यहीं हूँ यूक्रेन में, सेना भी यहीं है यूक्रेन में, आम लोग भी यहीं है यूक्रेन में और उन्होंने महिला सैनिको का भी ज़िक्र किया और कहा कि वो बहुत अच्छा रक्षक का कार्य कर रही हैं।" पेत्रोविच आगे कहता है, "सब लोग सोच रहे थे कि हमारा राष्ट्रपति भाग जायेगा हमला होते ही पर उन्होंने बता दिया वह सच्चे यूक्रेनी हैं। उन्होंने अभी तक यूक्रेन नहीं छोड़ा और मुझे नहीं लगता वो जल्दी छोड़ेंगे। मेरे सारे दोस्त खुश हैं, वो सब ऑफिस में ही फंसे हुए हैं और मैं यहाँ पर हूँ, यह हमारी जीत है।"

यह सब बोलते-बोलते पेत्रोविच चिल्लाने लगता है, "यूक्रेन जिंदाबाद...... यूक्रेन जिंदाबाद............ यूक्रेन जिंदाबाद।"

व्लादिमीर यह देख कर कहता है, "पेत्रोविच शांत हो जाओ... अभी सिर्फ उन्होंने वीडियो जारी किया है, जंग नहीं जीती है।"

पेत्रोविच यह सुनकर गुस्से में कहता है, "तुम क्यों चिढ़ रहे हो।"

"मैं चिढ़ नहीं रहा हूँ... मैं बस यह कह रहा हूँ कि तुमने सब लोगों को नींद से जगा दिया। वैसे ही भूखे पेट बड़ी मुश्किल से नींद आती है और अब तुम नारे लगा रहे हो। तुम खुश हो, मैं भी खुश हूँ क्योंकि इससे देश को मजबूती मिलेगी पर हालात नहीं बदलेंगे इससे। यूं तो ख़ुशी है पर हालात भी बदलने चाहिए।"

"हालात कैसे बदलेंगे जब तुम्हारे जैसे लोग हैं। इस वक़्त यूक्रेन अकेला लड़ रहा है और कोई नहीं है उसके साथ, न अमेरिका, न नाटो न कोई और... समझे। तुम्हें नहीं होगा गर्व अपने देश पर मुझे अपने देश पर गर्व है।"

व्लादिमीर शांत भाव से पेत्रोविच को फिर से समझाने का प्रयास करता है। वह कहता है, "युद्ध ने हम इंसानों को हिंसक और प्रेमीजनों के दो वैचारिक वर्गों में बाँट दिया है और इसके पीछे मानवीयता को हराते जा रहे, सामान्य जीवन में घुलते जा रहे बाजारवाद को भूलना न्याय संगत नहीं होगा। हम नागरिक समाज की जगह उन्मादी व्यवसाइयों की भीड़ में बदल गए हैं जो हार-जीत बेच और खरीद रहे हैं।

"मुझे अपने देश पर गर्व भी है और जब मेरा देश कुछ गलत करता है तो मैं उसकी आलोचना भी करता हूँ।"

"तुम देशद्रोही हो... तुम अपने देश की आलोचना करते हो।"

व्लादिमीर हँसते हुए कहता है, "अगर आलोचना गलत है और सिर्फ वाह-वाह करना अच्छा है तो देश को शिक्षा की संस्थाएं हटा देनी चाहिए और

सिर्फ और सिर्फ गुलामी सिखानी चाहिए। मैं अपने देश का एक आज़ाद नागरिक हूँ, मैं आलोचना भी करता हूँ और ज़रुरत पड़ने पर वाह-वाह भी।"

"मैं तो खुश हूँ और मैं जश्न भी मनाऊँगा।"

पेत्रोविच के अन्दर युद्ध का उन्माद घर कर गया था। वह जोर-जोर से उछल रहा था। सभी लोग उसे देखकर हैरान थे।

व्लादिमीर कहता है, "पेत्रोविच शोर मत करो वर्ना सैनिकों का ध्यान हमारी तरफ जायेगा, अपने जज्बे के लिए दूसरों की जान को खतरे में मत डालो।"

"तुम क्यों चिढ़ रहे हो, तुम्हारे अन्दर का रशियन खून लगता है बुरा मान रहा है।"

"मेरे अन्दर अमेरिकन खून भी है, मत भूलो।"

"मैं तो खुश हूँ, तुम भी खुश रहो फिर।"

सन्धि देखती रहती है। फिर जब उससे पेत्रोविच का शोर देखा नहीं जाता तो कहती है, "पेत्रोविच मत करो ये सब। क्यों सब को मुसीबत में डाल रहे हो?"

पेत्रोविच कहता है, "तुम क्यों बात कर रही हो... तुम कौन हो मेरी?"

"हमारे आपस की बात को यहाँ सबके सामने क्यों उछाल रहे हो।"

"मैं कहाँ उछाल रहा हूँ, मैं तो बस यह कह रहा हूँ कि मैं जो कर रहा हूँ, मुझे करने दो।"

"तुम क्या कर रहे हो तुम्हें पता भी है?"

"मैं जो कर रहा हूँ तुम नहीं कर सकती कभी। तुम्हारे देश में ऐसा संकट नहीं आया ना इसलिए ऐसा बोल रही हो।"

“हमारे देश में! कमाल की बात करते हो तुम पेत्रोविच... तुम अब हर इंसान को उसके देश के हिसाब से विभाजित कर रहे हो। पहले व्लादिमीर को और अब मुझे। रही बात युद्ध जैसी परिस्थिति की तो हमने कई युद्ध देखे हैं... खुद के फैसलों की वजह से नहीं बल्कि दूसरे राष्ट्रों की विस्तारवादी नीतियों की वजह से। हमारे राष्ट्र में युद्ध हुए हैं पर हमारे लोगों ने युद्ध को खत्म करने का प्रयास किया है, न कि उन्हें बढ़ाने का।”

“तुम हमेशा से अपनी बात कहती हो, अपनी विचारधारा को श्रेष्ठ मानती हो।”

“नहीं ऐसा नहीं है पर मैं इंसान को सबसे पहले रखती हूँ, मेरे लिए इंसान से बड़ा कुछ नहीं है। मैं जाति, धर्म, लिंग, रंग-रूप, प्रजाति और राष्ट्र इन सबसे ऊपर मानव को रखती हूँ। अगर कोई राष्ट्र धर्म के नाम पर कुछ लोगों के साथ सौतेला व्यवहार कर रहा है और धर्म की ओट में राष्ट्र को बाँट रहा है तो फिर वो कैसा राष्ट्र है, और उसे राष्ट्र क्यों कहें। सिर्फ उसकी अलग सीमाओं के लिए क्योंकि उसकी पारदर्शी संप्रभुता तो वह खो चुका है, नागरिकों के साथ अपारदर्शी व्यवहार करके।”

इवान बीच में कहता है, “पेत्रोविच छोड़ो... चलो शांत हो जाओ। हम जब लोग यहाँ आये थे तो कितने एक थे और अब सब अलग अलग। यह विखंडन क्यों हुआ, पता नहीं।”

सन्धि - “यह विखंडन इसलिए हुआ है क्योंकि हम साथ डर की वजह से थे और अलग इसलिए हुए क्योंकि हमारे हित अलग-अलग होने लगे।”

सन्धि रुसी की लाश की तरफ ऊँगली उठाकर कहती है, (रुसी सैनिक के पास अभी भी मार्को बैठा हुआ था) “जब एक क़त्ल किया गया व्यक्ति तुम्हारे पास पड़ा हो और जो चीख-चीख के इस अंडरग्राउंड मेट्रो स्टेशन में

क्या हुआ मानवता के साथ बता रहा हो तो तुम यह सवाल कैसे कर सकते हो कि हम अलग-अलग कैसे हुए।"

यह कहते हुए सन्धि की आँख में आँसू आ गए और वह आँसू पोंछ कर कहती है, "मैं एक आखिरी बात और कहूँगी कि मैं इससे ज्यादा अलग नहीं होना चाहती तुम सभी लोगों से और मैं इससे ज्यादा युद्ध के उन्माद में डूब भी नहीं सकती।"

सन्धि कुछ देर शांत रहती है फिर कहती है, "मैंने फैसला किया है मैं जा रही हूँ इस जगह को छोड़ कर। मुझे पहले डर था मेरी ज़िन्दगी का पर अब नहीं है क्योंकि मैं यहाँ रह कर भी मर ही रही हूँ, बाहर जाकर भी शायद वही होगा। पर मेरे लिए आतंरिक मृत्यु से अच्छा है कि मेरी बाह्य मृत्यु हो। मुझे उस रशियन के मरने का बहुत शोक है और कोफ़्त भी है कि मैं उसे बचा नहीं पायी। मैं जब भी उसे देखती हूँ मेरे भीतर का इंसान मुझे कचोटता है। नहीं रह सकती मैं यहाँ।" सबको हाथ जोड़ती है सन्धि और सीढ़ी की तरफ चलने लगती है।

पहली सीढ़ी पर पैर रखते ही सिर्फ नताशा उसे आवाज़ देती है, नताशा कहती है, "मैं तुम्हारे साथ टेलीफोन बूथ तक तो आना चाहती थी पर उस वक़्त मुझे कुछ संशय था अपने फैसले पर, पर अभी बिल्कुल नहीं है क्योंकि अगर मैं रुक गयी तो मुझे लगेगा मैंने एक इंसान का साथ नहीं दिया। मुझे पूरी ज़िन्दगी डॉक्टर मिले, वकील मिले, इंजिनियर मिले, क्रिस्चियन मिले पर इंसान नहीं मिला। आज मिला है तो उसका साथ कैसे छोड़ दूँ। नताशा आगे कहती है, "चलो सन्धि, चलो।" चलो की आवाज़ आते ही हीरो तैयार हो गया चलने के लिए। व्लादिमीर भी अपनी जैकेट की चेन लगाता है और कहता है, "मैं भी यहाँ नहीं रहना चाहता। समय ज़रूर गलत हो सकता है

चलने का, पर फैसला नहीं| हौसला नहीं था मेरे पास यहाँ से अकेले निकलने का, पर अब तुम लोग हो तो मैं भी चलता हूँ।"

सन्धि पीछे पलटती है, पेत्रोविच से कहती है, "पेत्रोविच ये जो ड्रेस पहनी है, ये ले जा रही हूँ। इसके सिवाय मेरे पास तुम्हारा कुछ भी नहीं है... जो भी है वो बस प्रेम है जो शायद सिर्फ मैंने महसूस किया।"

यह सुनकर पेत्रोविच ने कुछ नहीं कहा सिर्फ कंधे उचका दिए बेफिक्री से, सन्धि ने हाथ हिलाकर उसे अलविदा कहा, पर पेत्रोविच का हाथ उसकी ज़ेब में पड़े मोबाइल पर था।

मार्को दौड़ कर आया सन्धि के पास और पूछने लगा, "तुम जा रही हो रशियन सैनिक को लेने।" सन्धि कहती है, "नहीं वो जा चुका है इस दुनिया से।"

सन्धि, नताशा और हीरो सीढियां चढ़ने लगते हैं और नीचे से उन्हें कोई नहीं बुलाता, न रुकने को कहता है। बस मार्को उनके जाते ही तेज़ तेज़ आवाज़ में कहने लगता है कि हमने रशियन फौज को भगा दिया.... हमने रशियन फौज को भगा दिया और वह बुलंद आवाज़ में यूक्रेनी राष्ट्र गान गाने लगा।

सचे ने व्मेर्ला युक्रैनस, आई सलवा, आई वोलिया (युक्रेनी भाषा में) –यूक्रेन की महिमा और स्वतंत्रता अभी तक नष्ट नहीं हुई है, भाग्य अभी भी हम यूक्रेनी भाइयों पर मुस्कुराएगा।

6

हम ज़िन्दगी की चमक में इतना खो जाते हैं कि हमें ज़िन्दगी के महत्वपूर्ण अवयव निरर्थक लगने लगते हैं और हम प्रेम की जगह कुछ और बटोरने लगते हैं।

खारकीव

26 फरवरी

समय - रात्रि के 1 बजे

ऊपर आते ही सबसे पहले सन्धि यूक्रेनी सैनिक की लाश देखती है, वह संगीन देखती है जो यूक्रेनी सैनिक की गर्दन में घुसा हुआ था। ठण्ड के कारण खून धरती पर जम गया था, यूक्रेनी सैनिक की गर्दन में जो संगीन घुपी हुई थी उस पर बर्फ जम चुकी थी। देख कर नहीं लग रहा था कि संगीन घुसी हुई है गर्दन में खून ने खाल और नसों की जंजीरे तोड़ कर पृथ्वी से जमीं को चूम लिया।

सन्धि सिहर कर मुड़कर उस मेट्रो स्टेशन को देखती है और सोचती है कि क्या उसने जो किया वो सही किया, क्या उसे छोड़ना चाहिए था पेत्रोविच को, क्या उसे सब को छोड़ना चाहिए था इस हालत में? क्या उसकी ज़िम्मेदारी थे सब? क्या उसने अपने साथ नताशा और व्लादिमीर को वहाँ से निकालकर ठीक किया? क्या उसकी वजह से ये सब भी खतरे में हैं? क्या यह दोनों अपनी मर्ज़ी से आये हैं? क्या वो घर जा पाएगी? क्या वो दोबारा कभी अपने परिवार से मिल पाएगी? क्या उसकी माँ ने पिताजी को बता दिया होगा कि सन्धि ने किसी लड़के को पसंद कर लिया है। इतने सारे सवालों के बीच सन्धि थी और इन सवालों से जूझती सन्धि से नताशा ने अचानक कहा, “कितनी सर्दी है बाहर!”

सन्धि ने कुछ नहीं कहा... वो अपने ख्यालों में खोयी हुई थी। नताशा ने फिर से एक बार पूछा, “सन्धि तुमने सुना जो मैंने कहा ?” सन्धि कुछ नहीं बोली। इस बार व्लादिमीर ने कहा, “सन्धि....सन्धि!” और उसे चलते-चलते हिलाया। सन्धि ने कहा, “हाँ, बोलो!” पर सन्धि को सच में नहीं पता था कि क्या कहा उसने व्लादिमीर से।

सन्धि के सवालों की कई शक्लें बन चुकी थी और वो उन शक्लों से वार्तालाप कर रही थी।

व्लादिमीर ने कहा, "नताशा कह रही है कि कितनी ठण्ड है यहाँ।"

सन्धि ने बड़ा अजीब सा जवाब दिया, "रुसी सैनिक का शरीर भी पूरी तरह ठंडा हो चुका था मरने के बाद।"

नताशा ने कहा, "सन्धि तुम अभी छोड़ चुकी हो खारकिव की वो अंडरग्राउंड मेट्रो, मत सोचो वहाँ की बातें। तुम अभी यहाँ हो, और हमें एक जगह ढूँढनी है जहाँ हम रह सकें, समझी।"

सन्धि ने सिर हिलाया।

धीरे-धीरे वह सब लोग चलने लगे और हीरो हर तरफ सर घुमा-घुमा कर देख रहा था।

सन्धि धीरे-धीरे बुदबुदाते हुए नताशा से कहती है, "दो दिन पहले जब यहाँ से मैं गुजरी थी, तब सुबह थी और गोलियाँ चल रही थी और लोग भाग रहे थे। आज बस गोलियों की आवाज़ है, मेरे दिल में पता नहीं क्या बात है जो अन्दर से मुझे ठंडा कर रही है। मेरे पैर काँप रहे हैं, शायद मैं डरी हुई हूँ। कई बातें मुझे खा रही है, मैं पेत्रोविच से क्यों अलग हुई, क्या कोई और विकल्प नहीं था।"

"सन्धि मत सोचो इतना... कई बार रिश्ते सिर्फ सिखाने के लिए होते हैं। तुमने सीख लिया जो तुम्हें सीखना था। पाठ ख़त्म, रिश्ता खत्म।"

सन्धि कुछ नहीं कहती। बस सर्द हवाओं को अपने शरीर को छूते हुए प्रतीत करती है। हर तरफ मरे हुए लोग, उनके ऊपर पड़ी हुई राख-मिट्टी और उनके ऊपर पड़ा हुआ पाला जो देख कर लग रहा था कि हर इंसान पाले के कारण

एक तरह के शो केस में लगा हुआ है। शायद युद्ध की बैठक में इसी तरह मौत की प्रदर्शनी लगती हो।

अत्यधिक ठण्ड और पाले की वजह से लाशों पर कांच जैसी पारदर्शी बर्फ जम गयी थी। लाशों के चेहरे सन्धि को ऐसे लग रहे थे जैसे अभी वह कुछ कहेंगे, शायद उन्होंने अपना आखिरी शब्द न बोल पाया हो, शायद अभी वह आखिरी बार न मरे हों। शायद वो इस पूरे तंत्र के कारण कई बार पहले भी मर चुके हों। शायद यह मृत्यु उनकी मुक्ति हो, जीवन और इस तंत्र से जो कि सिर्फ और सिर्फ पीड़ा में डूबा हुआ था, उनका मरना किसी बड़े रुतबे की इच्छा हो। सन्धि चलती जा रही थी और सब कुछ देखती जा रही थी कि पेड़ है पर उन पर पत्ते नहीं है, धढ़ है पर उन पर सिर नहीं है। प्रकृति किस तरह सब कुछ अधूरा कर देती है जब भी आप प्रेम से दूर होगे। शायद ये प्रकृति का मूक सन्देश है।

व्लादिमीर अचानक हाथ हिलाता है, सब लोग रुक जाते हैं। व्लादिमीर धीरे से कहता है "लगता है कि आस-पास कोई जीवित है। मुझे आवाज़ सी आ रही है।"

सन्धि कहती है, "मुझे भी।"

नताशा - "मुझे भी आ रही है पर यह किसकी आवाज़ है।"

सन्धि - "लगता है कोई जिंदा है, मरा नहीं है।" सन्धि अपने आस-पास देखती है, कोई ज़िंदा नहीं था। लोग लाश बन चुके थे, पाले ने लाशों को शो केस में रख दिया था और मौत हर तरफ अट्टहास कर रही थी, मौज में थी। या फिर इतनी बेबस कि चाह कर भी बंद नहीं कर सकती जो भी शुरू हुआ था। सन्धि हर बार हर लाश के पास जाकर उम्मीद रखती कि जिंदा होगा यह व्यक्ति, कुछ बोलेगा पर मौत सन्नाटे के साथ मौत को प्रकट करती।

नताशा को एक व्यक्ति दिखा और उसने सन्धि को आवाज़ लगायी, “सन्धि शायद यह जीवित है।”

सन्धि उसके पास पहुंची और देखती है उस व्यक्ति की आँखें खुली है। व्लादिमीर भी वहीं पहुँचता है, उस व्यक्ति को हिलाता है और पूछता है, “सुनिए.......सुनिए।”

सन्धि - “व्लादिमीर वो जीवित नहीं है।”

नताशा - “देखो उसकी पलकें जम चुकी हैं, शायद वह ठण्ड से मर गया होगा।”

व्लादिमीर के मुख से निकला - “उसकी नीली आँखों में आसमान दिख रहा था। आखिरी बार उसने आसमान देखा होगा।”

नताशा - “शायद ईश्वर को याद कर रहा होगा अपने अंतिम वक़्त में या फिर देख रहा होगा आसमान से कोई आएगा उसकी मदद करने, क्योंकि धरती पर उसको सब मृत ही दिख रहे होंगे।”

सन्धि से इन दोनों की बातों को सुनकर रहा नहीं गया। उसने धीरे से कहा, “मौत की बारिश के बीच जीवन की आशा रखना यूँ कोई गुनाह नहीं है लेकिन हिंसक तांडव के बीच ऐसी आशा आपके मानवीयता पर भरोसे के सिवाय शायद कुछ नहीं है। उसके आसपास देखो, कोई भी जीवित व्यक्ति नहीं है।”

हीरो सूंघते-सूंघते एक जीवित व्यक्ति को ढूंढ लेता है और धीरे से आवाज़ निकालकर बुलाता है सबको। सब लोग वहां पहुँच जाते हैं जहाँ हीरो खड़ा था। सन्धि उस इंसान को देखते ही काँपने लगती है, वो जिस ख्यालों की दुनिया में थी, उस से बाहर निकलने के लिए उसे एक झटके की ज़रुरत थी। नताशा भी उसे देख कर ‘हे भगवान’ कहती है।

व्लादिमीर ने जैसे ही उसे देखा तो उल्टी कर दी और ज़मीन पर गिर गया। वह व्यक्ति जिंदा था, उसका सिर फटा हुआ था। पलकों से ऊपर तक का सिर पूरा खुला हुआ था, खून बाहर था और मस्तिष्क दिख रहा था। नीचे के भाग में आंतें बाहर थी, घुटने से नीचे का हिस्सा पिचका हुआ था और वह इंसान कराह रहा था। नताशा ने कहा, "क्या यह बच पायेगा?"

सन्धि कांपती हुई आवाज़ में कहती है, "बहुत मुश्किल है।"

व्लादिमीर उल्टी करके खड़ा हुआ और कहने लगा, "चलो यहाँ से... मैं इसे नहीं देख सकता।" उस व्यक्ति की कराहने की आवाज़ धीरे-धीरे धीमी होती गयी और अचानक बंद हो गई। नताशा ने उसे हिलाया पर वह कुछ नहीं बोला जिसका मतलब साफ़ था, वह मर चुका था।

सन्धि कहती है, "ज़िन्दगी की तड़प बहुत खराब होती है शायद इसे सिर्फ देखना था किसी को, यह ज़िन्दगी की लड़ाई में आखिरी बार किसी जिंदा इंसान को देखना चाहता था।"

सन्धि और काँपने लगी... नताशा ने कहा, "व्लादिमीर तुम सन्धि को अपनी जैकेट दे दो, अगर तुम्हें कोई समस्या न हो तो।"

व्लादिमीर ने पहले देखा अपनी जैकेट को, फिर सन्धि को देखा कांपते हुए। व्लादिमीर ने अपनी जैकेट उतार दी और सन्धि को दे दी। सन्धि ने जैकेट लेने से मना किया पर व्लादिमीर ने कहा, "मैं ठीक हूँ मेरी हालत इतनी खराब नहीं है जितनी तुम्हारी है सन्धि।"

वे तीनों और हीरो वहाँ से धीरे-धीरे भारी क़दमों से निकल गए और अब सिर्फ वह अपने रहने का ठिकाना ढूँढ रहे थे। सन्धि अपने को कोस रही थी मन ही मन और सोच रही थी वह यहाँ क्यों आई? अच्छी थी बनारस में... जैसी भी थी क्या ज़रुरत थी यहाँ आने की, डॉक्टर बनने की। सब कुछ छोड़ा

यहाँ आने के लिए और यहाँ भी सब कुछ छोड़ना पड़ रहा है। मैं कब तक हारती रहूँगी और क्या-क्या ख़त्म होगा मेरे अन्दर और क्या-क्या रीतता रहेगा इस ज़िन्दगी में।

सन्धि अब थोड़ा सा बेहतर महसूस कर रही थी पर जैसे ही वह बेहतर महसूस कर रही थी वैसे ही उसका दिमाग उसके लिए हजार सवाल खड़े कर रहा था। सभी लोग काफी देर चल चुके थे और थक भी चुके थे, गोलियों की आवाज़ से डर भी था उनके साथ लगातार, अब सबको सिर्फ रुकना था कहीं ताकि वो कुछ आराम कर सकें, पर रुकना इतना आसान नहीं था उस रात क्योंकि रुसी सैनिक राष्ट्रपति जेलेंसकी के भाषण के बाद भड़के हुए थे।

अचानक नताशा कहती है, "लगता है कोई भारी गाड़ी आ रही है सामने से बहुत तेज़ आवाज़ के साथ।" सबको सामने से टैंक की सिर्फ नली दिखती है और वह सब डर जाते हैं। धुंध काफी थी। वहाँ ठण्ड और धुएं की वजह से धीरे-धीरे पहले नली दिखी, फिर आगे के पहिये और फिर पूरा टैंक। वह लोग डर कर भाग कर बगल के एक आपार्टमेंट में घुस गए। जैसे ही पूरा टैंक धुंध से बाहर आया उस से पहले सब लोग घुस चुके थे अपार्टमेंट में। टैंक की आवाज़ तोड़ रही थी सड़क पर फैले सन्नाटे को और उस टैंक के ऊपर बैठे सैनिक चारों तरफ देख रहे थे। सन्धि, नताशा, व्लादिमीर और हीरो सब लोग ऊपर चले जाते हैं।

नताशा रोशनदान से देखती है कि टैंक आगे बढ़ रहा है। वह तीनों एक-दूसरे को देखते हैं और हीरो उन तीनों को, उसके बाद वह तीनों भय से सिहरने लगते हैं, एक-दूसरे को थामें वहीं दीवार का सहारा लेकर छुप जाते हैं। तभी व्लादिमीर कहता है, "क्या हम ऊपर चलें?"

नताशा कहती है, "नहीं, ऊपर सुरक्षित नहीं है... अब टैंक घूम रहे हैं सड़कों पर, ऊपर रहना सुरक्षित नहीं होगा।"

"हम पहली मंजिल में रह सकते है।" सन्धि ने कहा।

व्लादिमीर - "क्या हम वहाँ सुरक्षित रहेंगे?"

टैंक ठीक उनके अपार्टमेंट के सामने से गुज़र रहा होता है। वह तीनों शांत हो जाते हैं, खतरा नहीं था पर फिर भी डर था इसलिए वे तीनों शांत हो गए। टैंक की आवाज़ से उनका डर और गहरा हो गया, भयभीत थे तीनों टैंक की आवाज़ उनके कानों से और दिल से टकरा कर सिहरन और बढ़ा रही थी। डर और पैदा हो रहा था, माथे पर शिकन थी और पसीना। धीरे–धीरे टैंक गुज़र जाता है।

वे तीनों भूतल पर जाते हैं और वहाँ का दरवाज़ा खोलने की कोशिश करते हैं, सन्धि एक बार बाहर देखती है फिर उसकी आँखें बाहर से अन्दर तक सब कुछ निहारती है कि घुसते ही सीधे हाथ पर एक बड़ा सा दरवाज़ा है, सफ़ेद दरवाज़े पर लाल रंग से मिस्टर एंड मिसेज एंड्रू लिखा है, घर के दरवाज़े के पास एक सूखा सा पौधा लगा हुआ है। दरवाज़े के सामने कूड़ेदान है और कूड़ेदान पर खून के निशान हैं। शायद वो हाथों की उन उंगलियों के निशान थे जो खून में डूबे हुए थे। पूरा यूक्रेन एक अलग ही तरह के भित्ति चित्र में रंगा हुआ है।

सन्धि की आँख दोबारा यह सब देख कर दरवाज़े पर आ गई। दरवाज़े को वह सब मिलकर खोलने की कोशिश करते हैं पर नहीं खोल पाते हैं। फिर नताशा कहती है कि जोर से सब लोग मिलकर धक्का देंगे। वे तीनों मिल कर धक्का देते हैं पर तब भी दरवाज़ा नहीं खुलता। व्लादिमीर के मुँह से गाली निकलने लगती है, फिर उसे लगता है कि वो दो लड़कियों के सामने गालियाँ दे रहा है तो वह अपने पर गुस्सा करने लगता है। गुस्से में वो दरवाज़े के सामने पैर पटकता है फिर पीछे मुड़ता है और बैठ जाता है। सन्धि कहती है, "मत परेशान हो... हम कहीं और चले जायेंगे।"

व्लादिमीर - "तुम्हें पता है न बाहर टैंक है, रुसी सैनिक हैं हम बाहर गए तो बहुत ज्यादा खतरा है।"

तभी अचानक नताशा ने कहा, "व्लादिमीर तुमने जब लात मारी तो आवाज़ कैसे आई थी।"

"कैसी आई थी, यह कैसा प्रश्न हुआ। जैसी आती है, वैसी आई थी।"

"जैसे खोखली चीजों में से आती है, वैसी ही आई थी।"

"तो क्या?"

सन्धि नताशा को देखती है और कहती है, "इसका मतलब हम जहाँ खड़े हैं उसके नीचे अंडरग्राउंड जगह है।"

व्लादिमीर कहता है, "क्या बकवास कर रही हो तुम दोनों।"

नताशा - "बकवास नहीं पर जब यहाँ 2014 में संकट आया था तब भी कई लोगों ने अपने घरों और अपार्टमेंट में सामूहिक अंडरग्राउंड रहने की जगह बना ली थी।"

व्लादिमीर यह सुनकर लेटकर लकड़ी को ठोकने लगा, उसे तर्क नहीं जीने की एक और वजह मिल गयी। वह इस बात को मान गया बहुत आसानी से, क्योंकि कहीं न कहीं उसे भी पता था रहने की जगह कितनी महत्वपूर्ण है उनके लिए। व्लादिमीर ने जब ठोका तो उसे भी लगा कि कुछ खोखलापन तो है इस लकड़ी में। उसने बिछे हुए कारपेट को हटाया पागलों की तरह, उसको कुछ खोजना है उस तरह की जल्दी थी उसमें।

सन्धि अब भी काँप रही थी, ठण्ड अब व्लादिमीर और नताशा को भी लग रही थी। व्लादिमीर ने जैसे ही कारपेट हटाया उसे दिखा कि एक लकड़ी का चौड़ा सा पाट थोड़ा अलग सा है बाकी के पाटों से, उसने उस पाट को

उठाया तो वह उठ गया आराम से और नीचे एक सीढ़ी गिरी हुई पड़ी थी। व्लादिमीर ने उन दोनों को देखा और कहा, "मैं नीचे जाता हूँ फिर मैं सीढ़ी लगाऊँगा और तुम सब नीचे आ जाना।"

हीरो भी समझ गया था कि नया घर मिल गया है उन लोगों को, उसने भी 'हाँ' में अपनी पूछ हिलाई। व्लादिमीर ने ऊपर से ही एक बार नीचे का पूरा अंडरग्राउंड कमरा देखा, फिर वह कूद गया। ज्यादा ऊंचा नहीं था... व्लादिमीर आराम से कूद गया। नीचे पहुँचते ही उसने सीढ़ी लगा दी और फिर नताशा ने सन्धि से कहा, "जाओ तुम नीचे।" नताशा ने कहा सन्धि से, "पहले तुम जाओ।"

सन्धि ने मना नहीं किया। वह धीरे-धीरे नीचे उतर गयी। उसके बाद नताशा ने हीरो को उतारा, हीरो ने सीढ़ी के बिना ही छलांग लगा दी और छलांग लगाते ही उसने एक अजीब सी आवाज़ निकाली जिसका मतलब यही था की नताशा तुम भी नीचे आ जाओ। नताशा भी नीचे आ गई और उसने वो पाट धीरे से ऊपर रख दिया। वे चारों एक-दूसरे को देख रहे थे और खुश थे बहुत ज्यादा क्योंकि उन्हें रहने का नया ठिकाना मिला था।

सन्धि भी खुश होती है पर थोड़ी ही देर बाद उसकी ख़ुशी में यादें आ जाती हैं उन लोगों की जिन्हें वह छोड़ आई है। व्लादिमीर ने कहा, "देखो यहाँ!" आवाज़ के साथ सन्धि दोबारा लौट आई उस अंडरग्राउंड कमरे में जहाँ उसके दोस्त और एक कुत्ता था उसके साथ।

व्लादिमीर बहुत ख़ुशी से इधर से उधर घूम रहा था कमरे में और उसने कहा, "बहुत अच्छा कमरा है ये!"

नताशा ने कहा, "व्लादिमीर यह कमरा नहीं, हॉल है हॉल।"

व्लादिमीर ने कहा, "हाँ... हाँ, हॉल सही, पर यह उस जगह से काफी अच्छी जगह है।"

सन्धि हर चीज को बहुत आहिस्ते से गौर से देख रही थी और हर चीज को महसूस कर रही थी। वह बिस्तर पर हाथ फेरने लगी। तभी नताशा कहती है, "सन्धि आज सोने को मिलेगा बिस्तर पर।"

"हाँ यह बात तो है पर मैं कुछ और सोच रही थी।"

व्लादिमीर पूछता है, "तुम और क्या सोच रही थी इसके सिवाय?"

"मैं सोच रही थी कि इतने सारे बिस्तर लगे हैं, यहाँ एक फ्रिज भी है, गैस भी है, सब कुछ है पर लोग नहीं हैं यहाँ, जिनका यह सब सामान है।"

यह सुनकर नताशा भी शांत हो गई। उसने कहा, "पता नहीं कहाँ है, जिंदा हैं भी या नहीं !"

"मैं मानता हूँ यह सब है पर हमें यह नहीं भूलना चाहिए कि हम कुछ नहीं कर सकते उन सब चीजों में। हम असहाय हैं। हम सिर्फ जिंदा रह कर अपने घर पहुँच सकते हैं और कुछ नहीं कर सकते। रूसी फौजों के सामने हम कुछ नहीं हैं।"

"क्या सच में हमारे हाथ में बस इतना ही है?"

"चलो छोड़ो ये सब, मैं देखता हूँ कि फ्रिज में और क्या-क्या है।"

व्लादिमीर फ्रिज खोलता है बहुत ही उत्साह के साथ पर वो देखता है कि फ्रिज में सिर्फ एक पैकेट ब्रेड की थी और चार अंडे रखे थे। व्लादिमीर कहता है, "सिर्फ एक पैकेट ब्रेड और 4 अंडे बस इतना ही है फ्रिज में।" फिर इधर-उधर देखता है और उसे एक पानी का बड़ा सा फ़िल्टर मिलता है जिसमें

पानी रखा था। पानी देख कर वह बहुत खुश हो जाता है और वह कहता है, "वाह! सन्धि, नताशा पानी मिल गया हमें .....पानी मिल गया हमें।"

सन्धि - "देखो इतने कैसे पाषाण युग से हालात हो गए हैं। आज छोटी से छोटी चीजों की भी ख़ुशी होती है। सब कुछ कितना बदल गया है। क्या हमने कभी सोचा था कि पानी को देख कर हम इतने खुश हो जायेंगे। ज़िन्दगी हमें शायद इतनी ही उत्साह से जीनी चाहिए। तभी आवश्यक संसाधनों का सही उपयोग होना शुरू होगा।"

व्लादिमीर - "पर इतना उत्साह लायेंगे कैसे हम?"

नताशा - "हर दिन युद्ध की तरह जीकर। हर पल अंतिम है, उसके बाद का कुछ पता नहीं।"

सन्धि - "हाँ उससे हमें जीने में मज़ा आएगा और हमारा लोगों से प्रेम बना रहेगा या फिर विरक्ति न आ जाये।"

नताशा - "विरक्ति कैसे आएगी? "

सन्धि कहती है, "जब तुम्हें पता हो कि तुम कभी भी मर सकती हो तब तुम्हें नहीं लगता सब कुछ बड़ा रूखा-रूखा हो जायेगा।"

नताशा कहती है, "हो सकता है थोड़ा रूखा-रूखा हो जाये पर जिन चीजों में रस तलाशने की ज़रुरत है, उनमें ज़रूर मिलने लगेगा ज़िन्दगी का रस।"

व्लादिमीर कहता है, "कैसा रस, बताओ मुझे समझ नहीं आया कुछ।"

सन्धि बताती है, "युद्ध आपको चीजों की अहमियत करना सिखा देता है। पर हम युद्ध में ही क्यों सीखते हैं, आम दिनों में हम क्यों नहीं सीख सकते ये सब आम बातें। क्या हमें ज़िन्दगी को समझने के लिए हमेशा कुछ न कुछ झटके लगने ज़रूरी हैं। या फिर हम ज़िन्दगी की चमक में इतना खो जाते हैं कि हमें

ज़िन्दगी के महत्वपूर्ण अवयव निरर्थक लगने लगते हैं और हम प्रेम की जगह कुछ और बटोरने लगते हैं। कुछ ऐसा बटोरते हैं जिसका बाज़ार में तो मूल्य होता है पर ज़िन्दगी की ख़ुशी के लिए उसका कोई मूल्य नहीं। वो खाली गोली की तरह हो जाती है जिसका बारूद ख़त्म हो चुका है। ज़िन्दगी धीरे-धीरे, बारूद ख़त्म हो चुकी खाली गोलियों को समेटे एक बोझ ढो रही मशीन में बदल जाती है। ”

नताशा पूछती है, “तो तुम ये कहना चाहती हो कि ज़िन्दगी की गोली का बारूद प्रेम है, संबंधों का रख-रखाव है, एक-दूसरे से संचार है और खुद को महत्वपूर्ण मान के ज़िन्दगी नहीं जीनी चाहिए बल्कि समाज और परिवेश महत्वपूर्ण है, यह मानना है।”

व्लादिमीर बीच में बोल पड़ता है, “समाज महत्वपूर्ण है तो क्या व्यक्ति ख़त्म हो जायेगा अगर सिर्फ समाज का सोचेंगे तो।”

सन्धि कहती है, “नहीं, जहाँ तक आज़ादी की बात है, मैं व्यक्ति की आज़ादी की पूर्ण पक्षधर हूँ पर आखिर किस चीज की आज़ादी चाहिए जो समाज नहीं दे सकता एक व्यक्ति को। समाज में एक नागरिक होने के नाते समाज को आपको खाने की स्वतंत्रता देनी चाहिए। जैसा आप चाहे परिधान पहनें, जहाँ आप चाहे विवाह करें, आप किसी भी धर्म को मान सकते हैं, आप किसी भी धर्म को नहीं भी मान सकते हैं। व्यक्ति की आज़ादी तब तक ठीक है और समाज को उसे आज़ादी देनी चाहिए जब तक उसकी स्वतंत्रता सामाज और किसी दूसरे व्यक्ति को परेशान न करे। मतलब अगर आप युद्ध करने की सोच रहे हैं, इस तरह जो युद्ध चल रहा है तो आपकी आज़ादी को समाप्त कर देनी चाहिए क्योंकि आपकी आज़ादी लाखों लोगों की मृत्यु का कारण बन सकती है।”

व्लादिमीर बड़े ही संशय के साथ पूछता है, "तो क्या कभी समाज इतना प्रभावी होगा कि वह युद्ध रोक सकेगा?"

सन्धि कहती है, "ये तो बता नहीं सकती कि होगा या नहीं पर अगर आप व्यक्ति के रूप में आज़ादी चाहते हैं तो हर इंसान को गलत क़दमों का सामूहिक बहिष्कार करना चाहिए। समाज भी होगा इतना प्रभावी पर मैं डरती हूँ कि समाज के इतने प्रभावी होने से पहले समाज कहीं अनंत युद्ध न देख ले, क्योंकि बिना बर्बादी और मौतों के समाज को नहीं समझ आएगा कि अब स्वयं को बदलने के लिए ठोस कदम उठाने होंगे।"

व्लादिमीर कहता है, "यह सब छोड़ो... चलो पानी पीते है।"

सन्धि व्लादिमीर की इस बात पर हँसी और नताशा ने एक नीचे रखा ग्लास उठा लिया। सबने बारी-बारी से एक-एक ग्लास पानी पिया। ये सब जब पानी पी रहे थे तो हीरो इन्हें गौर से देख रहा था। व्लादिमीर ने कहा, "अरे हीरो तुम्हें भी प्यास लगी है क्या?"

नताशा कहती है, "हाँ इसने भी दो दिन से पानी नहीं पिया है, अच्छे से।"

सन्धि कुछ ढूँढने लगती है कमरे में फिर उसे एक छोटा सा कटोरा मिलता है। नताशा पूछती है, "इस कटोरे का क्या करोगी सन्धि?" सन्धि कहती है, "इसमें हीरो पानी पिएगा।"

हीरो समझ गया था कि सन्धि उसके बारे में बात कर रही थी। वह आकर सन्धि के साथ खेलने लगा। सन्धि ने कटोरे में पानी डाल दिया बिल्कुल बराबर जितना सबने पिया था। हीरो को जैसे ही नताशा ने कहा, "हीरो पानी पीयो!" वैसे ही हीरो ने जल्दी-जल्दी पूरा पानी पी लिया।

वे तीनों हीरो को इस तरह पानी पीते देख बहुत खुश हो गये और उन तीनों ने हीरो को बहुत दुलार किया। और सन्धि सबसे पहले गहरी नींद में सो गयी।

नताशा भी सन्धि के बगल में लेट गयी और आँखे खोल कर ऊपर छत को देखने लगी। व्लादिमीर भी लेटने लगा, वह जैसे ही लेटा अचानक एक आवाज़ आई, वह उठा... उसने गद्दे को हटाया तो उसके नीचे से एक वाइन की आधी बोतल निकली।

उसने जैसे ही बोतल देखी उसने नताशा से कहा, "देखो मुझे क्या मिला।" नताशा छत को देखते हुए बोलती है, "क्या मिला?"

"मुझे वाइन की बोतल मिली"

नताशा चौंक कर, "क्या, वाइन की बोतल?"

नताशा बोतल को देखते ही बोतल उसके हाथ से ले लेती है और उसे बड़े ही रोचक अंदाज़ में देखती है।

व्लादिमीर कहता है, "ऐसा लग रहा है नताशा ये बोतल नहीं, तुम्हारे लिए अलादीन का चिराग है।"

"चिराग ही तो है अब मैं इससे नींद माँगूंगी।"

व्लादिमीर हँसने लगता है, नताशा कहती है, "चलो सन्धि को भी जगायें।"

"वो तो सो गयी है।"

"उसको उठायें या नहीं।"

"उठा लेते हैं, उसने ही कहा था हर चीज को ऐसे देखो जैसे वह आखिरी हो।"

नताशा कहती है, "सच में... मुझे नहीं पता था कि अब फिर कब पी पाऊंगी वाइन।"

व्लादिमीर झट से सन्धि के पास पहुँचता है और सन्धि को उठाता है, “सन्धि ......सन्धि”। सन्धि अचानक उठती है और बोलने लगती है, “मेरे खून निकल रहा है, मैं मर रही हूँ.... मैं मर रही हूँ......।”

व्लादिमीर उसे कस कर झकझोर देता है। वह नहीं चाहता था कि सन्धि इस तरह के खराब सपने में ज्यादा देर रहे। सन्धि डर के उठी। उसने उठते ही लम्बी-लम्बी साँसे ली और पूछा, “मैं कहाँ हूँ?”

नताशा ने कहा, “हम तीनों एक अंडरग्राउंड बंकर में हैं। ”

“हाँ... हाँ याद आया सब कुछ पर मैं तो सो चुकी थी, तुमने मुझे क्यों उठाया।”

व्लादिमीर ने कहा, “हमने तो तुम्हारे साथ इस बोतल को बाँटने के बारे में सोचा पर तुम तो हमारे उठाने से परेशान हो गयी। माफ़ करना सन्धि तुम्हें डराना नहीं चाहते थे हम दोनों, बस इस नए घर का जश्न मनाना चाहते थे।”

“यह बोतल कहाँ से मिली तुम्हें?”

व्लादिमीर ने बताया कि उसे यह बोतल गद्दे के नीचे से मिली। सन्धि ने भी झट से वह बोतल नताशा के हाथ से ले ली और वह भी बहुत हल्के हाथों से उसे छूकर महसूस कर रही थी।

सन्धि फिर बड़े ही विस्मयकारी अंदाज़ में बोलती है, “कहानी शुरू भी यहीं से हुई थी। चलो यह वाइन हमारे ही नाम की है, पीते हैं इसे।” सन्धि ने उन दोनों से कहा, “क्या मैं इस बोतल को खोल सकती हूँ?”

नताशा और व्लादिमीर हँसने लगे क्योंकि जिस तरह से सन्धि ने खड़े होकर बड़े तहजीब से अपनी नाईट ड्रेस उठाकर यह पूछा था वह बड़ा अजीब था। फिर सन्धि ने बोतल को खोला और पीने लगी और एक घूँट पीकर उसने बोतल नताशा को दे दी। नताशा ने भी एक घूँट पी कर बोतल व्लादिमीर को

दे दी। यह सिलसिला ऐसे ही चलता रहा जब आखिरी के तीन घूँट बचे थे तो बोतल फिर से सन्धि के हाथ में आई और उसने कहा, "हीरो यह मैं तुमसे नहीं बाँट सकती।"

फिर उसने बोतल उठाई और घूँट लगाने से पहले कहा, "यह घूँट शांति के नाम।"

नताशा ने भी घूँट लेने से पहले कहा, "यह घूँट शांति के नाम"

व्लादिमीर ने भी कहा, "ये घूँट शांति के नाम।" फिर व्लादिमीर ने बोतल एक कोने में लुढ़का दी और हँसने लगा।

तीनों खड़े थे, एक-दूसरे को देख रहे थे, उनके बीच में हीरो था। तीनों ने एक-दूसरे को पकड़ लिया और एक घेरा बना दिया और गोल-गोल घूमने लगे। हीरो भी गोल-गोल घूमने लगा। फिर सन्धि धीरे से झूमती हुई कहती है, "मुझे नहीं पता कि कल क्या होगा पर आज मैं ज़िन्दगी का उत्सव मनाना चाहती हूँ।" व्लादिमीर और नताशा ने भी कहा, "हाँ मैं भी!" वह तीनों गोल-गोल घूमते रहे और उनकी आँखों से आँसू धीरे-धीरे गिरते रहे। ऐसा लग रहा था कि पूरे यूक्रेन में बची ज़िन्दगी का जश्न सिर्फ यह तीनों मना रहे हैं और जिस तरह उन्होंने एक-दूसरे को पकड़े रखा था नाचते हुए, वह साफ़ बताता है कि ज़िन्दगी के नाच में हमें अपनों को पकड़े रखना है, उनको गिरने नहीं देना है, उनको लड़खड़ाने भी नहीं देना, उनको डगमगाने भी नहीं देना है। ज़िन्दगी कदम-कदम पर इस जीवंतता को अवांछित समझने के कारण पतन की ओर अग्रसर हो रही है।

7

तुम कैक्टस बोकर गेहूँ नहीं काट सकते हो।

खारकीव

समय - सुबह के 10 बजे

गोलियों की आवाज़ बहुत तेज़ आती है। कम से कम 50-60 गोलियां इकट्ठी चलती हैं, उसके साथ ही टैंक के गोले भी बरस रहे होते हैं। लोगों के चिल्लाने की असंख्य आवाजें भी आ रही होती हैं। हीरो बहुत तेज़ी से भौंकने लगता है क्योंकि एकदम गोलियों की आवाज़ और बमों की आवाज़ आने लगी थीं। हीरो और बाकी तीनों अचानक उठ खड़े होते हैं, इधर-उधर सुनने की कोशिश करते हैं।

व्लादिमीर पूछता है, "ये क्या हो रहा है?"

सन्धि कहती है, "कुछ पता नहीं है।" तभी एक और बम गिरता है और फिर से उनका अंडरग्राउंड कमरा हिलने लगता है।

नताशा हीरो को अपने पास खींचने लगती है और ये पहली बार इन तीनों ने इतने तेज़ धमाके सुने थे। सबके लिए यह भय का एक नया चरम था। ऊपर की मंजिल से कुछ आवाजें आ रही थीं।

सन्धि कहती है, "मुझे लगता है ऊपर कोई है।"

नताशा प्रत्याशा जताते हुए कहती है, "कहीं रशियन सैनिक तो नहीं हैं?"

सन्धि पूछती है, "हमें क्या करना चाहिए?"

व्लादिमीर डरते हुए कहता है, "पता नहीं कौन है पर कुछ भी हो सकता है।" फिर थोड़ी देर के लिए गोलियाँ और बमों की आवाज़ कम होने लगती है। व्लादिमीर हौसला करके सीढ़ी पर चढ़ता है और आवाज़ सुनने की कोशिश करता है। सन्धि दौड़ कर उसकी सीढ़ी पकड़ लेती है। नताशा कमरे में घूम रही होती है तेजी के साथ।

व्लादिमीर सीढ़ी से नीचे उतरता है और कहता है, “ऊपर कई लोग हैं और वो बहुत तेज़-तेज़ चिल्ला रहे हैं।” नताशा व्लादिमीर की बात से डर जाती है और फिर खुद ऊपर चढ़ती है और सुनने की कोशिश करती है, उसे अब कुछ सुनाई नहीं दे रहा होता है।

“कुछ भी आवाज़ नहीं आ रही है व्लादिमीर... तुम्हारा दिमाग खराब है।”

व्लादिमीर - “मुझे सच में आवाज़ आई थी।”

“मैं भी सुनने की कोशिश करती हूँ।” वो भी ऊपर चढ़ती है पर उसे भी कुछ आवाज़ नहीं आई। सब एक-दूसरे को देखते हैं बेहद परेशानी भरी नज़रों से और फिर निराश और हताश होकर बैठ जाते हैं।

सन्धि - “पता नहीं अब क्या होगा?”

नताशा - “मुझे बहुत डर लग रहा है।”

व्लादिमीर पूछता है, “अगर मैं गलत नहीं हूँ तो हम सबको डर लग रहा है।” सन्धि और नताशा अपना अपना सिर हिलाते हैं उसकी बात पर।

नताशा थोड़ा सोच कर कहती है, “हमको ऊपर जाना होगा।”

व्लादिमीर चौंक कर कहता है, “क्यों ऊपर जाना होगा? कौन जायेगा ऊपर? मैं तो नहीं जाऊँगा।”

नताशा - “व्लादिमीर अगर वो रुसी सैनिक हैं और उन्हें हमें मारना है तो वो पूरी इमारत को ही उड़ा देंगे और हम मलबे में फँस कर मर जायेंगे। वो हमें ढूंढ ही लेंगे। तो बेहतर यह होगा कि हम बाहर निकलें और समझे कि हो क्या रहा है।”

“उनका सामना कैसे करेंगे, उनके पास तो हथियार होंगे।”

सन्धि - “सामना करने का सवाल ही नहीं होता।”

नताशा - “मुझे लगता है कि शायद वो हमें ढूँढने में नाकाम हो गए हैं और वो चले गए हैं।”

व्लादिमीर - “ये तो पता नहीं चले गए या नहीं पर ऊपर जाना बहुत ही ज्यादा जोखिम से भरा हुआ है।” तीनों बैठ जाते है फिर नताशा अचानक उठती है और कहती है, “कितना समय हुआ है व्लादिमीर”

“सुबह के 11 बजे हैं।”

सन्धि - “रात में हम लोग पता नहीं कब सोये।”

व्लादिमीर लम्बी साँस लेते हुए कहता है, “जितनी अच्छी रात थी, उतनी ही खतरनाक सुबह।” नताशा को इस बार आवाज़ आती है और वो कहती है, “व्लादिमीर तुम ठीक कह रहे थे कोई तो है ऊपर।” वो सीढ़ी को पकड़ कर खड़ी हो जाती है।

व्लादिमीर - “क्या कर रही हो तुम नताशा?”

नताशा कहती है, “मैं ऊपर जा रही हूँ, खुद को दिमागी रूप से तैयार कर रही हूँ।”

व्लादिमीर - “सन्धि इसको समझाओ तुम, ये कैसे जा सकती है ऊपर, अगर उन लोगों ने इसको मार दिया और वे नीचे आ गये तो।”

“खतरा तो है नताशा, मत जाओ ऊपर।”

नताशा - “तुम नहीं जानती सन्धि युद्ध में क्या-क्या होता है।”

“क्या-क्या होता है मतलब।”

मैंने 2014 का समय देखा है। मैंने देखा है कैसे 10 -10 लोग वहशी होकर एक औरत का बलात्कार करते हैं। बहुत ही असुरक्षित समय होता है यह,

तुम इसे मानवता की मृत्यु का समय मान सकती हो। मुझे डर है कि कहीं ऐसे ही लोगों का समूह तो नहीं है यह।

सन्धि - "कैसे लोग हैं, इतनी बड़ी विपत्ति के समय भी वो औरत के शरीर को बलात रोंद कर अपनी पाशविक विजय का जश्न मनाना चाहते हैं। नहीं ये कामुकता भी नहीं, ये वीभत्स कामुकता है, या शायद वे किसी बड़ी जीत के प्रदर्शन के हिस्से के रूप में दूसरे मुल्क, जाति धर्म की महिलाओं को रौंद कर गौरवान्वित होना चाहते हैं लेकिन असल में यह सब कर के वो अपना ध्यान वास्तविक समस्याओं से भटका रहे हैं।"

नताशा कहती है - "तुम सही हो, वे हमसे ज्यादा डरे हुए हैं।"

"अगर वे सब भी हैं तो भी तुम क्यों जा रही हो।"

"किसी न किसी को तो सामना करना पड़ेगा ही न उनका।"

"अगर तुम जाओगी तो मैं भी चलूंगी तुम्हारे साथ।"

व्लादिमीर कहता है, "तुम दोनों पागल हो गयी हो।"

नताशा और सन्धि उसे देखने लगती हैं, फिर दोनों एक साथ बोलती हैं, "तुम यहाँ हीरो के साथ रहना। हम देख कर आते हैं।"

"मैं तुम्हारे हाथ जोड़ता हूँ, तुम दोनों मत जाओ... मेरी बात मान लो।"

सन्धि व्लादिमीर को समझाते हुए कहती है, "व्लादिमीर अब आवाज़ नहीं आ रही है, वो यहाँ ऊपर तो नहीं हैं।" सन्धि ऊपर देख कर कहती है। "देखो पाट पर कोई भी दवाब नहीं है, मतलब उस पर कोई नहीं खड़ा हुआ है।"

"एक मिनट, वह फिर से ऊपर चढ़ता है और पाट की दरारों से देखता है कि कोई भी नहीं है वहाँ।"

व्लादिमीर नीचे आता है और फिर कहता है, “हाँ हमारे ऊपर तो कोई नहीं है। ऊपर तक तो जाया जा सकता है।”

सन्धि ने कहा, “सबसे पहले मैं जाऊंगी।”

नताशा कहती है, “ठीक है। मैं तुम्हारे बाद जाऊंगी।” नताशा व्लादिमीर को देख कर कहती है, “तुम यहीं रुकोगे या चलोगे।”

“मैं हीरो के साथ यहीं रुकूंगा।”

“ठीक है!” सन्धि सीढ़ी पर ऊपर चढ़ना शुरू करती है और लकड़ी के पाट को हटाती है धीरे से और अपना सिर बाहर निकालती है और चारों तरफ देखती है, फिर भूतल पर आ जाती है। सन्धि के पीछे-पीछे नताशा भी इसी तरह भूतल पर आ जाती है। फिर नताशा नीचे व्लादिमीर और हीरो को देखती है और कहती है, “जल्दी मिलेंगे।”

व्लादिमीर बस देखता रहता है उन दोनों को और कुछ नहीं बोलता लेकिन उसकी आँखे कह रही थी कि बिछड़ने से ज्यादा अकेलेपन का डर था उसकी आँखों में। नताशा और सन्धि दोनों ऊपर आते हैं, बहुत बेआवाज़ रहकर सावधानी से हर तरफ देख रहे थे।

सन्धि धीरे से कहती है, “लगता है वे लोग चले गए।”

“हाँ शायद!” अचानक दोनों का ध्यान ऊपर की मंजिल से आ रही आवाजों पर जाता है। वे दोनों एक-दूसरे को देखते हैं फिर नताशा पहली सीढ़ियों पर चढ़ने लगती है... फिर अचानक दोबारा पीछे लौटती है।

सन्धि उस से पूछती है, “तुम पीछे क्यों लौटी, क्या हुआ।”

“अगर कोई सैनिक बन्दूक के साथ हो तो हम कैसे सामना करेंगे।”

“पता नहीं।”

नताशा इधर-उधर देखती है तो उसे सिर्फ गमला दिखता है जिसमें लगा पौधा सूख गया था। वह गमले को उठा लेती है, सन्धि कहती है, “यह क्या कर रही हो तुम?”

“अगर कुछ गलत हुआ तो ये गमला उसके सिर पर दे मारूंगी।” नताशा ने जिस तरह से यह कहा सन्धि उसकी भाव-भंगिमा से बहुत डर गयी और उसे विश्वास हो गया कि यह मार देगी। फिर दोनों आगे बढ़ते हैं सीढ़ी की तरफ। एक-एक सीढ़ी दोनों की साँसे तेज़ कर रही थी। सन्धि नताशा से बिल्कुल आखिरी वक़्त दरवाज़ा खोलने से पहले कहती है, “जो भी होगा, देखा जायेगा... हम साथ हैं, देख ही लेंगे।”

नताशा देखती है सन्धि को... एक लड़की नाईट ड्रेस में बिल्कुल पतली-दुबली पर लौह इरादे से परिपूर्ण। फिर कहती है, ‘बिल्कुल।’

सन्धि धीरे से दरवाजे को पीछे धकेलती है और वहाँ पीछे से भी दरवाज़े को जोर से धकेला जाता है और यह सब बिना कुछ बोले हो रहा होता है।

सन्धि अपनी पूरी ताकत लगा देती है पर दरवाज़ा नहीं खुलता है। इसके पश्चात वह कहती है, “धक्का लगाने पर लगता है कि कोई उस ओर से भी धक्का लगा रहा है।”

“हाँ शायद।” फिर नताशा अपने पैर और सन्धि अपने दोनों हाथ से धक्का लगाती है फिर भी नहीं खुलता। फिर नताशा सन्धि को देखती है और कहती है, “लगता है उस ओर कम से कम 4-5 लोग हैं।”

“या फिर उससे भी ज्यादा।” दोनों डरे हुए थे पर अब वे भिड़ चुके थे दरवाज़े को खोलने में। धक्का लगाते-लगाते अचानक सन्धि रूकती है और कहती है, “रुको-रुको।”

“अब क्या हुआ?”

“अभी तक उस ओर से कोई भी गोली की आवाज़ नहीं आई है। कोई धमकी भी नहीं, इसका मतलब है उनके पास भी हथियार नहीं हैं।”

नताशा कुछ देर सोचती है इस बात पर फिर झट से कहती है, “हाँ तुम ठीक हो।” फिर नताशा यूक्रेनी भाषा में पूछती है, “कौन हो तुम लोग?” पर वहाँ से सिर्फ फुसफुसाहट की आवाजें आती हैं।

नताशा कहती है, “तुमने वो आवाज़े सुनी, वो लोग भी बात कर रहे हैं।”

“पूछो कि क्या चाहते हैं वे लोग।”

नताशा युक्रेनी भाषा में कहती है, “क्या चाहते हो तुम लोग?” अन्दर से फिर भी कोई जवाब नहीं आता है।

सन्धि खीज के कहती है, “कौन हो तुम लोग?” अन्दर से आवाज़ आती है “आप भी भारतीय हैं, हम भी भारत से हैं।”

सन्धि नताशा को देखती है और कहती है, “यह तो लड़कियां हैं।” फिर दोबारा धक्का देती है। पर फिर भी दरवाज़ा नहीं खुलता।

सन्धि - “अब क्या हुआ... तुम लोग क्यों नहीं दरवाज़ा खोलते हो।”

अन्दर से आवाज़ आती है, “ तुम्हारे साथ वो रुसी भाषा बोलने वाली लड़की कौन है?”

“वह मेरी दोस्त है, तुम लोग उससे मत डरो।” वहाँ से आवाज़ आती है, “डरे नहीं! कैसे नहीं डरें, डर तो लगता ही है।”

“घबराओ मत दरवाज़ा खोलो।” अन्दर से आवाज़ आती है, “हम दरवाज़ा खोलते हैं तुम पर विश्वास करके।”

नताशा सन्धि से कहती है, “सतर्क रहना।” सन्धि अपना सिर हिलाती है और इंतज़ार करने लगती है। अन्दर से आवाज़ आने लगती है कुछ खिसकने की।

फिर थोड़ी देर बाद दरवाज़ा खुलता है, दरवाज़ा खुलते ही सन्धि देखती है तीन लड़कियों को जो बहुत डरी हुई थी... एक झाड़ू पकडे हुई थी, एक लड़की एक मोटी किताब और एक चाकू पकडे हुए थी। सन्धि ने जैसे ही देखा वे सिर्फ तीन लड़की ही हैं उसने कहा, "नताशा, गमला रख दो, इसकी ज़रुरत नहीं है।"

नताशा ने गमला रख दिया। वो तीनों लड़कियां पीछे हट गयीं सन्धि और नताशा अन्दर चले गए। अन्दर जाने के बाद सब लोग एक दूसरे के चेहरे देखने लगे और एकदम शांत माहौल हो गया।

नताशा इंग्लिश में पूछती, "तुम लोग इतना चिल्ला क्यों रहे थे थोड़ी देर पहले?"

लड़कियां बोली कि वो बमों की आवाज़ आ रही थी इसलिए।

सन्धि ने कहा, "तुम्हें पता नहीं है क्या? चिल्लाने से खतरा बढ़ सकता है।"

"पता है पर ये निदा है ना इसे कौन समझाए!" उनमें से एक लड़की बोलती है जो हाथ में चाकू पकड़े थी।

सन्धि पूछती है, "निदा कौन है आप में से?"

चाकू पकड़े हुए वाली लड़की कहती है, "ये जो बीच में खड़ी है।" सन्धि और नताशा उसे देखते हैं। वह एकदम दुबली-पतली सी लड़की छोटे बाल और सलवार सूट में थी।

सन्धि - "अब आगे से ऐसा नहीं करना, ठीक है।"

नताशा - "अरे हमने तो एक-दूसरे के नाम तक नहीं पूछे यहाँ इस माहौल की वजह से।"

"मेरा नाम नताशा है।"

चाकू वाली लड़की ने कहा, “मेरा नाम तमन्ना है।”

जो लड़की मोटी किताब पकड़े थी, उसने कहा, “मेरा नाम गीता है।”

सन्धि सब को देख कर, “मेरा नाम सन्धि है।”

नताशा पूछती है “तुम लोग यहाँ पहली मंजिल में क्यों रह रहे हो? यहाँ ज्यादा खतरा है बमों का।”

निदा कहती है, “खतरा कहाँ नहीं है, हर जगह तबाही फैली हुई है।”

तमन्ना - “हम लोग कल से यहाँ हैं। उससे पहले हम अपने हॉस्टल में थे।”

नताशा पूछती है - “तुम लोग यहाँ क्या कर रहे थे?”

गीता बताती है, “हम लोग हॉस्टल से बाहर आये थे फिर अचानक गोलियां चलने लगी इसलिए डर कर जो जगह मिली उसी अपार्टमेंट में घुस गए।”

सन्धि - “चलो तुम लोग नीचे चलो!” ये कहते हुए सन्धि नताशा को देखती है।

नताशा कहती है, “हाँ....हाँ चलो।”

तमन्ना संशय से, “नीचे....नीचे क्यों!”

सन्धि - “हम लोग नीचे ही रह रहे हैं अंडरग्राउंड कमरे में।”

वे तीनों बोल पड़ी, “अंडरग्राउंड कमरा... वो कहाँ है?”

नताशा - “बस यहीं नीचे।”

तीनों लड़कियां हतप्रभ थी अंडरग्राउंड कमरे के बारे में सुनकर। नताशा पूछती है, “तुम लोग अपना खाना-पीना कैसे कर रहे थे यहाँ?” लड़कियां कहती हैं, “यहाँ खाने-पीने का कुछ नहीं है ज्यादा। हमारे पास बस एक ब्रेड का पैकेट है और और एक बोतल पानी।”

सन्धि - "ले चलो ये सब नीचे।"

नताशा - "हम बाहर हैं, तुम लोग जल्दी आ जाओ।"

सन्धि और नताशा दोनों बाहर आ जाते हैं और बाकी लोग धीरे-धीरे निकलने लगते हैं उस बड़ी सी अलमारी को फलांग कर जो नीचे रखी थी। तमन्ना जैसे ही नीचे आई, सन्धि ने उससे पूछा, "ये अलमारी तुमने नीचे क्यों गिराई थी?"

"ये निदा ने गिराई थी मैंने उसकी मदद की थी, क्योंकि हम लोगों को लगा कि कोई आएगा अगर तो वो धक्का देगा और हमसे ज्यादा हुआ संख्या में तो हम कैसे रोकेंगे उसको... इसलिए हमने गिरा दी अलमारी।"

सन्धि हँसने लगी, नताशा कहती है, "अच्छा दिमाग लगाया तुम लोगों ने।" फिर वो तीनों लड़कियां, नताशा और सन्धि वहाँ से नीचे आने लगे सीढ़ियों से। सीढ़ियों से नीचे आने के बाद वे तीनों लड़कियां खड़ी हो गयी और उसके बाद सन्धि ने धीरे से पाट को उठाया और पाट पूरा उठ गया। जैसे ही पाट उठा सन्धि ने नीचे देखा, उसे व्लादिमीर हीरो के साथ चिपका हुआ दिखा। व्लादिमीर ने जैसे ही सन्धि और नताशा को देखा, वो ख़ुशी से उछलने लगा, कहने लगा, "आ जाओ आ जाओ स्वागत है तुम दोनों का।"

थोड़ी देर में उसने देखा कि सन्धि उतर रही है, फिर तीन और लड़कियां और उसके बाद नताशा धीरे से पाट को लगा देती है दोबारा से। व्लादिमीर इतनी सारी लड़कियों को देख कर थोड़ा असहज हो गया और बिल्कुल पीछे खड़ा हो गया। नताशा उतर कर कहती है, "व्लादिमीर है ये।"

व्लादिमीर सबको देख कर 'हेलो' कहता है। सारी लड़कियां भी उसको देख कर 'हेलो' कहती है। फिर नताशा बताती है, "ये है हीरो", हीरो सब नयी लड़कियों को सूंघ रहा होता है।

निदा पूछती है, "ये काटेगा तो नहीं न।"

सन्धि - "वो इंसान जैसा नहीं है, ये सिर्फ प्यार करता है और प्यार समझता है।"

व्लादिमीर - "हाँ ये सच्चा साथी है... ये कुछ नहीं करता। "

सन्धि - "बैठो तुम लोग।"

सब अपने-अपने सामान को अपने कंधे से उतार कर नीचे रख देते हैं।

फिर तमन्ना पूछती है - "आप लोग दोस्त हैं क्या?"

नताशा - "हम लोग कैसे मिले, ये एक दिलचस्प कहानी है। हम सब एक अंडरग्राउंड मेट्रो में मिले, सन्धि ने वहाँ एक औरत की जान बचायी थी।"

सन्धि ने कहा, "और इसने मेरी मदद की थी जान बचाने में।"

"मैं, सन्धि और नताशा के साथ यहाँ आ गया था, मैं भी उसी मेट्रो स्टेशन पर था।" व्लादिमीर ने कहा।

सन्धि और नताशा एक साथ बोल पड़े, "तुम भी नहीं, सिर्फ तुम ही आये थे साथ बाकी कोई नहीं आया हमारे साथ, सिर्फ व्लादिमीर आया था हमारे साथ।"

नताशा बताती है, "बाकी सबने हमें छोड़ दिया था।"

सन्धि - "छोड़ो वो बातें, इन्हें क्यों उलझाती हो उन सब बातों में।"

"ठीक कहती हो तुम सन्धि।"

गीता सन्धि को देख कर कहती है, "आपकी ड्रेस में काफी खून लगा है।"

"यह उसी औरत का खून है जिसकी उसने मदद की थी।"

तमन्ना - “क्या हुआ था उसे?”

“उसने एक बच्चे को जन्म दिया था, मैंने बच्चे के जन्म के समय उसको सहयोग किया था।”

तमन्ना - “क्या आप डॉक्टर हैं?”

“नहीं, मैं डॉक्टर नहीं हूँ अभी, मेरा मेडिकल डिग्री का पूरा एक साल बचा है। मैं कीव से मेडिकल की डिग्री कर रही हूँ।”

वे तीनो लड़कियां एक-दूसरे को देखती हैं और कहती हैं, “हम भी मेडिकल की पढ़ाई कर रहे हैं यहीं खारकीव से।”

नताशा हँसकर - “अब यह कमरा डॉक्टर्स से भरा हुआ है।”

निदा - “नहीं, हमें तो काफी समय है डॉक्टर बनने में, एक ही साल हुआ है हम सभी को।”

“अच्छा तो फिर तुम लोग जूनियर हो मेरे।”

सभी लोग हँसने लगते हैं।

गीता - “आप कीव से कर रही हैं डिग्री तो फिर आप यहाँ कैसे पहुँची।”

“यार मत पूछो ये सब।”

तमन्ना कहती है - “बताइए न... हम लोगों के पास क्या है बातों के सिवाय!”

“मैं जिससे प्यार करती थी उससे मिलने आई थी यहाँ, उसकी एक मीटिंग थी यहाँ पर। उसी रात यहाँ रुसी सैनिकों का हमला हो गया और हम लोग फंस गए।”

“आपके बॉयफ्रेंड व्लादिमीर हैं क्या?” निदा ने सकुचाते हुए पूछा।

"नहीं नहीं... वो तो मेरे साथ नहीं आया, अब हम साथ में नहीं हैं।" यह कहते-कहते सन्धि की आँखें नम हो गयी और आँसू टपकने लगे। नताशा ने सन्धि के कंधे पर हाथ रखा। फिर सन्धि ने आसुओं को पोंछा और कहा, "अब हम तीनों साथ हैं।" व्लादिमीर और नताशा ने भी सन्धि के बाद कहा, "हाँ अब हम तीनो साथ हैं।"

व्लादिमीर फिर बोल पड़ा - "नहीं नहीं... हम चारों अब साथ-साथ हैं।"

नताशा - "अरे हाँ हीरो भी तो है, मेरा हीरो।" और नताशा यह कहते-कहते हीरो को गले लगा लेती है।

सन्धि - "बस यहाँ से निकलना है मुझे, अपने घर जाना है।"

तम्मना - "हाँ, हम सभी को घर जाना है, घर वाले परेशान हो रहे हैं। भारतीय सरकार जल्दी ही हमें निकालने की कोशिशें करेगी। हमें बस भारतीय दूतावास के संपर्क में रहना है।"

नताशा ने पूछा, "तुम लोग फ़ोन कहाँ से करते हो।"

निदा जवाब में बताती है, "ऊपर के कमरे में एक फ़ोन है, उसी से।"

सन्धि पूछती है, "वह फ़ोन काम कर रहा है।"

तमन्ना - "हाँ काम कर रहा है।"

नताशा - "वाह बहुत खूब।"

सन्धि - "भारतीय दूतावास ने ऐसा कहा तुमसे।"

गीता बताती है, "हाँ उन्होंने ही कहा हमसे।"

"ये तो बहुत अच्छी बात है।" सन्धि उठ के खड़ी हो जाती है और फिर कहती है, "पता नहीं कब जा पाऊंगी?"

तीनो लड़कियां सन्धि को देख रही थी गौर से जब सन्धि ने ये सब कहा। व्लादिमीर ने कहा, "मैं भी अपने दूतावास में बात करता हूँ देखता हूँ उनका क्या कहना है।"

नताशा गहरी साँस लेकर, "मुझे देखना पड़ेगा मेरा घर बचा भी है या नहीं, रुसी टैंक ने नेस्तनाबूत तो नहीं कर दिया।"

गीता - "हम रोज़ फोन करते हैं, कल फिर करेंगे, देखते हैं क्या होता है।"

सन्धि भी कहती है, "हाँ देखते हैं क्या होता है और सोचने लग जाती है।"

नताशा - "सन्धि तुम्हारा पासपोर्ट कहाँ है।"

"वह तो होटल में ही है, अब क्या होगा, कैसे उसे लाऊंगी मैं, पता नहीं क्या होगा। सारी मुसीबतें मुझ पर ही क्यों आती है। हे भगवान! क्या करूंगी मैं?"

"परेशान मत हो सन्धि, सब ठीक हो जायेगा।"

"मुझे पता नहीं है कैसे जाऊंगी मैं वहाँ। हर चीज कागजों पर टिकी है, हम कहाँ जायेंगे कहाँ नहीं, ये भी कागजों पर टिका है। इंसान कागज़ के बाहर कुछ नहीं है। इंसान के क्रियाकलापों को काबू में रखने के लिए व्यवस्था हमेशा कुछ न कुछ नियम-कानून बनाती रहती है। राष्ट्रीयता, पासपोर्ट, वीसा और सील सिक्के। इंसान इन कागज़ी नियमों के बाहर कुछ भी नहीं है। इंसान एक से जंग जीतता है तो दूसरे से हार जाता है। पहले कागज़ था, अब कंप्यूटर है। यहाँ बाहर हर तरफ रुसी सैनिक है, गोली है, बन्दूक है, टैंक है।"

व्लादिमीर यह सब कह कर सोच में पड़ पूछता है, "पासपोर्ट कैसे आएगा?" यह कहते हुए वह अपना सिर नीचे कर लेता है।

नताशा जवाब में कहती है - "सन्धि मैं अगर तुम्हारे साथ हूँ, तो हूँ।"

व्लादिमीर पूछता है, "इसका क्या मतलब है?"

“इसका मतलब है कि मैं इसके साथ जाऊंगी अगर ये चाहेगी तो।”

“हाँ जाना तो पड़ेगा मुझे, क्योंकि उसके बिना मैं घर कैसे जाऊँगी।”

“फिर कब चलना है कप्तान।” सन्धि उसको देख कर हँसने लगती है।

तीनो लड़कियां भी नताशा को देखकर हँसने लगती हैं। नताशा कहती है, “रात को निकलना ठीक रहेगा।”

“हाँ, रात को चल सकते हैं।” तभी अचानक व्लादिमीर कहता है, “चलो कौन-कौन खाना खायेगा, ये बताओ। बहुत सारा खाना है अपने पास, पास्ता है, मक्रोनी है, पेस्ट्रीज है और रेड वाइन है।”

नताशा हंसते हुए - “व्लादिमीर तुमने तो इन सूखी ब्रेअड्स की किस्मत बना दी, इनको इतने अच्छे-अच्छे नामों से बुलाकर।” तमन्ना आश्चर्यचकित होकर कहती है, “मैं तो सच में समझने लगी थी कि इतना सब कुछ होगा पर कुछ भी नहीं है, ये जानकार थोड़ा दुःख हुआ। एक अरसा हुआ अच्छा खाना खाये हुए।”

सन्धि - “हमको एक अरसा हुआ पेट भर खाना खाये हुए।”

नताशा - “मुझे कल भूख थी पर मैंने कुछ नहीं कहा क्योंकि एक पैकेट है ब्रेड्स का सिर्फ, न जाने क्या होगा उसके आगे, इसलिए मैंने सोचा एक दिन और नहीं खाऊंगी, कम से कम एक दिन और चलेगी ब्रेड।”

व्लादिमीर ब्रेड उठाकर लाता है और उसे खोल देता है और कहता है, “18 टुकड़े हैं इसमें ब्रेड के।” तमन्ना कहती है, “हमारे पास भी ब्रेड है, एक पैकेट।”

व्लादिमीर कहता है, “तो कुल 36 टुकड़े हुए हमारे पास और लोग हैं कुल 8, हीरो को मिलाकर।”

निदा - "हीरो भी खायेगा हमारे साथ।"

तमन्ना - "क्या उसे भूख नहीं लगेगी?"

व्लादिमीर फिर आगे कहता है, "इसका मतलब है कि 4 दिन तक हमें एक ब्रेड का टुकड़ा मिल जायेगा, उसके बाद आधी-आधी।"

गीता - "तब तक भगवान् करे हम यहाँ से निकल जाएँ।"

व्लादिमीर - "भगवान कुछ नहीं करता, वह बस शक्ति देता है काम करने की... बाकी सब हमको ही करना पड़ता है।"

नताशा - "जैसे कि हम आज रात होटल जायेंगे।" फिर कहती है, "ईश्वर हमें शक्ति दे, साहस दे और हमारी रक्षा करे।"

गीता बुझे से स्वर में कहती है, "ईश्वर हमें अच्छा खाना भी दे।"

निदा - "हे ईश्वर हमें घर भी पहुंचा दे।"

व्लादिमीर - "ईश्वर मुझे अमेरिका पहुंचा दे ताकि मैं आराम से अमेरिका में रह कर शांति से जी पाऊँ।"

तमन्ना - "ईश्वर हमें अच्छे से रखे।"

सन्धि सबको देखती है फिर कहती है, "ईश्वर ने हमें जिंदा रखा है, इससे ज्यादा क्या चाहिए, हमें ज़िन्दगी दी, इससे ज्यादा क्या चाहिए, हमें शक्ति दी कि हम यह सब झेल पाएं और सामर्थ्य दिया कि अपनों के जाने का गम भी झेल पाएं। मुझे लगता है इससे ज्यादा ईश्वर से मांगने की ज़रुरत नहीं है। हमें कृतज्ञ रहना चाहिए ईश्वर ने हमें जो भी दिया है, जैसा भी दिया है उसके लिए। हमें मांगने से ज्यादा ईश्वर को धन्यवाद देना चाहिए जो भी वो दे रहा है, उसके लिए।"

नताशा मज़ाक के लहज़े में पूछती है, "युद्ध के लिए भी धन्यवाद दूँ क्या?"

“हाँ शायद देना चाहिए।”

सब बड़े अचरज से सन्धि को देखने लगते हैं।

सन्धि आगे कहती है, “देखो ना एक अलग तरह के व्यक्तित्व का विकास हो रहा है। हम अब जो बन रहे हैं, उतने सख्त हम कभी नहीं थे। हम अपनी भावनाओं को संभाल सकते हैं अब, अपनी भूख को भी संभाल सकते हैं, अपनी प्यास को भी और अपने आप को भी संभाल सकते हैं। हमारा बेहतर संस्करण यही है और शायद हमें ईश्वर ने हमारे बेहतर संस्करण से मिलवाने के लिए ही हमें यह युद्ध दिखाया है। ईश्वर की यही परीक्षा है जो वह ले रहा है, तुम्हें उसने रास्ते दिए हैं अलग-अलग। इस युद्ध में तुम दूसरों की मदद कर सकते हो या फिर दूसरों को मार सकते हो। चुनना तुम्हें है। घृणा रख सकते हो या सहानभूति, समझना भी तुम्हें है कि जो भी तुम चुनोगे उसके बाद के सारे फल उसी चुनाव के अनुसार होंगे। तुम कैक्टस बो कर गेहूँ नहीं काट सकते हो। भविष्य में दुनिया में तुम्हें कैक्टस चाहिए या गेहूँ के दाने। मानव निर्माण की अवधि बचपन से मृत्यु तक होती है और इसमें गहरे पैठ गए अप्रिय और प्रिय प्रभाव दुनिया को बहुत कुछ देने में समर्थ होते हैं, गाँधी और हिटलर ऐसे ही महत्वपूर्ण उदहारण हैं जिनका निर्माण मानवीय परिस्थितियों और समस्याओं के साथ सहानभूति पूर्ण या संघर्षपूर्ण तरीकों से निबटने पर जोर दिए जाने के उदाहरणों के रूप में देखे और समझे जा सकते हैं।”

इस बात को सुनने के बाद सभी लोग देखने लगे क्योंकि सन्धि ने जो बात कही वो कहीं न कहीं सब को छू गयी।

सन्धि ब्रेड खाते हुए आगे कहती है, “जीवन सिर्फ सीख देता है, आपको अच्छी बुरी सीख आपके विवेक और धैर्य के आधार पर ही प्राप्त होगी, हर सीख के लिए ईश्वर को धन्यवाद दो। जीवन उतरोत्तर उत्थान की ओर विकास

की यात्रा है। अपने अस्तित्व पर उत्सव करो, सुख और दुःख सिर्फ हम बनाते हैं।"

सन्धि हँसते हुए अपनी ब्रेड खा रही होती है और उसके ज़ेहन में पेत्रोविच की याद आती है कि कैसे उसने सन्धि को सीख दी प्रेम को समझने की। सन्धि रुआंसी हो जाती है पर फिर से हँसने लगती है। शायद सन्धि ने पेत्रोविच के स्वार्थी व्यवहार पर विजय पा ली थी।

८

लेनिन ने कहा था क्या कोई राष्ट्र दूसरे राष्ट्रों पर अत्याचार करके स्वतंत्र हो सकता है? नहीं हो सकता।

खारकीव

समय - रात के 9 बजे

26 फरवरी 2023

सन्धि कमरे में इधर-उधर, तेज़ चल रही थी। चलते-चलते कुछ-कुछ बुदबुदा रही थी वह। व्लादिमीर की नज़रे सन्धि की चाल के साथ इधर-उधर घूम रही थी। नताशा हीरो के साथ बैठी थी और बातें कर रही थी, उससे कह रही थी कि हम जल्दी घर जायेंगे फिर खेलेंगे अपने बगीचे में, हीरो भी उसको लेट कर धीरे-धीरे प्यार में पंजे मार रहा था। तमन्ना बहुत देर से कुछ कहना चाह रही थी सन्धि को, पर वह अलग ही उधेड़बुन में थी और इसलिए तमन्ना अवसर की तलाश में थी। गीता और निदा आपस में बात कर रहे थे कि कल वो कैसे भारतीय दूतावास में फ़ोन करेंगे।

तमन्ना सन्धि से बात करने की कोशिश करती है और कहती है, "सन्धि मैं आपसे कुछ पूछ सकती हूँ?"

सन्धि चलते-चलते ही कहती है, "पूछो।"

"तुम बैठ क्यों नहीं रही हो। तुम लगातार ही चलती जा रही हो, मैं आपको कब से देख रही हूँ लगभग दो घंटे हो गए हैं। न तो बात कर रही हो और ना ही कुछ बोल रही हो, बस चल रही हो।"

"मैं बस सोच रही हूँ कि आज रात को कैसे जाऊंगी, क्या होगा क्या नहीं होगा। अब वक़्त ऐसा नहीं है कि बस बाहर निकलो और चले जाओ जहाँ जाना है। वक़्त और हालात बहुत बदल गए हैं, पता नहीं बाहर क्या मिले मुझे और मेरे अकेले की बात नहीं है नताशा भी होगी मेरे साथ। मैं अकेली होती तो इतना नहीं सोचती। अपने से जुड़े लोगों की ज़िन्दगी भी यूँ अपनी जैसी ही होती है लेकिन मैं उनकी ज़िन्दगी मुझसे ज्यादा महत्वपूर्ण समझती हूँ, क्योंकि इस वक़्त अगर कोई आपके लिए जोखिम ले रहा है तो इसका मतलब है वो

आपके लिए अपनी जान दांव पर लगा रहा है। समय बदला, नियम बदल गए संबंधो के।"

"सही कह रही हो सन्धि।"

नताशा - "तुम इतना दवाब मत लो इन बातों का सन्धि, मैं साथ इसलिए चल रही हूँ ताकि तुम्हारे हिस्से की परेशानियों को बाँट सकूँ इसलिए नहीं कि तुम मेरे लिए परेशान होती रहो।"

"मैं समझती हूँ।"

गीता थोड़ा उदास होकर कहती है, "हमारी वजह से तुम परेशान हो गयी, ना मैं कुछ कहती और ना तुम लेने जाती पासपोर्ट।"

"अरे नहीं तुम्हारी वजह से तो मैं खुश हुई क्योंकि मुझे अब घर जाने को मिलेगा पर थोड़ी परेशानी तो होनी ही हैं, ज़िन्दगी है इतनी आसानी से थोड़े ही जीने देती है।"

सभी लोग सन्धि की बात सुनकर हँसने लगते हैं।

सन्धि - "तुम लोग बताओ कुछ, कैसा लगा तुम्हें यूक्रेन?"

निदा - "आपको अब भी यह सवाल पूछने की ज़रूरत है।"

सन्धि ने कहा, "क्यों ऐसा क्यों बोल रही हो?"

"जब से आये हैं सिर्फ और सिर्फ परेशान हैं। पहले तो मौसम से लड़ते रहे, इतनी ठण्ड रहती है यहाँ... फिर यहाँ ढलने में समय लगा, फिर जब ढलने लगे तो यह युद्ध।"

"हाँ सच है समय तो लगता है ढलने में बहुत सा, पर ढलने के बाद सुकून ही सुकून है।"

तमन्ना - "कहाँ है सुकून! पापा-मम्मी ने कहा मेडिकल करो मेडिकल करो, तो करने लगे मेडिकल। अब यहाँ बैठे बमों की आवाज़े सुनते हुए और वो लोग भी बैठे हैं वहाँ हमारी यहाँ की परेशानियों को सोचते हुए, पता नहीं कैसे गुजारते होंगे वो लोग वहां अपने दिन।"

"हाँ, मुझे खुद समझ नहीं आता कि हम सब यहाँ हैं एक ही वजह से है कि यहाँ की फीस कम है। अगर हमारी सरकार फीस वहाँ भी कम कर दे और सीट बढ़ा दे, तो फिर हम यहाँ क्यों आयें। पता नहीं सरकार से सवाल करूँ कि क्यों नहीं किया ऐसा या उन्हें धन्यवाद दूँ, हमें यहाँ से निकाल लेंगे, इस बात का।"

निदा गहरी साँस छोड़कर कहती है, "भाई सवाल मत करिए, सवाल करना इस दौर में मना है। इस दौर में सिर्फ पीड़ा झेलो और चुप रहो। अगर ऐसा करते हो तो आप सही हो, अन्यथा आप विद्रोही हो और ये बात मैं सिर्फ सरकार के परिपेक्ष्य से नहीं कह रही हूँ। हर जगह यही सिलसिला है। हर इंसान चाहता है आप हर चीज सहते हुए रहो और गलती सिर्फ वो कर सकता है जो अधिकार संपन्न है। पर जब आप गलती करोगे तो वो यह नहीं समझेगा।"

तमन्ना - "अरे तुझे क्या हुआ तू क्यों ऐसी बातें कर रही है?"

"यार दो दिन होने को हैं, यहीं हूँ समझ नहीं आता कि क्या करूँ। बाहर जा नहीं सकते, अन्दर यहाँ कब तक रहें। हर चीज में दुविधा है, बाहर जाएँ या नहीं, अन्दर कब तक बैठना है, सरकार हमें कब छोड़ेगी हमारे घर। कुछ भी निश्चित नहीं है सिवाय एक चीज के कि हाल-फिलहाल युद्ध नहीं रुकेगा।"

व्लादिमीर कहता है, "वो क्यों रुकेंगे, सवाल ये है। आने वाले समय में यह तय हो जायेगा कि कोई भी राष्ट्र किसी भी राष्ट्र पर हमला कर सकता है अगर उसे किसी भी तरह की प्रतिक्रिया की परवाह न हो तो। आख्यान तो

यही तैयार हो रहा है, अगर इस तरह की कहानी तैयार होगी तो फिर मानवता का रहना और बचना बहुत मुश्किल है। उपनिवेशवाद इतिहास की किताबों में ख़त्म हो गया है पर मेरे हिसाब से उसका स्वरुप बदल गया है। उपनिवेशवाद अब भी है और शायद हमेशा रहेगा।"

गीता कहती है, "उपनिवेशवाद कैसे है अभी तक, मैं कुछ समझी नहीं आपकी बात?"

"ये और क्या चल रहा है, कोई भी किसी पर हमला कर देता है। किसी भी राज्य पर अपना कब्ज़ा कर लेते हैं, कोई तो तरीका होगा इसे बंद करने का।"

नताशा - "तरीका तो पता नहीं फिलहाल हम तरीकों के आभाव में जी रहे हैं।"

"तरीकों की हो तो बात कर रहा हूँ मैं। मुझे सच में कभी-कभी हँसी आती है जब लोग कहते हैं कि लोग क्या कहेंगे किसी बात पर। अगर लोग तब छोटी-छोटी बात पर कह सकते हैं, टोक सकते हैं तो वही सब लोग एक जुट होकर क्यों नहीं कहते कि युद्ध गलत है। मैंने स्कूल में पढ़ा था रेनेसा के विषय में, पुनर्जागरण काल के विषय में और मुझे लगा कि अब समाज बड़ा तार्किक हो गया है। पुनर्जागरण काल के आगे सब कुछ तर्क से चलेगा पर उसके बाद न जाने कितने अनन्त युद्ध हो गए। फिर भी कई युद्ध उसके बाद हुए जो बिल्कुल निरर्थक थे या जिनका अर्थ मुट्ठी भर लोगों के लिए था।"

सन्धि - "तुम सही कह रही हो, व्लादिमीर सिर्फ कुछ लोगों के लिए होता है युद्ध- हथियारों के बनने से पैसा कमाओ, फिर लोगों के जख्मी होने से पैसा कमाओ।"

"पुनर्जागरण काल से लेकर आज तक कई बदलाव हुए, युद्ध हुए पर आज मुझे लगने लगा है कि एक और बौद्धिक क्रांति की ज़रुरत है जो बुनियादी

चीजों पर बात करे, मानव के भविष्य पर बात करे। राजतन्त्र हट चुका है लेकिन तानाशाही, एकाधिकारवाद और सैन्य शासन तो ज़ारी है।"

नताशा पूछती है, "क्या होगी उस क्रांति की विषय वस्तु?"

"मुझे नहीं पता क्या होगी विषय वस्तु।" सब शांत हो जाते हैं, सोचने लगते हैं।

शंकाओं के दलदल से वह विचारों के सूरज को आज़ाद करती है और कहती है, "मानवता... सिर्फ मानवता होगी उसकी विषय वस्तु।"

गीता - "क्या धर्म नहीं होगा उसकी विषयवस्तु ?"

व्लादिमीर के मुख से निकलता है, "नहीं धर्म नहीं होगा क्योंकि मानवता तो व्यापकता है धर्म की। मानवता की सुदृढ सुरक्षा में खड़ा मानव समुदाय और समाज ही वास्तव में किसी कर्तव्य या धर्म ध्वजा के असली वाहक होते हैं, वे अपने काल परिवेश और परिस्थितियों का वर्तमान में रहकर प्रत्यक्ष अनुभव कर निर्णय लेते हैं, जिसका औचित्य सम्पूर्ण मानवता के लिए चाही गयी प्रेम, शांति और भलाई में निहित होता है।"

व्लादिमीर की बात बहुत ध्यान से सुनने के बाद सन्धि कहती है, "व्लादिमीर तुम्हारे विचार को एक समस्या का सामना हमेशा करना पड़ेगा क्योंकि हम सब सजग चेतना के साथ बहुत कम जीते हैं।"

"वो क्या समस्या है?"

"धर्म का अध्यात्मिक पक्ष ही मानवीय जीवन के क्रमशः उन्नत और उन्नत होते जाने के लक्ष्य को सामने रखता है लेकिन सांसारिक मोह माया और परिस्थितियों में उलझे समाज को ज्ञान और अनुभूतियों के साथ विचरने का संयोग और चिंतन मनन का अवसर नहीं मिल पाता है। इसका कारण उसके प्रेरणा के स्रोत समान्य हानि-लाभ के जंजाल में उलझे लोग समाज और

परिवार जन ही होते हैं, जिनका अनुसरण करते-करते आंशिक रूप से मौजूद अच्छाई-बुराई के विचार भी लाभ-हानि के दलदल में डूब जाते हैं। उच्चतर जीवन के लिए स्थायी ज्ञान पिपासा का अभाव या सजगता का अभाव, असजग और भ्रमों में पड़ने को तत्पर अवसान की ओर जाते समाज को जन्म देता है, ज्ञान के अभाव में सही जीवन मूल्यों का निर्धारण एक कोरी कल्पना ही हो सकती है। ”

नताशा - “सन्धि और व्लादिमीर दोनों की बातें सही हैं, व्लादिमीर मैं ईसाई हूँ, सन्धि हिन्दू है, कोई मुस्लिम भी होगा, कोई सिख भी।”

निदा बीच में ही कहती है - “मैं मुस्लिम हूँ।”

तमन्ना भी निदा को देख के कहती है - “मैं सिख हूँ।”

नताशा ने कहा, “हाँ, ये तो अच्छा हुआ कि बहुत सारे धर्मों को मानने वाले यहीं हैं, तुम लोग ही बताओ क्या किसी का भी धर्म मानवता के विरुद्ध बात करता है।”

सभी लोग एक साथ कहते हैं- नहीं करता। नताशा कहती है, “मानवता ही धर्म है और अगर यह होती तो युद्ध नहीं होता।”

व्लादिमीर कहता है, “मैंने पढ़ा है और मुझे ताज्जुब होता है कि अमरीकी क्रांति में फ्रेंच सेना गयी थी उनकी मदद करने और जब फ्रेंच सेना वापस आई तब उन्हें यह एहसास हुआ कि हम उनके यहाँ तो स्थापित कर आये लोगों का शासन, अब वहाँ लोगों की बात सुनी जाएगी, लोग आज़ाद होंगे। पर हमारे यहाँ आज भी राजा का शासन है। बहुत से कारणों में से यह भी एक कारण था फ्रेंच क्रांति का। उन सैनिकों ने चेतना फैलाई अमरीका की क्रांति की।”

तमन्ना कहती है, “तुम यह सब इतिहास क्यों बता रहे हो?”

व्लादिमीर अपनी वही शातिर मुस्कान को अपने चेहरे पर लाता है और कहता है, “बताता हूँ। जब फ्रेंच सैनिकों को समझ आ गया कि आज़ादी, समानता, बंधुत्व और न्याय यह अहम है तो फिर हमें आज तक क्यों नहीं समझ आया कि युद्ध सही नहीं है। इन सभी विचारों का उद्गम इंसान की बेहतरी और भविष्य में उसकी आज़ादी के लिए ही था। पर हम आज तक नहीं समझे पर हम समझेंगे कभी न कभी युद्ध के बाद ही।”

सन्धि - “व्लादिमीर लगता है तुमने इतिहास का गहन अध्ययन किया है।”

व्लादिमीर इस बार ज्यादा तेज़ हँसता है और कहता है, “अमीर होने का यह एक फायदा है पर इसके साथ कई नुकसान भी हैं। बदलाव नहीं चाहता अमीर और धनवान, उन्हें लगता है बदलाव से उनकी स्थिति बदलेगी पर मैं ऐसा नहीं हूँ... मुझे बदलाव चाहिए। एक समय आएगा कि जब हर कोई बदलाव चाहेगा और चाहेगा मानवता को। मेरी आँखों में भविष्य की तस्वीर मानवता की विशालता को बार-बार लाती है।”

“व्लादिमीर मैंने तुम्हें कभी इतना मुखर होकर नहीं बोलते देखा है, तुम क्यों नहीं बोलते हो!”

“मैं डरता हूँ खुद से क्योंकि मैं जो भी कुछ बोलता हूँ, मैं उस पर विश्वास करता हूँ। बिना विश्वास किये मैं कुछ भी नहीं बोलता।”

सन्धि हंसती है और कहती है, “तुम भी न व्लादिमीर!”

नताशा पूछती है, “कितना वक़्त हुआ व्लादिमीर?”

सन्धि नताशा को देखती है और कहती है, “मैं जानती हूँ तुम वक़्त क्यों पूछ रही हो।”

“रात के 11 बजे है।”

"हमें अब चलना चाहिए... क्या कहती हो इस बारे में नताशा।"

"मैं तैयार हूँ।"

नताशा एक झटके से उठती है और कहती है, "चलो।"

नताशा झुक कर हीरो को चूमकर कहती है, "मिलती हूँ तुझसे जल्दी।"

तमन्ना - "सन्धि तुम कपड़े बदल लो, बाहर बहुत ठण्ड है।" सन्धि कहती है, "मेरे पास कपड़े नहीं हैं।"

तीनों लड़कियां एक साथ कहती हैं, "हमारे पास हैं।" तीनों उठकर अपने-अपने बैग उठाकर सन्धि के सामने ले आती हैं।

सन्धि हँसती है और कहती है, "एक वक़्त था जब कपड़े नहीं थे मेरे पास और अब तीन-तीन बैग है मेरे पास कपड़ों के।"

सन्धि तमन्ना के बैग से पैंट लेती है, गीता के बैग से शर्ट और निदा के बैग से फर वाली जैकेट और कहती है, "मैंने तीनों से कुछ न कुछ ले लिया है, ठीक है।"

सन्धि कपड़े लेके खड़ी हो जाती है और सब उसे देख रहे होते हैं, फिर वह कहती है, "मुझे कपड़े बदलने हैं, सब उस तरफ देखो।"

सभी लोग हँसते है और दूसरी तरफ देखने लगते हैं। हीरो सन्धि को ही देखता रहता है। सन्धि कहती है, "हीरो तुम नहीं देखोगे उधर क्या?" हीरो उधर ही देखता रहता है। सन्धि कपड़े बदलती है, फिर कहती है, "अब सब लोग इधर देख सकते हैं।" सब लोग फिर सन्धि की तरफ देखने लगते हैं।

व्लादिमीर सन्धि को देखकर कहता है, "तुमको इतने दिनों से नाईट ड्रेस में देख रहा था... आज देखा इन कपड़ो में तो अच्छी लग रही हो।"

सन्धि हँसते हुए कहती है, "बदलाव है ये व्लादिमीर..... बदलाव।"

नताशा बीच में बोलती है, "सन्धि अब हमें चलना चाहिए।"

"हाँ बिल्कुल मैं तैयार हूँ।"

सन्धि एक लम्बी साँस लेती है और आगे बढ़ती है।

नताशा पूछती है, "तुम्हारे होटल का क्या नाम था?"

"ओरिएंटल पैलेस होटल"

नताशा कहती है, "यहाँ से ज्यादा दूर तो नहीं है पर एक-एक इंच भी चलना खतरे से खाली नहीं है।"

तमन्ना सन्धि से कहती है, "मैं आपके साथ चलना चाहती हूँ पर मुझ में इतना साहस नहीं है।"

"हर लड़ाई साहस से नहीं लड़ी जाती, कुछ लड़ाइयाँ अपने आप साहस पैदा कर देती है। मुझ में भी नहीं था, शायद आज भी नहीं है पर पहले से ज्यादा साहस है आज। तुम भी ऐसे ही धीरे-धीरे साहस को ग्रहण करोगी। कोई भी एक दिन में अहिंसक नहीं बन जाता है।"

सन्धि बोलकर सीढ़ी को देखने लगती है फिर हाथ से सीढ़ी को पकड़ती है और ऊपर चढ़ पाट खोल कर ऊपर चली जाती है। ऊपर जाकर सबको देखती है और कहती है, "मिलते हैं।" उसके बाद नताशा आती है ऊपर और फिर वह पाट बंद कर देती है। नताशा और सन्धि दोनों चलने लगते हैं।

सन्धि नताशा से कहती है, "नताशा ज़रा संभल के चल... मुझे ज्यादा आवाज़े आ रहीं हैं आज बंदूकों की और टैंको की।"

नताशा कहती है, "मैं हर तरफ देख कर ही आगे कदम बढ़ाऊंगी।" दोनों अपार्टमेंट से बाहर निकलते हैं, बाहर एकदम घुप्प अंधेरा है और खामोशी है।

नताशा सन्धि से कहती है, “लगता है हवाई हमले शुरू हो चुके हैं या फिर होने का खतरा है।”

सन्धि पूछती है, “ऐसे कैसे पता चला?”

नताशा - “क्योंकि बिल्कुल अंधेरा है।” बिल्कुल अंधेरी रात और उसमें सिर्फ सड़क के किनारे ज़मी हुई बर्फ की पपड़ी। सबसे पास की चीज साँसों का धुँआ दिख रहा था, जो सर्दियों में होता है। नताशा थोड़ी सी तेज़ चाल चलने लगती है। उसका अँधेरे को देख कर बढ़ा हुआ डर उसे मजबूर कर रहा था तेज़ चलने के लिए। सन्धि भी तेज चलने लगती है उसके साथ-साथ। नताशा और सन्धि आज आस-पास को ज्यादा नहीं देख पा रहे थे। शायद देख भी नही सकते थे क्योंकि अँधेरा बहुत ज्यादा था। सिर्फ सड़क पर वही लाइटें जल रही थीं जो टैंक और गोलियों से बची थीं। इंसानों की भाँति वह भी कम ही बची थीं। दोनों आगे बढ़ते जा रहे थे और सोचते भी जा रहे थे कि आगे क्या होगा होटल पहुँच कर। सड़कें खाली थीं और सन्नाटे को चीरती गोलियों की आवाज़ें थी। नताशा और सन्धि आगे एक सीधी सडक़ पर चलने लगते हैं। आगे एक बहुत विशाल प्रतिमा आती है और उससे फिर चार रास्ते कट जाते हैं। प्रतिमा पूरी तरह रेत की बोरियों से ढकी हुई होती है ताकि रूसी गोलियों से बच सकें।

सन्धि नताशा से पूछती है, “यह किसकी प्रतिमा है?”

“यह महान लेनिन है।”

ओह लेनिन की प्रतिमा है यह।” फिर हताशा के साथ कहती है, “ओह! इस हालत में।”

नताशा सन्धि को देखते हुए कहती है, “लेनिन ने कहा था क्या कोई राष्ट्र दूसरे राष्ट्रों पर अत्याचार करके स्वतंत्र हो सकता है? नहीं हो सकता। उनका यह एक वाक्य काफी है उनके कभी न खत्म होने के लिए।”

“यह कैसा वक़्त है जब महान लोगों की मूर्तियों और बातों को ढका जा रहा है और कत्ले आम बिल्कुल साफ-साफ चल रहा है, सड़कों पर दिख रहा है। नताशा क्या हम दोबारा गुलाम हो जायेंगे हथियारों और पूँजी के सामने?”

नताशा कहती है जल्दी-जल्दी चलते हुए, “पता नहीं शायद। आज सही बात कहने और करने की हिम्मत और नैतिकता चाहिए वो अपने सबसे निचले स्तर पर है। यहाँ इंसान इंसान को खा नहीं रहा, बस यही काफी है। शेष उसके सामाजिक और आर्थिक हिस्से को हड़पने में कहीं कोई गुरेज़ नहीं दिखता है, यहाँ तक कि उसकी आर्थिक, सामाजिक कमज़ोर स्थिति उसके द्वारा न्याय मांगने के सामर्थ्य को भी लाचार कर रही है।”

“मुझे लगता है इंसान का इंसान को खाना इतना बुरा न लगे जितना इन्सान को इंसान का बेरहमी से कुचलना और शोषण करना बुरा लगता है।”

“शायद तुम सही कह रही हो।” फिर दोनों शांत हो जाते हैं। चलते रहते हैं, बमों के धमाकों में सोचते रहते हैं कि यह सिलसिला कब थमेगा, इंसान को इंसान का इन्सान ना समझने का।

सन्धि को दूर से रोशनी चमकती दिखती है। वह नताशा से कहती है, “शायद वह रोशनी उसी होटल की है।”

“हाँ, तुम सही हो, वही है होटल।”

वो दोनों चलते जाते हैं और होटल से थोड़ी दूरी पर रुक जाते हैं।

सन्धि - “देखो कोई रुसी सैनिक तो नहीं दिख रहा है।”

"नहीं मुझे तो नहीं दिख रहा है।"

"थोड़ा और पास जाते हैं फिर देखते हैं।" नज़दीक पहुँच कर सन्धि से नताशा कहती है, "गेट के पास देखो। वो रुसी सैनिक है।"

"अब क्या करें।"

नताशा कहती है (होटल को देखते हुए), "अब आ गये हैं, तो बिना पासपोर्ट के नहीं जायेंगे।"

सन्धि नताशा को घूर कर देखती है और उसकी आँखें कह रहीं थीं कि वो नताशा को समझाना चाहती थी कि आखिर वह है क्या। नताशा कहती है, "और कोई गेट तलाशना होगा... इतना बड़ा होटल है, एक गेट नहीं होगा।"

"शायद मुझे मालूम है एक और भी दरवाज़ा है।"

"शायद... ये क्या बात हुई, कह रही हो मालूम है, फिर भी 'शायद' कह रही हो।"

"पिछली बार...

तभी रुसी सैनिक उनकी तरफ देखता है, वो दोनों झटपट नीचे लेट जाती हैं।"

रुसी सैनिक फिर से दूसरी तरफ देखने लगता है पर वो दोनों लेटे-लेटे ही बात करती हैं। सन्धि अपनी बात को दोबारा शुरू करती है और कहती है, "पिछली बार जब मैं यहाँ से भागी थी तब मैं मुख्य द्वार से निकल रही थी लेकिन काफी लोग पीछे से भी निकल रहे थे। तो मेरे ख्याल से कोई न कोई गेट पीछे भी है।"

"ठीक है... चलो यहाँ से निकलते हैं पहले।" फिर वो दोनों धीरे-धीरे आधा झुकी हुई चलती हैं ताकि जो सैनिक मुख्य द्वार पर है उनकी नज़रों में न आयें।

“नताशा ऐसा चलना तो बहुत मुश्किल है, ज्यादा देर तक नहीं चल पाऊंगी।”

“तुम चल पाओगी। ज़िन्दगी के लिए चलो, अपने लिए चलो, अपने परिवार के लिए चलो, पर चलो।”

“हाँ कोशिश कर रही हूँ।” वो दोनों दूसरे रास्ते से जो थोड़ा सा बड़ा था, उससे पीछे के गेट पर पहुँच गयी। सन्धि ने स्टील के मोटे से दरवाज़े को, जिस पर बहुत बड़ा सा हत्था लगा हुआ था, उसे खींचा पर वह नहीं खुला। फिर नताशा ने कोशिश की, वह नहीं खुला।

सन्धि सामने की गली को देखती है और नताशा से कहती है, “अगर कोई सामने और बगल की गली से आया तो हमें पता नहीं चलेगा। हम में से किसी एक को खड़े होना चाहिए वहाँ ताकि हम रुसी सैनिक को देखते ही इशारा कर दें।” दोनों इस बात पर राज़ी हो गए। पहले नताशा जाने लगी वहाँ निगरानी के लिए पर फिर आधे रास्ते से लौट आई और बोली, “अभी तक किसी ने नहीं खोला है, अगर कोई आया जिसे सिर्फ यूक्रेनी या रशियन आती है, तो तुम कैसे बात करोगी?”

“हाँ तुम ठीक कह रही हो... मैं वहां जाकर खड़ी होती हूँ।” सन्धि वहाँ जाकर खड़ी हो गयी। नताशा पीछे के दरवाज़े पर लगातार खटखटाती रही। अकस्मात ही वहाँ से एक आवाज़ आती है यूक्रेनी में, ‘कौन हो तुम?’ तभी सन्धि इशारा करती है। यह इशारा इस बात का था कि कोई रुसी सैनिक आ रहा है।

“मैं नताशा हूँ, मेरी दोस्त का पासपोर्ट आपके होटल के एक हिस्से पर, जब बम गिरा था, तब रह गया था। वह घबराहट और भगदड़ में ले नहीं जा पायी थी। वो भारतीय मूल की है। उसे उसकी सरकार घर भेज रही है पर उसके

लिए उसे...।"वहाँ से सन्धि इशारे तेज़ करने लगती है और वह दौड़ कर नताशा के पास आ जाती है।

"दूसरी गली में से रुसी सैनिक आ रहे हैं, अब हमारी ज़िन्दगी आपके हाथों में है।"

वहाँ से आवाज़ आती है, "मैं नहीं खोल सकता। कैसे विश्वास करूँ तुम पर?"

"मैं नहीं जा रही कहीं, जो होगा वो देखा जायेगा। तुम यूक्रेनी होकर भी हमारी मदद को तैयार नहीं हो।"

सन्धि भी कहती है, "खोल दो वो लोग किसी भी समय आते ही होंगे।" रुसी सैनिक सिर्फ दो कदम दूर थे उस गली से तभी अचानक वह दरवाज़ा खुलता है और वो दोनों बिना कुछ सोचे-समझे अन्दर घुस जाते हैं और तुरंत ही दरवाज़ा बंद हो जाता है, रुसी सैनिक के उस गली में आने के कुछ सेकंड्स पहले।

अन्दर जाकर वो दोनों देखती हैं कि उनके सामने एक बहुत ही लम्बा-चौड़ा आदमी खड़ा है और उसके हाथ में एक लोहे का सरिया है। सरिया देखते ही सन्धि और नताशा एक-दूसरे को देखते हैं और नताशा कहती है, "हम दुश्मन नहीं हैं, हम दोस्त हैं तुम्हारे।" सरिया जिस आदमी के हाथ में था वो एक नज़र घूर कर दोनों को देखता है फिर सरिया रख देता है।

नताशा उस आदमी को यूक्रेनी भाषा में समझाती है और कहती है, "यह है मेरी दोस्त सन्धि। दो दिन पहले आपके होटल पर बम गिरा था उस वक़्त यह यहीं थी।" फिर सन्धि से पूछती है, "किस रूम में थी सन्धि तुम?"

"105"

नताशा फिर सरिया वाले इंसान को समझाते हुए कहती है, "105 में थी यह लड़की और उसके बाद धमाका हुआ और अफरा-तफरी में यह अपना

पासपोर्ट भूल गयी यहीं। इसे अब वापिस जाना है इसलिए इसे इसका पासपोर्ट चाहिए।"

वो आदमी सन्धि को देखता है फिर कहता है नताशा से, "ठीक है आप कमरे में जाकर पासपोर्ट देख सकती हैं पर जल्दी करना क्योंकि रुसी सैनिक आने वाले हैं यहाँ रुकने के लिए।"

नताशा उससे पूछती है, "किस तरफ से जाएं बताइए?"

उसने कहा, "मैं चलता हूँ।" दोनों कहते हैं, "ठीक है चलो।" सरिये वाला इंसान सीढ़ी चढ़ने लगता है, नताशा उससे कहती है, "सीढ़ी से क्यों लिफ्ट से नहीं चल सकते क्या?"

वह कहता है, "नहीं, लिफ्ट में ज्यादा खतरा है। अगर हमला हुआ तो लिफ्ट बंद हो सकती है और इस वक़्त लिफ्ट की मरम्मत वाला आसानी से नहीं मिलेगा।"

सन्धि और नताशा दोनों उसके पीछे चलने लगते हैं। नताशा सन्धि को उस आदमी के पीछे चलते-चलते इशारा करती है कि अगर कुछ गड़बड़ की इसने तो फिर तैयार रहना। सन्धि भी उसे इशारे में जवाब देती है, हां वह तैयार है। चलते-चलते वह लोग पहली मंजिल पर पहुँच जाते हैं। सन्धि देखती है कि गैलरी के कालीन पर किसी के अब भी बाल चिपके हुए हैं। कहीं-कहीं खून भी लगा हुआ है, लोग तो वहाँ नहीं थे पर उनकी बदहाली के निशान ज़रूर थे। सन्धि को यह सब देखकर याद आने लगती है उस मनहूस सुबह की सारी बातें, घबराहट से उसे चक्कर आने लगते हैं, पर वह किसी दरवाज़े को पकड़ कर खड़ी हो जाती है। नताशा सन्धि को ऐसे खड़े देख पूछती है, "क्या हुआ?"

सन्धि कहती है, "कुछ नहीं... कुछ अजीब सा लगने लगा था।"

वो आदमी नताशा से पूछता है कि वो क्यों नहीं आ रही है।

नताशा कहती है, “उसको सदमा सा लगा है... यहाँ आने के बाद पुरानी सारी उस सुबह की बातें याद आ रही हैं।”

वह आदमी सपाट शब्दों में कहता है कि इन सब चीजों के लिए समय नहीं है, जो करना है जल्दी करो।

सन्धि दोबारा से पूरी ताकत इकट्ठी करती है और तैयार हो जाती है उस कमरे में घुसने के लिए। वह आदमी दरवाज़ा खोलता है दरवाज़े में कोई भी लॉक नहीं था। कमरा खोलकर वह आदमी अन्दर चला आता है। फिर नताशा आती है, फिर सन्धि आती है। सन्धि जैसे ही अन्दर आती है उसे लगता है कि बिस्तर पर अब भी वो और पेत्रोविच बैठकर बातें कर रहे हैं। सन्धि अपना सिर हिलाती है ताकि उसका भ्रम टूटे क्योंकि वह जान रही थी कि यह सब सच नहीं है। तभी उस आदमी का भारी भरकम स्वर गूँजता है, “जल्दी करो वक़्त नहीं है मेरे पास।” सन्धि की स्वप्न निद्रा भंग होती है और वह अपना पासपोर्ट ढूंढना प्रारंभ करती है। सबसे पहले वह अलमारी में देखती है, नहीं मिलता है वहां। सन्धि को देखते-देखते नताशा भी ढूँढने लगती है, वह दराज़ में देखने लगती है। सारी दराजे अच्छे से देखती है, नहीं मिलता।

वह आदमी कहता है, “नहीं मिल रहा है, तो जाओ तुम दोनों... बहुत लोग आ चुके हैं यहाँ उसके बाद, किसी ने उठा लिया होगा।”

सन्धि सोचती है कि अगर नहीं मिला तो फिर वह क्या करेगी। क्या वह कभी घर नहीं जा पाएगी? क्या वो यहीं मर जाएगी यूक्रेन में? क्या वह अपनी माँ का चेहरा कभी नहीं देख पायेगी? सन्धि यह सब सोच रही थी और खिड़कियों के पास देख रही थी। याद कर रही थी कि इसी टूटी खिड़की की किरच उसे लगा था। अभी भी दुखता है वह, सन्धि अपने घाव को छूकर उसे

ताज़ा कर रही थी। तभी नताशा बिस्तर के नीचे से बोलती है, “सन्धि मुझे मिल गया।”

सन्धि सोच से बाहर निकल कर नताशा को देखती है। नताशा सन्धि को बिस्तर के नीचे से निकालकर पासपोर्ट देने वाली होती है तभी नताशा के हाथ से वह आदमी छीन लेता है, पासपोर्ट।

वह बोलता है, “इतनी आसानी से पासपोर्ट नहीं मिलेगा।” सन्धि और नताशा एक-दूसरे को देखने लगते हैं।

नताशा कहती है, “क्यों नहीं मिलेगा? उसका पासपोर्ट है, उसको क्यों नहीं मिलेगा आसानी से?”

वह कहता है, “नहीं मिलेगा क्योंकि यह अब मेरे हाथ में है। कुछ न कुछ देना होगा तुम्हें पैसा या फिर और कुछ।”

नताशा उससे कहती है, “इस वक़्त भी जब सब कुछ ख़त्म हो रहा है, तुम पैसे के लिए परेशान हो।”

वह आदमी कहता है, “इस वक़्त ही पैसों की सबसे ज्यादा ज़रुरत है। मेरा वक़्त मत खराब करो। ज्यादा देर की तो रुसी सैनिक आ जायेंगे फिर वो ना जाने क्या-क्या मांगेंगे।”

नताशा कहती है, “हम दोनों अपने-अपने घर से दूर हैं, हमारे पास कुछ नहीं है।”

वह आदमी ऊपर से नीचे तक नताशा को देखता है फिर कहता है, “मुझे तुम्हारी ये गले में पड़ी चेन चाहिए।”

“ये मत लो कृपया, ये मेरी माँ की दी हुई है।”

वह पूछता है, “माँ जिंदा है या मर गयी।”

नताशा कहती है, "वो अब इस दुनिया में नहीं है।"

सरिया वाला इंसान कहता है, "तो मर गयी न अब उसकी निशानी का क्या करोगी?"

"मैं यूक्रेनी हूँ और तुम भी यूक्रेनी हो... तुम मुझे भी नहीं छोड़ोगे।"

वह कहता है, "चीज के बदले चीज इसमें क्या खराबी है। युद्ध में क्या-क्या होता है तुम्हें क्या पता... मैं तो सिर्फ तुमसे सोने की चेन ले रहा हूँ और बदले में पासपोर्ट दे रहा हूँ।" सन्धि भी उस से विनती करती है पर वह नहीं मानता और कमरा छोड़ कर जाने लगता है। कहता है, "तुम्हें नहीं देना है, तो जाओ खाली हाथ।"

"रुको!" फिर चेन को चूमती है और कहती है, तुम ही कहती थी माँ पैसे इंसान से महत्वपूर्ण नहीं होते हैं, मैं तेरी ही बात का अनुसरण कर रही हूँ। वह चेन उतारती है और उसे दे देती है।

फिर वह इंसान सन्धि की तरफ देखता है और कहता है, "तुम अपनी ऊँगली से यह अंगूठी उतार दो।"

सन्धि उसे देखती है मुस्कुराती है, फिर अंगूठी उतार देती है। वो आदमी दोनों चीजो को देखता है अंगूठी और चेन को और उन्हें पासपोर्ट दे देता है। सन्धि के हाथ में जब पासपोर्ट आता है तो वह कुछ अलग ही तरह से छूती है जैसे शायद वह पासपोर्ट नहीं, उसके घर का एहसास हो। या शायद वो पासपोर्ट को छूकर अपने खारकीव आने के पल को याद कर रही हो। उसका खारकीव आना पेत्रोविच के करीब लाता है उसे, ख्यालों में ही सही।

वह आदमी कहता है, "अब तुम दोनों यहाँ से जल्दी से जल्दी निकलो।" वो दोनों पलट कर जाने लगती हैं। तभी उस आदमी का मोबाइल बजता है। वह इंसान मोबाइल उठाता है और यूक्रेनी में बात करने लागता है। दोनों नीचे की

तरफ काफी तेज़ उतरने लगती हैं, फिर उस स्टील के दरवाज़े को खोल कर बाहर गली में आ जाती हैं।

बाहर निकलते ही नताशा सन्धि से कहती है, "क्या लोग हैं ये, युद्ध में भी फायदा देखते हैं।"

हमारी चेन और अंगूठी लेने के बाद भी उसकी लालसा नहीं ख़त्म हुई। सन्धि ने पूछा, "क्या हुआ अचानक?"

नताशा ने कहा, "जब हम उतर रहे थे न तब उसका फ़ोन आया था और वो कह रहा था कि अगर तिगना पैसा देगा तभी उसे वह कमरा देगा। नैतिकता इस कदर गिर गयी है कि उसे जो वह कर रहा था उसमें उसे कुछ गलत नहीं लग रहा था बल्कि वह खुद को औरों से भला और ईमानदार समझ रहा था।"

"शायद यह ज़माना नैतिकता के तुलनात्मक गिरावट का ज़माना है, हाँ ये होता है किसी की विपत्ति किसी की सम्पत्ति बढ़ाने का साधन है।" नताशा सन्धि की बात सुनकर परेशान हो जाती है, सोचने लगती है इंसान को पैसे से इतना मोह क्यों है। क्यों नहीं वह इंसानियत को तरजीह देता है। फिर सोचती है इंसान ने पैसे को क्यों बनाया, क्यों नहीं लेने-देने वाला समाज ही बना रहा। फिर सोचते-सोचते शांत हो जाती है दिमाग से। फिर अचानक उसे ख़याल आता है कि पैसा सबसे सही उपकरण है इंसान को परखने का। अगर इंसान पैसे को नहीं बनाता तो शायद इंसान कभी दूसरे इंसानों को परख ही नहीं पाता। यह सोच कर वह हँसने लगती है कि इन्सान ने खुद ही खुद को परखने का सामान बना दिया। सन्धि उसे हँसते हुए देखती है तो अजीब लगता है उसे।

फिर सन्धि पूछ ही लेती है उससे, "क्यों हँस रही हो तुम?"

"इंसान जितना तुम्हें चालाक लगता है, उतना चालाक है नहीं।"

सन्धि कुछ समझ नहीं पाती पर 'हाँ' कह देती है।

"तुम अंगूठी उतारते समय क्यों हँसी थी?"

"मैं यह देख रही थी कि उसकी आँखें पैसे से परे नहीं देख पा रही है, उसे पता ही नहीं युद्ध और कितना भयावह होगा। वह बस पैसे पाकर सुकून में है।"

"उसका सुकून शायद कम समय का होगा, मेरा और तुम्हारा ज्यादा है।"

"उसने हमसे सब कुछ सामान छीन लिया, अब खोने के लिए कम चीजें बची हैं।"

चलते-चलते फिर वो दोनों आ जाते हैं लेनिन की मूर्ति के सामने। इस बार अनायास ही दोनों मूर्ति के सामने झुक जाते हैं। शायद जितना इंसानी चेहरों के अलग-अलग रंग वो देखते जा रहे हैं इस युद्ध में, उतनी ही उनकी आस्था ज्यादा होने लगी है उन लोगों में जिन्होंने समाज के लिए सोचा है। दोनों ने एक-दूसरे को देखा था, सिर झुकाते-झुकाते लेनिन की मूर्ति के सामने पर दोनों ने एक-दूसरे से नहीं पूछा कि क्यों झुकाया था सिर। यही सब सोचते-सोचते वो दोनों छुपते-छुपाते उस अपार्टमेंट तक पहुँच गए। घर आकर सन्धि ने पाट हटाया, अन्दर झाँका तो देखती है, सबकी आँखे खुशी से भरी होती हैं। सन्धि नीचे आती है, उसके पीछे-पीछे नताशा आती है। सन्धि के नीचे आते ही हीरो उसे चाटने लगता है, फिर नताशा के आने के बाद हीरो नताशा को चाटने लगता है।

तमन्ना ने पूछा, "कैसा रहा आप दोनों का सफ़र?"

दोनों ने एक साथ कहा, "हमने आज लेनिन को देखा"...फिर नताशा ने सन्धि को देखा और सन्धि ने बताया आगे, "चौराहे पर बोरियों से ढका हुआ, बिल्कुल भी साँस नहीं जा रही थी, उनका भी अन्दर ही अन्दर दम घुटता

होगा। मन तो था कि बोरियां हटा दूँ और उसकी मूर्ति के साथ बैठ जाऊं और देखूं कि रशिया के महानायक को भी क्या छलनी कर देंगे ये। कर सकते हैं... उनके विचारों को तो छलनी कर ही दिया।"

9

मेरी जीत फिर भी नहीं होगी मुझे ख़ुशी होगी कि मेरा राष्ट्र जीतेगा पर मैं फिर भी हारा हुआ ही रहूँगा।

खारकीव

समय - सुबह के 11 बजे

27 फरवरी

सन्धि बैठी हुई थी आराम से, उसके हाथ में पेन था और एक गन्दा सा पेज़ था जो शायद उसे मिला होगा सड़क पर कहीं, उस पन्ने पर कुछ दाग भी लगे थे, कुछ लिख रही थी वह उस पेज़ पर। नताशा बिस्तर पर लेट कर सबको देख रही थी। गले को छू रही थी वह जिस जगह पर उसकी चेन थी। शायद चेन उसे माँ के स्पर्श का एहसास दिलाती थी, इंसानी फितरत का कुछ नहीं कर सकते। व्लादिमीर को कमरे में एक किताब मिल गयी थी तो वह उसमे मशरूफ था। तमन्ना, गीता और निदा आपस में बात कर रही थी कि थोड़ी देर में वो दूतावास से संपर्क साधेंगी। हीरो लेटा हुआ था, शायद हीरो सबसे ज्यादा बाहर की दुनिया को तरस रहा होगा पर उससे कौन पूछे यहाँ इंसान की ख्वाहिशों का ही कोई सिरा पकड़ नहीं आ रहा है।

नताशा सन्धि से पूछती है, “क्या लिख रही थीं तुम?”

“लिख कुछ नहीं रही, जो दिमाग में लिख चुका है, उसे पन्नों पर लाकर दिमाग को हल्का कर रही हूँ, वर्ना फट जायेगा ये दिमाग।”

नताशा कुछ नहीं कहती, उसके बाद बस सन्धि को पीछे से देखती रहती है। नताशा उसे देखते-देखते रोने लगती है, शायद वह सन्धि के दर्द के पास थी। किसी के दर्द को महसूस करना बहुत ही मुश्किल काम है, नताशा ने किया शायद वह मुश्किल काम। तमन्ना ने यह देख लिया था या फिर उसने एक कयास लगाया होगा और उसने एक उम्मीद देने के लिए कह दिया, “सन्धि आज हम दूतावास पर दोबारा फ़ोन करेंगे।”

“कब करोगी?”

“बस अभी थोड़ी देर में।”

गीता कहती है, “क्या हम सभी ऊपर चलें, फिर नीचे आ जायेंगे, पूरे दिन से यहीं बैठे-बैठे ऊब गयी हूँ। मैंने सोचा बाकी सब भी ऊब गए होंगे।”

व्लादिमीर किताब को बंद करके कहता है, “हाँ, मैं नहाना चाहता हूँ, मुँह पर पानी को महसूस करना चाहता हूँ। इस युद्ध ने छोटी-छोटी भावनाओं का भी दम घोंट दिया है।”

नताशा व्लादिमीर की बात सुन कर हँसती है फिर कहती है, “हम जिंदा बचे हैं कि नहीं, ये रोज़ खुद से पूछना पड़ता है। ”

निदा परेशानी से नताशा को देखते हुए कहती है, “मैं जब रोती हूँ बस तभी मुझे यह एहसास होता है कि मैं जिंदा हूँ, उसके इलावा ऐसा लगता है कि ज़िन्दगी ना जाने किसके हाथ में है, एक अविश्वास सा टहलता रहता है अन्दर, जैसे किसी और की दी हुई ज़िन्दगी जी रही हूँ।”

सन्धि गर्दन झुकाए धीरे से कहती है, “हम सभी किसी की दी हुई ज़िन्दगी जी रहे हैं। हमारी आज़ादी उनके एजेंडा की मोहताज़ है। उन्हें युद्ध चाहिए तो युद्ध हो रहा है। जिस दिन युद्ध खत्म करना होगा, उस दिन दोबारा से ज़िन्दगी बहाल होगी। युद्ध की गिरफ्त में है ज़िन्दगी चाहे ये युद्ध यहाँ हो जहाँ गोलियां चल रही हों या फिर ज़िन्दगी का युद्ध हो जहाँ गोलियां नहीं हैं पर ज़िन्दगी की औपचारिकतायें हैं, आपके सपने हैं, आप क्या बनना चाहते हो, धारणाएं हों, सपने हों। ज़िन्दगी गिरफ्त में ही रहेगी।”

नताशा - “इंसान पर कितना अनावश्यक का बोझ है। ज़िन्दगी को इंसान को आज़ाद करना चाहिए पर ज़िन्दगी तो इंसान को नियंत्रण करने की चाह में रचे प्रबंधों के बोझ से ही मर जाती है।”

व्लादिमीर ये सब सुनने के बाद खड़े होते हुए कहता है, "कुछ भी स्वतः नहीं होता इस समाज में इसलिए यह बोझ है। हर चीज बनावटी है, किसी ने सोच-समझ कर बनायी है, उसके लिए तो वह ठीक है पर आपकी मानसिकता पर वह बोझ का काम करेगी।"

"सन्धि सिर ऊपर करते हुए कहती है, "इसलिए महात्मा गाँधी ने कहा था- भागीदारी, सर्वोदय और अपरिग्रह ये महज़ शब्द नहीं हैं बल्कि जीने का तरीका भी है।"

व्लादिमीर अचरज से कहता है, "सन्धि तुम तो मेडिकल की स्टूडेंट हो, तुमने गाँधी को इतना कैसे पढ़ा है।"

"मेरे बाबूजी के कारण। वो शुरू से ही गाँधीवादी विचारधारा के हैं।'

व्लादिमीर आगे कहता है, "अपरिग्रह महात्मा गाँधी का बहुत ही सुदृढ विचार है और इस वक़्त जब हथियारों से, टैंक से वातावरण प्रदूषित हो रहा है तब तो यह विचार और ज्यादा प्रासंगिक हो जाता है। मैं कभी अपरिग्रह जीवन में उतार नहीं पाया पर मैं ज़रूर चाहता हूँ कि इसे उतारूं जीवन में।"

नताशा - "कल मैंने जब लेनिन की मूर्ति को चौराहे पर देखा था तो मुझे लगा ये युद्ध सिर्फ इंसान ही नहीं खा रहा है, यह हमारी विरासत को भी खा रहा है, यह हमारी प्रकृति को भी खा रहा है। मुझे नहीं पता पर मैं डरती हूँ क्योंकि हमारी धरती पर चेर्नोब्य्ल परमाणु जैसे संयंत्र भी मौजूद हैं, कहीं उसमें कुछ हो गया तो हमारी 50 पुश्तों को भुगतना पड़ेगा।"

व्लादिमीर की आवाज़ से डर झलकता है, वह कहता है, "जैसा हिरोशिमा और नागासाकी में हुआ था... शायद उस से भी भयानक।"

निदा भयभीत होकर कहती है, "मत करो ये सब बातें, मुझे भय लगने लगा है।"

नताशा - "हाँ, बंद कर दो ये बातें, इनका कुछ फायदा नहीं।'

"नताशा तुम इतनी निराशावादी बातें क्यों कर रही हो?"

"क्या करूँ अगर नहीं करूँ ऐसी बातें तो, मेरा जीना मुश्किल हो रहा है, मैं कुछ नहीं कर सकती, इस सिस्टम को बदलने के लिए।" सन्धि - "ऐसा नहीं है... हम कर सकते हैं बस एकजुट होने की ज़रूरत है और सही मायने में मानव हित को और भविष्य के बारे में सोचने की ज़रुरत है, बाकी सब कुछ समेट कर बंद करना होगा। ठहर कर, सोच विचार कर आगे बढ़ना ही श्रेयस्कर होगा।"

गीता बहुत देर से इन सबकी बातें बड़े ध्यान से सुन रही थी, फिर वह बोली, "मेरी प्राथमिकता तो यहाँ से निकलने की है सबसे पहले।"

सन्धि भी सिर हिलाते हुए कहती है, "मेरी भी यही प्राथमिकता है।"

नताशा - "किसी को तो इस देश को भी अपनी प्राथमिकता बनाना पड़ेगा।"

व्लादिमीर - "इस देश को नहीं, मानवता की रक्षा को प्राथमिकता बनाना पड़ेगा।"

तमन्ना सब की बात ख़त्म होने का इंतज़ार करती है, फिर वह कहती है, "चलो ऊपर चलते हैं... फ़ोन करते हैं।" सभी ने सबको देखा फिर एक-दूसरे से शायद सबको हिम्मत आई और वह सभी आगे बढ़ने लगे।

सबसे पहले गीता ने सीढ़ी को पकड़ा और ऊपर चलने लगी, उसके पीछे तमन्ना और उसके पीछे निदा। फिर व्लादिमीर ने हाथ से सीढ़ी पकड़ी और सन्धि, नताशा को देखा। सन्धि समझ गयी कि व्लादिमीर डर रहा है थोड़ा। सन्धि ने उससे कहा, "व्लादिमीर हम सभी जा रहे हैं, चलो तुम भी।"

व्लादिमीर ऊपर चढ़ने लगा धीरे-धीरे। सन्धि उसके बाद ऊपर चढ़ने लगी और उसके बाद नताशा हीरो को अपनी गोदी में पकड़े हुए ऊपर सीढ़ी पर चढ़ने लगती है। आखिरी में लकड़ी के पाट को लगा देती है, सन्धि ऊपर से कारपेट डाल देती है। फिर गीता धीरे से दरवाज़े को खोलती है। जैसे ही दरवाज़ा खुलता है, वहाँ से एक चूहा निकलता है बड़ी तेज़ी के साथ। सारी लड़कियां डर जाती हैं। निदा चिल्लाने लगती है। तमन्ना उसके मुँह पर हाथ रख लेती है। सब अन्दर चले जाते हैं और दरवाज़ा अन्दर से बंद कर लेते हैं।

तमन्ना हँसने लगती है, कहती है, "ये चूहे युद्ध में भी जिंदा हैं और डरा रहे हैं।"

सन्धि - "कितना अजीब है न... हम सब यहाँ अपने आप सब कुछ देख रहे हैं, खुद को संभाल रहे हैं, युद्ध के तनाव से लड़ रहे हैं और चूहे से डर रहे हैं।"

नताशा - "डरना स्वाभाविक है। इंसान की शक्ति तब पता चलती है जब जान पर बन जाती है। अगर ये चूहा तुम पर हमला करता तो तुम इसी चूहे को फाड़ डालती अपनी उंगलियों से। हम डरें क्योंकि हमें पता है वो चूहा है, हमारे चिल्लाने पर वो चुपचाप निकल जायेगा।''

सारी लड़कियां और व्लादिमीर नताशा की बात को काट न सके, बस मान लिया।

व्लादिमीर - "मैं जा रहा हूँ बाथरूम में।"

गीता बोलती है, "मैं फ़ोन लगाती हूँ।"

सन्धि ने कहा, "हाँ.... हाँ लगाओ।" गीता सभी को दूसरे कमरे में आने को कहती है। नताशा कहती है कि वह वहीं रहेगी ताकि नीचे की हलचल का पता चलता रहे। गीता दूसरे कमरे में जाती है, इस कमरे में काफी किताबें फैली हुई थी। एक फोटो फ्रेम भी लगी हुई थी जिसमें एक औरत और उसके

बच्चे थे। सन्धि फोटो उठाती है और देखने लगती है उन बच्चों को और उनकी माँ को और कहती है, "जब कोई प्रेम में होता है तो उसके चेहरे से समझ में आ जाता है। माँ के चेहरे पर कितना संतोष और वात्सल्य है अपने बच्चों के लिए, पता नहीं, कहाँ होंगे ये लोग।"

तीनों लड़कियाँ वहीं बैठ जाती हैं और गीता फ़ोन उठाती है और भारतीय दूतावास पर फ़ोन लगा देती है। घंटी बजती है पर कोई फ़ोन नहीं उठाता। गीता फ़ोन रख देती है। निदा उससे कहती है, "दोबारा फ़ोन लगा।"

"अभी दो मिनट बाद फिर लगाऊँगी।"

तमन्ना संदेह के स्वर में कहती है, "कहीं ऐसा तो नहीं है कि वो हम लोगों को नहीं निकालेंगे?"

सन्धि फोटो रख देती है और कहती है, "उम्मीद मत हारो, सब अच्छा होगा।"

गीता फिर से फ़ोन उठाती है और फ़ोन करने लगती है, फिर से घंटी जाती है। इस बार घंटी के जाते ही कोई फ़ोन उठाता है।

वह एक ही साँस में कहती है, "हम चार लोग हैं खारकीव में एक अपार्टमेंट में फंसे हुए हैं। हमें यहाँ से निकालो और भारत भेजो। सन्धि नताशा के पास जाती है और नताशा से पूछती है, "इस जगह का सही पता क्या है।" नताशा कहती है, "यह जगह स्क्वायर अपार्टमेंट है।"

सन्धि दोबारा जाती है। तब तक गीता को फ़ोन पर ही बात करते देखती है।

कुछ देर बाद गीता फ़ोन रख देती है, ख़ुशी के साथ और सबको देखती है और कहती है, "हम घर जा रहे हैं जल्दी।"

सभी के चेहरों पर ख़ुशी आ जाती है। व्लादिमीर भी आता है बाथरूम से बाहर और पूछता है, “क्या हुआ?”

सब लोग उसे बताने लगते हैं कि हमारी सरकार जल्दी ही हम सबको हमारे देश वापस पहुंचाएंगी। व्लादिमीर कहता है, “वह भी फ़ोन करेगा अभी अपने दूतावास पर।” व्लादिमीर हँसते हुए जाता है और फ़ोन उठाता है दूतावास पर फ़ोन करने के लिए।

सन्धि के चेहरे पर भी ख़ुशी होती है। सब लड़कियां एक-दूसरे को गले लगतीं है। सन्धि जाकर नताशा को बताती है, “गीता की बात हुई है अभी भारतीय दूतावास में... वह हमें निकाल लेंगे यहाँ से और भारत भेज देंगे।”

नताशा सन्धि को गले लगाती है और कहती है, “तुम खुश हो न अब?”

“हाँ मैं बहुत खुश हूँ।”

“ये तो अच्छी बात है, मुझे तुम्हारी ख़ुशी में ख़ुशी है।”

व्लादिमीर भी फ़ोन करता है अपने दूतावास में और पता करता है, फ़ोन रखने के बाद व्लादिमीर भी बहुत खुश होता है। कहता है, “मैं भी अपने घर जाऊँगा।” सब लोग नीचे चलने लगते हैं। पहली मंजिल वाले कमरे को धीरे से बंद करते हैं और कालीन हटाकर पाट उठाते हैं और सीढ़ी से उतरने लगते हैं। एक-एक करके सब नीचे उतरने लगते हैं और फिर पाट दोबारा से बंद कर देते हैं। सब लोग नीचे आ कर एक दूसरे को बधाई देने लगते हैं।

सन्धि व्लादीमिर से पूछती है, “तुम कब जाओगे?”

व्लादिमीर बताता है कि वह कल जायेगा। वो कहता है, “मुझे पहले पिसोचिन जाना है, वहाँ से मुझे ले जाया जायेगा।”

गीता कहती है, “हमें भी पिसोचिन ही जाना है, वहाँ से जायेंगे हम लोग भी।”

सन्धि पूछती है नताशा से, “यहाँ से कितनी दूर है पिसोचिन।”

“12 किलोमीटर दूर है कम से कम।”

गीता कहती है, “हाँ यही बताया था दूतावास ने। हमें लेने के लिए कुछ यूक्रेनी आर्मी के लोग आयेंगे और वो ही हमें ले जायेंगे।”

व्लादिमीर कहता है, “मुझे भी यही बाताया गया है, सुबह 10 बजे का टाइम दिया है मुझे।”

गीता कहती है, “हाँ मुझे भी।”

“मैंने उन्हें अपना यहाँ का पता दे दिया है... वह भेजेंगे किसी को।” सब बहुत ख़ुशी से बैठ जाते हैं और बातें करने लगते हैं।

नताशा सन्धि से कहती है, “कल तुम जा रही हो मुझे ख़ुशी तो है पर मुझे तुम्हारी बहुत याद आएगी।”

“मुझे भी नताशा, तुमने मेरा बहुत साथ दिया हर जगह मेरी फिक्र की, मैं तुम्हारा ये एहसान कभी नहीं भूलूंगी।”

“इसमें एहसान कैसा... मैंने तुम्हारा साथ दिया क्योंकि मुझे लगा तुम सही कर रही हो उस वक़्त, इसलिए मैंने तुम्हारी मदद की। मुझे अच्छा लगा था जूलिया की मदद करके, उसे ज़रूररत थी खून की।”

“हाँ, सही कह रही हो तुम।”

तमन्ना कहती है, “कल लेट नहीं होना है किसी को भी... समझे, सब वक़्त पर तैयार हो जाना।”

व्लादिमीर कहता है, “कल अगर लेट हुए तो फिर यहीं रहना पड़ेगा जो मैं नहीं चाहता।” फिर हंसने लगता है।

निदा पूछती है, "हमारे साथ हमें पिसोचिन तक छोड़ने के लिए यूक्रेनी सैनिक क्यों आ रहे हैं, उन्हें किसने कहा हमारे साथ आने के लिए।"

गीता उत्तर देती है, "निदा! मेरी भोली लड़की... मुझे दूतावास ने बताया कि भारत सरकार 'ऑपरेशन गंगा' चला रही है। भारतीय छात्रों को यहाँ से निकालने के लिए और यूक्रेन हमारा सहयोग कर रहा है।"

व्लादिमीर - "अमेरिका का कोई ऑपरेशन तो नहीं है पर वह निकाल रहे हैं जितने लोग निकल जाएं, अमेरिका यूक्रेन के साथ है युद्ध में इसलिए यह सब हो पा रहा है। अमेरिका और भारत शांति के पक्ष में हैं इसलिए यूक्रेन इतनी सहायता कर रहा है छात्रों को निकालने के लिए।"

सन्धि - "हाँ, सही कह रहे हो। सरकारों के सिर्फ पक्ष में आने से कुछ नहीं होगा। हमारे देश के लोगों को भी पक्ष में उतरना पड़ेगा, हमारे ही देश क्यों, सभी देश के लोगों को उतरना पड़ेगा युद्ध के विरुद्ध। यह समझना होगा सभी को कि यह समस्या किसी भी देश के साथ खड़ी हो सकती है तो सबको इसका विरोध करना ही चाहिए, नहीं तो यह युद्ध बंद नहीं होगा।"

नताशा - "युद्ध जिस तरह से बढ़ रहा है, उससे एक बात तय है कि युद्ध इतनी जल्दी ख़त्म नहीं होगा।"

गीता बहुत हताशा के साथ कहती है, "युद्ध तो ख़त्म होना चाहिए वर्ना मेडिकल डिग्री कैसे पूरी होगी हमारी।"

तमन्ना - "पता नहीं कैसे होगी पर यह बात पता है, युद्ध ख़त्म होते ही फिर से आना पड़ेगा क्योंकि कॉलेज वाले तो अभी भी कह रहे थे कि कोई छुट्टी नहीं है पर मेरे पापा ने कह दिया आ जाओ वापिस, वहाँ अभी माहौल सुरक्षित नहीं है।"

गीता - “हम लड़कियों के लिए कब समाज सुरक्षित होगा? हमें तो आम दिन भी युद्ध जैसे ही लगते हैं।”

“सही कहा तुमने हमारे लिए तो युद्ध बंद ही नहीं होता।” सन्धि ने कहा।

निदा - “अजीब यूनिवर्सिटी है, पता नहीं क्यों कर रहे हैं ऐसा।”

सन्धि - “ऐसा ही होगा हमारी यूनिवर्सिटी में भी माहौल शायद।”

व्लादिमीर खुशी से कहता है, “कल जाऊँगा फिर घर पहुंचकर मम्मी-पापा से मिलूंगा।”

सभी लोग खुश होते हैं। सन्धि हीरो के पास बैठी होती है, हीरो के बालों में हाथ डाल कर उसे पुचकार रही होती है। नताशा दूर बैठ कर सन्धि को देख रही होती है। व्लादिमीर एक कोने से सबको देख रहा होता है और मुस्कुरा रहा होता है। उसकी यह मुस्कुराहट सभी मुस्कुराहटों की निचोड़ थी। व्लादिमीर नताशा के पास जाकर बैठ जाता है और कहता है, “तुम्हारे साथ बिताया समय बहुत याद आएगा। तुम बिल्कुल भी नहीं घबराती नताशा... मुझे तुम पर नाज़ है, तुम जितना कम घबराती हो, मैं उतना ही ज्यादा घबराता हूँ।”

“तुम जितने दिमाग से तेज़ हो, मैं उतनी ही दिल से तेज़,” और फिर वो दोनों हँसने लगते हैं।

व्लादिमीर गले लगा लेता है नताशा को और नताशा भी व्लादिमीर को गले लगा लेती है। व्लादिमीर झटके से हटता है नताशा के पास से और जाकर अचानक किताब पढ़ने लगता है दोबारा। नताशा समझ जाती है कि व्लादिमीर रो रहा होता है। नताशा सन्धि को इशारा करती है। सन्धि धीरे से उठती है और नताशा भी उठती है। फिर व्लादिमीर के पास जाकर वो

व्लादिमीर की किताब ले लेते हैं और उससे कहते हैं, "व्लादिमीर तुम रो सकते हो हमारे सामने।"

"मुझे पता है पर नहीं रोना चाहता क्योंकि अगर मैं रोया तो फिर मैं चुप नहीं हो पाऊँगा।"

नताशा, व्लादिमीर और सन्धि तीनों एक-दूसरे को गले लगाते हैं और एक-दूसरे को पकड़े रहते हैं। ये तीनों लड़कियां भी यह देख रही थीं कि सब थोड़ा भावुक हो रहे थे तो जाकर ये तीनों भी उन तीनों को गले लगा लेते हैं।

व्लादिमीर कहता है, "वाह, आज सबको सब पर प्यार आ रहा है।" सभी लोग सभी लोगों को सामूहिक गले लगा रहे होते हैं। एक बड़े गोले सा लग रहा होता है उनका गले लगाना एक-दूसरे को।

सन्धि भावुक हो कर कहती है, "काश इसी तरह हर देश और उनका हर नागरिक एक-दूसरे को गले लगा ले और सिर्फ प्यार से रहे बिना किसी लड़ाई के, बिना किसी मन मुटाव के। यह सुन्दर सपना हर गली, हर मोड़ पर हर देश में खुशियाँ बिखेर सकता है, बस हम दूसरों की खुशियों के लिए लालायित होते रहें हर पल, हर क्षण।"

खारकीव

28 फरवरी

9.30 AM

सुबह से ही सब लोग पिसोचिन जाने के लिए बिल्कुल तैयार थे... सिर्फ नताशा तैयार नहीं थी जाने के लिए।

नताशा सन्धि से कहती है, "मैं तुम्हें छोड़ने नहीं आऊँगी सन्धि, मेरे लिए अकेले इतना लम्बा आना खतरनाक होगा और हीरो को भी अकेले नहीं छोड़ना चाहती।"

सन्धि हँसती है और कहती है, "मैं जिस नताशा को जानती हूँ, वह नहीं डरती और ना ही वह कभी डरेगी, साफ़-साफ़ बताओ क्या बात है।"

"यही बात है।"

सन्धि नताशा की आँखों में आँखें डालकर देखती है और कहती है, "सही बताओ क्या बात है।"

नताशा की आँखों से आँसू आ जाते हैं, और कहती है, "मैंने पहली बार जब तुम्हारा साथ दिया तो मुझे नहीं पता था कि हम यहाँ तक आ जायेंगे, मुझे नहीं पता था कि तुम जब जाओगी तो मैं इस तरह से कमज़ोर हो जाऊँगी। मेरे ज़ेहन में बस ये है कि तुम जाओगी तो मैं अकेले हो जाऊंगी, मैं अकेले कैसे जियूँगी यहाँ। सन्धि जब तुम मुझे अंडरग्राउंड मेट्रो में मिली थी तब भी तुम अकेली ही थी। मैं नहीं थी तुम्हारे साथ। मैं तो समझ गयी कि तुम्हें जाना होगा पर अपने ज़ेहन को कैसे समझाऊँ।"

"चलो मेरे साथ भारत।" नताशा का हाथ अपने हाथ में लेकर कहा।

नताशा हँसते हुए कहती है, "नहीं, ऐसा नहीं कर सकती अपने देश को छोड़कर नहीं जा सकती अभी। सब कुछ है मेरा यहाँ, मेरी माँ यहीं की थी, उसी के घर को दोबारा खड़ा करूंगी, बस ऐसे ही कुछ-कुछ करते हुए मेरा समय निकल जायेगा। दिल ये भी समझ जायेगा, जैसे इस दिल ने माँ के जाने का गम झेला, पिताजी के जाने का गम झेला, घर के राख होने का गम झेला, ये भी झेल ही लेगा।"

सन्धि उसे गले लगा कर रोने लगती है।

व्लादिमीर दूसरी तरफ देखने लगता है... शायद वह खुद को बहुत मज़बूत करने की कोशिश कर रहा होता है।

तमन्ना माहौल को हल्का करने के लिए कहती है, "सबने अपना-अपना सामान रख लिया क्या?" सभी कहते हैं "हाँ रख लिया।" तीनों लड़कियां और व्लादिमीर अपने बैग अपने-अपने कंधे पर डाल कर बैठ जाते हैं।

गीता कहती है बड़ी उदास आवाज़ में, "मुझसे कहा था दूतावास ने कि अपने खाने का दो-तीन दिन का इंतज़ाम करके चलना। हमारे पास तो कुछ भी नहीं है, क्या इंतज़ाम करूँ?" सब लोग कहते हैं, "परेशान क्यों हो... थोड़ा भूखा रह लेंगे।

सन्धि कहती है, "ब्रेड्स के टुकड़े आपस में बाँट लो। सभी लोग 2-2 टुकड़े रख लेते हैं अपने पास।"

तमन्ना - "10 बज गए... अभी तक नहीं आये वो लोग।"

गीता - "हम लोग चलकर क्यों न भूतल पर बैठे। उन्हें कैसे पता चलेगा कि हम लोग अंडरग्राउंड जगह पर हैं।"

सभी कहते हैं, "ठीक है।"

सन्धि एक बार और गले लगती है नताशा के और गले लगते समय कहती है, "मैं आऊँगी युद्ध ख़त्म होने के बाद... मिलते हैं फिर। तुम्हारे घर का पता याद कर लिया है मैंने।"

नताशा कहती है, "अभी थोड़े दिन तो यहीं रहूँगी, फिर देखती हूँ।" फिर व्लादिमीर गले लगाता है नताशा को और कहता है, "आओ कभी अमेरिका... फिर तुम्हें ले चलूँगा घुमाने।"

"बिल्कुल आऊँगी।"

"मेरे घर का नंबर मैंने तुम्हारे बिस्तर के नीचे रख दिया है। कागज़ बहुत छोटा है वह संभाल कर रख लेना।"

"तुम्हारा कागज़ और तुम्हारी हँसी दोनों संभाल के रख ली है मैंने।"

सन्धि हीरो के माथे पर प्यार करती है और उससे कहती है, "नताशा का ख्याल रखना।"

हीरो अजीब सी रुंधी हुई आवाज़ निकालता है।

नताशा - "इसे समझ आ गया कि तुम जा रही हो।"

व्लादिमीर भी हीरो से मिलता है और कहता है, "धन्यवाद हीरो, तुमने मुझे कई बार बेहद तनाव से निकाला है।"

फिर तीनों लड़कियां भी नताशा से मिलती हैं बारी-बारी से। निदा नताशा से कहती है, "आप अपना ख़याल रखना, हम लोग जब लौट के आयेंगे तब खूब सारी मस्ती करेंगे।" नताशा हँस कर 'हां' कह देती है। धीरे-धीरे सब लोग ऊपर आ जाते हैं और पाट के नीचे नताशा अकेली रह जाती है हीरो के साथ। आखिरी आवाज़ जो नीचे से सबने सुनी थी वह हीरो के रोने की थी।

भूतल पर सब आ जाते हैं और छुप के खड़े हो जाते हैं और इंतज़ार करने लगते हैं।

व्लादिमीर - "10.30 बज गए हैं, अभी तक कोई नहीं आया।"

गीता - "पता नहीं आयेंगे भी या नहीं।"

निदा - "ऐसा न बोलो, आयेंगे वो।"

तमन्ना आँख बंद कर के खड़ी होती है, गीता उससे पूछती है, "तूने आँख क्यों बंद की है?"

"आँख बंद नहीं करूंगी तो गुस्सा आएगा, गुस्से को भूलने के लिए आँख बंद की है ताकि बस मुझे आवाज़ आये यूक्रेनी आर्मी की गाड़ी की और कुछ नहीं।" सब लोग चुपचाप खड़े हो जाते हैं, बस इंतज़ार करते रहते हैं।

व्लादिमीर - "अब तो 11 बज गए हैं। अभी तक नहीं आये हैं वे लोग।" थोड़ी देर के बाद सब लोग खड़े-खड़े थक जाते हैं और बैठ जाते हैं। थोड़ी देर के बाद गाड़ी की आवाज़ आती है। व्लादिमीर उठ के खड़ा हो जाता है और कहता है, "शायद गाड़ी आ गई।"

सभी लोग खड़े हो जाते हैं। फिर सन्धि पूछती है, "कैसे पता चलेगा कि यह गाड़ी यूक्रेनी आर्मी की है।"

व्लादिमीर पूछता है, "कौन लेगा यह जोखिम?" सब एक-दूसरे को देखने लगते हैं।

सन्धि - "रुको, मैं कुछ करती हूँ। सन्धि धीरे से देखती है इस तरह से कि उन गाड़ी वालों की आखें ना पड़े सन्धि पर। सन्धि देखती है कि 4 सैनिक वहाँ थे, अपनी घड़ी देख रहे थे और ऐसा लग रहा था कि वह किसी का इंतज़ार कर रहे हैं। सन्धि अपना पूरा साहस बटोर कर बाहर निकलती है और बिना डरे इंग्लिश में पूछती है, "आप लोग क्या ढूँढ रहे हो, क्या भारतीय छात्रों को ढूंढ रहे हो?"

यूक्रेनी सैनिक कहता है, "हाँ हम उन्हीं को ढूंढ रहे हैं।" इतनी देर में दो सैनिक और आ जाते हैं और वह दूसरे यूक्रेनी सैनिक से पूछते हैं, "क्या उन्होंने कोई अमेरिकी नागरिक को देखा है?" और वो यूक्रेनी सैनिक सन्धि से पूछते हैं यही सवाल।

सन्धि कहती है, "वह हमारे साथ ही है।"

सन्धि सभी को बुलाती है, "बाहर आ जाओ... हमें ही लेने आये हैं।" सभी लोग बाहर आ जाते हैं और खड़े हो जाते हैं। यूक्रेनी सैनिक गाड़ी से बाहर आता है और गाड़ी में बैठे सैनिक को इशारा करता है गाड़ी ले जाने को।

गाड़ी चली जाती है और कुल अब 4 सैनिक बचते हैं। व्लादिमीर पूछता है, “हम लोग जायेंगे कैसे?” वो सैनिक उत्तर देता है, “पैदल-पैदल जायेंगे।”

“गाड़ी की आवाज़ खतरा आकर्षित कर सकती है, इसलिए पैदल।”

सन्धि कहती है, “12 किलोमीटर पैदल!”

“हाँ पैदल... और कोई विकल्प नहीं है, चलो।”

सभी लड़कियां डर कर एक-दूसरे की शक्ल देखने लगती हैं। व्लादिमीर कहता है, “आप तो हमारे साथ चलेंगे ना।”

“हाँ, हम सब आपके साथ चलेंगे और भी भारतीय छात्र हैं, वह भी हमारे साथ चलेंगे।”

सन्धि चलते-चलते पूछती है, “कितने और छात्र हैं?”

“होंगे 30-40 और।”

सन्धि बाकी सब को भी देखती है और अचरज में पड़ जाती है।

निदा - “वाह! इतने लोग एक साथ पैदल चलेंगे और ये कहते हैं गाड़ी खतरे को आकर्षित करेगी।”

वह सैनिक निदा की बात सुन लेता है और कहता है, “भारत के प्रधानमंत्री ने शायद रुसी प्रेसिडेंट से बात की है और रुसी प्रेसिडेंट ने सेफ पैसेज देने की बात की है।” वह आगे कहता है, “मुझे इससे ज्यादा नहीं पता... मुझे तो बस लड़ना है।”

सन्धि उसे ध्यान से देखने लगती है, उसकी इस बात के बाद क्योंकि उसकी इस बात से सन्धि को लगा कि वो भी बंधा हुआ है लड़ने के कर्म से। सन्धि उसे ऊपर से नीचे तक ध्यान से देखती है। उसने बड़ी सी हेलमेट जैसी हरी टोपी पहन रखी थी, जिस पर कुछ बंधा था। उसके नीचे उसने बुलेट प्रूफ

जैकेट पहन रखी थी, उसके नीचे उसने गहरे हरे रंग की मोटे कपड़े की शर्ट पहन रखी थी। उसके हाथ में दस्ताने थे जिसमें अच्छी खासी पकड़ बनी हुई थी, उसकी सिर्फ आखें दिख रही थी, नाक-मुँह सब ढका हुआ था काले रंग के नकाब से। कमर पर उसकी बेल्ट थी जिसमे बहुत सारी जेबें लगी थी... शायद गोलियां रखने के लिए। नीचे उसने मोटी हल्के हरे रंग की पैंट पहनी हुई थी और पैरों में काले मोटे जूते। ऊपर से नीचे तक वह पूरा का पूरा ढका हुआ था।

सन्धि के बाजू में एक सैनिक चल रहा था। एक सैनिक आगे चल रहा था, एक सबसे पीछे। एक अपनी जगह चलते-चलते बदल रहा था बार-बार। एक कतार बनायी हुई थी सबने और उसी कतार में सब चल रहे थे। ठण्ड बहुत ज्यादा थी, सबकी साँसों से धुआँ आ रहा था पर सैनिकों की साँसे भी नहीं दिख रही थी। सन्धि हल्का सा मुँह पीछे करके तमन्ना को कहती है, "इन सैनिको को साँस लेने तक की आज़ादी नहीं है। या इन्होंने यह नकाब गोलियों और टैंक से होने वाले धुएं से बचने के लिए पहना है।"

तमन्ना उत्तर देती है, "दोनों बातें हैं।"

सबसे आगे व्लादिमीर था, उस से पीछे सन्धि, उस से पीछे तमन्ना, उस से पीछे निदा और उस से पीछे गीता। सन्धि आस-पास देखती हुई आगे बढ़ रही थी, वह देख रही थी किस तरह हर इंसान डरा हुआ था इस युद्ध में। हर जगह लाशें पड़ी हुई थी, चीलें उनको खा रहीं थीं। खून दिखना आम हो गया था सड़कों पर, मौत सिर्फ सड़कों पर नहीं थी हर जगह मौजूद थी। घर की बालकनी या पेड़ की टहनी, हर जगह मौत का तांडव-यह सब देख कर आत्मा तक मर चुकी थी। कुछ दूर चलने पर सन्धि के पास वाला सैनिक सबको रुकने को कहता है और सब रुक जाते हैं। सन्धि इधर-उधर देखती है और पूछती है, "हम यहाँ क्यों रुके हैं?"

"और छात्र भी आयेंगे इसलिए।" सन्धि और बाकी सब लोग खड़े रहते हैं। ऊपर हवा में राकेट दिख रहे होते हैं सभी को। निदा काँपने लगती है और गीता रोने लगती है। सन्धि जैसे ही उनको समझाने के लिए जाने लगती है, वह सैनिक कहता है, "कहीं नहीं जाओ एक कतार में खड़े रहो।" सन्धि उसे पीछे देख कर इशारों में समझाती है। गीता निदा का पीछे से हाथ पकड़ लेती है और कहती है, "चिंता ना कर... जल्दी ही पहुंचेंगे पिसोचिन।"

व्लादिमीर भी ऊपर ही देख रहा होता है रॉकेट्स की चमक को। राकेट के पीछे एक चमकदार रोशनी निकलती है, ठण्ड ज्यादा होने के कारण रोशनी कम होती है तो वह चमकदार रोशनी और भी आकर्षक हो जाती है। यह देख कर व्लादिमीर के मुँह से अपने आप निकलता है, "मौत इतनी आकर्षक भी हो सकती है, आज पता चला," फिर कहता है, "यह सिर्फ पूंजीवाद ही कर सकता है।"

सन्धि उसकी बात सुनकर चौंक पड़ती है और कहती है, "व्लादिमीर तुम खुद इतने पैसे वाले वाले होने के बाद पूंजीवाद को कोस रहे हो।"

"युद्ध आपकी सोच बदल देता है। घर पर नर्म बेड पर लेट कर आप पूंजीवादी विचारधारा को मान सकते हो, पर अगर आप युद्ध में फंसे हो तब आप समझ जाओगे कि क्या गलत है, क्या सही है।" व्लादिमीर कुछ हालात और कुछ समय और कुछ अपने वर्ग के चरित्र से नाराज़ होकर कुछ गुस्से में आ गया था। वह अचानक ही कहने लगा, "दूर किसी ऊँची पायदान पर बैठ कर सार्वजनिक धन की लूट की व्यवस्था में हिस्सेदार बने रहना एक अलग व्यवस्था है जिसमें जीवन को चलाने के सभी साधन सहज सुलभ होते हैं लेकिन उसी व्यवस्था के उतार-चढ़ाव की चपेट में आकर जब युद्ध भूमि में फंसना पड़ता है तो निर्लज्जता और ओढ़े गए अज्ञान को भूल कर सच भी सहज रूप से सामने आना शुरू हो जाता है और यूँ ही लोगों का लोभ,

नासमझी, समझ सत्य की स्वीकार्यता, परिस्थितियों के साथ घटती-बढ़ती और बदलती रहती है। यह घोर व्यक्तिवाद में डूबी पूंजीवादी मानसिकता की सामान्य कहानी है।"

तभी एक ट्रक आता है बहुत आवाज़ करते हुए और ट्रक जैसे ही रुकता है एक आदमी उसका गेट खोलता है। गेट खुलते ही उसमें से बहुत से छात्र निकलने लगते हैं।

छात्र निकलते जा रहे थे और वे पीछे लाइन में लगते जा रहे थे। फिर एक सैनिक सामने से आवाज़ लगाता है और इशारा करता है चलने के लिए सबको, और सब चलने लगते हैं। सन्धि अपने दोनों तरफ और अपने पीछे पंक्ति में चलते लोगों को देख रही होती है और सोचती है कि उसके देश में कितनी आशाएं हैं लोगों की अपने बच्चों से और इस देश में, जहाँ वो खड़ी है सिर्फ एक आशा है और वह है शांतिपूर्ण ज़िन्दगी की। कितना मौलिक अंतर है देशों में और उनकी बदलती परिस्थितियों में। फिर सोचती है यह अंतर ही तो जन्म देता है असमान विकास को, सोचते-सोचते धीरे-धीरे सबकी पदचाप सुनते-सुनते वो आगे बढ़ती है। रास्ते में बच्चों की लाशें पड़ी होती हैं, उन्हें देखकर बुदबुदाती है कि यह बूढ़े भी नहीं हो पाए और जवानी भी नहीं छू पाए... कितनी अधूरी रही इनकी ज़िन्दगी। क्या इनकी ज़िन्दगी को ज़िन्दगी कहना ठीक रहेगा।

इस प्रातः कालीन बेला में इनके सूर्य का अस्त होना इनकी नहीं समूची मानवता की हार है। पूरी दुनिया याद रखेगी जिन्होंने भी युद्ध किया है और जो भी चुप रहें हैं, उन्हें पूरी दुनिया याद रखेगी।

सन्धि फिर उलझती है अपने मष्तिष्क में, सोचती है कि क्या वह गिनती कर पायेगी कि कितने लोग मरे हैं। क्या गिनती होगी इनकी, इतने बड़े-बड़े बम हैं कि इनकी मार से तो आदमी वाष्पित हो जाएगा। क्या मरे हुए लोगों की

गिनती में भी नहीं शामिल होंगी कुछ लाशें। आखिर किस कदर की नृशंसता है। सन्धि देखती है आम जनमानस ही नहीं, सैनिक भी मरे हुए हैं रास्ते में, कुछ भी स्थायी नहीं है यहाँ... सब कुछ मरने को आतुर है। कुछ भी ख्यालों को आराम देने वाला नहीं है। हर तरफ सख्त मौत है जो खड़ी है हँसती हुई..... ताकती खड़ी है ज़िन्दगी को। तुम उससे मुँह नहीं फेर सकते और अगर फेरोगे भी मुँह तो वह तुम्हारे कंधे को पीटकर तुम्हें अपनी तरफ देखने को मजबूर कर देगी। बहरों की महफ़िल है... यहाँ इन्हें आवाजें नहीं आती हैं बच्चों के बिलखने की, इन्हें माओं का क्रंदन नहीं सुनाई देता है, इन्हें अपनी जीत सुननी है और हमें सुनानी है इनकी मिसाइल्स की आवाज़ें जो हमें प्रतिक्षण मारेंगी बिना मारे, और हम सब इन्तज़ार करते रहेंगे मौत का।

उनकी आँखें आँसू नहीं देख सकती, न ही यूक्रेन की जनता के और ना ही अपनी जनता के। वह सिर्फ शासन करने के लिए पैदा हुए हैं। उन्हें नहीं पता कैसा लगता है जब बिना अस्मिता के आप मर जाओ, सड़क के किनारे पड़े हुए हो और लाशों को देखने के बाद भी तुम उनमें से किसी को भी नहीं पहचान पाओ क्योंकि उनके पास सिर्फ चेहरे नहीं हैं, उनके चेहरों पर एक परत है... टूटने की एक परत है, आघात होने की एक परत है, अविश्वास की एक परत है, खून की एक परत है। सन्धि सोचती है कि मौत की इस अनन्त घाटी में कोई रोशनी नहीं है, सिर्फ बंदूक की आवाज़ें हैं। सीधे हाथ पर इक इंसान ए.के. 47 लेके चल रहा है तो उल्टे हाथ पर दूसरा इंसान उसी ए.के. 47 की गोली से मरा पड़ा है। यह है हमारा विश्व मानव समुदाय, जिसे हम बंधुत्व में बाँधना चाहते हैं।

अचानक सन्धि अपने से बात करना बंद कर देती है और बगल में चल रहे सैनिक से बात करने की कोशिश करती है। वह पूछती है, “आपका क्या नाम है?”

सैनिक उसे घूर कर देखता है।

सन्धि दोबारा पूछती है, "नाम क्या है?"

सैनिक कहता है, "मेरा नाम पाओलो है।"

सन्धि कहती है, "मेरा नाम सन्धि है।"

पाओलो सिर हिलाता है।

सन्धि पूछती है, "तुम्हारा घर यूक्रेन में ही है क्या?"

"हाँ, मेरा घर यूक्रेन में ही है पर बचा नहीं कुछ भी। पूर्वी छोर पर था, सब ख़त्म हो गया।"

"मुझे दुःख हुआ जानकर।"

"मुझे दुःख होना अब बंद हो गया है, मैं दुखी नहीं होता हूँ अब बिल्कुल भी। शायद मेरे अन्दर का इंसान मर गया, अब सिर्फ सैनिक बचा है।"

"आप लोग अच्छा लड़ रहे हो, जीत होगी आपकी।"

"जीत, मेरी किस बात की जीत, मेरा घर खो गया, अपने बीवी-बच्चो से नहीं मिला हूँ इतने दिनों से, मेरी तो हर दिन हार हो रही है। सुबह से शाम मरे हुए लोग देखता हूँ, शाम को उन्हें गड्ढा खोद के दफनाता हूँ। मेरी जीत फिर भी नहीं होगी... मुझे ख़ुशी होगी कि मेरा राष्ट्र जीतेगा पर मैं फिर भी हारा हुआ ही रहूँगा।"

"आप लोगों की वजह से हम जैसे लोग घर जा रहे हैं।"

सैनिक कुछ नहीं कहता है पर सन्धि उसे ही देखती रहती है। यह देख कर वो कहता है, "आप जैसे लोग यूक्रेन को घर समझते ही नहीं। जैसे ही परेशानी आई अपने घर चले गए, वहाँ परेशानी आई पढ़ाई में तो यहाँ आ गये। हम बस आपकी सुरक्षा करें आपको यहाँ से वहाँ छोड़ें। आप जैसे लोग क्या

करेंगे ये बताओ। बस जगह बदल के आराम की रोटियाँ खायेंगे, पैसे कमाएंगे। हमारे देश में घूमने, पढ़ने और हमारी समस्याओं पर सिर्फ बात करेंगे। कुछ पुख्ता नहीं करेंगे।"

सन्धि उसकी बात सुनकर कुछ नहीं बोलती, बस सिर नीचे कर लेती है और चलने लगती है। आस-पास सन्धि को शरणार्थियों की झोपड़ियाँ दिखने लगती हैं। भिन्न-भिन्न रंग की पन्नियाँ और उनमें पड़े लोग जिनकी आँखें घर तलाशती हैं। उनके बच्चे वहीं खेलते रहते हैं... ना स्वास्थ्य, ना शिक्षा, बस ज़िन्दगी-मौत की सीमा के मुहाने पर। सुबह से शाम सिर्फ इंतज़ार माहौल के शांत होने का ताकि उनका पुनर्वास हो सके। बच्चे अल्मुनियम के बर्तनों से खेलते हैं उन्हें खिलौना समझ कर और सरकारें सहानुभूति लेती है कि उन्होंने उन्हें अपनी सीमाओं पर रखा है। अपाहिज बूढ़े, जो युद्ध में किसी बम के विस्फोट से अपाहिज हुए थे, किसी को अब बेटा नहीं कहते हैं, उन्हें हर इंसान का बम से रिश्ता दिखता है। या तो आप मृत होंगे इस युद्ध में या आप विस्थापित होंगे या आप का घर तबाह हो चुका होगा या होने वाला होगा, तीनों ही सूरतों में आप अविश्वास के बहुत करीब होंगे। पत्नियाँ बच्चों को सँभालने में व्यस्त नहीं होतीं, वह बस दिन गिन रही होती हैं हालातों के बदलने का। सब कुछ अनियमित सा दिखता है। चारों तरफ बंधी रस्सियाँ, जो शरणार्थियों के घरों को ज़मीन पे टिकने देती हैं, उसके सिवा कुछ भी स्थायी नहीं है इनकी ज़िन्दगी में। असंख्य बिस्तर डले हुए हैं और उन बिस्तरों पर असंख्य लोग लेटे हुए हैं, बस युद्ध के ख़त्म होने का इंतज़ार करते, आसमान को ताकते हुए इस सोच में कि बदलाव होगा। कुछ शायद तब भी न लौट पाए घर पर, उनके घर की बलि चढ़ गयी है युद्ध की शुरुआत के साथ। बीमारियाँ उनके पन्नियों के घरों में आ जाती हैं और जाती नहीं हैं। उन्हें भी कमज़ोर इंसान चाहिए। कई बच्चों का गन्दा मुँह उनकी मायें नहीं वह खुद अपनी फटी आस्तीनों से पोंछते हैं। उनकी मेज़ नहीं लगती, उनका खाना

हवाई जहाज छोड़ता है ऊपर से, वो दौड़ते हुए अपना खाना लूटते हैं। या फिर कोई गाड़ी आकर खाना बांटती हैं उन्हें। सब कुछ युद्ध है उनके लिए... सब कुछ युद्ध। सन्धि-सोचते सोचते थक जाती है और फिर प्रकृति को देखने की कोशिश करती है पर प्रकृति भी सोच में डूबी है, मौत को सामने से देख कर। सन्धि का ख्याल बगल का सैनिक तोड़ता है और कहता है, “लो आ गया पिसोचिन।”

व्लादिमीर जैसे ही सुनता है पिसोचिन आ गया, खुश हो जाता है, चिल्लाने लगता है ख़ुशी में और दौड़ने लगता है। सभी लोग जो भी चल रहे होते हैं वे सब खुश होते हैं पर व्लादिमीर दौड़ने लगता है। सैनिक व्लादिमीर को रोकते हैं पर व्लादिमीर आज़ाद दौड़ता है। व्लादिमीर छात्रों की तरफ मुँह करके सबको ताली बजाने को कहता है, यूक्रेनी सैनिकों का अभिवादन करने को कहता है। अचानक हवा में एक राकेट आता है। यूक्रेनी सैनिक देखते ही चिल्लाते हैं, “नीचे बैठो नीचे बैठो!” सन्धि भी बहुत तेज़ चिल्लाती है, “व्लादिमीर!” पर कुछ फायदा नहीं होता। एक धमाका होता है और एक अमेरिकी यात्री और तीन यूक्रेनी सैनिक मर जाते हैं। धुएं में खून के छीटें होते हैं, पता भी नहीं लगा सकते कि कौन सा किसका है। व्लादिमीर गायब हो जाता है युद्ध की भीषण तपन में और साथ में गायब हो जाते हैं उसके हजारों ख़याल, जो दुनिया के बारे में रखता था। आखिर में उसका सिर्फ हँसता हुआ चेहरा रह जाता है सन्धि की आँखों में।

सन्धि दौड़ कर वहा पहुँचती है पर उसे कुछ नहीं मिलता सिवाए व्लादिमीर जहाँ खड़ा था, वहाँ की खाली हवा के, जो काली सी थी शायद आँसू थे हवा के पछतावे के जो बचा ना सकी व्लादिमीर को। सन्धि को लग रहा था कि पृथ्वी अपना घूमना तेज़ कर चुकी है, उसे सब कुछ घूमता नज़र आ रहा था अपने आस-पास... व्लादिमीर का बैग, उसके हाथ, उसके पैर और उसकी हँसी सिर्फ उसके होठों के साथ। उसका चेहरा सन्धि सोच नहीं पा रही

ही थी। शायद उसके मानसिक पटल पर भी धुआँ था उस राकेट का। सैनिकों में अफरातफरी थी बाकी के छात्रों को बचाने के लिए। पर सन्धि खड़ी थी पहाड़ के जैसे न हिल पा रही थी, न रो पा रही थी... बस खड़ी थी। शायद वो चाहती हो खुद को भी ख़त्म करना दूसरे राकेट से पर इतनी आसान नहीं होती हर किसी की मौत।

सन्धि को दूर छोर पर दिखता है व्लादिमीर का कटा हाथ, जो अब भी तड़प रहा था, फड़क रहा था... उसमें अब भी जान थी। सन्धि जाकर उसे उठा लेती है और अपने हाथों से उसके हाथ को पकड़ लेती है। अन्दर से हूंक आती है कि ये हाथ दो हो जाये और अभी व्लादिमीर गले लगा ले पर यह सब हो ही नहीं सकता था। वह व्लादिमीर के हाथ को अपनी उंगलियों से पकड़ती है पर फड़कना बंद नहीं होता व्लादिमीर का हाथ। सन्धि हाथ के हर कम्पन के साथ और ज्यादा विचलित हो रही थी। महसूस कर रही थी व्लादिमीर की तड़प को जो थी घर जाने के लिए, अपनों से मिलने के लिए। अंत में हार के वह व्लादिमीर के कटे हाथ को अपने चेहरे पर रख लेती है। व्लादिमीर के कटे हाथ की उंगलिया सन्धि की आँखों को टटोलने लगती है और शायद वो सन्धि की आँखों के सपने और आँसू महसूस कर फड़कना बंद कर देता है। उसकी उंगलियों को शायद एक और सपना मिलता है सन्धि की आँखों में जिससे उसकी रूह शांत हो जाती है दूसरे सपने को जीने के लिए।

10

नहीं... मैं गाँधी के देश में रही और दान्ते को पढ़ती हूँ, मैं कैसे हथियार उठाऊंगी और हाँ दान्ते ने कहा था कि नरक में सबसे अँधेरी जगहें उन लोगों के लिए आरक्षित है जो नैतिक संकट के समय अपनी तटस्थता बनाए रखते हैं।

पिसोचिन

समय - 2 बजे

हवा में गंध थी मांस के जलने की, सैनिक सारे छात्रों को घेर कर बैठ गए थे और घटनास्थल से दूर ले गए थे। एक सैनिक ने सन्धि को पीछे से पकड़ रखा था और वो सब सन्धि को, जहाँ व्लादिमीर खड़ा था, वहाँ से हटाने का प्रयास कर रहे थे। सन्धि भी पूरा जोर लगा रही थी वहीं खड़े रहने को। सन्धि सोच रही थी कि व्लादिमीर कहीं सिर्फ खो गया है, उसे हर तरफ तलाश रही थी। सैनिक ने उसे पीछे से पकड़ कर हवा में उठा लिया था और वह फिर भी नहीं मान रही थी। कोशिश ज़ारी थी उसकी वहीं खड़े रहने की। तमन्ना, गीता और निदा चिल्ला रही थी, "सन्धि वहाँ से हट जाओ, मान जाओ।"

सैनिक की पकड़ हल्की सी ढीली हुई और सन्धि आगे की तरफ आ गई। वह ज्यादा झुकी हुई थी और पीछे से सैनिक ने तब भी उसे पकड़े रखा था। सन्धि नीचे झुकी हुई अपने हाथ चला रही थी, उसकी मुट्ठी में कुछ मिट्टी आ गयी और उस मिट्टी को वह अपनी नाक से लगा कर रोने लगी।

धीरे-धीरे मिट्टी को सूंघने के बाद वह शिथिल होती चली गयी। उसके हाथ-पैर चलना बंद हो गए थे। अब उसने खुद को सौंप दिया था सैनिक के हाथ में। पहली बार इस बीच सन्धि को किसी की आवाज़ आती है। सैनिक उस से बोलता है, "अपनी जान को क्यों खतरे में डाल रही हो? हमला फिर से हो सकता है।"

सन्धि ने सैनिक के चेहरे को पीछे गर्दन घुमा कर देखा और कहा, "जो अभी मारा गया है, वह मेरा दोस्त था और उससे पहले वो इक इंसान था। उसको हवा, जमीं या धुंआ कौन निगल गया, कहाँ गया वह।"

सैनिक कहता है, "जो हो गया, उसे भूल जाओ... अपनी जान की हिफाज़त करो, और भी राकेट से हमले हो सकते हैं।"

"तुम मौत के आदी हो सकते हो, मैं नहीं हूँ और ना ही मैं कभी होना चाहूंगी। मैं हर बार इसी तरह से पेश आऊँगी मौत से, दुःख मुझे हर बार इतना ही होगा, पीड़ा मुझे हर बार इतनी ही होगी और जिनको भी मैं जानती हूँ उनके जाने के बाद मेरे अन्दर भी कुछ मरेगा।"

"मैं तो अपना काम कर रहा था।" सैनिक ने कहा।

"मेरी अंतरात्मा भी अपना काम कर रही थी। मौत मेरी आत्मा से बर्दाश्त नहीं होती।"

सैनिक बिना कुछ बोले उसे किनारे ले जाता है। सारे छात्र सन्धि को देख रहे होते हैं लेकिन सन्धि सिर्फ जगह को देख रही होती है जहाँ व्लादिमीर खड़ा था। सन्धि अचानक फिर एक बार भावावेश में पूरी ताकत से साथ आवाज़ लगाती है....... 'व्लादिमीर'....... सैनिक उसके मुँह पर तेज़ी से हाथ रखता है, पर वह दोबारा आवाज़ लगाने की कोशिश करती है। सैनिक उससे कहता है, "नहीं नहीं ऐसा मत करो... इससे सबकी जान खतरे में पड़ सकती है।"

सन्धि की चीख अन्दर ही अन्दर घुट जाती है, वह घुटन रूदन बन कर बाहर आता है, उसके बाद वह सिसकने लगती है। वह कुछ नहीं कहती, बस रोती जाती है। उसके हृदय में बसे व्लादिमीर के साथ बिताये आत्मीयता भरे क्षण अब विछोह के आंसुओं के रूप में निकल रहे थे।

तमन्ना उसके पास आती है, उसे गले लगाती है... फिर वह भी रोने लगती है। कुछ बच्चे काँप रहे होते हैं, कुछ के आँखों में आँसू और कुछ सन्धि को देख कर गंभीर होकर बैठे होते हैं। तमन्ना कहती है, "अब हम घर जायेंगे, तुम परेशान मत हो।" तमन्ना सन्धि को गले लगाये होती है, उससे बातें कर रही होती है पर सन्धि एकटक सिर्फ उस जगह को देखती रहती है जहाँ व्लादिमीर खड़ा था। सन्धि की गर्दन एकदम सीधी थी। तमन्ना, निदा और गीता उसे तीनों तरफ से गले लगाये हुए थे पर सन्धि सिर्फ उसी जगह को देख रही थी।

ना कुछ बोल रही थी, बस रो रही थी... उसे कुछ सुनाई भी नहीं दे रहा था, वह बिल्कुल मूक थी। उसके दिमाग में बस उसी बम की आवाज़ थी और कुछ नहीं।

बम की आवाज़..... व्लादिमीर का हँसना..... बम की आवाज़, बस इतना ही। काफी देर तक जब सन्धि कुछ नहीं बोली तो तमन्ना ने सन्धि का चेहरा पकड़ कर हिलाया और कहा, "सन्धि कुछ तो बोलो, तुम ठीक हो।"

काफी बार यह करने पर सन्धि ने सिर्फ इतना कहा, "व्लादिमीर भाप बन उड़ गया, युद्ध ले गया उसे।"

गीता ने कहा, "हम अपने घर जायेंगे... तुम परेशान नहीं हो।"

"नहीं जा सकती घर!" और अब भी वो वहीं देख रही होती है।

तमन्ना, निदा और गीता उसे देखने लगते हैं कहते हैं, "क्यों नहीं जा सकती घर? तुम्हारा घर है भारत।"

"मेरा घर तो यह भी है, मैं यहाँ भी रही हूँ। तुम लोग भी यहीं रहे हो, हम सब यहीं हैं अभी। घर क्या है?"

तीनों लड़कियां एक-दूसरे को देखने लगती हैं और समझाने लगती है उसे, "घर में पापा होते हैं, मां होती है, भाई-बहन होते हैं, वही घर होता है।"

"घर कोई जगह नहीं होती, घर एक भावना होती है जहाँ ख्वाब पलता है, यादें होती हैं। घर मानवीय भावनाओं के इर्द-गिर्द घूमती वह जगह होती है जहाँ एक-दूसरे की तकलीफें और दुःख-दर्द हमें झकझोर देते हैं, हमें मजबूर करते हैं कि हम उनकी तकलीफों को दूर करें, जो भी कर सकते हैं उनके लिए, वह करें। मैं वहीं करना चाहती हूँ अब मेरे यहाँ बसे बाकी दोस्तों के लिए, घर के लिए, समाज के लिए, दुनिया के लिए। मैं काशी जाऊंगी पर अभी मेरा घर जल रहा है, युद्ध हो रहा है यहाँ, मुझे इसे रोकना होगा, न रोक

पायी तो न सही पर प्रयास करना है। मैं अब और व्लादिमीर को मरते हुए नहीं देख सकती।"

तमन्ना अब भी सन्धि की बातों का मतलब ठीक से नहीं समझ पाती है। वह फिर साफ़-साफ़ पूछती है, "तो फिर सन्धि तुम घर नहीं जा रही हो?"

"नहीं। पहले जिस घर में हूँ, अभी वहाँ का सोचूंगी, काशी अभी सुरक्षित है।"

निदा - "तुम तो बहुत खुश थी, घर भी जाना चाहती थी... अब यह क्या हुआ अचानक?"

"तुम्हें नहीं पता क्या हुआ? जो इंसान ख्वाब देखता था घर जाने का वह घर नहीं जा पाया, मुझे पता है मुझे भी औरों की तरह उसके ख्वाब को नहीं सोचना चाहिए, खुद के ख्वाबों को ही संजोना चाहिए पर मैं नहीं कर सकती ये। किसी न किसी को औरों के ख्वाबों को पूरा न होने की तकलीफ को समझना होगा, उनकी बेज़ार होती जा रही ज़िन्दगी का दर्द समझना होगा और बाकी बचे हुए ख्वाब न टूटे इसलिए तैयार होना पड़ेगा इस युद्ध को ख़त्म करने के लिए।"

गीता - "यह सब बेकार की बातें मत करो, तुम युद्ध कैसे ख़त्म कर सकती हो?"

"यही मैंने तब सोचा था जब मैं घर से निकलना नहीं चाहती थी। तब मैंने यही सोचा था कि मैं अकेले बाहर कैसे रहूँगी। फिर मुझे पेत्रोविच मिला। जब उसका प्यार बदल गया मैं यहीं सोचती रही कि कोई बात नहीं, अभी नहीं तो थोड़े दिन में सही हो जायेगा... युद्ध का प्रभाव है ये। पर वह वैसा ही रहा, फिर भी उसको नहीं छोड़ पायी, अपनी भावनाओं को कुचल जाने दिया। एक दिन उसको भी छोड़ कर आगे बढ़ गयी। हर बार जब भी कुछ करती हूँ अलग तो यही लगता है कि कैसे कर पाऊंगी ये, पर हो जाता है।"

सन्धि पहली बार अपनी आँखें उस जगह से हटाती है जहाँ व्लादिमीर खड़ा था और कहती है, "मुझे पता है बड़ा मुश्किल होता है यह सोचना कि हमारे ख्वाबों का क्या होगा, मुझे भी डॉक्टर बनना है। मैं काशी छोड़ कर आई क्योंकि मुझे लगा था कि पिताजी की सोच दूसरों की सेवा करने की है और वह ज्यादा बड़ा ध्येय है इसलिए मैंने अपना 100 मीटर का ख्वाब छोड़ दिया। पर आज मुझे लग रहा है युद्ध से अनगिनत लोग मर रहे हैं और शायद आगे भी जाने कितने लोग और मरेंगे, ये किसी को नहीं पता है। युद्ध बंद हो और दोबारा कभी न हो, कहीं भी न हो, अभी यह ध्येय मुझे और बड़ा लग रहा है मेरे पुराने ध्येय के सामने। मैंने डॉक्टर बनने के ध्येय को छोड़ दिया है, अब तुम्हारे लिए जो आसान हो, वह करो। अपने ख्वाबों को पूरा करो। मेरा ख्वाब अब यही है। बस यही।"

"आपके पापा आपका इंतज़ार कर रहे होंगे। माँ आस लगाये बैठी होंगी बेटी आ रही है, ये ठीक नहीं है।" निदा थोड़े गुस्से में कहती है।

"सबका कोई न कोई इंतज़ार कर रहा है, कुछ लोग पहुँच पाएंगे और कुछ नहीं पहुँच पाएंगे। किसी को तो रुकना होगा यहाँ और अपना घर समझ कर, यहाँ नए बीज लगाने होंगे सूरजमुखी के।"

तीनों लड़कियां हतप्रभ हो कुछ नहीं कहती... वो उठती हैं और चली जाती हैं वहाँ से।

निदा एक सैनिक से पूछती है - "कितनी देर में जायेंगे हम लोग?"

सैनिक बोलता है, "अभी नहीं निकलेंगे थोड़ी देर लगेगी।"

गीता पूछती है, "हम यहाँ से कहाँ जा रहे हैं?"

"हम यहाँ से मोल्डोवा जायेंगे।"

"मोल्डोवा! वो तो बहुत दूर है।" गीता कहती है।

"हाँ मुझे पता है, बस से जाओगे तुम लोग और फिर वहाँ से प्लेन से भारत।"

निदा सुनकर चुपचाप बैठ जाती है।

सन्धि की निगाहें वहीं ठहरी हुई थी जहाँ व्लादिमीर खड़ा था। इस बार उसे पीछे ढलता सूरज भी दिखता है और वो अपने दिमाग में व्लादिमीर की छवि बनाती है कि व्लादिमीर काली जैकेट पहने, दोनों हाथ फैलाये सूरज के बीचो-बीच व्लादिमीर खड़ा है। सन्धि खुद की आँखें बंद करती है, पता नहीं वह इस छवि को अपने मस्तिष्क में बैठाना चाहती थी इसलिए अपनी आँखें बंद कीं या इस छवि से बाहर आना चाहती थी इसलिए।

सन्धि थके क़दमों से उठकर सैनिक से पूछती है, "अगर किसी को यहाँ से इस बस में अपने घर नहीं जाना हो तो।"

सैनिक सन्धि को देखता रहता है फिर दूसरे सैनिक के पास जाता है और बताता है कि वो लड़की ऐसा कुछ कह रही थी। दूसरा सैनिक आता है और सन्धि से आश्चर्य से कहता है, "आपको घर नहीं जाना है। ऐसा नहीं हो सकता।"

"पाओलो, मुझे घर नहीं जाना है। मेरी माँ कहती थी कि मैं बहुत अच्छे से करीने से चीजे संभालती हूँ, यह भी मेरा घर है और मैं अपने घर को ठीक से व्यवस्थित करके जाऊंगी।"

"तुम यह सब इसलिए कर रही हो क्योंकि मैंने तुमसे वो सब कहा था।"

"नहीं..." बोलते-बोलते उसे अपनी जैकेट पर हीरो का बाल मिलता है, वह सैनिक को हीरो का बाल दिखाती है और कहती है, "यह बाल किसका है पता है तुमको?" पाओलो उसे देखता है पर कुछ समझ नहीं पाता। वह बोलती है, "हीरो का है। हीरो एक कुत्ता है जो अंडरग्राउंड कमरे में कैद है नताशा के साथ और न जाने कितने हीरो, कितने इंसान अंडरग्राउंड कमरों में

कैद हैं। जिस दिन सब अपने अपने घरों को लौट जायेंगे, बाज़ार भरे होंगे, क्रिसमस पर सब मिलकर केक और वाइन पीयेंगे और जीवन का उत्सव चालू होगा, तब मैं लौट जाऊंगी भारत और हाँ हमारे यहाँ नमक खाकर उस से कभी दगा नहीं करते। मैं नहीं छोड़ सकती यूक्रेन ऐसे ही।"

पाओलो उसकी बात सुनता है और कहता है, "मैं समझ गया... तो आप नागरिकों की सेना में शामिल होंगी और लड़ेंगी।"

"नहीं मैं गाँधी के देश में रही और दान्ते को पढ़ती हूँ, मैं कैसे हथियार उठाऊंगी और हाँ दान्ते ने कहा था कि नरक में सबसे अँधेरी जगहें उन लोगों के लिए आरक्षित है जो नैतिक संकट के समय अपनी तटस्थता बनाए रखते हैं। मैं तटस्थ नहीं रह सकती, मैं युद्ध को रोकने का प्रयास करूंगी पर अहिंसक विधियों से ताकि तुम घर जा सको, मिल सको अपने बच्चों से।"

पाओलो मुस्कुराता है और कहता है, "ऐसा हमारे पास कोई आर्डर नहीं है। अगर आपको नहीं जाना तो मैं आपको नहीं भेज सकता। बस तुमसे एक गुज़ारिश कर सकता हूँ कि अगर जाना है तो आप अभी निकल जाइये रोशनी-रोशनी में क्योंकि अँधेरा जल्दी ही होने वाला है।"

पाओलो अपनी ज़ेब से एक टॉफी निकालता है और सन्धि को देता है और कहता है, "इसे रख लो। मैं 22 मोटोराइज्ड इन्फेंट्री से हूँ।"

"टॉफी के लिए शुक्रिया!" और दूर से तमन्ना, निदा और गीता को हाथ हिलाकर अलविदा कहती है।

वह पलट कर खारकीव के रास्ते पर चलने लगती है। पूरे छात्र और वो तीनों लड़कियों के चेहरों पर एक अचंभित करने वाली भाव भंगिमा होती है। वहाँ बैठे ज्यादातर लोग उसे मूर्ख या नासमझ समझते होंगे अपने दिमागों में पर वो जो समझ रही थी वह कोई नहीं समझ रहा था, यह बात पक्की थी। उसके

कदम खारकीव की ओर जा रहे थे और उसकी मुट्ठियाँ यदा-कदा सड़क के किनारे पर लगी गेहूँ की बालियों को छू जाती थी।

सन्धि चलती जा रही थी। वो थोड़ी निराश थी पर उसी निराशा के चलते थोड़ी उद्देश्य में खोयी हुई थी। वह सोचती जा रही थी कि माँ को क्या कहेगी, पिताजी को क्या बोलेगी। कैसे समझाएगी उन्हें यह कि वह यहीं रहना चाहती है और युद्ध को रोकने का प्रयास यहीं रह कर करेगी वह। वह युद्ध को कैसे रोकेगी, कैसे सबको इस बात के लिए समझाएगी, कैसे खुद की सुरक्षा करेगी क्योंकि जो लोग युद्ध चाहते हैं वह तो उसे भी मारना चाहेंगे। वह तमाम सवालों का बोझ लिए चल रही थी। उसकी टांगों में थकान नहीं थी, उसके मस्तिष्क में थकान थी, हताशा भी थी शायद व्लादिमीर को खोने की।

व्लादिमीर को सोच कर वह काफी तनाव में आ जाती है और फिर गेहूँ की बालियों को लहलाते हुए देखती है और चलने लगती है। सन्धि के हाथ में पाओलो की दी हुई टॉफी होती है। उस टॉफी को उसने बहुत कस कर पकड़ रखा था। मस्तिष्क में बढ़ती हलचल के बीच टॉफी पर लगातार बढ़ते दवाब से टॉफी अपना आकार बदलने लगी थी। ज़िन्दगी की टॉफी को भी वक़्त के आघातों के बीच बदलते देर नहीं लगती है। सूरज का ढलना तेज़ हो गया, रात आने को थी।

उसके जूते बर्फ और मिट्टी की परत से भारी हो चुके थे। ऊपर पैंट तक मिट्टी लग चुकी थी, दूसरे हाथ में मौजूद व्लादिमीर की मृत्यु स्थल से उठाई मिट्टी भी धीरे-धीरे झर कर गेहूँ के खेतों में गिर रही थी। उसे भी यह पता था शायद, पर ये उसका तरीका था व्लादिमीर को जीवित गेहूँ के खेतों में प्रवाहित करने का। सन्धि की चाल में निश्चय छुपा था जो इस 12 किलोमीटर के पैदल सफ़र में और दृढ हो रहा था, पक रहा था। चलते-चलते शायद उसके पैरों में छाले पड़ कर फूट गए थे पर उसके चेहरे पर कोई शिकन नहीं थी। ऊपर आसमान

में विमान उड़ रहे थे पर उसने एक बार भी ऊपर नहीं देखा, वह बस सीधे देखती जा रही थी, मिट्टी को गिराते हुए।

सन्धि के बाल पूर्ण रूप से उलझे हुए थे, चेहरा फटा हुआ था सर्दी की वजह से, होंठ पानी की कमी से सूखे और खाने की कमी से काले पड़ गए थे। पर उसकी चलने की गति से कोई नहीं कह सकता था कि वह काफी लंबे समय से भूखी है। एक अजीब सा प्रवाह था उसके अन्दर जो बाकी सारे कष्टों से ज्यादा तेज़ था, सब कुछ उस प्रवाह ने आच्छादित कर दिया था।

अचानक सन्धि को एक यूक्रेनी सैनिक रोकता है और अपनी बन्दूक की नली से उसे हल्का सा कोंचता है, पूछता है, "कहाँ जा रही हो तुम?" सन्धि उसे देखने की बजाय आसमान को देखने लगती है जिसमें तारे दिख रहे थे और थोड़ा धुँआ भी था। तब तक यूक्रेनी सैनिक दोबारा पूछता है, "कहाँ जा रही हो तुम?"

सन्धि अंडरग्राउंड कमरे का पता बताती है और वह सैनिक कहता है, "ठीक है जाओ पर इस वक़्त ऐसे अकेले मत घूमा करो। रुसी सैनिक भी हो सकते हैं आस-पास।"

सन्धि उसकी बात पूरी सुने बिना ही चली गयी आगे और ठीक उसी घर के सामने खड़ी हो गयी। एक लम्बी साँस लेने के बाद सन्धि सीढ़ियों पर चढ़ती है और भूतल पर आ जाती है। फिर टॉफी वाले हाथ से कालीन को हटाती है और पाट को ऊपर करती है। ऊपर करते ही नताशा उसे चौकन्नी दिखती है क्योंकि नताशा को लगा कोई और आया है। फिर जब नताशा ने सन्धि को देखा तो हीरो और वह दोनों खुश दिखने लगे। सन्धि पाट को बंद करती है और नीचे उतरती है सीढ़ी से। नताशा उससे सीढ़ी से ही सवाल करने लगती है, "क्या हुआ सन्धि? तुम कैसे हो यहाँ इस वक़्त? क्या हुआ, तुम लोग गए नहीं क्या? बाकी लोग कहाँ हैं? व्लादिमीर कहाँ है?"

सन्धि इस सवाल के बाद अपनी मुट्ठी, जिसमें मिट्टी थी, जो झर चुकी थी लेकिन हथेली के गीलेपन में चिपकी हुई थी, उसे खोल देती है। नताशा सन्धि की मुट्ठी में चिपकी मिट्टी को देख कुछ समझ नहीं पाती। सन्धि की आँखें सिर्फ और सिर्फ नताशा को देख रही होती हैं। बार-बार सवाल करने पर भी सन्धि कुछ नहीं बोलती, वह सिर्फ मिट्टी को मुट्ठी में लिए बैठी रहती है। नताशा समझ जाती है कि व्लादिमीर नहीं रहा और फूट-फूट कर रोने लगती है। अंडरग्राउंड कमरे में आवाज़ और तेज़ गूंजने लगती है उसके रोने की।

हीरो पहले तो सन्धि के आने की ख़ुशी में सन्धि को चाटने लगा था, फिर अचानक नताशा को रोते देख परेशान हो गया। दूर दौड़ कर गया और वहाँ से भौंकने लगा। हीरो की भौंकने की आवाज़ और नताशा के रोने की आवाज़ पूरे कमरे में गूँज रही थी। नताशा सन्धि के खुली हथेली से चिपकी मिट्टी को अपने हाथों से छूती है और फूट-फूट कर रोने लगती है। सन्धि वैसे ही घुटनों के बल बैठी रहती है और उसकी हथेली से चिपकी मिट्टी धीरे-धीरे झरने लगती है। नताशा मिट्टी को यत्न से पुनः सहेज कर सन्धि के हाथों में डाल देती है और सन्धि से कहती है, “सन्धि अपनी मुट्ठी बंद कर लो व्लादिमीर को सोने दो।”

सन्धि नताशा की बात सुनकर मुट्ठी बहुत तेज़ी से बंद कर लेती है, उसके नाखून मुड़ जाते हैं और उसकी हथेली में चुभ जाते हैं। थोड़ा सा खून मिट्टी में मिल जाता है। नताशा रोती रहती है पर सन्धि न उसे चुप होने को कहती है और न उसे गले लगाती है, बस बैठी हुई थी उसके सामने उसे देखते हुए। बहुत देर बाद जब नताशा चुप होती है तब पूछती है सन्धि से, “तुम घर क्यों नहीं गयी?”

"मेरा घर यहीं है नताशा, मैं तेरे साथ पहले इस घर को सही करूंगी फिर कुछ और करूंगी।"

"सही करेगी मतलब!"

"जिस युद्ध ने लगभग सब कुछ छीन लिया मुझसे और तुझसे, बाकी सभी लोगों से, उस युद्ध को ऐसे ही छोड़ के चली जाऊं क्या? व्लादिमीर को ले लिया इस युद्ध ने हमसे, हम इसे कैसे छोड़ सकते हैं ऐसे ही।"

"तू क्या कर सकती है इस युद्ध का?"

"युद्ध की ताकत खून के बहने में है, लोगों के मरने मैं है। मैं खून का बहना रोकूँगी, इंसानों को लाशों में बदलने से रोकूँगी। मैं युद्ध रोकूँगी।"

नताशा उसकी आँखों में देखती है, ऐसी ही आँखें उसने सन्धि की तब देखी थी जब वह जूलिया को बचा रही थी। नताशा उसे गले लगा लेती है पर सन्धि वैसे ही बैठी रहती है। नताशा की नज़र सन्धि के पैरों की तरफ पड़ती है, उनमें से खून आ रहा था... छाला फूट गया था और सन्धि चलती रही थी, जिससे घाव काफी गहरा हो गया था, खून निकल रहा था। नताशा सब कुछ छोड़ कर उससे कहती है, "जूते उतारो।"

"रुक।" फिर सन्धि उठती है और कमरे में कुछ तलाशने लगती है। फिर उसे एक कागज़ मिलता है। उस कागज़ में वह मिट्टी सहेज देती है। उसके बाद वह नताशा को देखती है और कहती है, "अब बताओ क्या कह रही थी।"

"तुम्हारे पैरों में से खून निकल रहा है, तुम जूते खोलों... मैं घाँव साफ़ कर देती हूँ।"

सन्धि जूते खोल देती है। दोनों पैरों में तीन-चार घाव थे, नताशा धीरे-धीरे घाव पोंछ देती है। सन्धि नताशा से कहती है, "ज्यादा पानी मत इस्तेमाल करना।"

"हाँ, ठीक है।"

नताशा साफ़ कर रही होती है उसके पैर पर सन्धि को जलन भी नहीं होती है। सन्धि हीरो को एकटक देख रही होती है। नताशा सन्धि की मनोस्थिति को बिना कुछ पूछे ही समझने की कोशिश करती है। वह सन्धि से इस वक़्त कोई प्रश्न नहीं करना चाहती थी। जब नताशा घावों को साफ़ कर लेती है तो वह धीरे से सन्धि से कहती है, "घाव साफ़ हो गए हैं।"

सन्धि उठती है और उठ कर लेट जाती है हीरो के पास और ऊपर देखने लगती है छत की तरफ। वह भी लेट जाती है बिस्तर पर लाइट बंद करके। दोनों कुछ नहीं बोलते पर दोनों जाग रहे होते हैं। कमरे के घुप्प अँधेरे को भविष्य पर नहीं छाने देना चाह रहे थे। कई घंटों तक कोई कुछ नहीं बोला एक-दूसरे से। फिर नताशा सोचती है कि सन्धि को धीरे से आवाज़ देती हूँ अगर वह जाग रही होगी तो बोलेगी नहीं तो कोई बात नहीं। नताशा धीरे से बोलती है, "सन्धि।" सन्धि पलट के कहती है, "हाँ नताशा।"

"अब आगे क्या?"

सन्धि-"मुझे नहीं पता कुछ भी पर एक बात पता है मुझे, यह युद्ध बंद होना चाहिए, किसी भी तरह। मुझे चेतना लानी है लोगों में, पूरी दुनिया में, युद्ध किसी का भला नहीं कर सकता है।"

नताशा-"यह इतना आसान काम नहीं है। हमें उन लोगों से लड़ना पड़ेगा जो हमसे बहुत ज्यादा शक्तिशाली हैं। जो जनता के सामने जनता के मित्र हैं और जनता के समर्थन से सत्ता में हैं लेकिन असल में इनमें से तमाम लोग पूंजीपतियों, निर्माताओं, व्यवसाइयों के फायदे के लिए परदे के पीछे रहकर काम करते हैं। युद्ध अस्त्र-शस्त्र के निर्माताओं का खेल है, खनिज सम्पदा का खेल है, पेट्रोल, गैस और डीजल का खेल है। यह पूँजी की ताकत को घटाने, बढ़ाने और बनाये रखने का खेल है जिसे पूँजीपति राजनेताओं के सहयोग से

खेलते चले आ रहे हैं। यह आधुनिक पूंजीवाद और सर्व सत्तावाद का एक घिनौना पहलू है जिसके शिकार भावनाओं में डूबे सामान्य नागरिक होते हैं।"

सन्धि-"वो जो भी करते हैं, उन्हें करने दो। मुझे सिर्फ सीधी बात रखनी है लोगों के बीच कि युद्ध सही नहीं है और वो कितने ही राजनैतिक तर्क दे दें पर उनके कुतर्क कभी यह नहीं साबित कर सकते हैं कि युद्ध से कुछ अच्छा हो रहा है। मुझे इस सीधी सी बात को लोगों तक पहुँचाना है।"

नताशा- "सही कहती हो तुम पर जब तक पूरा विश्व ये नहीं समझेगा कि युद्ध गलत है तब तक युद्ध होते रहेंगे। शुरुआत हम यहाँ से करेंगे, यूक्रेन की जनता को समझायेंगे कि युद्ध गलत है और युद्ध बंद होना चाहिए, रुसी जनता को समझायेंगे।"

सन्धि-"राष्ट्र के मसीहा उस देश के सर्वोच्च पद पर बैठे उस देश के प्रधानमंत्री और राष्ट्रपति नहीं हैं बल्कि उस देश की जनता है। जनता निश्चित करेगी कि युद्ध कैसा है, वो लोग निश्चित करेंगे जो शरणार्थी शिविर में हैं, वो निश्चित करेंगे जो सैनिकों के रूप में युद्ध लड़ रहे हैं, वो निश्चित करेंगे जिनके पति और जिनकी माओं ने अपने कलेजे के टुकड़ों को राष्ट्र के लिए गवां दिया है। जो आलिशान भवनों में बैठे आम जनता को मरवा रहे हैं, वो कैसे निश्चित कर सकते हैं कि युद्ध होगा कि नहीं।"

नताशा- "मैं यूक्रेन को दोबारा प्यार में सराबोर देखना चाहती हूँ। घास के मैदानों पर बहुत तेज़ दौड़ना चाहती हूँ, ख़ुशी से चिल्लाना चाहती हूँ।"

सन्धि-"व्लादिमीर भी यही करना चाहता था। युद्ध की संकीर्णता और परतंत्रता के खिलाफ व्लादिमीर बिगुल बजा चुका है। हमें तो बस इस लड़ाई को व्लादिमीर की हँसी को साक्षी मानकर अहिंसा से लड़ना है।"

11

वीर गाथाएँ सुनने में अच्छी लगती है पर मुझे लगता है कि हर वीर गाथा के पहले या बाद में हमें यह भी बताना चाहिए कि कितने लोगों के मरने के बाद ये चंद लोग अमर हुए जिन्हें हम विजेता कहते हैं।

खारकीव

समय-सुबह के 6 बजे

1 मार्च 2022

सन्धि अचानक सायरन की आवाज़ से उठती है (जो कि हवाई हमले की सूचना देने के लिए था)। बहुत कर्कश आवाज़ थी सायरन की और नताशा को उठाती, उससे पहले ही नताशा खुद उठ चुकी होती है उसी सायरन की आवाज़ के कारण।

सन्धि नताशा से कहती है, "युद्ध हमेशा चौंकाता है, भ्रमित करता है।"

नताशा- "तुम सायरन के बारे में बात कर रही हो ना।"

सन्धि- "हाँ पर जब भी ये सायरन बजता है, मुझे अपने बाबूजी की याद आने लगती है, ज्यादातर वो ही मुझे उठाते थे, आवाज़ लगा कर।"

नताशा- "मुझे मेरी माँ उठाती थी, आवाज़ लगा कर, फिर उसके बाद वह मुझे कहती थी कुछ हाथ पैर हिला ले, कुछ व्यायाम कर ले और मैं हमेशा कहती थी मुझे कौन सी कुश्ती खेलनी है, तब वो कहती थी बेटा हमेशा तैयार रहना चाहिए मुसीबत के लिए।"

सन्धि-"हमने बेफिजूल ही सीमायें बनायी हैं। सब कुछ तो समान है यूक्रेन और भारत में। क्या फर्क है मुल्कों में और उनके आवाम में। भावनाएं सभी जगह एक जैसी हैं... हां भावनाओं में अगर फर्क करना हो तो बात अलग है।"

नताशा-"हाँ, जैसे प्रेम की भावना और युद्ध की भावना, बाकी सब लगभग समान है। युद्ध किसी भी देश की जनता को अच्छा नहीं लगता।"

सन्धि- "वीर गाथाएँ सुनने में अच्छी लगती हैं पर मुझे लगता है कि हर वीर गाथा के पहले या बाद में हमें यह भी बताया जाना चाहिए कि कितने लोगों के मरने के बाद ये चंद लोग अमर हुए जिन्हें हम विजेता कहते हैं।"

नताशा खड़े होकर अपने बालों को पीछे कर उन्हें बांधते हुए कहती है, "राजनीति कितना कुछ छुपाती है समाज से, हमें कभी भनक भी नहीं लगने देती कि वीर होना कितना अलग है युद्ध में विजेता होने से। युद्ध में जीत, यह शब्द ही दमन और आधिपत्य स्थापित कर लेने के दंभ से पीड़ित है और यह भावना पराजित महसूस करवाने की दंभी पीड़ा से कुंठित है। इतिहास में जिन किरदारों की वजह से ये कहानियां इतनी वीभत्स हुई हैं, आज हम उन्हीं को पूज रहे हैं।"

"यकीनन युद्ध होगा ही क्योंकि हमने तो प्रेम को कम पूजा है, युद्ध पूजते आये हैं तो युद्ध ही मिला है हमें। हम बस हर चीज लड़ने और जीतने के हिसाब से देखते हैं, संघर्ष का भाव हमारी फितरत में शामिल हो चुका है, ज़िन्दगी में और यथार्थ में, इसलिए ही हम लड़ते ही रहते हैं।"

एकाएक बम गिरने की आवाज़ आती है, सब कुछ हिलने लगता है, नताशा गिर जाती है बिस्तर पर दोबारा। नताशा कहती है, "लगता है बहुत पास ही बम गिरा है, कितना भयावह झटका था, दिल अभी तक धड़क रहा है भय से। ये.... ये सब कुछ जीतना चाहते हैं।"

सन्धि गर्दन को नीचे किये घुटनों के बीच में, शुतुरमुर्ग की तरह बैठी थी फिर वह कहती है, "इस 'जीत' शब्द से प्रभुत्व जमाने की बू आती है।"

"ये लोग तो सिर्फ यूक्रेन पर आधिपत्य की सोच रहे हैं। कुछ लोग हैं जो ईश्वर और इंसान के लिए भी कहते हैं कि मैं ईश्वर को पा लूँगा, मैं उसे पा लूँगा। मुझे लगता है कि कोई किसी को नहीं पा सकता और अगर पाता है तो फिर उसमें प्रेम पैदा होने की संभावनाएं नदारद होंगी।" नताशा गुस्से से कहती है।

सन्धि बड़े ही रुंधे स्वर में कहती है, "मुझे ही देख लो, पेत्रोविच भी मुझे पाना चाहता था और उसने सोचा कि मुझ पर उसका आधिपत्य है।"

"ठीक ही हुआ कि तुम उससे दूर हो गई।"

सन्धि मुस्कुरा कर जवाब देती है, "दूर हुई हूँ या नहीं ये तो सिर्फ मेरी रूह जानती है या फिर मेरा मस्तिष्क। पता है कुछ भी, कभी भी अगर शुरू हुआ है, वो चाहे प्रेम हो या कोई घटना चक्र, वो कभी पूर्ण रूप से ख़त्म नहीं हो सकता क्योंकि उसका हमारी सोच पर प्रभाव आता ही रहेगा किसी न किसी कार्य में, विचार में।"

नताशा उसकी बात से सहमत होकर सिर हिला कर बोली, "शादी भी बड़ी अजीब प्रक्रिया है।"

सन्धि ने कहा, "यह सुबह-सुबह तुम शादी की बात क्यों करने लगी नताशा, क्या हुआ?"

"नहीं मेरा दिमाग ये सोचने लगा कि अगर तुम और पेत्रोविच शादी करते तो शादी ज़रूर तुम्हें साथ लाती एक घर में पर उस घर में तुम साथ रहने के बाद भी मानसिक रूप से साथ नहीं होते।" नताशा बोली|

"यह बात अगर तुम कुछ दिन पहले कहती तो मैं तुमसे लड़ती, झगड़ती पर आज यही कहूँगी कि शादी एक तरह से ऐसी अवस्था है कि जैसे तुम प्रकृति के साथ हो और उसे देख रहे हो। प्रकृति में नदी है, पहाड़ है, पेड़ है, पत्तियाँ हैं। पत्तियों का रंग-रूप और पत्तीविहीन पेड़ भी होंगे, आँधी है, तूफ़ान गर्जन-तर्जन भी है प्रकृति में पर ये सारी घटनाएं अकेले नहीं देखना है। मैं सिर्फ हरी पत्तियां देखने में विश्वास नहीं करती, किसी भी सम्बन्ध में सब कुछ होगा, मन मुटाव भी होगा, पत्तियां पीली भी पड़ेंगी पर इन सभी आयोजनों को देखने के लिए दो लोग होने चाहिए बस। पेत्रोविच अलग होकर घटनायें देखने लगा

था और इसमें भी कुछ गलत नहीं है। इंसान है, बदल सकता है पर अगर आप नहीं रह सकते उस इंसान के साथ जो सूर्यास्त की धीमी किरणों में आपके मन में नहीं झाँक सकता तो फिर छोड़ना बेहतर है। हर वक़्त सूर्य तेज़ पर नहीं होगा, हर वक़्त चीजें साफ़ नहीं रहेंगी, हर वक़्त उद्दाम उत्साह अपने उत्कर्ष पर नहीं होगा।"

"हाँ, सही हो तुम, प्रेम भी युद्ध की तरह ही है पर युद्ध आपस में नहीं करना है बल्कि बाहर की परिस्थितियों से करना है। पीली पत्तियों से घबराना नहीं है, बसंत का फिर इंतज़ार करना है। साथ-साथ और बाहर के युद्ध को समाप्त करना है। मैं हराना नहीं कह रही हूँ।"

सन्धि और नताशा एक-दूसरे का हाथ पकड़ कर हँसने लगते हैं। नताशा सन्धि का हाथ पकड़े-पकड़े कहती है, "तुमने सोचा क्या करना है, कैसे हमें सोच पैदा करनी है लोगों के बीच कि युद्ध को रोका जाये।" लड़ाकू विमानों की आवाजें बहुत तेज़ी से आने लगती हैं और वह आवाज़ सायरन की आवाज़ को भी दबा देती है। हीरो उन दोनों के करीब आकर बैठ जाता है। वह दोनों हीरो को पकड़ लेती हैं, आवाज़ शान्त हो जाती है और एक सन्नाटा सा छा जाता है, फिर दोनों चुप हो जाती हैं।

थोड़ी देर बाद नताशा सन्धि से पूछती है, "सन्धि क्या लिख रही हो, उस दिन भी तुम कुछ लिख रही थी और आज भी कुछ लिख रही हो।"

"बदलाव चाहिए मुझे।"

"एक बात कहूँ तुम जो कर रही हो, गलत नहीं है पर गलत तरीके से कर रही हो। युद्ध गलत है, यह संदेश बहुत लोगों तक पहुँचाना है और इसको हम इन पन्नों पर लिख कर जीवित तो कर सकते हैं पर इतने वृहद स्तर पर करने के लिए इस ज़माने में हमें इन्टरनेट और कंप्यूटर का उपयोग करना पड़ेगा।"

“बात समझती हूँ मैं तुम्हारी पर कई बार मुझे बहुत जल्दी होती है परिस्थितियों को बदलने की।”

“सामान्य माहौल की ज़रुरत हम सबको होती है पर धैर्य रखना होगा, इतनी जल्दी कुछ नहीं होगा। हम शुरुआत करेंगे, बाकी देखते हैं।”

सन्धि, नताशा के समझाने से थोड़ी शांत होती है, फिर पूछती है, “कहाँ मिलेगा कंप्यूटर।”

“तुम्हारी ये दोस्त सब इंतज़ाम कर देगी।” यह कहते-कहते नताशा की शक्ल पर एक गुमान सा था।

“करो इंतज़ाम फिर।”

“चलो ऊपर।”

“ऊपर!” सन्धि चौंक कर कहती है, “ऊपर क्या होगा!”

नताशा हँसते हुए कहती है, “लड़ाकू विमान दिखाऊंगी।” और फिर हँसने लगती है।

“बताओ ना!”

“जब तुम ऊपर के कमरे में उस तस्वीर में उलझी थीं, जो एक माँ और उसके बच्चों की थी, मैं तब बाहर खड़ी पहरेदारी कर रही थी। थोड़ी देर के लिए जब मैं अन्दर आई थी तब मैंने देखा था कि दूसरे कमरे में कंप्यूटर रखा है, दरवाज़ा खुला था तो मैंने देख लिया था।”

सन्धि ने ख़ुशी से उसे गले लगा लिया और कहा, “वाह मेरी शरलॉक होल्म्स!”

“ऊपर चले तो जाएँ पर हवाई हमलों का क्या करें।”

“जब भी सायरन बजे तो लेट जाना है या लौट के यहीं आ जाना है, बस ये याद रखना है।”

“हाँ, वो तो पता है पर फिर भी।” सन्धि कुछ सोच के फिर कहती है, “मैं सोच रही थी कि अपने घर पर भी फ़ोन करके बता दूँ कि मैं नहीं आ रही हूँ।”

“हाँ देख लो।”

“क्यों, फिर फ़ोन नहीं करूँ क्या?”

“कर सकती हो पर नहीं आ रही हो, ये कहीं ज्यादा पीड़ादायक होगा उनके लिए पर अगर ये कहोगी कि आ नहीं पा रही हूँ, तो उन्हें लगेगा आओगी तो, आज नहीं तो कल।”

“पापा को अब तक पता चल गया होगा टीवी से कि भारत सरकार ‘ऑपरेशन गंगा’ शुरू कर चुकी है तो वो ज़रूर कहेंगे कि बाकी बच्चे पहुँच गए, तुम क्यों नहीं आई अब तक और ये जो हमारी युद्ध रोकने की सोच है, वह इतनी जल्दी ख़त्म होने वाली नहीं है, तो साफ़-साफ़ बताना सही होगा।”

“ह्म्म्म ठीक है।”

दोनों सीढ़ी को पकड़ती हैं और ऊपर जाती हैं। ऊपरी मंजिल पर पहुँच कर दोनों खिड़की से बाहर झांकती हैं। बाहर धुआँ था और कुछ सैनिक भी घूम रहे थे। नताशा देखती है कि सामने की इमारत पूरी तरह ज़मीन पर आ गई है, इमारत के बीचों-बीच एक बड़ा सा छेद हो गया है, जिससे पूरे के पूरे दो टैंक निकल जाएँ आर-पार, इतना बड़ा छेद।

नताशा - “यह इमारत क्यों उड़ाई... इस से क्या खतरा था इन्हें?”

“क्या था वहाँ?”

“वहाँ एक कॉलेज था जहाँ छात्र फैशन, सौंदर्य और शारीरिक स्वास्थ्य को पढ़ते थे।”

सन्धि देख कर हतप्रभ थी और कहती है, “आखिर छात्रों से क्या दुश्मनी।”

“दुश्मनी राष्ट्र से है, उसे कमज़ोर करने के लिए शिक्षा संस्थानों को ध्वस्त कर रहे हैं, आम लोगों को मारा जा रहा है, ये सब होगा, झेलना पड़ेगा अपने लोगों को मरते हुए देखना।”

सन्धि और नताशा उस कॉलेज को देखते रहते हैं कि किस तरह वह कॉलेज ज़मीन में समां गया। थोड़ी देर तक देखने के बाद दोनों देखना बंद कर देते हैं और खिड़की को भी बंद कर देते हैं। फिर बगल के कमरे में जाते हैं। कमरे के अन्दर जाकर सन्धि कहती है, “अब बताओ कहाँ है कंप्यूटर।”

नताशा सन्धि को उस कमरे में ले जाती है। दरवाज़ा अब भी खुला हुआ था थोड़ा सा। कमरे के अन्दर जाते ही कंप्यूटर मेज़ पर रखा हुआ दिखता है। कमरे में रॉक स्टारस की फोटो लगी हुई थी गिटार और ड्रम के साथ।

सन्धि - “लगता है बच्चों को यह कलाकार पसंद था।”

“यह है ओकान एल्जी, मुझे इसका एक गाना बहुत पसंद है।”

“अभी तुम गाना सोच रही हो।”

“हाँ, ज़िन्दगी को जिंदा करने की कोशिश कर रही हूँ।” नताशा वह गाना गुनगुनाना शुरू करती है और सन्धि सुनते हुए कंप्यूटर को ऑन करती है।

नताशा गाती है बाहर खिड़की से देखते हुए, यूक्रेनी भाषा में और गाने का मतलब था- “कभी तो वो दिन आएगा और युद्ध ख़त्म हो जायेगा, मैंने खुद को कहाँ खोया है, मुझे गले लगाओ... मुझे गले लगाओ... मुझे गले लगाओ। इतनी कोमलता से मुझे कभी जाने मत दो... मुझे गले लगाओ...

मुझे गले लगाओ मुझे गले लगाओ.... अपने बसंत को आने दो.... मुझे गले लगाओ।"

नताशा गाते-गाते रोने लगती है। सन्धि कंप्यूटर ऑन कर चुकी होती है और कंप्यूटर का प्रकाश दोनों के चेहरे पर पड़ रहा होता है। नताशा के बहते आँसू और सन्धि की आँखों में छिपे आँसू साफ़ दिख रहे होते हैं।

सन्धि नताशा से पूछती है, "क्या करना है इस कंप्यूटर का अब, मैं सोच रही थी इसे नीचे ले जायें क्या?"

"हाँ, वही सही रहेगा क्योंकि यहाँ तो खतरा बहुत है। सामने वाली बिल्डिंग को देखकर पता चल गया है कि वे कहीं भी बम फ़ेंक सकते हैं, उनको कोई फर्क नहीं पड़ता मौत से।"

"ठीक है।" सन्धि कंप्यूटर को उठाकर नताशा को सारे तारों को निकालने को कहती है। जैसे ही सारे तार निकल जाते हैं सन्धि अचानक कंप्यूटर रख देती है।

"क्या हुआ कंप्यूटर क्यों रख दिया?"

"मुझे घर पर फ़ोन करना है।"

"कर लो, बता दो उन्हें कि अब उनकी बच्ची उनकी तो है ही पर यूक्रेन की भी है।" सन्धि सिर हिलाती है और फ़ोन उठाती है। नताशा सन्धि के फ़ोन उठाते ही बाहर निकल जाती है कमरे से। सन्धि फ़ोन लगाती है, फ़ोन लगाते-लगाते फिर रुक जाती है, फ़ोन रख देती है। फिर फ़ोन उठाती है, इस बार नंबर लगाने की तेज़ी पिछली बार से कम होती है। एक घंटी जाते ही फ़ोन रख देती है। सन्धि को बाहर वहीं बिल्डिंग दिखती है ज़मीन में मिली हुई। वह फिर से फ़ोन उठाती है, इस बार नंबर तेज़ी के साथ दबाती है और घंटी जाते समय नताशा के गाने की धुन धीरे-धीरे उसके मस्तिष्क में चल रही होती है।

फ़ोन उठता है, सन्धि कहती है, "पापा मैं सन्धि।"

पापा ख़ुशी और घबराहट में कहते हैं, "सन्धि तुम कैसी हो, कब आ रही हो।"

"पापा मैं....."

"हमने टीवी पर देखा है ऑपरेशन गंगा चलाया है सरकार ने। तुम कब आ रही हो।"

"पापा मैं....."

हाँ, बोलो बेटा।"

"पापा मैं नहीं आ रही हूँ।"

"बेटी परेशान मत हो पढाई के लिए, यहाँ आ जाओ, थोड़े दिन में सब सही हो जायेगा तब चले जाना।"

सन्धि बहुत धीमी आवाज़ में कहती है, "पापा मैं पढ़ाई की वजह से नहीं, युद्ध की वजह से नहीं आ रही हूँ।"

"युद्ध की वजह से... मैं कुछ समझा नहीं बेटी!"

"पापा मैं इस देश को ऐसे युद्ध के हालातों में घिरे होने पर नहीं छोड़ सकती, यह अब मेरा भी देश है, मैं यहाँ रही हूँ, मेरे यहाँ दोस्त हैं।"

"ऐसे नहीं छोड़ सकती क्या मतलब है तुम्हारा। यहाँ सब लोग हैं तुम्हारे, ये तुम्हारा देश है।"

"हाँ, भारत मेरा देश है, आज भी है और कल भी रहेगा और अगर भारत में ऐसा कुछ होता तो भी मैं यही करती जो मैं यहाँ करने वाली हूँ।"

"क्या करने वाली हो तुम सन्धि!"

"पापा मैं युद्ध रोकने का प्रयास करूंगी।" इस बार आवाज़ धीमी नहीं थी।

"युद्ध रोकोगी... सन्धि तुम्हें क्या हो गया है, युद्ध तुम कैसे रोक पाओगी, कैसी पागलों जैसी बातें कर रही हो तुम!" पीछे से माँ की आवाज़ आती है बेटी आ जाओ ऐसा मत करो, मनमानी मत करो।

"सन्धि तुम्हारा दिमाग तो सही है न?"

"हाँ, पापा अब जाकर सही हुआ है कल से पहले तक मैं भी सिर्फ अपने लक्ष्य के लिए परेशान थी, दुनिया के लिए नहीं। सोचती थी कि मैं क्यों दुनिया के बारे में सोचूँ, मेरा लक्ष्य और मेरा परिवार काफी है जीने के लिए। पर कल समझ आया कि हमसे ज्यादा स्वार्थी कोई भी नहीं है। आप मुझे गाँधी, पटेल, नेल्सन मंडेला और मार्टिन लूथर किंग के बारे में बातें बताया करते थे, आपने बताया था कि कैसे उन्होंने समस्याओं से बिना डरे उनका सामना किया और उन्हें जनता के हित में बदल दिया। पापा मैं आम जनता का हित देख रही हूँ, मुझे नहीं पता कि मैं कर भी पाऊँगी कि नहीं पर मैं बिना किये हालातों को बर्दाश्त नहीं कर सकती क्योंकि इस बर्दाश्त की आदत से हर नौजवान ग्रसित है, मैं भी ग्रसित थी। मेरा यह लक्ष्य मुझे मेरे डॉक्टर बनने से बड़ा लगा। यह धीमे-धीमे जीवन में सुनना, पढ़ना, सोचने और समझने का परिणाम है। मैंने ज़िम्मेदारी ओढ़ ली इस हिंसक माहौल को ख़त्म करने की, इस युद्ध को ख़त्म करने की... अब युद्ध खत्म होगा या युद्ध ख़त्म करने की कोशिश में मैं ख़त्म हो जाऊंगी, यह पता नहीं है।"

पापा रोने लगे, माँ भी रोने लगी। सन्धि फिर भी बहुत कुछ अपने एहसासों को लगाम में रखे हुए थी। पापा के हाथ से माँ फ़ोन ले लेती है और रोते-रोते कहती है, "24 साल की हो बस, मत करो ऐसा बेटा।"

“मुझे पता है माँ, मैं 24 की हूँ... शायद थोड़ी और बड़ी हो जाती तो मान लेती कि मैं चीजें नहीं बदल पाऊँगी। मैं शायद अभी आदी नहीं हुई हूँ ज़िन्दगी पर जबरन लादी हुई नाइंसाफी को सहने के लिए।”

“हमने कुछ नहीं कहा कभी तुझे, तूने बाहर मुल्क का लड़का पसंद किया, हमने कुछ नहीं कहा, अब ये सब मत कर।”

“माँ अब वह मेरी ज़िन्दगी में नहीं है। मैं अब अकेली हूँ, या यूँ कह लो कि मेरे सिर पर बदलाव का जुनून सवार है।”

पापा फिर फ़ोन ले लेते हैं और कहते हैं, “बेटा लौट आ... मान जा बात।”

“आप भी मान जाओ, मत बुलाओ, क्या आप चाहते हो मैं स्वार्थी हो जाऊं, या मैं समाज की नहीं सोचूँ?”

“नहीं, बेटा पर तू ही क्यों।”

“हम अपने समाज के लिए ज़िम्मेदारी को दूसरों पर नहीं डाल सकते, जैसे कि हम सब डालते हैं और फिर कहते हैं समाज हमारे लिए क्या करता है। अपनी दाल-रोटी के अलावा कौन है जो समाज की सोचता है, बताओ आप। पापा डॉक्टर, इंजीनियर समाज ने बहुत दिए हैं, लोग गर्व से बताते हैं, पर क्या आप मुझे बताओगे कि कितने लोग हैं जो अपने लक्ष्य के पीछे भागते हुए एक बार इस युद्ध से परेशान लोगों के बारे में सोचते हैं, बात करते हैं। अब वक़्त है दुनिया खोज रही है इक इन्सान को जो सिर्फ मानवता की बात करे। ”

पापा यह सुनकर रोते हुए फ़ोन माँ को दे देते हैं और जाते-जाते कहते हैं, “उस से कहना अपना ख़याल रखे।”

माँ फ़ोन पकड़ते हुए हैरानी से अपने पति को देखती है और कहती है, “सन्धि तुमने तय कर लिया है यही करना है तुम्हें।”

“हाँ, माँ तय है।”

माँ और रोने लगती है फिर रोते हुए कहती है, “बेटा तुम गलत नहीं कर रही हो बस हम भी क्या करे औलाद हो।” रोते हुए कहती है, “ईश्वर तुम्हारी रक्षा करे।”

सन्धि फ़ोन काट देती है। फ़ोन रखने के बाद सन्धि की आँखों में से एक आँसू निकलता है और वह धीरे से नताशा को आवाज़ लगाती है। नताशा आती है और कुछ नहीं पूछती है फ़ोन पर हुई बातों के बारे में। नताशा चुपचाप कंप्यूटर के तार उठाती है और सन्धि कंप्यूटर उठाती है और दोनों नीचे की ओर चल देते हैं। नीचे के कमरे में पहुँच कर कंप्यूटर को मेज पर रख देते हैं और तार लगा देते हैं कंप्यूटर के। तार लगाकर सन्धि उसे चालू कर के देखती है, कंप्यूटर चालू हो जाता है।

नताशा कहती है, “लो हो गया चालू, अब लिखो इस पर जो लिखना है।”

“हाँ लिखूंगी।”

“पर लिखने के साथ-साथ हमें आम लोगों से भी संपर्क बनाना पड़ेगा और उनके बीच भी यह बात लानी पड़ेगी कि युद्ध ठीक नहीं है, सिर्फ और सिर्फ इससे मौतें मिलेंगी और कुछ नहीं।”

“हमें शरणार्थी शिविर, अस्तपताल और जहाँ भी लोग ज्यादा संख्या में मिलेंगे, वहाँ जाना चाहिए ताकि ज्यादा से ज्यादा लोगों के बीच यह बात रखी जाए।” सन्धि नताशा से पूछती है, “हमें यहाँ कहाँ मिलेंगे शरणार्थी शिविर?”

“शहर के सीमांती क्षेत्रों में शायद!”

"हाँ, हम जायेंगे वहाँ और रात में मैं लिख लिया करूंगी जो भी मुझे लिखना होगा शांति के बारे में। हमें दोनों काम साथ में करने होंगे तभी ज्यादा से ज्यादा प्रभाव पड़ेगा और जल्दी से जल्दी लोगों तक बात पहुंचेगी।"

"हाँ, बिल्कुल ठीक है।"

"क्या हम आज चल सकते हैं, अभी शरणार्थी शिविर?"

"हाँ चल सकते हैं, जितनी शीघ्रता से कार्य प्रारंभ हो उतना ही अच्छा, बल्कि अभी ज्यादा ठीक रहेगा क्योंकि अभी ज्यादा से ज्यादा लोगों से बातचीत कर सकते हैं।"

सन्धि जल्दी से तैयार हो जाती है और व्लादिमीर की मिट्टी की पुड़िया वह अपनी ज़ेब में रख लेती है। नताशा भी तैयार होकर सन्धि को कहती है, "क्यो न हम हीरो को भी ले चलें।"

"बिल्कुल।"

नताशा, सन्धि और हीरो तीनों तैयार हो जाते हैं और भूतल पर पहुँचते हैं। भूतल पर पहुँच कर सन्धि धीरे से खिड़की खोलती है और सामने के कॉलेज को देखती है, फिर नताशा को कहती है, "चलो चलते हैं।"

"चलो।" तीनों बाहर निकलते हैं। बाहर का माहौल अब और डरावना हो गया था। शिक्षण संस्थान खंडहर में तब्दील होकर, एक टीले सा बन गया था। उस टीले पर चीलें थीं, जोकि कुछ खा रहीं थीं मलबे से उठाकर, कुछ किताबें पड़ी थी जो लाशों के साथ बौद्धिकता की कब्र भी खोदी जा रही है, उसकी परिचायक थी।

सन्धि कहती है, "क्या हम 2 मिनट वहाँ पर चलें।"

"वहाँ पर जाओगी तो मन खराब हो जायेगा तुम्हारा।"

"मन तो वैसे भी खराब ही है, और कब तक मुँह छुपाऊंगी असलियत से। असलियत, हालात और वेदना, इनसे मुँह नहीं छिपाना है। इन्हें सामने से देखना है, तभी कुछ कर पाऊंगी।"

सन्धि चलने लगती है मलबे की तरफ, मलबे में ना जाने क्या-क्या था, मिट्टी, सीमेंट, पत्थर, रेत, किताबें, सौंदर्य प्रसाधन के सामान, लोहे के पलंग और कुछ इंसानों की अस्थियाँ। सन्धि सबको हाथ से छू-छू कर देख रही थी और ना जाने क्या सोच रही थी। सन्धि ने देखा... ऊपर चीलें, नीचे कुत्ते भी इधर-उधर घूम रहे हैं और फिर पागलों की तरह सन्धि ने ईंट के टुकड़े फेंक-फेंक कर चीलों और कुत्तों को भगाना शुरू कर दिया।

तभी नताशा कहती है, "सन्धि इधर आओ।"

सन्धि वहाँ चली जाती है, नताशा उसे कुछ लोहे की मोटी चादर सी दिखाती है और कहती है, "ये पता है क्या है?"

"नहीं क्या है ये?"

"मिसाइल का टुकड़ा है ये।"

"पूरा मलबा मेरे सामने है... मुझे समझ नहीं आया कि यहाँ पर क्या खतरा दिखा उन्हें जो उन्होंने यहाँ विस्फोट किया।"

"बहुत ही ज्यादा विघटनकारी है ये सब, जो भी हो रहा है। सब कुछ विखंडित कर रहे हैं, भयावह है यह बहुत, बहुत दर्दनाक।"

"चलो नताशा अपनी मुहिम पर चलते हैं।" और दोनों चल देते हैं शरणार्थी शिविर की ओर। शिविर शहर से बहुत दूर था। वे दोनों चलते जा रहे थे और देख रहे थे कि कैसे शहर को नेस्तनाबूत कर दिया है, बमों ने, गोलियों ने और टेंकों ने। शहर की रूह थी -शहर की गतिशील ज़िन्दगी, बच्चो का स्कूल जाना, लोगों का सुबह अखबार पढ़ना, औरतों और बूढ़ों का पार्क में

टहलना, सब कुछ निर्बाध था और अब सिर्फ बाधाएं और बाधाएं थी। जो शहर ज़िन्दगी में मशगूल था, अब वही शहर जिंदगी बचाने के लिए भाग रहा था। अपना-अपना सामान उठाये शरणार्थी शिविर जा रहा था, एक हुजूम था हताश लोगों का, जिन्हें बस ये पता था कि यह जगह, ये शहर छोड़ना है और जिन्हें ये नहीं पता था कि उसके बाद कहाँ जायेंगे वे लोग। उन्हें यह भी नहीं पता था कि उन पर ये बम क्यों चल रहे हैं, क्यों उनके लोग मर रहे हैं। क्यों वह अब अपने घर पर नहीं रह सकते, क्यों वह अब अपने बच्चो को पार्क में नहीं घुमा सकते। बस अचानक बेपरवाह एक सुबह एक बयान ज़ारी कर, जो हमला कर रहे हैं वो भी, और जो हमले से बचा रहे हैं वो भी, दोनों सरकारें बस अपने-अपने सन्देश दे रही है। जनता से बेखबर है, जनता अपना सामान उठाये और यह बोझ भी साथ में उठाये कि उसे अपने देश का प्रतिनिधित्व करना है, अपने देश के निर्णयों का भी प्रतिनिधित्व करना है। अचानक बने इन हालातों के पीछे आखिर निर्दोष जनता का क्या कसूर था, क्या कोई बुद्धिमान नेता ये बताएगा उन्हें?

भविष्य में उनकी दुर्दशा के समाप्त होने की तारीख क्या कोई नेता उन्हें बताने को तैयार है। मानवीय गरिमा के समापन के बाद अमानवीय माहौल में धकेले जाने की यह सजा आखिर उन्हें क्यों मिल रही है? क्या किसी ने भी इन सामान और गोदी में बच्चे उठाये जनता से कभी पूछा था क्या किसी भी ऐसे निर्णय के बारे में? उन्हें बस यह पता था, उन्हें अपनी जान बचानी है और बाकी कुछ नहीं पता था। सन्धि यह सब सोच रही थी और चलती जा रही थी। शिविरों की ओर जा रहे समूह से एक बच्चा रास्ते में जिद करने लगता है कि रास्ते में जो घर है, उसमें उसका दोस्त रहता है, उसे उस दोस्त के पास खेलने जाना है। उस बच्चे के माता-पिता उसे समझाते हैं कि नहीं जा सकता वह उसके यहाँ खेलने। बच्चा पूछता है, "क्यों नहीं जा सकता हूँ, क्या हुआ है ऐसा, हम क्यों भाग रहे हैं और अपने घर कब लौटेंगे?" उसके पिता उसे

समझाते हैं पर वह जिद पर अड़ा था, “अच्छा नहीं तो मुझे पार्क में ले चलो” पिता ने पार्क देखा तो वहाँ सन्नाटा पसरा था और कई सारे उसमें तो बड़े-बड़े गड्ढे हो रखे थे, गड्ढे की वजह होगी कोई हथगोला या टैंक का बम।

बच्चा अपने पिता के पैंट को पकड़ हिला कर पूछता है, “कल तक यह पार्क सही था पिताजी आज किसने इसमें गड्ढे कर दिये?” पिता इन सवालों से बचने के लिए कहते हैं, “बेटा यह एक खेल चल रहा है भागने का, सबको भागना है|” बेटा कहता है, “पापा आप उन नीले रंग के स्वेटर वाली आंटी से पीछे क्यों हैं? आप उनसे आगे निकलो, आपको भी जीतना है कि नहीं?” उस पिता की आँखें भागते-भागते सन्धि की आँखों से टकरा जाती है और वह आँखें उसमें बसे शोक की कहानी कह रही थी और बच्चा अपने पिता से कुछ और पूछता है। सन्धि देख रही थी कि यह सब कुछ जो पहले था, अब घटता जा रहा है। अब सिर्फ खुशियों का मलबा था। डर का मलबा, पीड़ा का मलबा, भय का मलबा और बदले का मलबा। इस मलबे के बीच शांति का विचार पता नहीं कैसे टिक पायेगा? क्या दो विश्व युद्धों के भयानक विनाश के बाद भी वैश्विक नागरिक अपनी सरकारों से तीसरे विश्व युद्ध की ओर बढ़ते विश्व की दुर्गति के अंजामों पर चिंता व्यक्त नहीं करेंगे? क्या सोचने की ईमानदार प्रक्रिया की समाप्ति के बाद विश्व जनमत के पास शांति के अतिरिक्त कोई और दूसरा विकल्प हो सकता है। कट्टरता विनाश की सूचक है, यह बात नागरिक समुदाय को सबसे पहले समझनी होगी। क्या बिना भयानक तबाहियों के वैश्विक समाज और नेतागण समझ पाएंगे इस बात को कि प्रेम और शांति दो ही विकल्प हैं इस मलबे से बाहर आने के।

बाकी सारी चीजें किसी ना किसी बहाने से स्वार्थी जनों के हित में युद्ध और बारूद को समाज में जिंदा रखने के काम में लगी रहेंगी। सन्धि लोगों की आँखों में एक बैचैनी देखती है, वह जब यहाँ पहली बार आई थी तब उसने देखा था लोग बहुत ही आश्वस्त थे हर चीज के लिए। अब सिर्फ बैचैनी और

गुबार है गुस्से का। कुछ, जो कई दिनों से परेशान हैं, उनके गुबार का क्षरण हो गया। वे भी अब समझ गए थे कि वो बस कठपुतली हैं राजनैतिक सत्ताधीशों के। बस घर से शरणार्थी शिविर और वहाँ जाकर अपने हालात पर रोना, बस इतनी सी भूमिका मिली है उनको। हम सब जो आम इंसान हैं, वे सब बहुत छोटे किरदार लेकर आते हैं उनके सामने जो बहुत ताकतवर और घटनाओं को निर्धारित कर सकते हैं। हममें से शायद कुछ सहायक अभिनेता हैं, थोड़े से एक्स्ट्रा हैं और शेष बचे कुछ भी नहीं, बस बाकी और कुछ नहीं। खेतों से, ज़मीन से, संपत्ति से और सबसे महत्वपूर्ण प्रेम से..... इन सब चीजों से हमारी बेदखली हो गयी है। हम उस सभ्य समाज के हिस्से हैं जहाँ युद्ध आम हो गया है और समाज अब भी सभ्य बना हुआ है। कभी दो देशों के बीच, कभी उनसे अधिक, कभी अपने ही देश में युद्ध और मज़ा ये है कि पूर्ण खामोशी के साथ समाज अब भी सभ्य बना हुआ है। इतने बमों के बाद, इतनी लाशों के बाद, और इतने आँसुओं के बाद क्या हम अब भी सभ्य हैं या फिर हिटलर या उस जैसे लोग, जो युद्ध की चाह रखते हैं, वह अब सिर्फ कुछ नाम नहीं है, एक तानाशाही सभ्यता है... जो चेतावनी दे रही है मानवता को लगातार अपने खतरनाक मनसूबों की। उन घरों में जहाँ पिता, पुत्र, पुत्री, पत्नी, दादा और दादी रहते थे, वहाँ अब किसी पूँजीवादी कारखाने में बनी, विनाशक प्रज्ञावान वैज्ञानिकों की शैतानी संतानें, जो धरती को चीर कर नीचे से निकाले गए पदार्थों का युग्म है और वह जलने और जलाने को बेताब बारूद हैं जिसे भिन्न-भिन्न नामों से पुकारा जाता है, जैसे कि मिसाइल, राकेट, बम आदि अब सब बरस रहे हैं।

सन्धि का ध्यान बहुत तरह की रंगीन पन्नियाँ और सफ़ेद रंग के एक जैसे दिखने वाले बंदोबस्त खींचते हैं। नताशा तभी बोलती है, “सन्धि हम आ गये।”

एक बोर्ड लगा हुआ होता है वहाँ पर जिस पर लिखा था, "होप शरणार्थी शिविर"। सन्धि कहती है, "यहाँ रहती है खारकीव की बची-खुची जनता, चलो बात करते हैं अन्दर जाकर।"

बच्चे बाहर खेल रहे होते हैं। वहीं कुछ लोग बैठ कर बात कर रहे होते हैं, औरते वहीं बर्तन साफ़ कर रही होती हैं। बच्चों को छोड़कर सारा माहौल एकदम थमा हुआ...... शांत। शोर बहुत ज्यादा क्योंकि छोटी सी जगह में कई परिवार रह रहे हैं। सन्धि नताशा से कहती है, "जब हम आ रहे थे तब लगा ही नहीं कि हम अकेले हैं, इतने लोग वहाँ से आ रहे हैं, जहाँ से हमने चलना शुरू किया था और अभी भी आते जा रहे हैं।"

"तभी यहाँ इतना शोर है क्योंकि हर इंसान एक हड़बड़ाहट में है।"

सन्धि देखती है कोई जगह ढूँढ रहा है हाँफते-हाँफते कि सामान कहाँ रखे तो किसी का बिस्तर गुम हो गया है, कोई इस बात से परेशान है कि उसे इस छोर से उस छोर तक जाने के लिए इतनी देर क्यों लग रही है, कोई इतनी भीड़ में भी घर जैसा आराम चाहता है।

नताशा कहती है, "वो देखो बच्चे स्कूल की जगह इधर-उधर घूम रहे हैं, कितनी आबादी का विस्थापन हुआ है जंग के दौरान और क्या समीकरण है जंग ख़त्म होने या भड़कने के।"

"मैंने सुना है अभी एक बच्चे को गाली देते हुए, कहानियों की जगह ले ली है गालियों ने क्योंकि हर कोई हताश है और यह घर नहीं है किसी का, कोई किसी को मना भी नहीं कर सकता है कि क्या सीखना है और क्या नहीं। यह भी सिर्फ अनिश्चित और दुविधा में पड़ी भीड़ निश्चित करती है।"

नताशा और सन्धि बड़ी मुश्किल में वो स्थान ढूँढ पाए जहाँ शोर सबसे कम हो ताकि लोगों से बातचीत हो पाए। नताशा कहती है, “इस माहौल में कौन सुनेगा हमें?”

“युद्ध को ख़त्म करने की जद्दोज़हद में सबसे अहम पड़ाव यही है कि हम यह पता कर पाएं कि कौन सुनेगा हमें।”

“यहीं है वह जगह जहाँ हमारी बात लोग सुन भी सकते हैं और समझ भी सकते है।”

सन्धि अन्दर घुसती है लोगों के बीच... उसे एक बूढ़ी औरत दिखती है, वह व्हील चेयर पर बैठी होती है। सन्धि उसके पास जाती है और जहाँ वह बैठी होती है, उसके नीचे बैठ जाती है, उसके पैरों के पास। नताशा भी वहीं बगल में बैठ जाती है। सन्धि उस बूढ़ी औरत से कहती है, “हेलो दादी मेरा नाम सन्धि है।”

दादी कुछ नहीं बोलती उससे, बस सिर हिलाती है। सन्धि फिर कहती है, “मैं भारत से हूँ, यहाँ से मेडिकल की डिग्री कर रही थी तभी युद्ध शुरू हो गया, मैं युद्ध के विरुद्ध हूँ और मैं सोचती हूँ कि हम सबको मिल कर इसका विरोध करना चाहिए ताकि युद्ध जल्द से जल्द ख़त्म हो।”

दादी उसकी बात सुनती रहती है। पीछे से काफी शोर आ रहा था तो सन्धि को पूरी बात उस बूढ़ी औरत के लगभग कान में कहनी पड़ी। दादी बात ख़त्म होने के बाद कहती है “तुम भारत से हो?”

“हाँ।”

“यहाँ क्यों हो?।”

“मैं घर नहीं गयी क्योंकि मैं यूक्रेन को भी अपना घर मानती हूँ और मैं तब तक नहीं जाऊंगी अपने घर जब तक यहाँ पर युद्ध ख़त्म नहीं होता।” दादी

उसको ऊपर से नीचे तक देखती है फिर कहती है, “तुम बहुत निडर और जोशीली हो, पर तुम्हें लगता है कि तुम यह कर पाओगी, शांति ला पाओगी?”

“मुझे यूक्रेन में रहते हुए लगभग पांच साल हो गए... मैंने काफी कुछ सीखा यहाँ, यहाँ की एक कहावत मुझे बहुत पसंद है कि एक भूखा भेड़िया एक संतुष्ट कुत्ते से ज्यादा मज़बूत होता है।”

दादी हँसने लगी खिलखिलाकर, उन्होंने सन्धि के सिर पर हाथ फेरकर कहा, “तुम भूखी भेड़िया हो, संतुष्ट नहीं हो, बढ़िया है।”

“हाँ मैं बदलाव के लिए जी रही हूँ, मैं बदलाव के लिए भूखी हूँ। मेरी आँखों में प्रबुद्ध विचारशील नागरिक समाज का सपना है।”

दादी कहती है, “मेरा नाम शेरिन है, मेरे लायक कुछ भी हो बताना... यहाँ सब मेरी बात मानते हैं।” फिर हँसने लगती है कहती है, “अब मेरे पास मेरी बुज़ुर्गी के सिवाय कुछ नहीं, मैं फिर भी बदलाव चाहती हूँ। न जाने किसकी नज़र लग गयी हमारे यूक्रेन को।”

नताशा उठकर दादी को गले लगाती है, दादी गले लगे रहती है कुछ देर, फिर नताशा कुछ देर बाद हट जाती है। दादी अपना चश्मा हटा कर उसे पोंछती है, उनकी आँखें गीली होती है। फिर दोबारा से बोलना शुरू करती है, “इस शहर को लोग छोड़ रहे हैं, सरकार भी कह रही है औरतें और बच्चे छोड़ दें शहर को, बस लड़ने लायक लोग रह जाएं। इस शहर को जंग का मैदान बना दिया है, बेटा मैंने अपने पड़ोसियों के बच्चों को पाला था। रात में हम सबने साथ में खाना खाया और वे लोग सब मिलकर रात को घूमने गए, मैं घर पर ही रह गयी थी, सुबह उठी तो सबकी लाश घर के बाहर थी गाड़ी में। इन्हीं हाथों से सबकी आँखें बंद की मैंने रोते-रोते। लोगों से पूछा तब पता लगा रुसी सैनिकों

ने गोली मार दी सबको क्योंकि उन्होंने डर कर गाड़ी का दरवाज़ा नहीं खोला।"

दादी बोलते-बोलते एकदम संजीदा हो गयीं और कहने लगीं "मुझे बदला नहीं चाहिए पर मुझे युद्ध भी नहीं चाहिए। मुझे बस शांति चाहिए, अमन चाहिए, मैं गिरजाघर जा सकूँ और मैं अपनी सैर पर जा सकूँ रोज़ ये चाहिए। मैं सैर के साथियों से मिल सकूँ, बस ये चाहिए।"

नताशा कहती है, "हम भी यही चाहते हैं कि युद्ध ख़त्म हो और शांति स्थापित हो।" दादी अपना सिर हिलाती हैं।

दादी सन्धि से पूछती हैं, "मैं क्या कर सकती हूँ बताओ, मुझे नहीं लगता कोई तुम्हारी बात सुनेगा और समझेगा फिर भी मैं प्रयास करूंगी।"

"मुझे ज्यादा से ज्यादा लोगों से बात करनी है ताकि मैं अपनी बात रख सकूँ लोगों के बीच।"

दादी अनमनी सी एक बच्चे को रोकती है दौड़ने से, फिर उसे इशारा कर के बुलाती है, बच्चा आता है और पूछता है कि शेरिन क्या चाहिए? दादी नताशा से कहती है, "देखा यह मेरा नाम लेता है... बहुत बदमाश है," दादी उस छोटे बच्चे से कहती है, "जा मेरे लड़के को बुला के ला।"

बच्चा - "ठीक है मैं बुला के लाता हूँ अलेक्स को।" दादी कहती है, "इस बच्चे का नाम है मार्टिन। बड़ा शैतान है तीन घर छोड़ कर रहता था मेरे घर के।"

नताशा दादी से बात कर रही थी और सन्धि अलेक्स का इंतज़ार कर रही थी ताकि उससे भी बात कर सके। करीब 20 मिनट बाद अलेक्स लाल रंग की बनियान में आया और आते ही उसने अपनी माँ से कहा, "क्या हुआ माँ?"

शेरिन ने कहा, "ये सन्धि है और ये है... क्या नाम बताया था बेटा तुमने," नताशा अपना नाम बताती है, कहती है, "मेरा नाम है नताशा।" दादी कहती है, "हाँ .....हाँ नताशा।" दादी फिर अलेक्स को बताती है सन्धि की तरफ इशारा करके, "यह लड़की बहुत अच्छी है, भारत की है, यहाँ रुकी है सिर्फ लोगों का साथ देने के लिए और युद्ध को किसी भी तरह बंद करवाने के लिए। तुम्हें इसका साथ देना है।"

अलेक्स - "मैं बहुत व्यस्त हूँ, बाहर वायरिंग करनी है और सारे लड़को को इकट्ठा भी करना है, बारी-बारी से सबको काम देना है। रात में सब दो-दो करके जागेंगे ताकि कुछ भी हो तो पता लग जाये। मेरे पास बिल्कुल वक़्त नहीं है और (हंसकर व्यंग से) ये युद्ध बंद करवायेंगी ह ह हह हा।"

सन्धि उसके उपहास को नज़रंदाज़ कर बहुत ही शांत स्वर में उससे कहती है, "मैं और नताशा आपकी वायरिंग करने में मदद कर देंगे आप हमारी मदद कर देना बाद में अगर आपको ठीक लगे तो।"

अलेक्स उस विनम्र लड़की के समक्ष कुछ बोल नहीं पाया, कहता है, "ठीक है।" दादी भी कहती है, "अलेक्स कभी-कभी दूसरों की भी मदद कर दिया कर, अच्छा होता है।"

अलेक्स - "और क्या कर रहा हूँ?" वह झुंझलाता हुआ कहता है।

दादी - "जाओ-जाओ तुम लोग वायरिंग करो... मैं तब तक बैठे-बैठे एक नींद ले लेती हूँ।"

सन्धि, नताशा और अलेक्स बाहर आ जाते हैं। बाहर आते ही हीरो उनके पास आता है। नताशा कहती है, "सॉरी हीरो इंतज़ार कराया।"

अलेक्स - "यह कुत्ता आपका है?"

सन्धि - "हाँ, इसका नाम हीरो है।"

अलेक्स झुक कर हीरो से 'हेलो' करता है।

सन्धि - "बताओ कहाँ करनी है वायरिंग।"

"इस पूरे परिसर की वायरिंग करनी है। कांटे वाले तार लगाने हैं यहाँ। सरिये हम लगा चुके हैं, बस अब तार लगाने हैं।"

अलेक्स आवाज़ लगाता है, "गोहेन गोहेन" और कहता है, "ये है गोहेन... मेरा बहुत करीबी दोस्त। ये है सन्धि, भारत से है... हम लोगों के लिए यहाँ रुकी है और ये नताशा है।"

नताशा - "मैं खारकीव से ही हूँ, मेरा गाँव पूर्वी सीमा पर है।"

गोहेन कहता है, "पूर्वी सीमा पर है मतलब ख़त्म हो गया होगा।"

"हाँ मैं गयी नहीं हूँ अभी तक पर खबर यही है कि लगभग सब कुछ ख़त्म है।"

अलेक्स - "ये हमारे साथ तार लगवाएँगी और फिर हमें इनकी मदद करनी होगी।"

गोहेन पूछता है, "क्या मदद करनी है इनकी?"

अलेक्स - "वो यही बतायेंगी बाद में।"

गोहेन कहता है, "ठीक है! मैं जाकर बाकी लोगों को बुलाता हूँ क्योंकि तभी तार लग पायेंगे, बहुत बड़ी जगह पर लगाना है।"

अलेक्स - "जल्दी से जा और बुला ला सबको।"

गोहेन चला जाता है, अलेक्स पूछता है, "उसके बाद क्या मदद करनी है तुम्हारी?"

सन्धि कहती है, "मैं कीव से मेडिकल डिग्री कर रही थी, खारकीव में आई और फंस गयी क्योंकि युद्ध शुरू हो गया था। मैं अपने घर नहीं गयी क्योंकि मुझे लगा कि यूक्रेन भी मेरा घर है। मैंने जितना भी युद्ध को देखा है, मुझे सिर्फ तबाही दिखी है और आज, जो भी तकलीफें हैं, जो भी दर्द है, यह सब युद्ध की वजह से है। अगर हम युद्ध रोक सकने में कामयाब हो जाते हैं तो हम दोबारा अपनी ज़िन्दगी पहले जैसी शुरू कर सकते हैं।"

अलेक्स - "पुतिन ने कहा था कि 3 दिन में युद्ध ख़त्म हो जायेगा आज कितने दिन हो गए हैं युद्ध ख़त्म नहीं हुआ है और मुझे लगता भी नहीं है कि युद्ध ख़त्म होगा।"

नताशा कहती है, "हम कोशिश करना चाहते हैं और कोशिश में हमें कुछ नहीं करना... बस ज्यादा से ज्यादा लोगों तक बात को पहुँचाना है कि युद्ध हमें बर्बाद कर देगा, इस युद्ध से हुई तबाही बरसों तक हमें रुलाएगी, इसे किसी भी तरह रोकना ही होगा, हर हाल में।"

सन्धि - "अभी यह विचार यूक्रेन में फैलाना है फिर आस-पास की जगह। जब धीरे-धीरे एक विमर्श बनेगा तब जाकर दवाब बनना चालू होगा।"

दूर से एक औरत सन्धि की पूरी बात सुन रही थी, वह अचानक बीच में ही बोलती है, "यह सही बोल रही है, यह तरीका ठीक है। युद्ध ख़त्म होगा तभी सब कुछ बेहतर होगा वर्ना सब बर्बाद हो जायेगा।"

सन्धि उसे 'हेलो' बोलती है और वह औरत चल कर सन्धि के पास आ जाती है। "मेरा नाम एम्बर है, मैं भी यहीं रहती हूँ। मेरे पति और मेरा बेटा इस युद्ध का ग्रास बन गए, मैं अकेली भटक रही हूँ अपनी लाश लिए।"

सन्धि और नताशा अपना-अपना नाम बताते हैं, सन्धि उसके दोनों हाथों को अपने हाथों में लेकर धीरे से थपथपाती है। अलेक्स कहता है, “जो तुम सोच रही हो, वो इतना आसान नहीं है और बहुत समय भी लगेगा इसमें।”

“तुम्हारे पास कोई और सुझाव है जल्दी युद्ध ख़त्म करने का... अगर है तो बताओ।”

अलेक्स अनमना हो जाता है। तब तक गोहेन भी आ जाता है 10–12 लड़कों को लेकर। सन्धि नीचे पड़े हुए तार का एक छोर पकड़ लेती है, नताशा सन्धि के पीछे आ जाती है और वह भी तार को पकड़ लेती है, बाकी सारे लड़के भी पीछे-पीछे आते जाते हैं।

अलेक्स सन्धि से कहता है, “संभाल के... तार हाथों में नहीं लग जाये।”

एम्बर भी तार पकड़ लेती है।

अब गोहेन सन्धि से पूछता है, “अब बताओ क्या मदद करनी है?”

सन्धि गोहेन को पूरी बात समझाती है, गोहेन कहता है, “बात तुम्हारी सही है पर ये होगा कैसे?”

सन्धि कहती है तार को खींचती हुई, “यह तार तुम क्यों लगा रहे हो?”

गोहेन उत्तर देता है, “सुरक्षा के लिए।”

सन्धि कहती है, “सबसे बड़ी सुरक्षा शान्ति है, शांति के वातावरण में कुछ भी खतरा नहीं होता है। सब कुछ संगठित होता है।”

गोहेन - “समझ आया... शांति लाओ और युद्ध को भगाओ।”

सन्धि फीकी हँसी के साथ कहती है, “हाँ सही कहा।”

सब मिलकर तार लगा देते हैं, सन्धि आखिर में कहती है, "जितने लोग हो सकें, उन सब से बात करनी है।"

अलेक्स गोहेन को देखता है, गोहेन कहता है, "जब ये लड़की अपनी वजह से अपने घर नहीं गयी, हमारे घर को अपना समझ रही है, हमारी मदद कर रही है तब तो इसके लिए कुछ न कुछ करना पड़ेगा।"

अलेक्स - "हम कोशिश करते हैं लोगों को जोड़ने की और तुम्हारी बात करवाने की।"

एम्बर धीरे से कहती है, "मैं लड़कियों और औरतों को बताती हूँ तुम्हारे बारे में... देखते हैं क्या होता है।"

"मैं कल अस्पताल जाऊंगी यही सब बातें करने, उसके बाद बाकी के शिविरों में भी जाना है। 5-6 दिन में लौट कर आती हूँ दोबारा, तब तक आप भी बात करना और लोगों से।"

एम्बर सन्धि से कहती है, "हाँ बिल्कुल।"

सन्धि और नताशा सब से विदा लेते हैं और सभी लोग सन्धि से वादा करते हैं कि वे ज्यादा से ज्यादा लोगों को युद्ध के विरुद्ध करेंगे। सन्धि शिविर से बाहर आ जाती है, फिर कुछ दूर चलने के बाद पीछे देखती है तो उसे उसका बाँधा हुआ तार चमकता हुआ दिखता है और उसके पीछे खड़े लोग उसी को देख रहे होते हैं।

12

सारे सैनिकों के हाथ में फूलों के गुलदस्ते हों और हर सैनिक दूसरे सैनिक को गुलदस्ता देकर उसके सहृदय मानव होने का सम्मान करे।

खारकीव

2 मार्च 2022

सुबह के 10 बजे

सन्धि कंप्यूटर पर कुछ लिख रही होती है। नताशा उठ कर सन्धि से कहती है, "सोई कि नहीं तुम रात में, या फिर पूरी रात लिखती ही रही।"

"मैं सो गयी थी थोड़ा सा, फिर जल्दी उठ कर लिखने लगी।"

"क्या लिख रही हो आज?"

"वह शरणार्थी शिविर में लोगों की दारुण दशा है, उसी को लिख रही हूँ।"

"घर वैसे तो पता नहीं लगता कि कितना ज़रूरी है पर ना हो अगर तो जीना मुहाल हो जाता है।"

"इंसान की सारी ज़रूरतों में सबसे बड़ी ज़रुरत उसका भावनात्मक खाना-पीना है।"

"भावनात्मक खाना-पीना मतलब?"

"भावनात्मत रूप से कोई भी इंसान क्या ग्रहण कर रहा है, यह बहुत महत्पूर्ण है। प्रकृति और पौरुष का सम्बन्ध बहुत अहम है। ये आपस में हमेशा परस्पर एक-दूसरे पर प्रभाव डालते रहते हैं। प्रकृति वह सब कुछ है, जो भी हमारे आस-पास है और पौरुष चेतना का शारीरिक प्रभाव है। यह दोनों आपस में आदि काल से अंतःक्रिया कर रहे हैं। यह मनुष्य के अन्दर विकारों और गुणों दोनों के लिए उत्तरदायी है। इसलिए हम वही हो जाते हैं जिस माहौल में हम रहने लगते हैं। अपने आस-पास देखो नताशा, कुछ भी कुछ भी ऐसा नहीं है जिसे सोच कर हम खुश हो सकें। कल्पना करो उन लोगों की जो यही सब 2014 से झेल रहे हैं जब क्रिमीया पर कब्ज़ा हुआ तब से। 8 साल से वे लोग बंदूकों और टैंक के गोलों की आवाज़ सुन रहे हैं। कैसा होना चाहिए उनका

जीवन जो भय और अविश्वास के अवगुणों को झेल रहे हैं। उन्हें समाज के किसी भी घटक पर कोई विश्वास नहीं है। वह बस जो देखते हैं, वही उनके लिए सत्य और विश्वास करने योग्य है, शायद वे लोग उस पर भी विश्वास नहीं करते होंगे। आतंरिक रूप से वे सब टूट चुके हैं, बस घोषित रूप से नहीं मरे हैं पर उनकी रूह मर चुकी है। जिन औरतों ने अपने बच्चों को इस युद्ध में जन्म दिया होगा, वह कोस रही होंगी क्यों ऐसा वक़्त उनके हिस्से में आया, पैदा होने से मरने तक की प्रक्रिया बाधित है जो नैसर्गिक नहीं है। कुछ लोग हैं जो ये सब कुछ अपनी शर्तों पर चला रहे हैं।"

नताशा सन्धि की बात सुनकर बड़ी हैरत में आ जाती है और कहती है, "मुझे समझ नहीं आता है कि मैं क्या बोलूं। इतना विभाजन है कि इंसान पहले से ही टूट चुका है, उस पर ये समाज का विभाजन... जैसे कि हम यूक्रेनी हैं, वो रशियन हैं, कुछ पोलिश, कुछ भारतीय हैं। आखिर इंसान कहाँ जाये, अपनी आहत हुई रूह और शरीर को लेकर। जहाँ भी जायेगा, वहाँ अलग लोग हैं जो किसी न किसी क्षेत्र में विभाजित हैं और यही क्षेत्र उन्हें दूसरों से अलग कर देता है। इसलिए आपको शरणार्थी बनना पड़ता है क्योंकि आप जो हैं, वो नहीं हैं जहाँ आप गए हैं। ये भेद, ये विभाजन, ये क्षेत्र, ये भूभाग सब कुछ अलगाव पैदा कर रहे हैं मनुष्य में। आखिर मनुष्य दूसरे मनुष्य के पास कैसे जाए अपनी पीड़ा लेकर, सभी अपने स्वार्थों की पूर्ति पर ध्यान देने में लगे हुए हैं।"

"शायद ये सब इसलिए है कि कुछ लोग चाहते ही नहीं हैं कि मनुष्य अपनी पीड़ा किसी से भी ज़ाहिर करे, बांटे। वह मनुष्य को परपीड़क बनाना चाहते हैं, खुशदिल नहीं।"

"हां, बिल्कुल ठीक बात है, युद्ध से पहले से शुरू करते हैं, तब का वक़्त सोचो... हम सब अपने-अपने टीवी, मोबाइल, फेसबुक, इन्स्ताग्राम, स्नैपचैट

और ट्विटर पर रहते थे। अपनी स्मार्ट वाच को देखते थे कि कितने कदम हुए चलते वक़्त पर स्मार्ट वाच कितनी भी स्मार्ट हो, ये नहीं बताती कि कहाँ जा रहे हो, वह सिर्फ यह बताती है कि कितने कदम चले। इस तरह क़दमों को नापते-नापते, अपने लिए चलते-चलते इन मशीनों से खेलते हम लोग आज दिशाहीन होकर सबसे दूर इस अकेलेपन की दहलीज़ पर हैं और ये अकेलापन शारीरिक नहीं है, मानसिक भी है। हमारी नब्ज अब कौन पकड़ता है, उस पर तो हमने महंगी घड़ी बाँध दी है। हमारी लालसा गाड़ी, बंगले, कपड़े, खुशबूदार साबुन, क्रीम और आलीशान जीवन तक सीमित है। हमने एक अरसे पहले कभी चाह की होगी कि कोई हमारे साथ उम्र भर रहे, मुझे लगता है इस चाह में भी हमने रहने के लिए एक आलिशान घर सोच लिया होगा। साथ रहने के लिए दो लोग चाहिए जो जीते-जागते हों और एक-दूसरे की नब्ज को पकड़े हों। स्त्री-पुरुष के अलावा उनमें दूसरा कोई भेद न हो और वो विभाजित न हों। ये विभाजन ही घातक है।"

दोनों कुछ देर के लिए शांत हो जाती हैं। सन्धि कंप्यूटर पर दोबारा कुछ टाइप करने लगती है और नताशा उठ कर तैयार होने लगती है। नताशा तैयार होते-होते पूछती है, "आज अस्पताल चलना है न।"

"हाँ....हाँ बिल्कुल।"

"कल तो तुमने बहुत अच्छे से समझाया लोगों को।" नताशा आगे पूछती है, "क्या तुमने कभी पहले ऐसे बहुत से लोगों को संबोधित किया है एक साथ।"

"नहीं...कभी नहीं।"

"तो फिर कभी वाद-विवाद प्रतियोगिता में हिस्सा लिया होगा।"

"नहीं...वो भी नहीं किया।"

"तो फिर कैसे करती हो ये सब?"

"पहले कभी नहीं कर पायी, यहाँ तक कि अपने कॉलेज में जब सबके सामने बोलना होता था तो मेरे पसीने छूट जाते थे और तुम्हारे सवाल से पहले मैंने ये सोचा तक नहीं कि मैं अब कैसे कर पा रही हूँ ये सब।" फिर सन्धि शांत हो जाती है, कुछ सोचने लगती है। नताशा भी कुछ नहीं बोलती उससे, वो भी चुप हो जाती है।

"फिर सन्धि अकस्मात कहती है, "मुझे लगता है मैं पहले जो भी बोलती थी, उस पर विश्वास नहीं करती थी, इसलिए शायद बोलने में डर लगता था। पर अब मैं जो भी बोलती हूँ, उस पर विश्वास करती हूँ, उसे जीती हूँ। यही फर्क है बस।"

"हाँ, शायद यही हुआ होगा। चलो चलें।"

सन्धि उठ कर अपनी जैकेट और जूते पहन लेती है। दोनों सीढ़ी के रास्ते घर से बाहर निकल जाते हैं। निकलते ही वह इमारत का मलबा फिर से दिखता है, अब उस मलबे पर और ज्यादा चीलें बैठे होते हैं। सन्धि जाकर फिर से उन चीलों को भगा देती है।

नताशा यह देख कर सन्धि से पूछती है, "क्यों भगाती हो तुम उन चीलों को?"

"मुझे लगता है ये चीलें अगर किसी को नोंच कर खा रहे होंगे तो यह सही नहीं है, कम से कम थोड़ी मानवीय गरिमा तो रहे इस युद्ध में भी।"

नताशा सन्धि को देखती है, फिर रास्ते पर देखने लगती है। नताशा कुछ देर बाद कहती है, "सन्धि तुम बहुत अच्छी हो।"

"क्या हुआ अचानक?"

"तुम्हारे दिल में दूसरों के लिए कितना प्रेम है।"

"मैं खुद से बहुत प्रेम करती हूँ इसलिए दूसरों से भी प्रेम करती हूँ।" फिर दोनों मुस्कुराकर चलने लगते हैं अस्पताल के लिए।

सन्धि सोच रही थी चलते-चलते कि आज का दिन कल से भी ज्यादा मुश्किल भरा होगा, खून, लाशें, कराहें सब देखनी होगी। कैसे होगा ये सब मुझसे। क्या मैं टूट जाऊंगी, रोने लगूंगी वहाँ, या फिर मैं कुछ कर पाऊंगी उनके लिए, कभी ज़िन्दगी के मोड़ पर कुछ। सन्धि सोचती है ना जाने कितने लोग एक-दूसरे को रोज़ मार रहे हैं ना कोई बड़ी वजह है, ना कोई समाधान है इस परिस्थिति का। इंसान-इन्सान को कैसे मार देता है, यह सवाल मुझे आज तक नहीं समझ आया। मार्को से लेकर इस युद्ध तक मैं इसी प्रश्न में उलझी हूँ। जो मारता है क्या उसके पास कोई और दूसरा विकल्प नहीं होता या फिर इंसान इतना मजबूर है परिस्थितियों के आगे कि उसे करना पड़ता है। उसे मारना पड़ता है दूसरे इंसान को।

ये परिस्थितियां इतनी कठोर क्यों होती हैं कि इंसान को तोड़ दे या इन्हें इतना कठोर बनाया जाता है कि इंसान के सामने कोई विकल्प न रहे। युद्ध में विकल्प हमेशा सीमित और आपकी गरिमा के विरुद्ध खड़े दिखाए जाते हैं और प्रेम में असीमित। प्रेम में भी शायद विकल्प कम ही होते हैं, सिर्फ प्रेम कर सकते हो आप और कुछ नहीं। तो फिर हम आज़ाद कैसे हैं, प्रेम भी बांधता है क्या। या प्रेम आज़ाद करता है। आज़ादी तो ज्यादा से ज्यादा विकल्पों का होना ही है। जैसे मैं घर जा सकती थी, यहाँ रहकर युद्ध को रोकना चाहती हूँ, मैं यहाँ रहकर सिर्फ अंडरग्राउंड कमरे में रह सकती हूँ, नहीं जाऊं कहीं। मेरे पास विकल्प है, मैं आज़ाद हूँ। पर सैनिक... क्या वह आज़ाद है। सैनिक दोनों तरफ के, क्या वे आज़ाद हैं। यूक्रेनी सैनिक तो नहीं गए वो तो यूक्रेन में ही थे, उनके भू भाग में आये हैं रुसी सैनिक। उन्हें तो बचाना होगा अपना भू भाग। ये भावना किसने डाली उनमें कि उन्हें बचाना होगा अपना भू

भाग या अपने राष्ट्र को। सन्धि खुद से कहती है कुछ समझ नहीं आता कभी-कभी, हर परिस्थिति इतनी जटिल कैसे हो सकती है।

सन्धि अचानक ठिठक कर रुक जाती है। एक सफ़ेद रंग की बड़ी गाड़ी थी, उसके साथ एक हरे रंग की गाड़ी थी और दोनों गाड़ियों में से बहुत से घायल लोग निकलते जा रहे थे और खून नीचे गिर रहा था। नताशा ऊपर का बोर्ड अचानक पढ़ कर सन्धि को बताने लगती है और कहती है, "यह है खारकीव सिटी हॉस्पिटल।" अस्पताल की इमारत काफी बड़ी थी, उस पर भी गोलियों की नक्कासी हो रही थी और जिस बोर्ड पर अस्पताल का नाम लिखा था, वह बोर्ड काफी बड़ा था पर वह बोर्ड टूट चुका था। एक छोर से वह बोर्ड लगा हुआ था और एक छोर से वह बोर्ड इमारत में बनी खिड़की में फँसा हुआ था। खिड़की ने उस बोर्ड का वजन संभाल रखा था। जो लोग उन गाड़ियों से निकल रहे थे, वह लोग चिल्ला रहे थे पीड़ा से, कराह रहे थे। सन्धि यह सब देख कर वहीं खड़ी हो गयी... न हिल रही थी और न कुछ बोल रही थी।

एक सैनिक ने सन्धि को देखा और इशारा किया कि वह आकर उसकी मदद करे उस सैनिक को अन्दर ले जाने में। सन्धि हिल ही नहीं पा रही थी अपनी जगह से। फिर सैनिक ने और नताशा ने बहुत तेज़ आवाज़ दी। तब कहीं जाकर सन्धि निकल सकी उस स्तब्धता की गिरफ्त से। सन्धि दौड़ कर गयी और सैनिक ने उससे कहा, "स्ट्रेचर को पकड़ो और मेरे तीन कहने पर इस स्ट्रेचर से इस सैनिक को उस स्ट्रेचर पर स्थानांतरण करेंगे।"

सन्धि ने अपना सिर हिलाया क्योंकि वह कुछ समझ नहीं पा रही थी, सब कुछ इतनी जल्दी में हो रहा था। अस्पताल आते ही उसकी ज़िन्दगी जो ठहरी हुई सी थी, उसे लगा कि द्रुत गति से भागने लगी है।

सैनिक ने कहा, "एक, दो और तीन।" सन्धि और सैनिक ने उठाया उस जख्मी सैनिक को और दूसरे स्ट्रेचर पर स्थानांतरित कर दिया।

सैनिक कहता है, "अब हमें इसे अन्दर ले जाना है।" नताशा यही काम किसी दूसरे सैनिक के साथ कर रही थी। सन्धि ने फिर अपना सिर हिलाया। सैनिक ने कहा, "चलो"।

सन्धि और वो सैनिक उस जख्मी सिपाही को अन्दर ले जाने लगे। आगे सीढ़ियां थी। सन्धि ने सीढ़ी पर बहुत-बहुत ताकत लगायी और हल्का सा जख्मी सिपाही का पैर हिल गया और वह सिपाही और तेज़ चिल्लाने लगा। सन्धि ने डर कर कहा, "सॉरी...सॉरी।" सिपाही फिर भी चिल्लाता रहा। सन्धि ने सिपाही का घाव देखा तो उसे उल्टी आ गई पर वह तो सिपाही को अन्दर ले जा रही थी सो उसने अपना मूँह जोर से बंद कर लिया और एक उबकाई ली अपनी नाक से। सामने वाला सैनिक, जो सन्धि को ले जा रहा था, वह समझ गया कि सन्धि भयभीत है और शायद सन्धि के मुँह में उल्टी भरी है। सन्धि के दिमाग से जख्मी सिपाही का घाव ही नहीं निकल रहा था। उसके पैर का मांस फटा हुआ था, धमनियों से खून बह रहा था और हड्डी टूट गयी थी। जख्मी सिपाही के जूते खून से सने थे। स्ट्रेचर खून से लाल था। जिन सीढ़ियों से सन्धि ऊपर जा रही थी अस्पताल की तरफ, उन सीढ़ियों पर खून बिखरा पड़ा था। कई जगह खून गाढ़ा होकर जम भी गया था, सन्धि को जूते चिपचिपाने का अनुभव हो रहा था, उसने यह भी अनुभव किया कि खून की परत सीढ़ियों पर कहीं-कहीं काफी मोटी थी।

सन्धि स्ट्रेचेर लिए अन्दर आती है और देखती है एक बड़ा सा हॉल है और उसमें कई सारे बिस्तर पड़े हैं, सिर्फ चीखें ही सुनाई दे रही हैं। सैनिक सन्धि से कहता है, "अन्दर ले जाकर नीचे रख देते हैं।" सारे बिस्तर भरे हुए हैं। सन्धि मुँह में उल्टी भरे सिर्फ सिर हिलाती है। सन्धि और वह सैनिक दूसरे सैनिक

को नीचे रख देते हैं। जैसे ही सन्धि उस सैनिक को जमीन पर रखती है, पास वाली खिड़की की तरफ दौड़ती है उसे खोलती है और वहाँ से उल्टी कर देती है, फिर खांसने लगती है। वो अपने को व्यवस्थित करती है।

एक सेकंड के लिए सैनिक सन्धि की तरफ देखता है, फिर डॉक्टर को आवाज़ लगता है, तब तक संयत होकर सन्धि भी दोबारा आ जाती है जहाँ उसने उस सैनिक का स्ट्रेचर रखा था। वह सैनिक, जिसने रखा था जख्मी सैनिक को नीचे, वह सन्धि के आते ही चला जाता है। इतनी सी ही देर में जख्मी सैनिक सन्धि का हाथ पकड़ता है और बोलता है, "मुझे दर्द निवारक इंजेक्शन दे दो, मैं मर जाऊंगा दर्द से।" एक डॉक्टर दौड़कर वहाँ आती है रुई और दवाई लेकर। वह आते ही सन्धि को कहती है, "मॉर्फिन का इंजेक्शन ले आओ जल्दी से।" अब जाकर सन्धि का वैज्ञानिक दिमाग शुरू होता है। अब तक वह सिर्फ इंसानी तौर पर चीजें देख पा रही थी और डरी हुई थी। डरी वह अब भी है पर अब उसे ज़िम्मेदारी मिल गयी है और इस नयी भूमिका ने उसका डर थोड़ी देर के लिए कम कर दिया है।

सन्धि दौड़ कर गयी और उसने दूसरी नर्स से पूछा, "मॉर्फिन कहाँ रखी है?" दूसरी नर्स ने इशारे से बताया। सन्धि ने मॉर्फिन का इंजेक्शन और सिरिंज ली और घायल सैनिक की तरफ दौड़ गयी। जब तक डॉक्टर सैनिक का घाँव साफ़ कर रही थी सन्धि ने सिरिंज में दवाई भर ली थी। डॉक्टर ने सन्धि को दवाई भरते देख पूछा, "डॉक्टर हो क्या?"

"नहीं अभी नहीं हूँ... 1 साल बचा है पर काफी कुछ जानती हूँ शायद।"

डॉक्टर ने यह सुनकर कर सन्धि को कहा, "इंजेक्शन लगा दो।" और वह साफ़ करती रही घाव को। सन्धि ने उस सैनिक को इंजेक्शन लगा दिया। सन्धि सोच रही थी कि आम ज़िन्दगी में डिग्री होना बहुत महत्वपूर्ण है पर इस युद्ध में किसी को कोई फर्क नहीं है कि तुम्हारे पास डिग्री है या नहीं। यहाँ

सिर्फ महत्वपूर्ण है ना डरना और बिना घबराये काम करना। डॉक्टर ने फिर सन्धि से कहा, "पट्टी ले आओ।" सन्धि पट्टी लेने गयी तो उसने देखा कि चादर में दो नर्स ने एक इंसान को ऊपर से नीचे तक लपेट कर नीचे रख दिया और उसके बिस्तर पर दूसरे मरीज़ को लिटा दिया और उस दूसरे मरीज़ का इलाज करने लगी, उस सैनिक को बिना देखे, जो मर गया है।

सन्धि के सामने सन्धि के रास्ते में वो लाश रखी थी, दूसरी तरफ नर्स खड़ी थी, नर्स ने सन्धि को देख कर कहा, "क्या चाहिए?"

"पट्टी मंगायी है।"

"यहाँ से ले लो।" और वह उस सैनिक के इलाज़ में जुट गयी जो मृत व्यक्ति की जगह लेटा था।

सन्धि खड़ी रही और उस लाश को देखती रही, उसके दिमाग में चल रहा था कि इस लाश को कैसे लांघे। तभी उस नर्स ने दोबारा सन्धि को देखा और कहा, "जल्दी से लेकर जाओ।"

सन्धि ने एकदम से उस लाश को लांघा, पट्टी उठाई और चली गयी। सन्धि सोच रही थी कि लाश के उस पार ही ज़िन्दगी है, उसने सही किया। सन्धि पट्टी ले कर लौटी और डॉक्टर को दे दी। डॉक्टर ने सन्धि से कहा, "मेरी मदद करो बाँधने में।" सन्धि मदद करने लगी। तभी स्ट्रेचर पर एक औरत आई। वह यूक्रेनी सेना की ड्रेस पहने थी और शायद उसको बच्चा होने वाला था। उसकी छाती पर बड़ी सी बन्दूक रखी थी और उसके साथ एक सैनिक और था। उस महिला ने कहा सैनिक से, "अब तुम जाओ, यहाँ से मैं देख लूँगी।" सन्धि ने जैसे ही पट्टी बाँधी, डॉक्टर ने सन्धि से पूछा, "तुम्हारी विशेषज्ञता क्या है?"

"प्रसूति में।"

"आ जाओ मेरे साथ।"

सन्धि ने कुछ नहीं कहा। वह डॉक्टर के साथ चली गयी। डॉक्टर सन्धि को उसी महिला के पास लेकर आ गयी जो यूक्रेनी सैनिक के कपड़ो में थी। डॉक्टर ने पूछा, "क्या दर्द हो रहा है?" उस महिला ने कहा, "हाँ पर समझ नहीं आ रहा कि किस चीज का दर्द है, गोली लगने का या प्रसव पीड़ा है।"

सन्धि ने कहा, "आपको गोली कहाँ लगी है?"

"कंधे में।"

सन्धि ने जल्दी से उसकी शर्ट खोली और उस से आग्रह किया कि वह अपनी बन्दूक नीचे स्ट्रेचर पर रख ले। औरत ने रख ली अपनी बन्दूक स्ट्रेचर पर। सन्धि ने उस औरत की शर्ट लगभग पूरी खोल दी थी और कहा, "अब आप अच्छे से साँस ले सकती हैं।" हल्के हाथों से उसे उठाया और देखा उसके कंधे को, कंधे से खून बह रहा था, शर्ट पूरी गीली हो चुकी थी खून से। सन्धि ने घाव को साफ़ किया और उसे कहा, "गोली सिर्फ छू कर निकली है।" स्ट्रेचर पर लेटी औरत ने कहा, "हाँ, मुझे वह दिख गया था, इसलिए मैं हिल गयी थी नहीं तो यही गोली मेरी गर्दन में घुसी होती।"

सन्धि ने घाव साफ़ करके उस से पूछा, "अब बताओ दर्द कहाँ है?"

"अब दर्द महसूस हो रहा है मुझे पेट में।"

"कौन सा महीना है?" उस औरत को कुछ सुनाई नहीं दिया क्योंकि शोर बहुत था। उसने कहा, "मुझे कुछ सुनाई नहीं दे रहा है।" तब तक दूसरे डॉक्टर पास से गुज़रे चिल्लाते हुए, वह कह रहे थे कि जल्दी से ऑक्सीजन सिलिंडर लाओ। सन्धि ने देखा उनका सफ़ेद कोट का सिर्फ कॉलर सफ़ेद था बाकि ऊपर से नीचे तक वह लाल थे।

सन्धि से उस महिला ने पूछा दर्द में कराहते हुए, "तुम यहाँ की तो नहीं दिखती।"

"हाँ मैं यहाँ की नहीं हूँ। मैं भारत की हूँ... यहाँ मेडिकल की डिग्री करने आई थी।"

उस औरत ने कहा, "तुम्हारा नाम क्या है?"

"सन्धि।" यह कह कर वह स्ट्रेचर पर लेटी औरत के पैंट के हुक खोलने लगी।

स्ट्रेचर पर लेटी औरत ने कहा, "मेरा नाम स्टेला है। मैं एक स्नाइपर शूटर हूँ।"

सन्धि ने गौर से उसकी बन्दूक देखी। जैसे ही उस लड़की ने कहा कि वह स्नाइपर है, सन्धि उस औरत का पैंट उतारते हुए कहती है, "कैसा लगता है उसे उसका काम!"

"मेरा काम है... बस अच्छा और बुरा कुछ महसूस नहीं होता पर हाँ मैं सोचती नहीं हूँ, ऐसा करने के लिए मुझे मेरे गुरु ने कहा था। उन्होंने कहा था अगर तुम सोचोगी कि तुम किस इंसान को मार रही हो तो कभी निशाना ठीक नहीं लगेगा क्योंकि तुम अन्दर से काँपने लगोगी। इसलिए सोचो मत, काम करो।"

तब तक एक डॉक्टर, जो सन्धि के साथ पहले थी, वह दोबारा आती है, सन्धि को यह एहसास ही नहीं था कि यह डॉक्टर चली गयी थी। वह आकर मेडिकल गाउन रख जाती है।

सन्धि - "इस युद्ध ने सबको फँसा दिया है।"

स्टेला पूछती है, "तुम क्यों नहीं अपने देश लौट गयी?"

"मैं नहीं लौटी क्योंकि मुझे यह भी अपना देश लगता है। मैं तब लौट जाऊंगी जब युद्ध ख़त्म होगा।"

सन्धि आगे कहती है उसे मेडिकल गाउन पहनाते हुए, “मैं यहाँ इसलिए आई थी कि मैं सबसे बात कर पाऊँ कि युद्ध सही नहीं है और हम इसे मिलकर ही रोक पाएंगे।”

“युद्ध मैं भी नहीं चाहती। मैं 24 फरवरी के बाद सेना में शामिल हुई जब मुझे मेजर ने कहा कि हमें तुम्हारी ज़रुरत है। मैं यूनिवर्सिटी स्तर पर राइफल प्रतियोगिता में सर्वोच्च रही थी। तो युद्ध शुरू होने के बाद एक दिन मुझसे कहा गया कि मेरी ज़रुरत है आर्मी को। मैंने पूछा कि आपको सही में मेरी ज़रूरत है तो आर्मी ने कहा कि हाँ सही में ज़रुरत है। बस फिर क्या था मैंने अपना बैग पैक किया 15 मिनट में और अपने घर से अपनी गाड़ी में निकल गयी सीमा के लिए।”

“तो तुम पहले क्या करती थी?”

“मैं मॉडलिंग करती थी। रैंप पर चलने से लेकर यहाँ तक आ गई मैं। आज इस स्ट्रेचर पर लेटी हूँ और एक भारतीय महिला मेरा इलाज़ कर रही है। सब कुछ देख लिया है, अब तो ऐसा लगता है।”

“क्या आप युद्ध नहीं चाहती हैं?”

“कौन चाहता है युद्ध, मैं तो बिल्कुल नहीं, मैं खुश थी घर पर खाना बना कर और रैंप पर चल कर। तुम भी योद्धा हो मेरी तरह। मैं हथियारों से लड़ रही हूँ और तुम विचारों से। दोनों जीत जायेंगे।”

“हम में से कोई एक ही जीत पायेगा शायद अगर मैं जीती तो आपको हथियार चलाने की ज़रूरत ही नहीं पड़ेगी।”

“तो फिर तुम जीतो।” तभी डॉक्टर आती है दौड़ते हुए और स्टेला को दूसरे वार्ड में ले जाती है ऑपरेशन के लिए। स्टेला सन्धि को वहाँ से हँसते हुए विदा करती है। सन्धि को अब ख्याल आता है नताशा का और वह नताशा

को देखने लगती है। सन्धि को एक डॉक्टर दिखता है और वह सैनिक के कपड़ो में ही होता है। वह डॉक्टर दूसरे डॉक्टर्स को निर्देश दे रहा होता है। सन्धि को तभी उसी डॉक्टर के करीब खड़ी नताशा भी दिख जाती है। सन्धि नताशा के पास जाती है और कहती है, "ये कौन है?"

नताशा कहती है, "यह युद्ध चिकित्सक है, यह सीमा से कुछ ही दूर पर होते हैं।"

"इन पर तो बहुत दवाब होता होगा।"

"हाँ, बहुत ज्यादा... इन्हें गोलियों से बचना भी है और इलाज भी करना है।" वह युद्ध चिकित्सक पूरी की पूरी रुई का पैकेट लगा देता है घाव के अन्दर और फिर भी घाव से खून बहना नहीं रुकता है। एक हाथ से वह घाव के अन्दर की रुई को पकड़े होता है और दूसरे हाथ से वह दूसरा रुई का पैकेट माँग रहा होता है और दूसरे पैकेट को भी खोलकर भर देता है घाँव के अन्दर। जख्मी सिपाही दर्द से अपने हाथ को मारने लगता है स्ट्रेचर में।

युद्ध चिकित्सक कहता है, "हमें रुई लगाते रहना है जब तक खून बंद नहीं होता है। हमें खून बंद करना ही होगा क्योंकि खून की ज्यादा यूनिट नहीं बची हैं हमारे पास। जल्दी से लाओ अनेस्थिसिया।" एक डॉक्टर दौड़ता है, एनेस्थीसिया ढूँढता है बहुत सारे इंजेक्शन में। युद्ध चिकित्सक कहता है, "यह एक तरह की दौड़ है समय के साथ। अगर समय जीता तो आप एक सैनिक खो दोगे और आप जीते तो आपके युद्ध जीतने के अवसर बढ़ जायेंगे। हमें सब कुछ तेज़ी से करना है ताकि कुछ ही समय में हम परिस्थिति पर काबू पा लें।" वह डॉक्टर जिस तरह बात करते हुए काम भी कर रहा था, वह अद्भुत था। वो मशीन बन चुका था बिना किसी भाव के, बस वह काम कर रहा था। डॉक्टर फिर कहता है, "घबराना नहीं है, हमें अपने दिमाग को चालू रखना है पर भावनाओं को मोबाइल की तरह स्विच ऑफ कर देना है तभी आप

इलाज़ बेहतर कर पाओगे। रोबोट बनना पड़ेगा।" थोड़ी देर बाद युद्ध चिकित्सक कहता है, "मैं पिछले एक हफ्ते में करीब 1000 बहुत गंभीर रूप से घायल लोगों को देख चुका हूँ और उनका इलाज़ भी कर चुका हूँ। उससे पहले आम दिनों में मेरे पास पूरे साल में मुश्किल से 100–200 गंभीर मरीज आते होंगे।"

बाकी जो डॉक्टर्स उसके आस-पास हैं, वह कहते हैं "हाँ, हमारे साथ भी यही है।" एक डॉक्टर कहता है, "डॉक्टर एक बात कहूँ बात करने से थोड़ा दिमाग बंट जाता है और थोड़ा हल्का महसूस होता है... नहीं तो एक दिन में 20-20 घंटे काम करना बहुत मुश्किल होता है।"

"तुम्हें क्या लगता है, मैं क्यों बात कर रहा हूँ।"

सन्धि के बगल में उसको एक कूड़ादान दिखता है और उसमें बहुत सारी खून से भरी हुई पट्टियां दिखती हैं। बहुत देर बाद सन्धि को कुछ महसूस होता है, खून और दवाइयों की बू आने लगती है उसको। तभी एकाएक तीन सैनिक एक सैनिक को पकड़ कर लेकर आते हैं और लिटा देते हैं। युद्ध चिकित्सक वहाँ पहुँच जाता है और कहता है, "क्या हुआ है इसे?"

सैनिक कहते हैं, "यह रुसी है... इसका इलाज़ करो फिर इसे बंदी बनायेंगे।"

सन्धि को पहले तो लगता है कि उसने कुछ गलत सुन लिया पर फिर चिकित्सक कहता है, "मैंने अपने पूरे असैनिक काल में इतने खतरनाक और गंभीर घाँव नहीं देखे जो तुम रूसियों ने मुझे इस एक हफ्ते में दिखाए हैं।"

यूक्रेनी यह बात सुनकर भड़क जाते हैं और कहते हैं, "इसे मारने के लिए मैंने अपने कमांडर से कई बार कहा पर उन्होंने नहीं सुना। उन्होंने कहा पहले ये घायल सैनिक है, बाद में ये रुसी है। इसका इलाज करना है फिर इसको बंदी बनाना है।"

“हाँ, सही कहा उन्होंने... मैं भी नफरत करता हूँ इनसे। पहले निराश होता था यह सब देख कर पर अब मेरी निराशा नफरत में बदल रही है।” युद्ध चिकित्सक रुसी सैनिक से कहता है, “क्यों फौज में तुम सिर्फ पैसे के लिए गए थे ना?”

रुसी कुछ नहीं बोलता। फिर चिकित्सक कहता है, “तुम्हारी वजह से मैं दिन-रात काम कर रहा हूँ और तुम्हें हत्याएँ करने से ही फुर्सत नहीं है।”

रुसी सैनिक कहता है, “मैं भी किसी को नहीं मारना चाहता हूँ पर अगर हम फौज में काम करने से मना कर देंगे तो वो हमें जेल में डाल देते हैं। हमें मजबूरन काम करना पड़ता है फौज में।”

“हाँ, क्यों नहीं करोगे काम... पैसे जो देती है तुम्हारी सरकार तुम्हें बहुत ज्यादा।”

“हमें ज्यादा पैसे नहीं मिलते हैं। हमसे ज्यादा कॉन्ट्रैक्ट सैनिकों को मिलते हैं, वही ज्यादा लोगों को मारते हैं। हम तो खुद को बचाने की कोशिश ज्यादा करते हैं।”

सन्धि खड़े-खड़े यह सब सुन रही होती है और नताशा से कहती है, “सिर्फ बाहर से युद्ध हो रहा है, यह कहना कितना आसान है। यहाँ आकर पता लगा कि युद्ध क्या होता है। गोलियों से खुला शरीर, आदमी को आदमी मारता हुआ, कुछ इंसान अपनी परिस्थितियों के चलते हथियार ऊठाते हुए और कुछ अपने परिवार पालने के चलते हथियार उठाते हुए। कुछ राष्ट्र भावना से ओतप्रोत तो कुछ पैसे कमाने के लिए पर यह सब जब सीमा पर होते हैं तो कितने एक लगते हैं। हम सबको सैनिक कहते हैं, एक सामूहिक तौर पर हम इन्हें देखते हैं पर यह सब कितने अलग हैं एक दूसरे से। अलग-अलग भावनाओं से ग्रसित एवं प्रेरित अपने अलग-अलग उद्देश्यों के लिए युद्ध कर रहे हैं।”

चिकित्सक रुसी सैनिक से पूछता है, “क्या हुआ तुम्हें?”

रुसी सैनिक बताता है, “मुझे यूक्रेनी सैनिक की चलायी हुई मशीन गन का बारूद आँख में लग गया। उसके बाद मैं गिर गया और यूक्रेनी सैनिक ने मेरे पैर पर चार गोलियां मार दी।”

चिकित्सक कहता है घाव देखते हुए, “हाँ, वो सब तो मैं देख रहा हूँ।”

“सिर्फ परमाणु हथियारों को छोड़ कर यहाँ सब हथियार चल रहे हैं। हर देश अपने हथियार यहाँ भेज रहा है। कई बार लगता है कि यह युद्ध उनके हथियारों के लिए परिक्षण क्षेत्र है।” चिकित्सक रुसी सैनिक की गोलियां निकाल कर पट्टी करता है और उसे इंजेक्शन देता है। फिर एक वार्ड बॉय को बुला कर कहता है, “इसे यूक्रेनी सैनिक के साथ मत रखना वर्ना मार देंगे इसे वो... इसे अलग कहीं रखो।”

वार्ड बॉय रुसी सैनिक को ले जाता है। फिर वही युद्ध चिकित्सक अपने शल्य चिकित्सा के दस्ताने उतार कर सन्धि के बगल वाले कूड़ेदान में फ़ेंक देता है। खिड़की के पास खड़ा होकर एक सिगरेट जलाता है और पीने लगता है। उसकी शक्ल से पता लग रहा था कि पिछले कई दिनों से वह सोया नहीं है। सन्धि उसे देखती रहती है और उस चिकित्सक के अन्दर जो चल रहा है, उसे सोचने का प्रयास करती है। वह धुएं में उड़ा रहा था अपनी उदासी, अपना खौफ, अपनी चेतना की हलचल जो हर घाव को देख कर उसे होती है।

मनुष्य कभी मशीन नहीं बन सकता, वह मनुष्य ही रहेगा... बस थोड़ा या ज्यादा मशीनीकरण हो सकता है उसका और परिणाम यह होता है कि मशीन खराब हो जाती है, उसे प्रेम के स्राव की ज़रुरत होती है जो इस युद्ध में मिलना असंभव है। चिकित्सक देख रहा होता है कि सन्धि उसे लगातार देख रही होती है। वह सन्धि को बुला लेता है अपने पास। सन्धि और नताशा दोनों जाते हैं उसके पास और खड़े हो जाते हैं। उस चिकित्सक का धैर्य, जिसे वह

टूटने नहीं दे रहा है, उसके चलते ना सन्धि उससे कुछ पूछ पायी और न नताशा।

चिकित्सक ने कहा, "तुम लोगों को मुझसे कुछ बात करनी है क्या?"

सन्धि ने कहा, "हां बात करनी है।"

"ठीक है पर मैं ज्यादा समय नहीं दे सकता तुमको, क्योंकि घायल सैनिक आते ही जा रहे हैं और डॉक्टर्स कम हैं।"

"हाँ हमें बस थोड़ा ही समय चाहिए आपका।" सन्धि उसे अपने बारे में और अपने उद्देश्य के बारे में सब कुछ बताती है। चिकित्सक सन्धि की सारी बात सुनकर कहता है, "वास्तविकता में मुझे नहीं पता कि युद्ध कब ख़त्म होगा। रुसी सैनिक लड़ना बंद ही नहीं कर रहे हैं। रुसी अपनी सेना भेजते हैं, हमसे लड़ते हैं और उस सेना को कहते हैं 'शांति सेना'। वह सेना हमारे लोगों को मारती है, उनकी हत्याएं करती है, मरने वालों की लाशें हमें गलने के बाद मिलती है और वह उस सेना को शांत स्थापित करने वाली सेना कहते हैं। यहाँ कौन सी अशांति थी बताओ। तुम भी तो रही हो कीव में, क्या अशांति महसूस की तुमने कीव में जिसे वो अपनी गोलियों से शांत कर रहे हैं। हममें से कोई कितना भी तर्क दे कि हमें रूसियों को मारना है पर हम नहीं चाहते युद्ध अन्दर से। हम लड़ रहे हैं क्योंकि अगर हम नहीं लड़ेंगे तो वे हमारे शहरों के अन्दर हमारे परिवारों को मार देंगे। हम हमारे पीछे जो हैं, उसके लिए लड़ रहे हैं, हमारे आगे जो है, वो अगर लौट जायेंगे तो युद्ध समाप्त हो जायेगा। तुम जो चेतना फैला रही हो और जो चेतना तुम्हें पूरे विश्व में फैलाना है, वो फैलाओ पर रूसियों की तरफ भी वह चेतना फैलाओ। उनको इस चेतना की बहुत ज़रुरत है खासकर पुतिन जी को।"

सन्धि उस चिकित्सक को धन्यवाद देती है और कहती है, "आप सही कह रहे हो, मैं ऐसा ही करूंगी।"

चिकित्सक अपनी सिगरेट ख़त्म कर के दोबारा काम पर लौट जाता है, फिर से दस्ताने पहन लेता है। सन्धि और नताशा अस्पताल से निकलती हैं। शाम हो चुकी होती है। वे घर पहुँच कर अपने हाथ धोने के लिए बाथरूम में नल खोलते हैं, पानी का रंग भी लाल दिखने लगता है सन्धि को। सन्धि पानी को छूने से हिचकती है, फिर नताशा टोकती है कि पानी क्यों बर्बाद कर रही है, हाथ धो जल्दी से। सन्धि आँख मीचती है, फिर खोलती है। अब उसको पानी पानी जैसा दिखता है और सोचती है काश सब कुछ इतना ही सरल हो जाए।

आँख मीचते ही युद्ध खत्म हो जाए, सारे घायल ठीक हो जाएं, सारे बेटे, जो मृत हैं, अपनी माँ की कोख में दोबारा आ जाएं, सारा गोली-बारूद का धुआँ तब्दील हो जाये बसंत के फूलों में, सारा खून नीपर नदी में चला जाये, मछलियाँ उसे खा लें और नीपर नदी फिर से ज्यादा पानी के साथ वसंत के फूलों की खुशबू लिए मदमस्त बहे, सारे पिता अपने बच्चों को साइकिल चलाना सिखा पायें, जो पति अपनी बीवियों को छोड़ कर युद्ध पर हैं, वह दोबारा अपनी पत्नियों के संग प्रेम करें, बन्दूक को पकड़ कर न दौड़ें रूसियों की तरफ। सारे सैनिकों के हाथ में फूलों के गुलदस्ते हों और हर सैनिक दूसरे सैनिक को गुलदस्ता देकर उसके सहृदय मानव होने का सम्मान करे। काश आँख बंद करके खोलने पर ये सब हो जाए!

13

इस युद्ध से मानवीय समाज ज्यादा से ज्यादा वर्गों में विभाजित होगा और मनुष्य द्वारा मनुष्य और राष्ट्र द्वारा राष्ट्र के सभी प्रकार के शोषण दीर्घायु तक चलेंगे जो कि ठीक विपरीत है रूस की समाजवादी सोच से।

खारकीव

समय - सुबह के 9 बजे

9 मार्च 2022

सन्धि कुछ कंप्यूटर पर लिख रही थी और उसके एक हाथ में सिगरेट थी। इसी बीच सन्धि ने पेन से कुछ लिखा पेज़ पर और पेन रख दिया। पेन ढुलक कर नीचे गिर गया और हीरो ने डर कर भौंक दिया। नताशा की भी नींद खुल गयी, नताशा ने सन्धि को देखा और पूछा, "आज भी रात भर नहीं सोयीं क्या?"

सन्धि उसकी तरफ देखकर हँसकर बोली, "माफ़ करना... ये पेन गिर गया नीचे और हीरो ने भौंक दिया।"

"हाँ, हीरो आज कल थोड़ा सा डरा हुआ रहता है क्योंकि दिन भर तो सायरन बजता है या फिर बम बरसते हैं।"

सन्धि फिर से अपना काम करने लगी, नताशा ने फिर से पूछा, "तुम ने मेरी बात सुनी नहीं लगता है या मेरी बात का जवाब नहीं देना चाहती हो तुम।"

सन्धि हँसते हुए नताशा को कहती है, "हाँ, यार नहीं सोई।"

"मैं समझ गयी थी क्योंकि तुम सिगरेट पी रही थी। तुम सिगरेट तभी पीती हो जब जागती हो।"

"बहुत नज़र रखती हो तुम मुझ पर दादी जी।"

"अगर नहीं रखूं नज़र तो तुम तो कभी आराम ही नहीं करोगी, सिर्फ काम काम और काम करती रहोगी।"

"नताशा सब कुछ छोड़ कर बैठे हैं हम, अगर अब भी कुछ नहीं कर पाएं समाज के लिए तो फिर युद्ध ख़त्म नहीं होगा और हम सब भी अधूरे रह

जायेंगे। युद्ध चलता रहा अगर तो और लोग मारे जायेंगे। युद्ध के इन कुछ दिनों में ही कितने लोग तबाह हो गये, कितने लोगों ने अपनों को खोया और कितनी प्रकृति नष्ट हुई, इन सबकी भरपाई कैसे होगी, कभी नहीं हो सकती है। हर एक दिन यह युद्ध मेरे अन्दर भी युद्ध करवाता है मेरी रूह और मेरे दिल की जंग होती है। मुझे कोसते हैं यह दोनों मिलकर। बस कैसे भी युद्ध बंद होना चाहिए।"

"आस-पास के सारे शरणार्थी शिविर, अस्पताल और लोगों से हम लोग निरंतर चर्चा कर रहे हैं।"

"तुझे क्या लगता है, लोगों में युद्ध के विरोध की भावना जाग पायी या नहीं।"

"प्रभाव तो बहुत है, जो लोग पहले युद्ध चाहते थे, कहते थे हमने अपने लोगों को खोया है, हमें उनके सिर चाहिए, अब वही लोग कहते हैं कि युद्ध से वह और लोग खोएंगे और युद्ध नहीं होना चाहिए।"

"फिर तो बदलाव है, मुझे एक व्यक्ति मिला था, उसने मुझसे कहा था कि युद्ध चाहता हूँ मैं, रुसी सैनिकों को मारना चाहता हूँ मैं। मैंने उसे सुना, फिर कहा कि क्यों मारना चाहते हो तो उसने कहा क्योंकि उन्होंने हमारे लोगों को मारा हमारी ज़मीन पर आये वो। वो हमसे हमारी आज़ादी छीनना चाहते हैं, हम अपना सब कुछ उन्हें कैसे दे दें। फिर मैंने उस व्यक्ति से कहा कि वे आपकी धरती पर आएं ये गलत है, आपके लोगों की हत्याएं कर रहे हैं, ये भी गलत है, आप अपने लोगों का बचाव कर रहे हो उनसे, बिल्कुल गलत नहीं है ये। पर अगर उनका आपको मारना गलत है तो आपका भी उनको मारना गलत होगा। अगर आप रूस में घुस कर रूसियों को मारोगे तो, या कोई भी कृत्य करोगे, जिससे रुसी लोग परेशान हों! हमें याद रखना चाहिए कि गलत गलत ही रहेगा चाहे कितने ही लोग उसे करना शुरू कर दें। युद्ध के इतिहास का भूतकाल, वर्तमान और भविष्य सिर्फ और सिर्फ हानि है। वह

हानि लोगों की हो सकती है, अपार सामजिक संपत्ति की हानि हो सकती है, रिश्तों की हानि हो सकती है और सामाजिक मस्तिष्क पर जो खून के धब्बे आयेंगे, उनसे समाज क्रूरता से विस्तारित और हताहत सामाजिक मनोवृत्ति का शिकार होगा जो कि किसी भी समाज के लिए ज्यादा देर तक टिकने वाले भय जैसा है।"

नताशा उत्तेजित हो कर पूछती है, "फिर उसके बाद वो समझा या नहीं।"

"उसके बाद वह मुझे सुनने लगा और थोड़ा सा उसका गुस्सा भी कम हुआ।"

'गुस्सा लाज़मी है पर गुस्सा युद्ध से होना चाहिए।"

"यह जो मीडिया है न, यह बनाता है गुस्सा, यह पूंजीपतियों के बताये हुए सच को प्रदर्शित करते रहते हैं।"

"अगर बुरा न मानो तो थोड़ा सा ज्यादा विस्तार से समझाओ यह सब मुझे।" नताशा ने कहा।

"जैसे एक इन्सान कहता है कि बाहर बारिश हुई है और सब कुछ भीगा हुआ है। दूसरा इंसान कहता है कि बाहर बारिश नहीं हुई है, सब कुछ सूखा है। हमारे पास कितने परिपेक्ष्य हुए बाहर को देखने के, बताओ।"

नताशा कहती है, "2 परिपेक्ष्य।"

सन्धि कहती है, "बस यहीं से मीडिया का करिश्मा चालू होता है। कुछ मीडिया वाले पहले परिपेक्ष्य को लेकर चलेंगे और कुछ दूसरे परिपेक्ष्य को। दोनों ही चीजें आपको और आपके निर्णयों को प्रभावित करने वाली होंगी। आप अब सोचना बंद कर दो क्योंकि आपको जो दिखाया जा रहा है, उसमें उसकी विवेचना भी है पर यह विवेचना भी किसी विशेष समूह का दिमाग है। अंत में हम बिना दिमाग की खिड़कियों को खोले, इनमें से किसी एक परिपेक्ष्य को सत्य मान लेते हैं हम लोग और अपना विचार बना लेते हैं।

खिड़की खोलना और देखना कि बाहर का क्या हाल है, कितना सरल कार्य है। इसी तरह सोचना कितना सरल कार्य है पर सोचने से रोकने के लिए ही समाज में विभिन्न परिपेक्ष्य फ़ैलाने का कार्य मीडिया करती है और हर परिपेक्ष्य आपको लूटने के लिए है। लूट से मतलब पैसे की लूट से ही नहीं है, लूट से मतलब इस बात से है कि आप अपने विवेक के हथियार गिरा दो और जो भी मीडिया कह रहा है, वह मान लो।"

नताशा आश्चर्य से कहती है, "ये तो बहुत खतरनाक है!"

सन्धि – "हाँ बहुत ज्यादा खतरनाक है पर इससे लड़ने के लिए सही शिक्षा बहुत ज़रूरी है पर अब तो शिक्षा भी निष्पक्ष नहीं बची।"

"समाज को बरगलाने के कितने तरीके हैं।"

सन्धि हँसते हुए कहती है, "हाँ है क्योंकि समाज के अन्दर बहुत सारे प्रभावशाली लोग हैं और उनमें लगातार संसाधनों के लिए लड़ाई चलती रहती है। जो भी बिना भटके, बिना लड़े समाज में रहेगा, वही शांति और प्रेम से जीवित रहेगा।"

"पर हम तो युद्ध से लड़ रहे हैं।"

"लड़ने का मतलब हमें विरोध करना है हर उस गलत कृत्य का जो हो रहा है पर हमारी लड़ने की विधि अहिंसात्मक होनी चाहिए।" सन्धि खड़ी हो जाती है और ज्यादा तेज़ हँसते हुए कहती है, "वर्ना तुम खुद सोचो कि प्रेम जैसा सरल, सार्थक और आकर्षक विचार समाज से क्यों गायब है।"

"हाँ, गायब है और दिन-प्रतिदिन के हिसाब से उसकी जगह स्वार्थी व्यवसायिक युद्ध ले रहा है, तुम पर इस समीकरण को बदलने का जोश सवार है।"

"हाँ शायद मेरी नींद लेकर युद्ध हमें शांति दे दे।"

"क्या किया रात भर तुमने?"

"मुझे आज भी वह युद्ध चिकित्सक था न, जो सिगरेट पी रहा था, उसकी बात याद आती है कि यहाँ के लोगों को भी समझाना है और रूस के लोगों को भी समझाना है कि युद्ध रुकना चाहिए, इसमें किसी का फायदा नहीं है। मैं कल पूरी रात सोचती रही कि कैसे समझाएं वहाँ की जनता को, ऐसा क्या करें कि वहाँ की जनता समझ जाए इस बात को तो मैंने सोचा जनता तो रूस की भी युद्ध नहीं चाहती होगी, हो सकता है कुछ मुट्ठी भर लोग हों जो युद्ध चाह रहे होंगे राष्ट्रवाद के नाम पर। मुझे लगा हमें बात उस इंसान से करनी चाहिए जो युद्ध रोक सकता है, तो मैंने एक पत्र लिखा है और यह पत्र मैं उन्हें भेजूंगी और यही पत्र मैं उन्हें सोशल मीडिया से भी भेजूंगी।"

नताशा खुश होकर कहती है, "ये तो बहुत अच्छा तरीका है एक पत्र से कम से कम सोच-विचार तो शुरू होगा ही। पर यह पत्र तुमने किसे लिखा है, कौन है वह व्यक्ति जो यह युद्ध रोक सकता है।"

"मैंने यह पत्र माननीय व्लादिमीर पुतिन को लिखा है।"

नताशा कहती है अचरज से, "सीधे राष्ट्रपति पुतिन को पत्र!"

"हाँ, हमें चेतना जाग्रत करनी है और उसके लिए हमें सीधे तौर पर ऐसा कुछ कहना होगा ताकि लोग हमारे शांति के विचार को समझें, उसकी सामाजिक आवश्यकता को समझें।"

"हम यह भी कर सकते हैं कि राष्ट्रपति पुतिन को पत्र भेजने के बाद हम इस पत्र को आम कर दें। इसकी बहुत सारी प्रतियाँ बनाकर लोगों में बाँट दें ताकि लोगों को पता हो कि हम सिर्फ बात उनसे ही नहीं कर रहे हैं बल्कि हम बात युद्ध से संबंधित हर व्यक्ति से कर रहे हैं।"

“हाँ, यह इस तरीके को और बल देगा, मैं तैयार हूँ,” बोलते हुए सन्धि खड़ी हो जाती है।

“वाह, हम दोनों ने इतनी योजना बना ली पर तुमने अब तक मुझे पत्र नहीं पढ़ाया है। पहले मुझे पत्र पढ़ाओ, मुझे भी बेकरारी है पत्र पढ़ने की।”

सन्धि दोबारा से अपनी मेज़ पर जाती है और पत्र पढ़ना शुरू करती है, नताशा भी उठकर बिल्कुल सीधे बैठ जाती है।

खारकीव,

9 मार्च 2022,

माननीय व्लादिमीर व्लादिमिरोविच पुतिन जी,

4, स्ताराया स्क्वायर,

मास्को, 103132

रशिया

पुतिन जी नमन, यह पत्र मैं आपको वैश्विक गाँव के एक नागरिक के रूप में भेज रही हूँ और इस वैश्विक गाँव के एक महान राष्ट्र रशिया के आप राष्ट्रपति हैं। इस लिहाज़ से मेरा और आपका रिश्ता पिता और पुत्री जैसा होता है। पिता और पुत्री के रिश्ते के अतिरिक्त मैं एक बात और आपसे कहना चाहती हूँ कि मेरा कोई शत्रु नहीं है, मैं सभी धर्मों, रीती-रिवाजों, क्षेत्रों, रंगों और लिंग के लोगों को अपना मित्र समान रूप से मानती हूँ।

मैं इस भावना में विश्वास नहीं करती कि कोई किसी का शत्रु हो सकता है। मैं यह पत्र मानवता के नाते लिख रही हूँ। इस पत्र को लिखने के लिए बाध्य करने वाले कारणों में से सबसे महत्वपूर्ण कारण मानवीय गरिमा का हनन होना है और यह बात मैं यूक्रेन और रूस के युद्ध के परिपेक्ष्य में कह रही हूँ।

मुझे विश्वास है कि आपका भी इस विषय में यही विश्वास होगा। लगभग पूरा विश्व जो कि मानवता के सिद्धांत के अधीन है, वह आपके कार्यों की किस तरह से विवेचना कर रहा है। यह बात सर्वविदित है कि आप ही एक इंसान हैं जो युद्ध किसी भी क्षण रोक सकते हैं और मानवीय गरिमा का आगे कोई ह्रास न हो, इस बात की पुष्टि कर सकते हैं।

मैं आपके विपक्षी खेमे के लोगों के नजरिये से भी ताल्लुक नहीं रखती जो उन्होंने आपके विरुद्ध बना लिए हैं। मैं अब भी आपकी एक इंसानी तौर पर पूर्ण इज्ज़त करती हूँ। युद्ध को रोक कर आप मानवीय मूल्यों को क्रूरता की कहानियों में तब्दील होने से बचा सकते हैं और पूरी मानव सभ्यता आपको अब भी मानवीय मूल्यों की चिंता करने वाला ही मानेगी। मुझे बिल्कुल शक नहीं है आपकी देश भक्ति रशिया के लिए और आपकी निडरता किसी भी फैसले के लिए जो रूस के उज्जवल भविष्य के लिए उत्तरदायी होगा।

मेरा विश्लेषण आपके कार्यों का यह है कि आपके नज़रिए से यह युद्ध रूस के लिए महत्वपूर्ण हो सकता है पर युद्ध में सैनिक आपके भी मारे जा रहे हैं, अब आपको तय करना है कि आपका यह अतिविशिष्ट ऑपरेशन आपकी खुद की जनता से ज्यादा महत्वपूर्ण है या नहीं। मैं आपको नहीं कह सकती कि आप विजयी हों क्योंकि आपके अभी के इस प्रयोग में लगभग दोनों तरफ की आम जनता त्राहिमाम-त्राहिमाम कर चुकी है।

हर देश जाने-अनजाने में आपके इस युद्ध की चपेट में है तो अगर आप युद्ध को स्थगित करते हैं तो आप वैश्विक स्तर पर वर्तमान परिपेक्ष्य में पहले व्यक्ति होंगे जो मानवता को युद्ध से पहले अंकित करते हैं अपने शक्ति युग में। आप यूक्रेन की जनता की ज़मीन और शरीर ले सकते हैं युद्ध से पर उनकी आत्माएं नहीं ले सकते हैं।

क्या आप अब भी इस खोखले युद्ध को करते रहना चाहेंगे जिसमें शक्ति का हस्तान्तरण सिर्फ भौतिक हो, मानसिक नहीं। अगर आप जीत भी जायेंगे तो क्या जनता अपने बच्चों, पत्नियों, पतियों, पिता, माता, दादा और दादी के मृत्यु को भूल कर आपको अपना राष्ट्रपति मानेगी। मैं क्षमा चाहती हूँ राष्ट्रपति जी पर आपका युद्ध हथियार पर आधारित है। आप अगर गोली चलाएंगे तो कोई और भी चला सकता है। अगर आप जीतते हैं ये युद्ध तो कल फिर कोई और युद्ध शुरू करेगा यूक्रेन को आपसे अलग करने के लिए। मैं आपके विवेक से परिचित हूँ और मैं जानती हूँ कि आप यह कतई नहीं चाहेंगे कि यह युद्ध रूस और यूक्रेन के अनगिनत लोगों के लिए हमेशा के लिए एक अमानवीयता की भट्टी बन जाये और इसमें लोग झुलसते रहें आपके जाने के बाद भी।

अगर आपके कुछ मुद्दे हैं जो सुलझ नहीं रहे हैं तो आप क्यों नहीं अहिंसा और असहयोग कार्यप्रणाली का उपयोग करते हैं, मैं जिस देश से हूँ, उस देश ने कभी सूरज न अस्त होने वाले देश को इसी कार्यप्रणाली से परास्त किया है। मेरा शांति के लिए आपसे कहना हो सकता है आपको बहुत ज्यादा लगे क्योंकि आपके कुछ हित हो सकते हैं कि सिर्फ युद्ध और जनता की मृत्यु के बाद ही पूरे होते हों पर उन लाखों-करोड़ों लोगों के लिए मेरी ये गुहार बहुत मायने रखती है जो या तो युद्ध में हैं, या तो उनका कोई युद्ध में है और या फिर वह युद्ध से प्रभावित हो रहे हैं।

आखिर में, मैं यही कहूँगी कि मुझे लेनिन (रशिया को महान शक्ति बनाने के लिए उत्तरदायी) की कुछ पंक्तियां याद आ रही हैं जो कि उन्होंने युद्ध के विषय में कहीं थी। उन्होंने कहा था कि हमें यह पता होना चाहिए कि युद्ध का वर्ग चरित्र क्या है। रूस यूक्रेन युद्ध में अगर मैं युद्ध का वर्ग चरित्र देखती हूँ तो मुझे पूंजीवाद से पूंजीवाद का टकराव दिखता है, जिसमें दोनों तरफ से श्रमिक वर्ग हथियार उठाये हुए हैं और इसका निर्देशन पूंजीवाद ने किया है। इस युद्ध

से मानवीय समाज ज्यादा से ज्यादा वर्गों में विभाजित होगा और मनुष्य द्वारा मनुष्य और राष्ट्र द्वारा राष्ट्र के सभी प्रकार के शोषण दीर्घायु तक चलेंगे जो कि ठीक विपरीत है रूस की समाजवादी सोच से। युद्ध की संभावनाएं हमेशा रहेंगी और आने वाले सालों में ज्यादा क्रूर युद्ध होने की संभावनाएं रहेंगी। यह भी देखने योग्य बात है कि किन ऐतिहासिक और ऐतिहासिक-आर्थिक परिस्थितियों ने इस युद्ध को जन्म दिया है पर हिंसात्मक बल का प्रयोग किसी भी रूप में समस्या का स्थायी समाधान नहीं है। एक बार पुनः मैं आपसे पुत्री के रूप में अनुरोध करूंगी कि युद्ध रोक कर मानवता को विजयी बनाएं।

आपकी नागरिक पुत्री,
सन्धि (वैश्विक नागरिक)

सन्धि पत्र पढ़कर चुप हो जाती है पर नताशा सन्धि को देखती रहती है। सन्धि उस से पूछती है, "क्या हुआ? कुछ बोलोगी तुम।" "अब मैं क्या, पूरी दुनिया बोलेगी सन्धि।"

"क्या बोलेगी पूरी दुनिया।"

"दुनिया बोलेगी हमें शांति चाहिए और ये हमारा हक़ है।"

"पत्र कैसा था नताशा।"

"मुझे नहीं पता तूने कैसे इतना सारगर्भित पत्र लिख दिया, लिखने से बड़ी बात यह है कि कितने साधारण तरीके से तुमने यह आसाधारण बात कह दी। यह पत्र ऐतिहासिक होगा सन्धि, यह पत्र युद्ध की कठोर भूमि पर प्रेम और शांति के नए बीजों का स्फुटन करेगा और इसका वृक्ष शांति के लिए एकजुट चेतना को छाया देगा। मुझे इस पत्र को पढ़कर और भी ज्यादा स्फूर्ति आ गई है अपने उद्देश्य के लिए।"

नताशा जल्दी से तैयार होने लगती है, सन्धि भी नताशा को देखकर थके होने के बावजूद भी स्फूर्ति महसूस करने लगती है और तैयार होने लगती है। नताशा सन्धि से पूछती है, "आज कहाँ जायेंगे, आस-पास तो पूरा छान दिया है हमने, काफी सभाएं की हैं हमने आस-पास की जगहों पर जिससे लोगों ने बात करना शुरू कर दिया है युद्ध के विरुद्ध। विमर्श तैयार हो रहा है शांति की प्राथमिकता के लिए।"

सन्धि सोचती है और कहती है, "हमने वो 'होप शरणार्थी शिविर' में बात की थी न अलेक्स से, उसने कहा था वह लोगों से बात करेगा तो आज वहाँ चलते हैं, देखते हैं वहाँ कोई सभा हो पाती है या नहीं।"

"ठीक है आज 'होप' चलते हैं।"

दोनों तैयार होकर शरणार्थी शिविर के लिए रवाना हो जाते हैं। रास्ते में सन्धि कहती है, "तुमने वो घर के सामने का मलबा देखा।"

"हाँ, रोज़ देखती हूँ, क्या हुआ उसे?"

"मलबा दिन-ब-दिन कम होता जा रहा है।"

"हाँ, तुम सही कहती हो।"

सन्धि थोड़ी देर सोचकर बोलती है, "लगता है लोग वहाँ से अपने काम लायक चीजें उठाकर ले जा रहे हैं, या फिर चीलों के झुण्ड ने सब कुछ खा लिया इंसान का।"

नताशा कुछ नहीं बोलती... बस पीछे मुड़ कर उस मलबे को देखती है एक बार, फिर कुछ सोचते हुए सामने चलने लगती है। शरणार्थी शिविर से थोड़े ही दूर पर नताशा सन्धि से कहती है, "हमारी इससे पहले की सारी सभाएं बहुत अच्छी हुई हैं, इस सभा को भी बहुत ही अच्छे से करना होगा हमको और ध्यान रखना इस शिविर में कई लोग अलगाववादी भी हैं जो कि रुसी

सेना का भी समर्थन करते हैं। हो सकता है वे लोग युद्ध के पक्ष में भी बोलें, उन्हें ध्यान से जवाब देना है।"

"कोई कुछ भी कह दे और बोल दे, जिस विचार के साथ हम खड़े हैं वह विचार सत्य की बुनियाद पर खड़ा एक व्यापक मानवीय विचार है और व्यापक विचार कभी पराजित नहीं होता। थोड़ी देर के लिए विचार छुप सकता है पर फिर चमकेगा यह विचार आज नहीं तो कल।"

वे दोनों शरणार्थी शिविर में पहुँच जाते हैं। जैसे ही वह शिविर पहुँचते हैं, उन्हें लोग पहचान जाते हैं और उनसे बात करने लगते हैं। अलेक्स सन्धि को दूर से हाथ हिलाता है। सन्धि भी उसका हाथ हिलाकर अभिवादन स्वीकार करती है। अलेक्स सन्धि के पास आता है।

सन्धि पूछती है, "कैसे हो अलेक्स?"

"मुझे क्या होगा, मैं ठीक हूँ... बस तुम्हारे विचारों को फैला रहा हूँ।"

"यह मेरे विचार नहीं हैं, ये चिरस्थायी विचार हैं जो समाज में हमेशा से हैं, हम बस बहकावे में आकर युद्ध चुन लेते हैं।"

"हाँ, वही मेरा भी कहना है।"

"तो क्या आज हम सभा कर सकते हैं?"

"बिल्कुल कर सकते हैं, बल्कि लोग आपको सुनना चाहते हैं। वह सब आपके विचार पर आपसे ज्यादा से ज्यादा बात करना चाहते हैं।"

"क्या मेरी बात से सभी सहमत हैं?"

"नहीं सभी तो सहमत नहीं हैं पर हाँ काफी लोग हैं जो सहमत हैं।"

तभी गोहेन आ जाता है और सन्धि से हाथ मिलाता है। सन्धि कहती है, "गोहेन आज हम सभा करने आये हैं, क्या लोगों को इकट्ठा करने में मेरी मदद करोगे तुम?"

अलेक्स गोहेन से कहता है, "सभी से कहो कि 15 मिनट के लिए बाहर आ जाएं।"

अलेक्स सन्धि से कहता है, "आप ये जो सीमेंट का थोड़े ऊँचे पर प्लेटफॉर्म है, इस पर खड़े हो जाना और बाकी लोग सामने खड़े हो जायेंगे।"

"हाँ ठीक है।"

नताशा भी आ जाती है अलेक्स और गोहेन से मिलने। इससे पहले वह शिविर की सारी औरतों से बात कर रही थी।

सन्धि पूछती है, "कितने लोग होंगे सभा में लगभग, अलेक्स?"

"यही कोई 400 लोग।"

नताशा और सन्धि एक-दूसरे को देखने लगते हैं। गोहेन पूछता है, "क्या हुआ?"

नताशा कहती है, "कुछ नहीं, हमने अभी तक इतनी बड़ी सभा नहीं की। ज्यादा से ज्यादा हमने 200-300 लोगों की सभा की है।" अलेक्स कहता है हंसते हुए, "आप कर लोगी। वैसे भी जो 200 लोगों को बोलना है, वही 400 को बोलना है, है ना!"

"हाँ बिल्कुल।"

"मैं और गोहेन लोगों को जमा करते हैं तब तक आप इन लोगों से बात करो।"

एम्बर और शेरिन भी आ जाते हैं बाहर, सन्धि शेरिन से मिलने जाती है और झुक कर शेरिन से बात करने लगती है। शेरिन बोलती है "आज तुम्हारा भाषण सुनने को मिलेगा, देखती हूँ तुम क्या बोलोगी।"

एम्बर कहती है, "अच्छा समझाती है ये, मैंने एक दिन सुना है इन्हें अनौपचारिक रूप से।"

शेरिन कहती है, "अगर तुझको समझा दिया तो किसी को भी समझा देगी ये।"

एम्बर हँसने लगती है और कहती है, "क्या दादी, कभी तो मज़ाक नहीं किया करो।"

अलेक्स और गोहेन सभी को जमा करते हैं और उसके बाद आकर सन्धि को कहते है, "आप अब शुरू कर सकती हो।"

सन्धि नताशा को देखती है जो कि उस सीमेंट के प्लेटफॉर्म से ठीक नीचे खड़ी थी। श्रोताओं की पंक्ति में सबसे आगे शेरिन थी अपनी व्हील चेयर पर और उसके पीछे बाकी पूरा शरणार्थी शिविर खड़ा था सन्धि को ताकता हुआ। कुछ आपस में बात कर रहे थे बाकी सन्धि को घूर रहे थे। सन्धि प्लेटफॉर्म पर खड़े होने के बाद सबको देखती है, ज्यादातर लोग अब भी बात कर रहे होते हैं आपस में, कुछ सेकंड्स के लिए वह उन्हें देखती रहती है फिर बोलना प्रारंभ करती है.....

"मेरे प्यारे यूक्रेनी भाइयों और बहनों, यहाँ पर जो भी अभी उपस्थित हैं उनका घर नहीं है, और हमारा घर युद्ध ने ले लिया है, युद्ध से उपजी हिंसा ने ले लिया है। शांति आपको खारकीव के स्वोबोदय स्क्वायर पर नहीं मिलेगी, युद्ध मनुष्य ने उपजाया है, मेरे और आपकी तरह दिखने वाले मनुष्यों ने उपजाया है, तो शांति भी हम ही को उपजानी होगी। आप सभी को लगता

होगा कि जिसने यह युद्ध शुरू किया है, वह बहुत बलशाली है, उसमें बहुत शक्ति है पर मैं आपको एक बात बता दूँ अगर शक्ति होती तो वह वार्तालाप कर के अपने मुद्दों को सुलझा लेता। युद्ध शक्तिशाली के लिए सबसे सरलतम उपाय है अपने मुद्दों को सुलझाने का और सबसे कठिन उपाय है बात करना और मुद्दों को सुलझाना। वार्ता हर चीज का समाधान है पर जो ताकतवर थे और कम धैर्यवान, उन्होंने वार्ता को नहीं चुना और उसकी जगह उन्होंने चुना युद्ध!

जहाँ हम सब अलग-अलग परिवेश में बड़े हुए, अलग-अलग शिक्षा ली हम सब ने, अलग-अलग आशाएं हैं हमारी और अलग-अलग विचारों के प्रति अलग-अलग संवेदनाएं भी हैं हमारी। ऐसे वक़्त में मैं कैसे सोच लूँ कि वैचारिक टकराव नहीं होगा, टकराव होना बहुत ही आम बात है पर टकराव होने से हजारों-लाखो लोग मर जाएं, लोगों को शरणार्थी शिविर में रहना पड़े तो यह टकराव नहीं है। यह युद्ध सोच-समझ कर हो या बिना सोचे-समझे लेकिन आवाम पर बहुत गंभीर प्रभाव छोड़ रहा है। क्या यह टकराव नहीं सुलझ सकते थे बिना युद्ध के? सुलझ सकते थे पर कुछ लोगों ने नहीं दिखाई संकल्प शक्ति, जिसकी वजह से हमें युद्ध का सामना करना पड़ रहा है।

एक वक़्त था जब आप अपने विरोधी को हरा देते थे तो आप विजयी हो जाते थे पर अब विरोधी को हराने के बाद भी कई परिपेक्ष्य में आप हार जाओगे। यह हम देख रहें इस युद्ध में... यूक्रेनी सैनिक भी मर रहा है और रुसी सैनिक भी मर रहा है तो फायदा किसी को नहीं हो रहा है, सिर्फ नुकसान है, वक़्त और शक्ति का। गुस्से और नफरत की सही जगह कूड़ेदान है। उसमें डाल दीजिये इन दोनों को क्योंकि वर्तमान समाज इतनी तेज़ी से चल रहा है कि अगर इन भावों पर हमने ज्यादा समय खर्च किया तो हम बहुत पीछे हो जायेंगे। इस वक़्त में जो सबसे बड़ा विभाजन है, वह राष्ट्रों के बीच नहीं है,

वह दो विचारों का विभाजन है जो कि राष्ट्रों के विभाजन से भी बड़ा है। अगर उनके पास युद्ध है तो हमारे पास भी शांति है, प्रेम है।

आज के इस दौर में, कोई भी दीवार दुनिया के एक हिस्से में मानवाधिकार संकट को दूसरे हिस्से में राष्ट्रीय सुरक्षा संकट से अलग नहीं कर सकती है। तो आज अगर यूक्रेन में लोगों के पास उनके घर नहीं हैं, यूक्रेन में लोग मर रहे हैं तो इसका प्रभाव रूस में रह रहे लोगों पर भी पड़ेगा, वह भी इस त्रासदी से प्रभावित होंगे ही।

21वीं सदी मानवता के इतिहास में सबसे ज्यादा खतरनाक होगी क्योंकि कुछ विचार मानवता को डिगाने की कोशिश करेंगे। कई राष्ट्र दूसरे राष्ट्रों पर अत्यधिक हिंसा करेंगे, अतार्किक और असभ्य घृणा और संदेह फैलायेंगे, असीम अहंकार में सत्ता और सबके संसाधनों की व्यक्तिगत प्यास से प्रेरित होकर युद्ध भी करेंगे। इन सभी प्रलय के पलों के जवाब में सिर्फ एक सोच खड़ी रहेगी और वह सोच है प्रेम की।

हम सब युद्ध को प्रेम से ही हरा सकते हैं, शांति से युद्ध को शांत कर सकते हैं। युद्ध चुनाव नहीं है, युद्ध थोपी हुई हिंसात्मक कार्यवाही है जिसे एक बार करने पर ऐतिहासिक रूप से आप अमानवीय अंकित हो जाओगे। किसी भी नरसंहार की शुरुआत एक व्यक्ति की हत्या से होती है और उन्होंने हमारे न जाने कितने लोगों को मार दिया पर इस नरसंहार को बढ़ाना नहीं है, इसे संकुचित करते हुए समाप्त करना है। जब उन्होंने युद्ध शुरू करके जीवन की गरिमा को बनाए रखने में परेशानियाँ उपजानी शुरू की, उसी वक़्त उन्होंने अपने पूरे राष्ट्र के लिए एक आपदा को आमंत्रण दे दिया है। आज मैं जो यहाँ कहूँगी शांति के सन्दर्भ में, वह पूरी दुनिया सुनेगी एक दिन और शायद पूरी दुनिया इस बात को मानेगी भी कि शांति ही आपके भविष्य को सुदृढ और

संभावित सुरक्षा प्रदान करेगी और युद्ध आपके भविष्य को अस्थिर, असंगठित और अमान्य करेगा।

हमारे सैनिक, उनके पीछे रह गए परिवारों के लिए लड़ रहे हैं और हम यहाँ हमारे सामने बचे हुए एक महान कार्य के संपादन के लिए खड़े हैं। हम सब उस कार्य के लिए समर्पित हों, शांति के लिए समर्पित हों, प्रेम के लिए समर्पित हों और जिनकी मृत्यु हो गयी है, उन सम्मानित मृतकों से शांति और मानव समाज की सुरक्षा जैसे उद्देश्यों के प्रति और सुदृढ प्रेरणा प्राप्त करें जिसके लिए उन्होंने अपनी जान गंवाई हैं। वो लड़े क्योंकि उन्हें हमारी सुरक्षा चाहिए थी, हम लड़ेंगे क्योंकि हमें शांति चाहिए जो कि सुरक्षा देगी। हम यहां दृढ़ता से संकल्प करते हैं कि हजारों आत्माओं का यह बलिदान व्यर्थ नहीं जाने देंगे। इनके बाद हम कभी किसी को युद्ध में मरने नहीं देंगे, हम इस बात का भरसक प्रयास करेंगे। ईश्वर जो कि इस राष्ट्र के साथ है और इस राष्ट्र को हम एक और स्वतंत्र विचार देंगे जो कि हमें प्रेम से बांधेगा, हमें और पूरे यूक्रेन को एक नया जन्म मिलेगा और हमारे लोग, मैं, तुम सब और हर यूक्रेनी युद्ध को प्रेम से ख़त्म कर देगा। शांति स्थापित होगी, बदलाव होगा और आस्था होगी प्रेम और शांति में।"

सन्धि का भाषण ख़त्म होने के बाद कोई भी सुगबुगाहट नहीं हुई, लोग उसे ही देख रहे थे। अचानक एक ताली बजी और पूरा मैदान तालियों और उल्लास से भर गया। सभी कहने लगे, 'मेरी आस्था प्रेम और शांति के साथ है... मेरी आस्था प्रेम और शांति के साथ है'। बहुत देर तक तालियाँ बजती रही, लोग एक-दूसरे से भाषण के बारे में ही बात करते रहें। वे बात करते जा रहे थें और तालियाँ बजाते जा रहे थें। कुछ लोग तालियों को रोकने लगे, कुछ देर बाद फिर तालियाँ बजनी रुक गयी।

एक व्यक्ति ने सन्धि से कहा, “अभी-अभी मुझे पता चला है कि रूसियों ने मरिउपोल में मैटरनिटी प्रसूति अस्पताल पर हवाई हमला कर दिया है, ऐसे लोग, जो औरतों और बच्चों को मार रहे हैं, तुम उन लोगों को शांति कैसे सिखाओगी?”

सन्धि सवाल सुनकर थोड़ा चुप हो जाती है, फिर कहती है, “मुझे ये आपसे ही पता चल रहा है कि रुसी हवाई जहाजों ने बच्चों पर बम फेंके हैं। यह इस बात का सबूत है कि उनमें मानवीयता नहीं है और उन्होंने अमानवीयता की सारी हदें पार कर दी हैं पर अगर हम उनके स्तर पर आ गये तो हम भी अमानवीय हो जायेंगे। अगर हम उन्हें माफ़ नहीं करेंगे तो कभी हम और कभी वो इसी तरह एक-दूसरे पर हमला करते रहेंगे। हमें किसी से भी बदला नहीं लेना है, हमें उनकी सोच में बदलाव चाहिए।”

सन्धि के इस जवाब से सभी लोग उस सीमेंट के प्लेटफार्म तक आ गये। सन्धि को लोगों ने अपने कन्धों पर उठा लिया और लोगों ने ‘यूक्रेन प्रेम के साथ रहेगा.... यूक्रेन प्रेम के साथ रहेगा’ के नारे लगाने शुरू कर दिये। सन्धि जब हवा में लोगों के कंधे पर थी तब उसे आसमान में उसके पिता का और माँ का चेहरा प्रतीत हुआ, जैसे वे दोनों उस पर मुस्कुरा रहे हों।

14

क्या ठीक होगा,
सब कुछ मर रहा है।
लोग मर रहे हैं, उनसे
जुड़ी खुशियाँ मर
रही हैं, उनसे जुड़ी
यादें मर रही हैं, उनसे
जुड़ी बातें मर रही हैं।
सिर्फ और सिर्फ युद्ध
जिंदा है।

खारकीव
9 मार्च 2022
शाम के 4 बजे

शरणार्थी शिविर के लोगों ने सन्धि को कंधे पर उठा रखा था, थोड़ी ही देर में नताशा को भी कंधे पर उठा लिया था। नताशा और सन्धि दोनों एक-दूसरे को देख रहे थे। सूरज बादलों से निकल आया था, रोशनी दोनों के चेहरों को और खिला रही थी। लोगों की आवाज़ में सिर्फ और सिर्फ शांति और प्रेम का ज़िक्र था। ऐसा जीवंत माहौल अरसे बाद था शिविर में, शायद पहली बार था।

शरणार्थी पहली बार अपनी समस्याओं से परे जाकर अपने अन्दर की शांति और प्रेम का अनुभव कर पा रहे थे। सन्धि सोच रही थी हवा में झूलते हुए कि प्रभाव पड़ेगा या नहीं उसके लिखे पत्र का, जो उसने राष्ट्रपति पुतिन को लिखा है। उसकी सभाओं का प्रभाव पड़ेगा कि नहीं, ये भी उसे नहीं पता, पर उसे एक चीज पता है कि वो थोड़ी देर के लिए शरणार्थियों को यह एहसास दिला पायी कि अगर रूसियों के पास बन्दूक है तो उनके पास भी प्रेम है। यह सोचना कि प्रेम भी एक भाव है जो कि युद्ध के उपचार के रूप में कार्य कर सकता है, जो इन निर्बल और टूटे हुए लोगों को बहुत सबल और आशावान बना सकता है, उम्मीद दे सकता है। सन्धि सोचती है यह भी उसके लिए बहुत बड़ी उपलब्धि है क्योंकि सभी शरणार्थी अपने आप को कमज़ोर और बेबस समझ रहे थे, सन्धि सोच रही थी कि कम से कम उसने उन्हें एक वैचारिक मशाल पकड़ाई है जिसमें बेबस दुनिया की जगह भविष्य की दुनिया का केंद्र बिंदु निहित है, जो कालांतर में उन्हें शांति और प्रेम के स्थायित्व तक पहुंचा सके।

शेरिन सभी से कहती है, "इन दोनों को नीचे उतारो... मुझे इनसे बात करनी है।"

अलेक्स भी लोगों से अपील करता है कि वे इन दोनों को नीचे उतार दें। काफी देर बाद लोग दोनों को नीचे उतार देते हैं अपने कन्धों से। सन्धि नीचे उतर कर सबसे पहले शेरिन को चूमती है, शेरिन खुश होकर कहती है, "मैंने तुमसे कहा था ना कि तुम बहुत निडर हो, आज तुमने उसी निडरता के साथ प्रेम का परचम और ऊपर उठा दिया।"

"आपके बिना नहीं हो पता संभव ये। अलेक्स, गोहेन, एम्बर और नताशा ने मेरी बहुत मदद की। मैं सिर्फ आप लोगों के प्रयासों का ही फल हूँ और कुछ नहीं।"

जब सभी लोग सन्धि से बात कर रहे थे, तब एम्बर एकटक सन्धि को देख कर उसकी बातों को सुन रही थी। एम्बर सबकी बातों को काट कर कहती है, "जो तुमने आज कहा है, वह एकदम पवित्र और सच है पर यह बातें बहुत धीरे-धीरे आगे बढेंगी, कुछ ऐसा हो जिससे यह कारवां थोडा सा तेज़ बढ़े।"

सन्धि हँसती है पहले, फिर कहती है, "मैं जब छोटी थी, तब मैं भी बहुत तेज़ बदलाव चाहती थी हर चीज में पर वह संभव नहीं है, मैं ये भी समझती हूँ कि जब कष्ट ज्यादा हो तब बदलाव और जल्दी चाहिए होता है। वास्तविकता में यह संभव नहीं है। फिर भी मेरे अन्दर अभी भी वो बच्ची कहीं बची हुई है और मेरी ज़ेब में उसका हल है।"

नताशा सन्धि को देखती है और इशारे में पूछती है कि क्या है उसके पास। सन्धि अपनी ज़ेब से राष्ट्रपति पुतिन को लिखा पत्र निकालती है। सब लोग एक पेपर देख कर हैरान होते हैं कि यह कैसे बदलाव तेज़ करेगा। एम्बर अलेक्स और गोहेन को देखते हुए कहती है, "यह कैसे बदलाव तेज़ करेगा?"

सन्धि बहुत पुरज़ोर तरीके से कहती है, "यह आप सबकी आवाज़ है। अगर आप सब मिल कर यह दोहराओगे तो इसका प्रभाव दिखेगा। शायद यह सारे युक्रेनियों की आवाज़ है, जिन्हें शांत करने की कोशिश मुट्ठी भर लोगों ने की।"

शेरिन कहती है, "क्या बोल रही हो, साफ़-साफ़ कहो न... इस पेज़ में ऐसा क्या है? ऐसा क्या है इस पेज़ में?"

"यह एक पत्र है जो मैंने राष्ट्रपति पुतिन को लिखा है, जिसमें मैंने उनसे युद्ध रोकने की गुहार की है।"

अलेक्स कहता है, "पर वह क्यों मानेंगे तुम्हारी गुहार को?"

"मुझे नहीं पता है कि वह मानेंगे या नहीं पर मैं ये सुनिश्चित करना चाहती हूँ कि मैंने प्रयास किया, हो सकता है कि वह ना मानें पर यह पक्का है कि उन्हें यह पत्र सुनाई बहुत देगा।"

अलेक्स पूछता है, "सुनाई बहुत देगा... मतलब क्या है इसका सन्धि?"

"यह पत्र मैं उन्हें तो भेजूंगी ही और यह पत्र मैं आमजनों तक भी ले जाऊंगी।"

अलेक्स की आँखें चमक उठती है, वह कहता है, "तुम्हारा कहना यह है कि तुम इस पत्र को यूक्रेनियों के बीच ले जाओगी!"

"हाँ... ना सिर्फ यूक्रेनी जनता बल्कि पूरी दुनिया पढ़ेगी इस पत्र को और उसके बाद कम से कम लोग यह बात तो करेंगे कि यूक्रेनी जनता के पास शांति को स्थापित करने के लिए प्रेम का अस्त्र है।"

“हाँ, बात तो सही है तुम्हारी (पर उसके चेहरे पर थोड़ा संशय था जो दिख रहा था कि वह पूर्ण रूप से आश्वस्त नहीं है कि यह पत्र कितना प्रभाव डाल पायेगा) क्या मैं देख सकता हूँ इस पत्र को?”

सन्धि उसे पत्र दे देती है, अलेक्स पत्र पढ़ने लगता है बोल-बोल कर, शायद वह चाहता था कि आस-पास सभी को पता लगे कि यह पत्र कोई तरीका नहीं है लोगों को शांति दिलाने का। इसके ठीक विपरीत जैसे-जैसे पत्र आगे बढ़ता जा रहा था, लोगों के चेहरे पर एक आत्मविश्वास आने लगा। सन्धि सभी के चेहरे देख रही थी। नताशा और सन्धि भी एक-दूसरे को देखते हैं। अलेक्स पत्र पढ़ता है और फिर सन्धि को गले लगा लेता है, फिर एकदम से कहता है, “हमारे बारे में कोई नहीं सोचता, हमें हमारा घर कब मिलेगा, ये भी कोई नहीं सोचता, हमारे बच्चे बैठे हैं बाहर, उस आसमान के नीचे, जिसमें उन्हें मारने के लिए हवाई जहाज उड़ रहे हैं और इस समय तुम, जो कि एक दूसरे देश से हो, मुझे और मुझ जैसे ना जाने कितने लोगों को न्याय दिलाने के लिए यहाँ हो, हमारे बीच।”

“देश की बात ही नहीं है, मैं मानती हूँ जन्म के आधार पर मेरा जन्म भारत में हुआ है पर इंसान के तौर पर मैं देख रही हूँ कि आप लोग कष्ट में हैं तो क्या मैं अपनी नागरिकता का फायदा उठाकर निकल जाऊंगी यहाँ से, नहीं ये नहीं होगा मुझसे, बल्कि मेरा देश मुझे दूसरे के दर्द को बांटना सिखाता है, उनके लिए प्रयास करना सिखाता है। मैं गाँधी के देश की बेटी हूँ। मैं अपनी रोटी खाकर अपने भवन में सोने वाली नहीं हूँ बल्कि मैं सारी सन्धियों को साथ लेकर शांति की खोज करने वाली हूँ।”

अलेक्स पूछता है, “क्या मैं इसे बाँट दूँ लोगों के बीच?”

“हाँ, बिल्कुल।”

अलेक्स दौड़ लगा देता है, सन्धि कहती है, “अरे सुनो अलेक्स।”

अलेक्स नहीं सुनता, बस दौड़ लगा देता है। शेरिन कहती है, “वह ज़रूर गया होगा शिविर चलाने वाले के पास, उससे कहेगा इसकी और प्रतियाँ निकालने के लिए।”

सन्धि मुस्कुराकर कहती है, “अच्छा! मुझे लगा कहाँ गया है पता नहीं, यह तो एक पत्र है बस... इससे कैसे सबको बांटेगा।”

एम्बर सन्धि का हाथ पकड़ कर कहती है, “अब मुझे चीजें थोड़ी गति पकड़ती दिखती हैं। पहले तो लगा था सब धीमे होगा पर अब लग रहा है सन्धि यह तेज़ भी है और सटीक भी है। शेरिन बहुत देर से सन्धि को देख रही होती है, सन्धि शेरिन से पूछती है, “शेरिन कुछ कहना है आपको मुझसे?”

“शेरिन अपना चश्मा सही करते हुए कहती है, “मैंने सुना है कि आप के प्रधानमंत्री जी की कोई बात नहीं टालता है, क्यों ना तुम उनको भी पत्र लिखो और हमारी समस्या के समक्ष उनका ध्यान खींचों।”

“अच्छा सुझाव है शेरिन... मैं बिल्कुल करूंगी।”

गोहेन कुछ देर सोचने के बाद कहता है, “क्या हम अमेरिकन राष्ट्रापति को भी पत्र लिख सकते हैं। हमारे राष्ट्रपति को वह हथियार दे रहे हैं, हमें लड़ने के लिए हौसला दे रहे हैं तो क्या शांति नहीं स्थापित कर सकते हैं।”

“शांति स्थापित करना कहीं मुश्किल काम है लड़ने के लिए हथियार देने से। मैं ये नहीं कहती कि उन्हें हथियार नहीं देने चाहिए या हथियार देने चाहिए, मैं बस ये कहना चाहती हूँ कि उन्हें शांति स्थापना की बात भी करनी चाहिए क्योंकि अंत में युद्ध करने या होने से भी हारेगी तो मानवता ही।” सन्धि आगे कहती है, “गोहेन अब मैं सोचती हूँ कि शांति के लिए पत्र न सिर्फ अमेरिकन राष्ट्रपति को लिखूँ बल्कि मैं शांति स्थापना के प्रयत्नों के लिए अफ्रीकन यूनियन, यूरोपियन यूनियन और ओपेक समूह के नेताओं को भी पत्र लिखूंगी

ताकि शांति की महत्ता का प्रश्न वैश्विक मंच पर सभी नेताओं के समक्ष उपस्थित रहे और उन्हें मानवता के प्रति उनकी जिम्मेदारियों की याद दिलाता रहे।"

शेरिन कहती है, "लोगों को इतना ही समझ आ जाये तो फिर यूक्रेन और रूस में खुशहाली ही खुशहाली होगी।"

सन्धि देखती है कि अलेक्स लोगों को जा-जा कर राष्ट्रपति पुतिन को लिखा पत्र बाँट रहा है, लोग उसे पढ़कर खुश हो रहे हैं और आशा कर रहे हैं कि आगे सब जल्दी से सही हो जाएगा। सन्धि भी लोगों को उसका लिखा पत्र पढ़ते देख सोच रही है कि शायद जो बात हमेशा थी कहीं मन के किसी कोने में छिपी हुई, वही बात उसने लिखी है और शायद उस बात का लोगों के मानसिक पटल पर असर हो रहा है और वे नफरत और हिंसा को छोड़ कर कोशिश कर रहे हैं, प्यार के रास्ते पर जाने की।

अलेक्स, गोहेन को भी आवाज़ लगाता है और कहता है, "गोहेन यहाँ आओ, इतनी सारी प्रतियाँ मैं अकेले नहीं बाँट पाऊँगा।" गोहेन भी दौड़ कर चला आता है और वह भी कुछ प्रतियाँ लेकर बाँटने लगता है। सन्धि सभी लोगों को देख रही होती है, लोग आपस में संधि के इस पत्र की ही चर्चा कर रहे होते हैं।

सन्धि समझ नहीं पाती कि अचानक सब कुछ कैसे बदल गया... कीव से खारकीव की यात्रा फिर क्लब, क्लब से होटल, फिर बम का फटना, फिर वह अंडरग्राउंड मेट्रो स्टेशन, फिर वह अंडरग्राउंड कमरा, फिर पिसोचिन, फिर व्लादिमीर की मौत......... सन्धि शांत हो जाती है। मानसिक रूप से कोई आवाज़ नही आती उसके दिमाग से ना ही उसके मुँह से। व्लादिमीर को याद करते ही वह बिल्कुल निराश और खुद से नाखुश हो जाती है, सोचने लगती है कि वह जो कुछ कर रही है, वह काफी नहीं है। सोचते-सोचते उसके आँख

से आँसू टपक जाते हैं। आँसू आते ही लोग थोड़े से धुंधले दिखने लगते हैं,। नताशा पीछे से सन्धि के कंधे पर हाथ रखती है।

नताशा कहती है, “आँसू मत बहाओ सन्धि... तुमने जो किया है ना उससे बहुत बड़ा बदलाव होगा।”

“पता नहीं क्या होगा, मैं बस प्रयास करना चाहती हूँ ताकि मैं आंतरिक रूप से व्लादिमीर को जवाब दे पाऊँ। व्लादिमीर रोज़ पूछता है सन्धि क्या किया मेरे ख़त्म होने के बाद, कैसे ख़त्म करोगी ये सिलसिला मौत का। क्या कभी ख़त्म कर पाओगी इस सिलसिले को। तुम्हारे रुकने का यहाँ क्या फायदा हुआ, तुम कहीं इन लोगों को झूठी दिलासा तो नहीं दे रही हो।”

नताशा कहती है, “सन्धि शांत हो जाओ, सब ठीक हो जायेगा।”

“क्या ठीक होगा, सब कुछ मर रहा है। लोग मर रहे हैं, उनसे जुड़ी खुशियाँ मर रही हैं, उनसे जुड़ी यादें मर रही हैं, उनसे जुड़ी बातें मर रही हैं। सिर्फ और सिर्फ युद्ध जिंदा है। हर मौड़, हर चौराहे, हर घर के सामने खड़ी है मौत जो कि जिन्दगी से भी बड़ी है अभी।”

“क्यों हो इतनी परेशान?”

“पता नहीं पर जब भी व्लादिमीर की याद आती है तो बहुत असहज हो जाती हूँ।” सन्धि आगे कहती है, “जबसे मरिउपोल की घटना के बारे में सुना है, बहुत ही अजीब सा लग रहा है। उनकी वेदना का सोच कर मैं बहुत कमज़ोर पड़ जाती हूँ। वे लोग हमला करते-करते नहीं थकते हैं और यहाँ सिर्फ और सिर्फ कमजोरियां बढ़ रही हैं। मुझे नहीं पता लोग कब तक इस शांति का दामन पकड़ेंगे। अगर ज्यादा दिन लगे इस समस्या को सुलझने में तो और मुश्किल होगी। फिर जो लोग आज शांति और प्रेम के साथ हैं, वह भी युद्ध के साथ होंगे क्योंकि उन्हें ज़िन्दगी बचाने के लिए फिर सिर्फ बन्दूक

का सहारा ही दिखेगा। हर एक क्षण बहुत कठिन है और युद्ध के इच्छुक लोग युद्ध को और संजीदा कर रहे हैं।"

नताशा कहती है सन्धि को समझाते हुए, "हौसला नहीं छोड़ना चाहिए, देखो इन लोगों को, इनके चेहरे पर कितनी ख़ुशी है क्योंकि इन्हें लग रहा है कि तुम समाधान हो इनकी समस्याओं का, या तो तुम्हें इन लोगों को यह नहीं दिखाना था कि तुम समाधान हो और अगर यह दिखा दिया तो फिर अब समाधान बनो।"

"क्या मतलब है समाधान बनने का?"

"मतलब साफ़ है सन्धि, तुम नेता हो इनकी और तुम वो नेता नहीं हो जो भाषण दे कर दूसरी जगह जाकर रहने लगता है। तुम लोगों की नेता हो, उन लोगों की नेता हो जो युद्ध में हैं, उनके भाव और आवेग बहुत तेज़ी से बदल रहे हैं और बदलेंगे क्योंकि युद्ध उनकी भावनाओं को संभाल रहा है, वह नहीं संभाल रहे युद्ध को। तुम खुद युद्ध के प्रभाव में हो, तुम्हें इनके साथ रहना है और अगर इन्होंने तुम को देखा इस तरह तो इसका मतलब साफ़ होगा कि वह लोग मान जायेंगे कि वे एक कमज़ोर सोच के साथ हैं, उन्हें लगने लगेगा कि हथियार ज्यादा मज़बूत है बजाय प्रेम की सोच के।"

सन्धि शांत हो जाती है और कहती है, "नेता की दुविधा पहली बार समझ में आई कि वह नेता तो बन जाता है और बनने के बाद उसे समझ आता है कि बहुत मुश्किल है इस वादे को निभाना कि मैं हमेशा तुम्हारी अगुवाई करूंगा। मैं तो एक इन्सान होने की वजह से लड़ रही हूँ, मुझे नहीं पता इन्होंने कब मुझे नेता बना लिया अपना।"

"यही है, अभी जो है, तुम्हें इससे लड़ना होगा सन्धि।"

"अगर मैं इंसान रहूँ तो क्या खराबी है इसमें?"

"खराबी कुछ नहीं है, बस तुम्हें कमज़ोर देख इनका कमज़ोर होना शुरू हो जायेगा।"

"सन्धि हताशा के साथ कहती है, "ठीक है... मैं अपने आपको काबू में रखूंगी। कोशिश करूंगी कि युद्ध का मेरी मनोदशा पर ज्यादा प्रभाव न पड़े और लड़ती रहूँ बिना घबराये।"

"लड़ना ही हम आम लोगों की ज़िन्दगी है।"

फिर दोनों शेरिन के पास जाते हैं, शेरिन लोगों को समझा रही होती है प्रेम के बारे में, सन्धि शेरिन से कहती है, "शेरिन हम लोग जाते हैं, अभी बहुत काम करना है।"

"ठीक है पर इतना काम भी नहीं करो कि तुम बीमार पड़ जाओ। आओ मेरे पास।" सन्धि और नताशा और करीब चले जाते हैं और शेरिन दोनों के माथे को चूमती है। शेरिन उन्हें देख कर कहती है, "तुम दोनों ने हमें एक मकसद दे दिया है, हमारे पास मकसद ही तो नहीं था। युद्ध सबसे बड़ी चीज जो छीन लेता है वह है आशा, फिर वह घर उजाड़ता है और घर के साथ उजड़ता है मकसद। हम जीते ज़रूर हैं ज़िन्दगी, अगर परिवार बचता है तो परिवार की सुरक्षा भी करते हैं युद्ध से पर मकसद खो जाता है कहीं। हमें ज़िन्दगी सीधे-सीधे जीना पसंद है। अगर कहीं भी किसी भी वजह से यह सीधापन टूटता है तो हम परेशान हो जाते हैं। तुम बताओ सन्धि, हम यहाँ रह रहे हैं... युद्ध के अलावा क्या परेशानी है?"

"युद्ध ही है सबसे बड़ी परेशानी।" नताशा कहती है, "हाँ युद्ध ही है।"

"हाँ पर ये युद्ध इतना सरल नहीं है। हर दिन यह आपके हौसले को मारेगा। आपको सुबह उठने का मन नहीं करेगा क्योंकि आपको पता है आज फिर आप कोई बुरी खबर सुनेंगे पर मैं यह सब जानती हूँ, मैंने युद्ध देखे हैं, युद्ध के

बाद लोगों को युद्ध से तौबा करते हुए भी देखा है और कुछ दिन बाद उन्हें फिर से युद्ध करते देखा है। हम इंसान भूलते हैं अपने आघातों को क्योंकि ज़िन्दगी हमें भूलना सिखा देती है और हम शीघ्र ही बौद्धिक सजगता को फिर से भुला देते हैं।"

शेरिन ऊपर देखती है और कहती है, "पता नहीं कब ठीक होगा सब पर तुमने एक पुल का काम किया है। हम जो भी इस शिविर में हैं हमें यह सब पता है जो तुमने कहा है आज पर हम देखते हुए भी आशा को पकड़ नहीं पा रहे थे। आशा हमें दिख रही थी पर हम वहाँ तक पहुँच नहीं पा रहे थे पर तुमने एक पुल बनाया और हमें वहाँ पहुंचा दिया। जाओ-जाओ दोनों ध्यान रखो अपना। मैं भी बूढ़ी अकेलेपन से युद्ध कर रही हूँ इसलिए तबसे तुमसे बात कर रही थी। जाओ काम करो और वैश्विक सजगता का आधार बनो। सभी को दिखाती रहो आशा की इस नयी किरण को।"

सन्धि और नताशा दोनों वहाँ से निकलने के लिए पीछे मुड़ते हैं। जाते-जाते सन्धि देख रही थी कि अलेक्स ने सारी प्रतियाँ लोगों में बाँट दी थीं, लोगों ने उन्हें पढ़ा और अपनी जेबों में रख लिया। अलेक्स सड़को पर जाकर भी वह पर्चा चिपका रहा था। अलेक्स ने देखा कि सन्धि जा रही है तो उसने सड़क के छोर से आवाज़ लगायी सन्धि को और कहा, "सन्धि रुको मेरे लिए बस 2 मिनट।"

सन्धि शरणार्थी शिविर से बाहर निकलकर खड़ी हो जाती है और इंतज़ार करने लगती है। अलेक्स ने पर्चे को चिपका दिया और चिपकते ही उसे लोग आकर पढ़ने लगें और आपस में बात करने लगें। अलेक्स पर्चा चिपकाकर सन्धि के पास आता है और कहता है, "सन्धि मुझे पता लगा कि तुम और पर्चे लिखोगी।"

"हाँ सोच तो रही हूँ।"

अलेक्स कहता है अपने चिपचिपे हाथों को साफ़ करते हुए, "लिखो ज़रूर लिखो... मुझे समझ आ गया है कि कैसे होगा ये सब, कैसे शांति आएगी पत्र लिखने से, बात करने से, तुम लिखो और मेरा ई-मेल भी ले लो, इस पर मुझे भेज दोगी तो मैं सीधे यहाँ से कई प्रतियाँ निकाल लूँगा, मैंने बात कर ली है शिविर की देख-रेख करने वाले से।"

सन्धि उससे उसका ई-मेल आई. डी. ले लेती है और कहती है, "कैसे आएगी शांति बताओ!"

"एक से दूसरे व्यक्ति पर फिर वहाँ से कहीं और और फिर वहाँ से कहीं और। शांति का विचार फैलेगा और शांति की विजय होगी।"

"हाँ अलेक्स शांति की विजय होगी।"

नताशा भी हँसकर कहती है, "हाँ शांति की विजय होगी। इस सबके लिए यह सबसे ज़रूरी है कि हम शांति की चाह रखने वालों को यह समझा सकें कि अब उन्हें चुप नहीं बैठना है, युद्ध के खिलाफ लड़ना है।"

वह दोनों वहाँ से निकल जाते हैं और पहुँच जाते हैं घर, आकर देखते हैं कि हीरो बड़ा उदास बैठा हुआ होता है। वह दोनों हीरो के साथ खेलने लगते हैं ताकि वह उदास न हो। फिर कुछ देर बाद सन्धि शांत बैठ जाती है। नताशा पूछती है सन्धि से, "क्या हुआ सन्धि?"

"कुछ नहीं बस यह सोच रही हूँ प्रधानमंत्री मोदी को पत्र लिखूं या नहीं।"

"तुम्हारा देश एक ताकतवर देश है... अगर पत्र लिखोगी तो कुछ हानि नहीं है, तुम खुद एक भारतीय हो, तुम जब उन्हें बताओगी यहाँ के बारे में तो वह ज़रूर जो कुछ भी कर सकेंगे, करेंगे।"

"ठीक है! मैं प्रयास करती हूँ लिखने का।"

सन्धि जाकर मेज़ पर बैठ जाती है और सोचने लगती है और अकस्मात उसे कुछ सूझता है और वह लिखने लगती है।

खारकीव

9 मार्च 2022,

माननीय प्रधानमंत्री श्री नरेन्द्र दामोदरदास मोदी जी,

7 लोक कल्याण मार्ग,

नयी दिल्ली - 1 1 0 0 11

माननीय प्रधानमंत्री जी, यह पत्र मैं आपको निराशा और आशा के बीच की स्थिति से अवगत कराने के लिए लिख रही हूँ जो यूक्रेन में इस वक़्त मौजूद है। मैं एक और सवाल के साथ यह पत्र लिख रही हूँ जो मेरे ज़ेहन में काफी समय से है और शायद उसका जवाब आप मुझे दे सकें। मेरा प्रश्न है कि क्या हम सब मिलकर पूरी मानव प्रजाति, मानव को युद्ध के खतरे से दूर कर सकते हैं। क्या हम युद्ध रोक सकते हैं?

यह दोनों प्रश्न प्रथम पंक्ति के कारण है और इन दोनों प्रश्नों की वजह से आज यूक्रेन युद्ध की निराशा और युद्ध जल्दी ख़त्म होगा, उसकी आशा के बीच झूल रहा है। रूस ने युद्ध को शुरू किया है और इस अशांति को जन्म दिया है। यूक्रेन भी अपना बचाव करने के लिए अपने आत्मबल और हथियारों के साथ खड़ा है और इन दो विभिन्न मानसिकताओं के बीच दोनों ही देशों का आम जन मानस खड़ा है जो लड़ता है तो भी मरता है, नहीं लड़ता है तो भी मरता है और अगर युद्ध में शरीक नहीं होता है तब भी मरता है। क्या सामान्य मनुष्य के हिस्से में प्रेम और शांति के साथ स्वतंत्रतापूर्वक रहने का अधिकार कभी नहीं आयेगा? जो मानवता मनुष्य के विकास का परमोच्च लक्ष्य है, शाब्दिक रूप में भी और विचारों के रूप में भी, आज विश्व में मानवता की

इतनी दुर्लभता क्यों है? हिंसा मानव आत्मा के लिए अप्राकृतिक है और प्रश्न योग्य है और सिर्फ प्रेम ही एक ज़रिया है शांति तक पहुँचने का। फिर इतनी दूरी क्यों बनी हुई है मानव और प्रेम के बीच। युद्ध अमानवीय नृशंषताओं को लाते हैं, द्वेष और घृणा लाते हैं, इनके कारण मानवता आहत होती है, ध्रुवीकरण होता है और वैश्विक अशांति का खतरा बढ़ता है। युद्ध मानवता का दुश्मन है, इसे बंद होना ही चाहिए।

हर एक धर्म में बहुत से मार्गदर्शक सिद्धांत होते हैं जिन्हें समझ कर आचरण कैसे करें, इसका मार्गदर्शन मिलता है पर फिर यूक्रेन में जो हो रहा है, उसमें मुझे ऐसे सिद्धांतों का अभाव दिखा और मुझे लगा कि मनुष्य और उसकी शक्ति संचय के लोभ के कारण यूक्रेन आज जल रहा है। मानवता सिर्फ एक विचार नहीं बल्कि एक जीने का तरीका है जिसमें आप जीते हुए अपने आस-पास के मानवों का और उनकी मानवीय गरिमा का अपमान नहीं करेंगे। यह एक अनौपचारिक सर्वोच्च मानवीय कानून है पर इस कानून की अवहेलना हो रही है यूक्रेन में।

यह पत्र मैं इसलिए लिख रही हूँ क्योंकि मैं यह सब कुछ अपनी आँखों से देख रही हूँ, प्रधानमंत्री जी आपने 'ऑपरेशन गंगा' चलाया जिसकी वजह से हजारों युद्ध में फंसे हुए भारतीय छात्र-छात्राएं यहाँ से निकल सकें, मैं भी यहाँ से निकलना चाह रही थी पर मुझे लगा कि कहीं न कहीं यह मेरी भी ज़िम्मेदारी है कि मैं युद्ध से लड़ूँ। मैंने चुना अहिंसात्मक तरीका लड़ने का और उसी तरीके पर चल कर मैं राष्ट्रपति पुतिन जी को भी एक पत्र लिख चुकी हूँ और उनसे यह अपील कर चुकी हूँ कि वह इस युद्ध को रोक दें और यूक्रेन की जनता को ज़िन्दगी की आशा दें, न कि मौत की निराशा।

मैं चाहती हूँ कि इसी सन्दर्भ में आप भी राष्ट्रपति पुतिन से बात करें और युद्ध को समाप्त कराने में अपना योगदान दें, आपका यह योगदान मानवता हमेशा

याद रखेगी। राष्ट्रपति पुतिन को याद दिलाइये कि प्रत्येक व्यक्ति में एक अध्यात्मिक तत्त्व होता है और यही तत्त्व उसे आस-पास मौजूद हर तत्त्व में जीवन रस संचारित करने की प्रेरणा देता है ना कि जीवन समाप्त करने की। उन्हें याद दिलाइये कि इसी तरह से हम प्रकृति के साथ एकजुट होने का प्रयास करते हैं। राष्ट्रपति पुतिन सारे जीवित अवयव, जो यूक्रेन में हैं, उनके ऊपर दिन-ब-दिन और गहरे हमले करते जा रहे हैं। मुझे लगता है उन्हें यह याद दिलाना होगा कि प्रकृति और मानवता के एकजुट होकर जीवित रहने और विकसित होने का लक्ष्य सिर्फ और सिर्फ प्रेम के रास्ते पर चल कर ही मिल सकता है। सर्वोच्च एक ही है और मुझे भरोसा है कि भारतीय दर्शन ही विश्व मानवता की रक्षा में सबसे उपयुक्त रास्ता दिखायेगा, जिसे आप संभव बना सकते हैं 'वसुधैव कुटुम्बकम्' की अवधारणा को अपना संबल देकर।

प्रधानमंत्री जी उन्हें बताइए कि सत्य सिर्फ शांति और प्रेम है। अगर वह यह सोच रहे हैं कि उनकी विजय ही सत्य है तो वह बहुत बड़ी गलती कर रहे हैं, अन्ततोगत्वा प्रकृति शांति ढूंढ ही लेगी, अपने मूल स्वरुप जो कि शांति और प्रेम है, उसमें आ ही जाएगी। पहले भी कई बार इतिहास में यह हो चुका है, अवसर आते रहे हैं, यह होता रहा है।

यह सत्य कि युद्ध गलत है, इसका प्रसार हर जगह हो चुका है। बस वही इस विचार के प्रसार को रोक रहे हैं जो कि मानवता के खिलाफ है या फिर वह जिनका शासन में बने रहना ही एक मात्र लक्ष्य है आम लोगों की शांति और प्रेम की लालसा के ऊपर। मैं इस युद्ध को मानवता और प्रेम के खुले प्रवाह को रोकने के लिए एक हिंसक कार्यवाही मानती हूँ जिसको रोकने के लिए आपका सहयोग अनिवार्य है।

अंत में मैं आपसे यही विनती करूंगी कि आप राष्ट्रपति पुतिन से कहें कि प्रेम ही सर्वोच्च नैतिकता है और मानवीय गरिमा और प्रकृति के सम्मान को

बहाल करने हेतु युद्ध को समाप्त करने का संभव प्रयास करें ताकि शेष विश्व समुदाय भी इससे कुछ सीख सके।

धन्यवाद

आपकी पुत्री

सन्धि

सन्धि लिखते-लिखते वहीं मेज़ पर सो गयी। थोड़ी देर बाद जब नताशा ने देखा कि सन्धि सो गयी है तो उनसे धीरे से पेन और पेज़ हटाये और उसे धीरे से कहा, "नीचे आकर सो जाओ।" सन्धि एक दम चौंक कर उठी और नताशा को देखने लगी, नताशा ने दोबारा कहा, "सो जाओ नीचे आकर।"

"हाँ आ रही हूँ, तुम पढ़ लेना। मैंने आदरणीय मोदी जी को पत्र लिख दिया है, पता नहीं क्या होगा भविष्य।"

"हाँ मैं पढ़ लूँगी और वह मेज़ पर आ जाती है और सन्धि बिस्तर पर आ जाती है।"

नताशा सोचती है कि यह मेज़ भी मानवीय मूल्यों की रक्षा को सहेजती विश्व शांति और प्रेम की भावना को बलवती करने में लगी एक महत्वपूर्ण ऐतिहासिक धरोहर होगी, शायद दुनिया के इतिहास में।

15

यह हवाई जहाज़, बंदूकें और परमाणु बम आदि, यह सब मनुष्य के दुःख और असंवेदनशीलता का प्रतीक है।

खारकीव

10 मार्च 2022

सुबह के 6 बजे

सन्धि की आँख खुल जाती है। उसे ऊपर आसमान में ऐसा लग रहा था कि कई हवाई जहाज उड़ रहे हैं, सन्धि ने नताशा को आवाज़ दी, "नताशा ......नताशा!" नताशा कहती है, "सन्धि मैं जग रही हूँ, हीरो ने मुझे पहले ही जगा दिया था।"

सन्धि छत को देखते हुए कहती है, "युद्ध भी अजीब घटना है।"

"किस परिपेक्ष्य में कह रही हो!"

"एक समूह दूसरे को बिना क्षति पहुंचाए क्या सामूहिक एकता की प्राप्ति कर सकता है।"

"यह परिपेक्ष्य बहुत ही ज्यादा सघन है। मैं तुम्हारी बात से सहमत भी हूँ और असहमत भी।" नताशा कहती है।

"कैसे सहमत हो और कैसे असहमत?"

"समूह ज़रूरी नहीं कि इसलिए ही हो कि वह किसी दूसरे समूह को क्षति पहुंचाए।"

सन्धि उबासी लेते हुए कहती है, "ज़रूरी नहीं है पर वर्तमान परिपेक्ष्य में पूरी दुनिया में जितने भी समूह हैं वह कहीं न कहीं किसी दूसरे से खुद की सुरक्षा के लिए ही बने हैं। चाहे वह सामाजिक समूह हों या फिर राजनैतिक समूह हों। समूह का अस्तित्व इसीलिए है क्योंकि इसमें सुरक्षा का भाव अन्तर्निहित है। इस सच्चाई को बहुत ही अच्छी तरह से हेर-फेर करके जो भी सत्ता चलाता है, वह इस्तेमाल करता है। इसके दुष्प्रभाव से जो सत्य है सबसे बड़ा कि सब लोग अगर मिल जाएं तो कोई भी काम आसानी से कर सकते हैं, इस सत्य

की सबसे ज्यादा दुर्गति होती है। सत्ता चलाने वाला इस सत्य को कभी भी नहीं उजागर होने देना चाहता क्योंकि अगर यह उजागर हो गया कि सबका साथ बहुत गहरा प्रभाव डाल सकता है तो यह प्रभाव सत्ता पक्ष की गलतियों के साथ ही सत्ताधीशों के विरुद्ध भी जा सकता है, यह सत्ता पर जनता के अंकुश के रूप में परिवर्तित भी हो सकता है इसलिए वह अपनी यथास्थिति बनाए रखने के लिए युद्ध जैसी चीजों का ही प्रयोग करता है।"

"तो फिर युद्ध में विचारधारा की कोई भूमिका नहीं!"

"नहीं कोई भूमिका नहीं... यह नहीं कह सकती पर यह ज़रूर कह सकती हूँ कि विचारधारा एक कवच है जो इस युद्ध के षड्यंत्र को साफ़-साफ़ नहीं देखने देती। मैं इतने दिनों से घूम रही हूँ लोगों से मिल रही हूँ, आम लोगों की पीड़ा सुन रही हूँ, मैं एक बात समझ पायी कि आम जन मानस की कोई विचारधारा नहीं होती, उनका सिर्फ एक आदर्श लोक होता है, वह उसी में रहते हैं। उन्हें बस ये लगता है कि कभी न कभी सब कुछ ठीक हो जायेगा, कैसे होगा, क्या किया जाए, क्या विचारधारा होनी चाहिए, उन्हें इन सब चीजो में नहीं जाना, उनके आदर्श लोक में बस स्थिति का ठीक होना ही मायने रखता है, विचारधारा नहीं। इसके ठीक विपरीत मैं उन लोगों से भी मिली जो उच्च वर्ग के थें... भारत में भी मिली और यूक्रेन में भी मिली, इन लोगों की विचारधारा थी, इन लोगों को पता था कि यह कैसे मुनाफा कमाएंगे, कि यह कैसे लोगों को काबू में रखेंगे। मुझे लगता है विचारधारा एक बौद्धिक हथियार है जिसे चलाने वाला उसे सिर्फ तब चलाता है जब उसे किसी और के विचारों पर अपनी हुकूमत करनी हो।"

"तो क्या विचारधारा गुलाम है शक्ति की!"

"प्रतीत तो यही होता है कि विचारधारा शक्ति की गुलाम है, इसी युद्ध को देख लो, राष्ट्रपति पुतिन कहते हैं कि उन्होंने युद्ध इसलिए किया क्योंकि उन्हें

खतरा है नाटो से, वह यह भी कहते हैं कि यूक्रेन में जो रुसी भाषा बोलने वाले लोग थे, उनके साथ भी सौतेला व्यवहार हुआ यूक्रेनी सरकार के द्वारा। दूसरी तरफ राष्ट्रपति जेलेंसकी कहते हैं कि यूक्रेन पर हमला करके राष्ट्रपति पुतिन ने गलत किया और रशियन उनकी सीमा के अन्दर घुस आये हैं, आम लोगों पर हमला कर रहे हैं। अमेरिका भी अपना एक अलग रवैया बनाये हुए है युद्ध के लिए, हथियार देना पर युद्ध में नहीं कूदना। अगर तुम देखोगी इन तीनों को तो इनकी विचारधारा अलग-अलग प्रतीत होगी, पर विश्वास मानों इनमें से किसी की भी विचारधारा उनके आम लोगों से मेल नहीं खाएगी क्योंकि आम लोगों को युद्ध नहीं चाहिए और अगर शुरू में किसी देश के आम लोगों को युद्ध चाहिए था तो उस देश की मीडिया ने यह भ्रम फैलाया होगा कि युद्ध तो जीता हुआ है। युद्ध में जाना है और जीत लेना है सब कुछ। समाज की मौजूदा व्यवस्था के ऊपर जो जगह-जगह युद्ध थोपा जा रहा है, यह इस बात का सबूत है कि जनता को सत्य से दूर रखा जा रहा है क्योंकि सत्ता में बैठे लोगों को यह महसूस हुआ कि इस सत्य की मान्यता उनकी स्थिति को कमजोर कर देगी। इसी सत्य को छुपाने के लिए, बदलने के लिए, जब भी कभी-कभी अनजाने में इस युद्ध से सम्बंधित कुछ स्पष्टीकरण देना होता है तो सत्ता पर बैठे लोग जनता को इसके लिए बिल्कुल निजी स्पष्टीकरण प्रस्तुत करते हैं और फिर स्वार्थी परिमार्जन द्वारा उस सत्य को और विकृत कर देते हैं, अगर फिर भी सत्य उजागर होने वाला हो तो खुली हिंसा द्वारा इसका विरोध भी करते हैं, इसी तरह सत्ता चलती है। तो युद्ध सत्य को छुपाने का आखिरी प्रयास है।"

नताशा यह सब सुन कर कहती है, "विचारधारा तो किसी की कुछ भी हो सकती है फिर इसे रखने में क्या समस्या है, क्या यह घातक है?"

"यह घातक नहीं है पर इसके दुरूपयोग ने इसका स्वरुप इस तरह का बना दिया है कि यह अब घातक दिखने लगी है। एक समय था जब राजा का कुछ

भी कहना निर्विवाद था, उस पर कोई विवाद नहीं होता था, कोई भी आपत्ति नहीं। फिर धर्म आया और निर्विवाद रहा, फिर विज्ञान आया, वह भी निर्विवाद है अभी भी कई मायनों में। जिस भी विषय पर चर्चा का माहौल निर्विवाद हो, समझ लेना वह पहलू कुछ ही लोगों की गिरफ्त में है। विचारधारा एक ऐसा ही पहलू है जो सीमित लोगों के पास है, वही सीमित लोग आम जनता के कानों में विचारधारा फूँक देते हैं और आम जन मानस उसी फूंकी हुई विचारधारा को लेकर बैठे रहते हैं। जितना फूँका गया होगा, वह उतना ही बता पाएंगे उन्हें किसी भी विचारधारा का, ना तो शुरूआती छोर पता होगा और ना ही अंतिम छोर या परिणाम। विचारधारा इसलिए बहुत कठिन उपकरण है क्योंकि उसकी रचना का उद्देश्य इससे हासिल होने वाले परिणामों में निहित होता है।"

सन्धि की बात ख़त्म होने के बाद भी नताशा सोचती रहती है, सन्धि उसे देख रही होती है। फिर सन्धि पूछती है, "क्या हुआ... कुछ कहना है क्या?"

नताशा कहती है, "कहना तो बहुत कुछ है... तुम मेरे दिमाग को हिला कर रख देती हो, कैसे फिर हम निजात पा पायेंगे जो भी समस्या है मानवता के सामने, कुछ विधि तो होगी जिससे हम इन समस्याओं को ख़त्म कर सकते हों।"

सन्धि हँसते हुए कहती है, "सिर्फ प्रेम और सत्य निष्ठा की अवधारणा ही ख़त्म कर सकती है सारी समस्याओं को और कुछ भी विधि काम नहीं आएगी। कई लोग इसका विरोध करेंगे, अवरोध पैदा करेंगे, प्रतिरोध करेंगे और चाहेंगे भी कि तुम जो कि प्रेम के साथ हो, तुम भी उनके हिंसात्मक पथ पर आ जाओ। जैसे यह समय यूक्रेन की जनता के लिए बहुत ही महत्वपूर्ण समय है, मुझे भी पता नहीं कि युद्ध कितना चलेगा पर युद्ध को रोकने के लिए अगर युद्ध के ही मार्ग पर चल दिए आम लोग तो फिर यह युद्ध बहुत दिन

तक चलेगा। इसका अंत नहीं है। मैं जब भी इतिहास देखती हूँ, गुलामी और दासता का इतिहास, तो यह बात साफ़ दिखती है कि तब जो परिस्थितियां थीं, उन परिस्थितियों में मनुष्य पूरी तरह से प्रेम के जो नियम हैं, उनके अनुरूप कार्य नहीं कर रहा था। अगर करता तो उसके हृदय में स्वाभाविक रूप से प्रेम होता और वह किसी भी हिंसा का समर्थन नहीं करता। अहिंसा में सभी भागीदारियों से मनुष्य दूर हो जाता और सिर्फ प्रेम का प्रसार करता है। गाँधी जी की अहिंसा की विचारधारा कुछ और नहीं, सिर्फ प्रेम है।"

तभी अचानक एक हवाई जहाज ऊपर से गुज़रता है। ऐसा लगा कि वह काफी नीचे उड़ रहा रहा था इसलिए जो आवाज़ आई, वह बहुत जोर से आई।

नताशा झल्ला कर कहती है, "उफ़ ये हवाई जहाज... इनसे तो डर ही लगता है, कभी भी बम गिरा सकते हैं।"

हीरो भी आवाज़ से डरता है और भौंकता है, नताशा उसे प्यार से पुचकारकर चुप करा देती है।

सन्धि हीरो की तरफ देखते हुए कहती है, "यह हवाई जहाज़, बंदूकें और परमाणु बम आदि, यह सब मनुष्य के दुःख और असंवेदनशीलता के प्रतीक हैं। मनुष्य अपने विकासकाल में जब कभी भी प्रेम से भटका और एक उपयुक्त मानक नहीं तलाश पाया ज़िन्दगी जीने के लिए, तब उसने खुद को किसी कृत्य में लगे हुए होने की दिलासा दिलाने के लिए, जितने भी फूहड़ प्रयोग थे, किये। जैसे कि धन का आविष्कार, हथियारों का आविष्कार, उत्खनन, लाभ के लिए प्रकृति का अनियंत्रित दोहन करना, हर काम को व्यवसायिक मानसिकता से देखना। खुद को उलझाने के लिए प्रकृति से दूर होना। उसके यह आविष्कार और लोभ में डूबी भविष्य को संकट में डालती दृष्टि इस बात का प्रमाण है कि वह बैचेन है, भटका हुआ है और चिंतित है।

चिंतित है क्योंकि वह यह सब बनाने के बाद भी विचलित है। विचलित है क्योंकि उसे प्रेम चाहिए पर समाज के मानक ही लोभी भौतिकवादी मनोवृत्ति के वशीभूत पथ भ्रष्ट होते चले गए और वह उलझ गया व्यवसाय में, धन अर्जित करने में और प्रतियोगिताओं में। युद्ध यह दर्शाते हैं कि मानव दुखी है और असंतुष्ट है इस सभ्यता में और उसका दुःख चरम पर है। युद्ध बहुत से प्रयोगों में से एक प्रयोग है उसका जो हमेशा विफल रहता है पर हर बार वह ज्यादा कोशिश करता है सफलता के लिए और उसका नतीजा है कि इसी क्षोभ के चलते वह कभी न कभी ज़रूर मानवता को ख़त्म करेगा, सिर्फ प्रेम बचा सकता है, मानवता को इस क्षोभ से।"

सन्धि गहरी साँस लेकर फिर कहती है, "इतना असंतुष्ट मानव इतनी सब चीजों के बाद भी, ऐसा लगता है कि मनुष्य के पास, जो उसकी भावनाओं को तसल्ली दे सकें, उसे शांत कर सकें, ऐसा कुछ नहीं है।"

"उसके पास उसका झूठा गर्व है - संग्रहित धन है और साधन है जो वह दिखाता फिरता है विकास के नाम पर। विकास सिर्फ और सिर्फ उसकी उद्दंडता का है, जो वह दूसरे आम मनुष्यों से कर रहा है, प्रकृति के साथ कर रहा है।"

नताशा सुनने के बाद कहती है, "पूरी दुनिया के लिए आवश्यक तकनीकी क्रांतियाँ नहीं हैं, नाभकीय उर्जा भी नहीं हैं, हथियार, ड्रोन सिस्टम, मिसाइल, राकेट, डैम, ट्रेन लाइन, आर्टिफीसियल इंटेलिजेंस, स्कूल, कॉलेज, रिसर्च सेंटर और शासन, इनमें से कुछ भी महत्वपूर्ण और आवश्यक नहीं हैं क्योंकि इनके मूल स्वरुप को चंद लाभार्थियों के हित में बार-बार बदल दिए जाता है। जो महत्वपूर्ण है, वह है प्रेम, वह इन सब से कहीं ज्यादा सरल है, सत्य है और विश्वास करने योग्य है। वजह साफ़ है इन सब संरचनात्मक घटकों के बाद भी मानवता क्यों संकुचित होती जा रही है, क्या वजह है कि यह सब

उसे बचाने में अक्षम है। कहीं ऐसा तो नहीं है कि यह सब घटक मानवता को घेर रहे हों मारने के लिए और मानवता अपनी बचाव के लिए हमारा बार-बार ध्यान खींच रही हो अलग-अलग माध्यम से। युद्ध की भावनात्मक संक्रामकता अलग-अलग व्यक्ति को अलग-अलग तरीके से प्रभावित करती है। कुछ पूर्ण रूप से सरल प्रेम को समझ लेते हैं और कुछ पूर्ण रूप से इस से मुँह फेर लेते हैं। एक सवाल है जो बहुत प्रमुखता से ध्यान खींचता है कि बाकी की संरचनाएं भावनात्मक संक्रामकता को उद्वेलित क्यों नहीं करती है और मनुष्य को प्रेम तक क्यों नहीं ले जाती है, क्यों हैं यह संरचनाएं, क्यों हैं यह संस्थाएं? क्या सिर्फ मनुष्य को 9 से 5 तक विवशता में डालने के लिए और उसके बाद यह सोचने के लिए कि वह खुश क्यों नहीं है, उसके पास धन है... फिर भी क्षोभ, फिर भी दुःख।"

यह सब बोलकर नताशा अचानक कहती है, "मुझे प्यास लगी है, मुझे पानी पीना है।"

सन्धि नताशा को पानी पीते हुए देखती है, हीरो उठ कर सन्धि के पास बैठ जाता है। सन्धि उस पर प्यार से हाथ फेरती है और कहती है, "तुम प्रेम करते हो, पता चलता है यह।"

"बहुत सी चीजें हैं जो युद्ध के भीतर ही समझ आती है, युद्ध के बाहर शांति काल में वह इतनी साफ़ नहीं दिखतीं।"

"हाँ, तुम ठीक हो शायद।"

सन्धि फिर से हीरो के ऊपर हाथ फेरने लगती है। नताशा सन्धि से पूछती है, "क्या तुमने अमेरिकन राष्ट्रपति को पत्र लिखा?"

"हाँ लिखा तो है पर एक बार पढ़ कर थोड़े सुधार करने हैं।"

"ठीक है कर लो सुधार, मैं उसके बाद पढ़ लूँगी।"

सन्धि उठती है और फिर मेज़ पर बैठ जाती है।

"मैं तुम्हारे लिए ऊपर के कमरे से कॉफ़ी बनाकर लाती हूँ।"

"अभी मत जाओ, हवाई जहाज थे थोड़ी देर पहले तक।"

"जैसे ही साइरन बजेगा, किसी मजबूत चीज के नीचे बैठ जाऊंगी, अब आदी हो गए हैं ऐसे जीने के।"

नताशा उठती है और हीरो भी उठ जाता है, फिर नताशा पूछती है हीरो से, "तुम भी चलोगे क्या?"

हीरो कून्कूं करके आवाज़ करता है। नताशा कहती है, "सन्धि इसको भी ले जाती हूँ।"

"संभाल कर जाना।"

नताशा हीरो को लेकर चली जाती है और सन्धि भी मेज़ पर बैठकर पत्र सुधारने लगती है।

खारकीव

10 मार्च 2022,

माननीय राष्ट्रपति जोसफ रोबिनेत्ते बिडेन जूनियर

द व्हाइट हाउस

1600 पेनसिलवेनिया अवेंन्यु, एन. डब्लू

वाशिंगटन डी सी 20500

राष्ट्रपति जी, मैं यह पत्र आपको यूक्रेन और रशिया के मध्य चल रहे युद्ध को लेकर लिख रही हूँ और आशा करती हूँ कि आप युद्ध की भयावहता से अवगत होंगे। इस वक़्त यूक्रेन में निर्भयता नहीं, युद्ध से उपजा भय है और

भय में कभी भी प्रेम नहीं उपज सकता है। युद्ध की वजह से लाखों लोग बहुत बड़े शरणार्थी संकट से गुजर रहे हैं जो भविष्य में और भी कई संकटों को जन्म देगा।

ये सभी संकट मानवीय गरिमा के प्रश्न को और हनन को भी रेखांकित कर रहे हैं। जहाँ एक और शांति मुँह ताक रही है युद्ध का, वहीं दूसरी और प्रेम भी मुँह ताक रहा है इस युद्ध का। इस युद्ध के बाद यह बात समझ में आने लगी है राष्ट्रपति जी कि प्रेम करना अनिवार्य है पर किस से प्रेम कर रहे हैं, यह समझना उस से भी ज्यादा अनिवार्य है।

जहाँ रशिया प्रेम कर रहा है युद्ध से और अनगिनत गोला बारूद का प्रयोग कर रहा है युद्ध के मैदान में पर यह सारा दवाब सिर्फ और सिर्फ समाज की सबसे छोटी इकाई पर पड़ रहा है। यूक्रेन में बसे लाखों परिवार इस दवाब को झेल रहे हैं, कुछ इस दवाब को झेलते-झेलते शरणार्थी शिविर में पहुँच गए और कुछ लड़ते-लड़ते शहीद हो गए देश के नाम पर।

यह एक महत्वपूर्ण समय है जब युद्ध के द्वारा परिवर्तनकारी सुईयां अनैतिक गतिविधियों से भरा एक असाधारण समय उत्पन्न कर रही है जिसकी कल्पना नहीं की जा सकती थी। यह भी एक बुरे सपने जैसा समय है पर इनको पूर्ण समझने के लिए दोनों को समझने की क्षमता की आवश्यकता है। युद्ध के गरम गोला बारूद और माहौल के नीचे एक परत मृत आदमियों और औरतों की भी है जो अब ठन्डे पड़ चुके हैं, जिन्हें कभी आशा थी कि युद्ध ख़त्म होगा, उनकी जो आशा उनकी मरते दम तक पूरी न हो पायी। यह ठंडी पड़ी मानवता जो युद्ध के मैदान में मृत पड़ी है, जीवित रहकर अपने-अपने घरों में लौटना चाहती थी।

यह पत्र उसी मानवता को उनके घरों में लौटाने के लिए लिख रही हूँ क्योंकि उनकी असली जगह युद्ध का मैदान नहीं, घर, खेत, खलिहान गाँव और शहर

है। राष्ट्रपति जी आपका सहयोग यूक्रेन को सिर्फ हथियार देने तक सीमित नहीं रहे, यही निवेदन है मेरा, मैं चाहती हूँ आप प्रयास करें युद्ध को जल्द से जल्द ख़त्म कराने के लिए। युद्ध के इस विरोधाभास में हमें मानवता की गिरती हुई स्थिति पर काबू पाना होगा, मनुष्य के रूप में और राष्ट्रपति के रूप में आपका कार्य स्वतंत्र आत्माओं की अनंत पीड़ा को शांत करने का होना चाहिए जो युद्ध की पीड़ा से ग्रसित है और आपकी तरफ लाखों लोग सिर्फ मदद ही नहीं, शांति की मदद के लिए देख रहे हैं।

जो कुछ भी टूटे रिश्ते हैं आपके, रशिया के और यूक्रेन के बीच, उन्हें सुधारने की भी शांति के साथ कोशिश करनी चाहिए। युद्ध के समय के अन्यायपूर्ण समय में न्याय को स्थापित करना शांति के साथ ही संभव है। युद्ध में गोली खाए लोगों को फिर से ख़ुशी की अर्थपूर्ण दुनिया देने के लिए आपको प्रयास करना चाहिए। दुनिया ख़त्म होने की घोषणायें हर तरफ चल रहीं हैं, सबको भय है कि कहीं परमाणु हथियार का प्रयोग न हो जाये, इन्हीं सभी परेशानियों में सिर्फ एक सरल और स्वाभाविक भाव का उपयोग करने में ही सबकी भलाई है और वह है प्रेम का भाव।

युद्ध शुरू हुए काफी समय निकल चुका है लेकिन निराशा, पराजयवाद, संशयवाद और विजय के आतुर कुछ लोग अब भी युद्ध कर रहे हैं, हमें बस उन लोगों को प्रेम से शांति की तरफ लाना है।

अंत में मैं यही कहूँगी कि दुःख पर और युद्ध पर एक बड़ा प्रहार होना चाहिए पर वह प्रहार सिर्फ और सिर्फ अहिंसात्मक होना चाहिए जिसके लिए आपका सहयोग अपेक्षित है।

आशा करती हूँ आप आशा का उपहार यूक्रेनी जनता और समस्त विश्व को देंगे। इस उपहार में शक्ति भी होगी दुःख झेलने की, समर्पण भी होगा आशा देने के लिए।

भवदीया

सन्धि

सन्धि ने पत्र में सुधार कर नताशा का थोड़ा सा इंतज़ार किया और फिर उसने सोचा कि वह नताशा को ऊपर ही जाकर दिखाए पत्र, यह सोचकर सन्धि ऊपर जाने लगी और जैसे ही उसने सीढ़ी पकड़ी वहाँ से नताशा पाट खोल कर नीचे उतर रही थी। सन्धि हट गयी और हीरो ने ऊपर से कूद लगा दी, नताशा के हाथ में दो कॉफ़ी के कप थे और उसके बाद वह भी नीचे उतरने लगी। सन्धि ने कप नताशा के हाथ से लेते हुए कहा, "मैंने पत्र में सुधार कर दिया है नताशा।"

" बहुत बढ़िया सन्धि, अब हर जगह और हर राष्ट्र में शायद शांति का महत्व समझ आये।"

"पता नहीं मुझे अब भी हमेशा लगता है क्या हम उतना प्रभाव डाल पा रहे हैं जितने में शांति स्थापित हो।"

"तुम शुरुआत कर रही हो सन्धि... किसी ने अभी तक इस सच्चाई से, इस उद्देश्य के लिए काम करने की शुरुआत ही नहीं की थी। अब किसी भी दिन तुम्हारे विचार शांति की अहमियत का ज्वार भड़का देंगे और बुझ जाएगी युद्ध की आग।"

सन्धि नताशा को गले लगा लेती है और कहती है, "काश मैं यह कर पाऊँ और युद्ध की अनंत पीड़ा को ख़त्म कर पाऊँ। व्लादिमीर शायद खुश हो उसके बाद। पेत्रोविच शायद प्रेम को समझे इसके बाद। मेरे पिता शायद इसके बाद मेरे निर्णय पर गर्व करें और मेरी माँ शायद इस बात से उबर पायें कि उनकी बेटी चली गई, शायद समझ पाएं वो कि उनकी बेटी अब बहुत लोगों की बेटी और दोस्त है, और यह सभी के साथ मित्र भाव का नाता समाज में शांति स्थापित करने के लिए एक पुल है। मैंने इतना सब कुछ इसलिये नहीं

छोड़ा कि मेरा खुद का कोई छिपा हुआ उद्देश्य था, मैं तो बस पीड़ा की बहती नदी में एक ताज़ी टूटी डाल सी बहने लगी, समाज की परेशानियों में मुझे कोई नहीं दिखा समस्याओं के हल के साथ, लेकिन व्लादिमीर की मौत से मेरी आँखें खुल गयी थी। मेरा हृदय दर्द से रो पड़ा, मैं इसलिए बंद कमरे में हूँ क्योंकि मैं यूक्रेन के आम लोगों को आज़ाद देखना चाहती हूँ।"

नताशा कहती है, "अब मुझे छोड़ो... मेरी कॉफ़ी गिर जाएगी वर्ना।" सन्धि उसे छोड़ देती है और देखती है उसकी आँखों में आँसू होते हैं, जिसे वो सन्धि के देखते ही पोंछ लेती है।

"मत रो नताशा... सब ठीक होगा, अच्छा होगा, युद्ध ख़त्म होगा।"

"और तुम्हारी आँखों में क्या है... आँसू नहीं है, वो क्या?"

सन्धि हँसते हुए आँखों को पोंछती है और कहती है, "नहीं ये पानी ही है, जिस दिन युद्ध बंद होगा शायद आँसू तो उस दिन निकलेंगे।"

नताशा कहती है बात बदलते हुए, "हमें इस पत्र को भी जनता के बीच उतारना है।"

"मैं यही सोच रही थी कि मैं इस पत्र को अलेक्स को दे आऊं। चलो तैयार हो जाओ।"

"हाँ, बस होती हूँ।"

नताशा खांसती है और फिर उसकी खांसी बंद ही नहीं होती।

"क्या हुआ नताशा तुम ठीक तो हो?"

"हाँ.... हाँ मैं ठीक हूँ।"

सन्धि नताशा का हाथ पकड़ती है और चौंक कर कहती है, "तुम्हारा बदन तो एकदम गर्म हो रहा है!"

"नहीं मैं ठीक हूँ।"

"तुम कहीं नहीं जा रही हो, मैं अकेले ही जाऊंगी, समझीं। आराम करो ठीक से और लौटते समय मैं कुछ खाने का बंदोबस्त करती हूँ और अलेक्स से कहती हूँ कुछ दवाई का इंतज़ाम कर पाए तो।"

सन्धि जैसे ही ऊपर जाने को होती है, हीरो उसके ऊपर आ जाता है, अपने पैर सन्धि के पेट पर रख लेता है।

सन्धि उससे कहती है, "नताशा की तबियत खराब है, उसके साथ रहो, मैं बाद में तुम्हें घुमा के लाऊंगी।"

हीरो कुछ समझता है फिर पैर नीचे कर लेता है, सन्धि उसके चेहरे को पकड़कर उसकी आँखों में देखती है और कहती है, "बहुत समझदार हो तुम।"

फिर उसके माथे को चूम कर सीढ़ियों से ऊपर चली जाती है और पाट बंद कर देती है।

सन्धि बहुत संभाल कर बाहर निकलती है और थोड़ी रफ़्तार से चलने लगती है। आज वह कुछ ज्यादा ही तेज़ और संभल कर चल रही थी। शायद अकेली थी इसलिए। सन्धि सोचती है कि नताशा को ले आती पर उसकी तबियत ख़राब थी। सन्धि को अचानक कुछ दूर कुछ मुट्ठी भर रुसी सैनिक दिखे, वह तुरंत मुख्य मार्ग से हटकर किनारे पर बनी इमारतों में से गुजरने लगी। सन्धि सोचती हुई जा रही थी कि अगर उसे किसी रुसी सैनिक ने देख लिए तो क्या होगा, कैसे वह बचेगी उन सैनिकों से, हर योजना सैनिक को मारने के खतरनाक ख्याल से बदल देती थी वह। अब तक कई योजना उसके मन में शुरू होकर ख़त्म हो चुकी थीं क्योंकि उसे नहीं मारना था किसी भी सैनिक को। सन्धि सोचती है कि भय कितना भयानक हथियार है जो आपको यह सोचने पर मजबूर कर देता है कि क्या आप किसी को मार सकते हैं। मैं

अभी बिल्कुल ठीक हूँ पर फिर भी मस्तिष्क में यह बात आई, जबकि मेरे मस्तिष्क को पता है कि मैं नहीं मारना चाहती हूँ किसी को, मुझे हिंसा नहीं करनी... फिर भी अनचाही बारिश की तरह सब कुछ तहस-नहस करना चाहता है ये ख्याल।

सन्धि सोचती है कि डर की भावना कितनी मौलिक है, कितनी आधारभूत भावना है जो यह निर्धारित करती है कि आप क्या करेंगे, आपके कार्य किस तरह के होंगे, आप किस समूह की तरफदारी करेंगे और किस समूह की तरफदारी नहीं करेंगे। डर से ही पूरे के पूरे राज्य, व्यक्ति, समूह और एक राष्ट्र का दूसरे राष्ट्र से सम्बन्ध निर्धारित होते हैं। अन्तराष्ट्रीय सम्बन्ध तक डर बनाता है। सन्धि आगे सोचती है एक भाव जो इतना सब कुछ निर्धारित करता है, कैसे वही भाव आपको बाध्य करता है मानसिक आज़ादी से। आप डर में स्वछंद नहीं सोच सकते तो क्या ये इतनी गलतियाँ नीतियों की है जो डर के माहौल में बनी है न कि प्रेम के माहौल में।

सन्धि सोचने लगती है कि क्या राज्य का विचार भी डर की आधारशिला पर ही बना है। राज्य का पूरा राजनैतिक दर्शन भी क्या इसी डर पर निर्भर है। अगर है तो कैसे मनुष्य एक संरचना में खुले विचारों से सोच सकते हैं जबकि उसका जन्म से लेकर मृत्यु काल सिर्फ और सिर्फ डर की परतंत्रता में कटता है। सन्धि सोचती है जिस तरह मनुष्य का पूर्वज बन्दर है, उसी तरह भय जो है वह राज्य की सोच का पूर्वज है। पूरे विश्व की जो कार्य प्रणाली है, कम से कम राजनीति और सुरक्षा से सम्बंधित, वह भय पर टिकी है। सन्धि का सोचना और तेज़ हो जाता है जब उसके मन में यह संरचनात्मक भूल उजागर होने लगती है। वह सोचती है कि जितनी भी पूरे विश्व में बड़ी संस्थाएं हैं जो द्वितीय विश्व युद्ध के बाद बनी, वह सब भी भय से उपजी है, अन्तराष्ट्रीय स्तर पर भी भय मौजूद है इन संस्थाओं के रूप में। इन संस्थाओं का बनना किसी और राष्ट्र के भय के कारण भी था और उस भय को ख़त्म करने के लिए भी

था। पर भय तो अभी भी है क्योंकि मनुष्य जिस भाव से लड़ रहा है, उसी भाव से उत्तेजित और प्रेरित होकर वह कोई दूसरी संरचना बना रहा है, वह संरचना भी भय में है।

मनुष्य जितना तेज़ी से भय को ख़त्म करना चाह रहा है, वह उतनी ही तेज़ी से भय को प्रतिपादित करने वाली अनंत ऐसी संरचानाएं बनाता जा रहा है। सन्धि सोचते-सोचते भय के सायों से निकल कर किसी तरह शरणार्थी शिविर पहुँच जाती है। एक आज़ाद साँस लेती है वह। इस भय को अभी और भयावह होना था। वह रुसी सैनिक चलते-चलते नताशा के अपार्टमेंट के पास से गुज़र रहे होते हैं, तभी अचानक एक हवाई जहाज निकलता है और हीरो आदतन भौंकने लगता है। रुसी सैनिकों का ध्यान उस भौंकने की आवाज़ पर अपार्टमेंट की ओर खिंच जाता है। वे दोनों सैनिक उस तरफ बढ़ने लगते हैं और अपार्टमेंट में दाखिल हो जाते हैं। काफी खोजबीन के बाद उन्हें समझ आ जाता है कि कोई नीचे अंडरग्राउंड में भी है। उनमें से एक सैनिक झुक कर कारपेट के ऊपर सिर रख कर आवाज़ सुनता है तो उसे नीचे से किसी औरत के बोलने की आवाज़ सुनाई पड़ती है। वह धीरे से अपने साथी से कहता है, “ऐसा लगता है कि नीचे दो लोग हैं। मैं कारपेट और पाट हटाऊँगा, तुम मुझे कवर देना।”

दूसरा सैनिक हामी भरता है। सैनिक कारपेट हटाता है और फिर पाट, पाट हटते ही उसे नीचे दो लोग दिखते हैं, एक कुत्ता और एक औरत। जैसे ही हीरो उन सैनिकों को देखता है, वह तेज़ भौंकने लगता है और उन पर हमला करने के लिए तैयार हो जाता है। सैनिक कहता है, “मार दो उस कुत्ते को नहीं तो यह हमें हमारा काम नहीं करने देगा।”

सैनिक अपनी ए.के. 47 उस पर तान देता है और बिना किसी संवेदना के तीन गोलियां एक के बाद एक हीरो के बालों के फर को भेदती हुई हीरो के अन्दर धंस जाती है। हीरो का सफ़ेद कोट लाल हो जाता है, हीरो तड़प कर

फर्श पर गिर जाता है और सैनिकों के बूटों की आवाज़ सीढ़ियों पर आने लगती है। नताशा किंकर्तव्यविमूढ़ सी वहीं स्तब्ध खड़ी रहती है और दोनों सैनिक एक एक करके नीचे कमरे में आ जाते हैं और अपनी वहशी आँखों से नताशा के शरीर को घूरने लग जाते हैं। उनमें से एक आगे बढ़ कर बन्दूक तानते हुए नताशा से कहता है, "जो हम चाहते हैं, हमें वो करने दो और अगर कुछ भी उसके अतिरिक्त किया तो इस कुत्ते से ज्यादा गोलियां तुम्हारे अन्दर होंगी।"

दूसरा सैनिक जाकर नताशा का हाथ पकड़ लेता है और उसकी कमीज को फाड़ने लगता है। नताशा के हाथ अपनी देह को छुपाने में संलग्न थे और सैनिक के हाथ उसकी देह को उजागर करने में। यह जंग बहुत अल्प समय के लिए होती है, सैनिक बन्दूक के बट से नताशा के कंधे पर प्रहार करता है और नताशा आधी ज़मीन पर गिर जाती है। वह बैठी हुई थी, उसके बाद सैनिक अपने बूटों से उसके हाथों को कुचलता है और कहता है, "तुम्हारा देश और तुम दोनों हमारे जूतों के नीचे हो।"

दूसरा सैनिक इस बात पर अट्टाहस करता है और पहले सैनिक से कहता है, "कुछ रोचक बनाओ इस कहानी को।"

सैनिक यह सुनकर कहता है, "तुम्हें कहानी रोचक चाहिए।"

सैनिक इस बार उसके बालों को पकड़ कर फर्श पर घसीट देता है और उसके शेष कपड़े भी उतार फ़ेंकता है। अब एक तरफ नताशा और एक तरफ खून में नहाया हीरो फर्श पर पड़े होते हैं और बीच में घृणा और कामुकता के राक्षस बने दोनों सैनिक खड़े होते हैं। नताशा की लाचार और बेबसी से भरी आँखें आसुओं में डूबी हुई थी। वह बार-बार खुद को छोड़ देने का निवेदन कर रही थी, अपने बीमार होने की दुहाई दे रही थी लेकिन सैनिकों के दिलोदिमाग पर तो युद्ध स्थल नताशा का शरीर बन चुका था। नताशा के ऊपर लेटते लेटते

सैनिक कहता है, “यूक्रेन में चाहे आदमी हो, औरत हो या फिर हो बच्चा, वे किसी को नहीं छोड़ेंगे।”

दूसरा सैनिक कहता है, “यह युद्ध कुछ भी साफ़-साफ़ नहीं कहता, सब कुछ संशय में है इसमें, शायद इसके शरीर से खेलने के बाद हमारा संशय समाप्त हो।”

यह सुनते ही काम क्रीड़ा, जो पहला सैनिक कर रहा था, वह उत्तेजित हो द्रुत गति से करने लगता है और नताशा छटपटाहट में अपने औरत होने का शोक मनाने लगती है। नताशा के अन्दर की उस आदमी के प्रति घृणा सिसकियों और आसुंओं में बदल जाती है। वो उस सैनिक की आँखों में देखती है और उसे वह सैनिक उससे ज्यादा दयनीय मानसिक स्थिति में दिखता है। फलस्वरूप वह अपनी आँखें बंद कर सभी तरह के प्रतिकार बंद कर देती है। पहला सैनिक नताशा के शरीर पर युद्ध खत्म करते ही दूसरे सैनिक से कहता है, “तू भी अपनी थकान उतार।” और वह लालायित सैनिक नताशा के शरीर पर युद्ध जीतने चल पड़ता है। पहला सैनिक कपड़े पहनते हुए कहता है, “तुझे यह मौका मैंने दिया है ताकि तू खुद को साबित कर सके और मुझसे जुड़ सके।”

दूसरा सैनिक सिर्फ अपनी पतलून उतार कर बेबस नताशा के ऊपर आता है और जीत की सोच के साथ नताशा के अन्दर की औरत को पराजित करने की कोशिश करता है। कुछ मिनटों बाद नताशा का शरीर और नताशा बिना कुछ विद्रोह के शिथिल हो, आँखें खोल कर छत को देखने लगती है। उसके शरीर पर रुसी सैनिकों के यौन पदचापों की आवाज़ उसके हृदय के अन्दर तक थी और वह मौन सिसकियाँ सिर्फ उसे ही सुनाई दे रही थी। दोनों सैनिक नताशा को उसी हालत में छोड़ कर वहाँ से चले जाते हैं और नताशा उन्हें जाते देखती रहती हैं। जाते-जाते रूसी सैनिक उसे गालियाँ दे रहे थे और नताशा बिना आहत हुए बस सुन रही थी या शायद पीड़ा इतनी ज्यादा थी

कि वह सिर्फ एक जिंदा लाश थी। विजय को एक सच्चाई में बदलने के लिए उत्पीड़न की आवश्यकता मानसिक विकृति की पराकाष्ठा थी।

सन्धि जैसी ही घुसती है शिविर में उसे सब अभिवादन करने लगते हैं। शिविर में से तमाम लोग उसके पास आकर उस दिन के भाषण और पत्र का ज़िक्र करने लगते हैं। सन्धि एम्बर से पूछती है, "अलेक्स कहाँ है?"

एम्बर कहती है, "मैं उसे बुला कर लाती हूँ।" एम्बर जाती है और अलेक्स को ढूँढने लगती है। वह जाकर शेरिन से पूछती है और कहती है, "अलेक्स कहाँ है?"

शेरिन पूछती है, "क्या हुआ?"

"सन्धि आई है... वह अलेक्स को पूछ रही है।"

"चलो मैं भी चलती हूँ बाहर मिल लूँगी सन्धि से।"

अलेक्स दूसरे छोर पर कुछ लोगों के साथ बातचीत कर रहा था। वह जैसे ही सन्धि को देखता है दौड़ते हुए आता है। शेरिन भी आ जाती है मैदान में और देखती है कि अलेक्स और सन्धि बात कर रहे होते हैं। शेरिन कहती है, "लगता है कुछ बात कर रहे हैं... थोड़ी देर में जाती हूँ मिलने, अलेक्स किसी की मदद तो कर रहा है, यह देख कर अच्छा लगता है।"

एम्बर कहती है शेरिन को देखते हुए, "अलेक्स किसी की नहीं, अपनी खुद की और हमारी मदद कर रहा है।"

सन्धि अपनी ज़ेब से पत्रों को निकालती है और कहती है, "मैं तुम्हें फिर से परेशान कर रही हूँ।"

अलेक्स कहता है, "मुझे क्या परेशानी... अगर माहौल बदलना है तो सबको साथ-साथ कोशिश करनी पड़ेगी।"

सन्धि पत्र अलेक्स को देती है और कहती है, "इन्हें टाइप करवाकर बाँट देना। यह दो पत्र है। उस दिन वार्तालाप के दौरान कई लोगों का नजरिया था कि हमें और देशों से भी मदद मांगनी चाहिए तो मैंने एक पत्र तो अमेरिकन राष्ट्रपति बिडेन को लिखा है और दूसरा भारत के प्रधानमंत्री मोदी जी को।"

"यह तो बहुत अच्छा हुआ... अब हम दोहरी ताकत से युद्ध रोकने का प्रयास करेंगे।"

सन्धि हँसती है और कहती है, "अच्छा लगता है अलेक्स तुम्हारे हौसले को देख कर।"

"हम सिर्फ हौसला दिखा सकते हैं, बाकी सब तो युद्ध ने ले लिया है।"

"मेरी कोशिश है कि मैं हम सबको वह वापिस दिला पाऊँ जो तुमने और मैंने खोया है इस युद्ध में।"

"जीसस ज़रूर हमें शांति देंगे।"

सन्धि के मुँह से अपने आप निकल जाता है, "जय बाबा विश्वनाथ की।"

फिर सन्धि अलेक्स से कहती है, "क्या वह एक बुखार की गोली की व्यवस्था कर सकता है?"

"तबियत किसकी खराब है?"

"नताशा की तबियत ठीक नहीं है तो मैं थोड़ा जल्दी जाऊंगी घर।"

"ठीक है।"

शेरिन तब तक आवाज़ देती है सन्धि को, सन्धि शेरिन को देखकर शेरिन की तरफ चली जाती है। अलेक्स अपनी माँ और सन्धि को मिलते हुए देख कर मुस्कुराता है और शिविर के ऑफिस की तरफ चला जाता है। शेरिन और एम्बर दोनों बहुत गर्मजोशी से सन्धि से मिलते हैं, शेरिन सन्धि का हाथ पकड़

लेती है और बात करने लगती है। सन्धि उन्हें बताती है कि आज नताशा की तबियत ख़राब है और वह जल्दी जाएगी।

अलेक्स भागता हुआ आता है और सन्धि को एक गोली देता है और कहता है, "जाओ यह गोली दे देना उसे, ठीक हो जाएगी।"

सन्धि नाम पढ़ती है गोली का और रख लेती है अपनी ज़ेब में। थोड़ी देर बात करने के बाद सन्धि कहती है, "अब मैं चलती हूँ।"

सब कहते हैं उससे रुको थोड़ी देर पर सन्धि नहीं रूकती और निकल जाती है वहाँ से।

उसके दिमाग में नताशा की चिंता उसे सता रही होती है... न जाने मन क्यों अनमना हो रहा था। सन्धि जल्दी-जल्दी चलने लगती है ताकि वह जल्दी से नताशा के पास पहुँच जाए। सड़क की लम्बाई उसके उस अंडरग्राउंड कमरे तक बहुत ही ज्यादा लग रही थी उसे। वह बार-बार सोच रही थी कब आएगा.... कब आएगा। उसका ध्यान फिर से भय की तरफ जाने लगा और नताशा को लेकर बुरे-बुरे ख्याल आने लगे। उसने अपनी सोच को भटकाया पर कुछ हो नहीं पाया। वह सोचने लगी कि अभी वह भय के बारे में नहीं सोच रही थी। थोड़ी देर पहले फिर उसे एहसास हुआ कि वह थोड़ी देर पहले तो नताशा के बारे में सोच रही थी और वह सोच भी भय में लिप्त थी। उसे नताशा की तबियत की फिक्र थी।

सोचते-सोचते वह घर पहुँच जाती है। वह सोचती है कितने विचार उसे घेरते हैं हर रोज़, फिर उसे लगता है शायद मस्तिष्क का आहार है सोचना। अगर नहीं सोचोगे तो फिर सोच ही अपंग हो जाएगी। सन्धि इसी सोच के साथ भूतल पर पहुँचती है और देखती है पाट खुला होता है। वह नीचे झाँक के देखती है तो उसे सिर्फ और सिर्फ लाल दिखता है और उस लाल खून में

लिपटी नग्न अवस्था में नताशा दिखती है। यह देखते ही वह धम्म से बैठ जाती है पर वह दृश्य उसे ज्यादा देर के लिए गिरने नहीं देता।

वह जल्दी से उठती है और नीचे उतरती है। हीरो लेटा हुआ है शांत और उसके बगल से लेटी होती है नताशा बिल्कुल नग्न। सन्धि एक हाथ नताशा के ऊपर रखती है और एक हाथ हीरो के ऊपर... दोनों लेटे रहते है। दोनों में से कोई भी कुछ नहीं कहता। एक दम चुप्पी पसरी होती है उस कमरे में, बस सन्धि की आवाज़ आ रही होती है उस कमरे में। वह कहती है, "हीरो... हीरो नताशा... नताशा।" फिर अचानक नताशा के चीख कर रोने की आवाजें आना शुरू हो जाती है।

सन्धि उसे अपनी बाहों में भर लेती है गोदी में लिटा लेती है। नताशा फफक-फफक कर रोती है। सन्धि धीरे-धीरे उसकी पीठ पर हाथ फेर कर सांत्वना दे रही थी और एक हाथ से हीरो को हिला रही होती है। हीरो कुछ नहीं कहता, बस लेटा रहता है। नताशा चीख कर कहती है, "उसे अब शायद ज़िन्दगी का मोह नहीं बचा, अब नहीं उठेगा वह।"

सन्धि नताशा को छोड़ जोर से हिलाने लगती है हीरो को। नताशा कहती है, "नहीं उठेगा वह... मार दी 3 गोली उसमें। उस राक्षस ने 3 गोलियां मार दी थी.....।"

नताशा फिर से चीखने लगती है। उसका रुदन सन्धि के आँसू रुकने नहीं दे रहा था। दूसरी तरफ हीरो के ना उठने से भी दोनों की जैसे जान ही निकल गयी थी। कुछ भी निश्चित नहीं था, इस पल सब कुछ अँधेरे विवर में था। सन्धि अभी भी हिला रही थी हीरो को और एक हाथ से नताशा के माथे पर लगातार हाथ फेर रही थी। फिर अचानक हाथ हिलाना बंद कर दिया सन्धि नें, हीरो को उठाना बंद कर दिया और बहुत तेज़ चिल्लाई - हीरो ...हीरो .....हीरो ...हीरो। हीरो को देखा उसने और उसके बाद फिर वह स्वयं भी

चीख-चीख कर रोने लगी। सन्धि के आँसू लगातार गिर रहे थे नताशा के चेहरे पर, पर नताशा अपने चेहरे से आँसू नहीं हटा रही थी। दोनों ही रोने लगे थे। सन्धि अपने माथे पर हाथ रख कर रो रही थी। पता नहीं था दोनों के आँसू आपस में मिल गए थे। नीचे वही आँसू हीरो के खून से मिल कर मानवीय पतन को धिक्कार रहे थे। सन्धि अपने हाथ को नताशा के ऊपर फेर रही थी, नताशा रोते रोते बोलती है, "मुझे कुछ नहीं होने दिया इसने जब तक ये जिंदा था। मुझे बचाने की कोशिश में यह मर गया। उन जानवरों ने इस इंसानी भाव रखने वाले कुत्ते को मार दिया। देखो इसका सफ़ेद फर हिंसा को रोकते-रोकते कितना लाल हो गया है।" यह कह कर नताशा फिर रोने लगी और अपने हाथ को हीरो के चेहरे पर फेरने लगी।

सन्धि बैठे-बैठे बिस्तर से एक चादर खींचकर नताशा के ऊपर डाल देती है और नताशा को बैठे-बैठे उस चादर में लपेट देती है। फिर रोते-रोते अपनी गोदी में हीरो का भी सिर रख लेती है और नताशा और हीरो दोनों के सिर पर हाथ फेरने लगती है। हाथ फेरते-फेरते कहती है, "आदमी में मौजूद जघन्यता भी दिखा गया यह युद्ध... हाय।"

नताशा लेटे-लेटे कहती है, "मैं आराम से यहाँ बैठी थी... अचानक पाट खुला और 2 रुसी सैनिक नीचे उतरने लगे। हीरो उन्हें देख कर उनपर झपटा तो एक सैनिक ने उस पर 3 गोली चलायीं। हीरो कराहते हुए मरा। एक मासूम जानवर पर उन्होंने गोलियाँ चलायीं सन्धि... उन्होंने गोलियाँ चलायीं सन्धि," कह कर फिर से रोने लगी।

सन्धि ने नताशा के माथे पर हाथ रख दिया और फिर से वह बताने लगी कि उसके बाद वह दोनों आये और बन्दूक की नोंक पर मेरे साथ बलात्कार किया। नताशा यह बताते-बताते उठ कर बैठ गयी और कहने लगी, "सन्धि उन्होंने मेरे साथ सिर्फ बलात्कार नहीं किया बल्कि उन्होंने बलात्कार को एक हथियार बनाकर मेरे साथ बलात्कार किया। वह सैनिक मेरी योनि पर अपने

बलात्कारी लिंग से चोट पर चोट कर रहा था और मैं उसकी आखों में दुःख और संशय देख रही थी। उनमें से एक शराब पिए हुए था और बार-बार कह रहा था कि ये युद्ध समझ ही नहीं आता कि क्यों हो रहा है, हम क्या कर रहे हैं यहाँ यूक्रेनी धरती पर, वह चोट कर रहा था और मैं बस यह सोच रही थी कि असहाय हम दोनों थे, वह भी और मैं भी... पर शायद मैं असहाय ज्यादा थी।"

नताशा रोते हुए कहती है, "वह मेरे शरीर को युद्ध भूमि का रण बना चुका था, हर चोट के साथ कह रहा था कि मैं तुम्हारे शहरों के साथ तुम्हारे अन्दर की औरत को मारने आया हूँ ताकि तुम डरो हमसे हज़ारों साल तक। मैंने औरत होने की ख्वाहिश त्याग दी पर वह भी मानवता छोड़ कर गया यहाँ। वह जिस तरह से मुझे उपयोग कर रहा था, मेरे हाथ को मोड़ रहा था, मुझे थप्पड़ मार रहा था, मेरी कोख को लातें मार रहा था और मेरे स्तनों पर काट रहा था मुझे इतने सब के बाद भी यह महसूस नहीं हुआ कि वह मुझसे यौन अपराध कर रहा था बल्कि मुझे लगा कि वह मुझे यह समझाने में लगा था कि मैं कमज़ोर हूँ, उसमें मुझसे ज्यादा शक्ति है, वह जो भी कुछ हुआ, वह सम्भोग नहीं था, वह सत्ता और शक्ति के जूनून का अपराध था।"

नताशा सामने देख कर सब कुछ बता रही थी। सन्धि उसे देख रही थी और उसे ऐसा लगा कि नताशा सब कुछ सामने देख रही है फिर से। नताशा रोती है फिर चुप होती है.... फिर रोती है और फिर बताने लगती है, "वह जो दूसरा सैनिक बन्दूक पकड़े खडा था, उस से दूसरा सैनिक मेरे नंगे अंगों में नाखून चुभाते हुए कह रहा था, "तुझे भी आज मर्द बनना है, मैंने यह सब कुछ तेरे लिए किया है अब हम दोनों एक हो गए, रुसी एकजुट हो रहे हैं।" नताशा अपने माथे पर हाथ रखते हुए कहती है, "ये कैसी एकजुटता है जो औरत के शरीर को नोंच कर, फाड़ कर और भेद कर पूर्ण होती है।"

सन्धि भी रोते हुए कहती है, "पता नहीं... कुछ भी नहीं पता मुझे। मैं जितना सोचती हूँ पुरुष के बारे में और मुझे जब भी लगता है कि मैंने पुरुष को समझ लिया है, मैं हर बार गलत निकली। मैं मान गयी आज कि सारी क्रूरता, हिंसा, उत्पात और बेरहमी सिर्फ और सिर्फ पुरुष की देन है।"

फिर दोनों शांत हो जाते हैं कुछ देर..... शायद मानवता की मृत्यु दोनों ने महसूस की हो और यह शांति संवेदना सन्देश हो।

सन्धि सोचती है प्रेम और हिंसक शारीरिक लिप्सा में लिपटी मनोवृति के बीच हर रोज़ घटता ये फासला स्त्री-पुरुष संबंधों के पराभव की त्रासद सामजिक झांकी बन गया है जिसे गाँव में, शहरों में, सभी जगह महसूस किया जा सकता है। यह मार्गदर्शक बने विद्रूप धर्माचार्यों से लेकर राजनैतिक नेतृत्व के गलियारों तक हर कहीं पसरता जा रहा है।

प्रेम की नैतिकता को सुरक्षित रखने के लिए सामान्य जनता किसके पीछे चले। स्त्री अस्मिता की रक्षा करने के लिए किस पर भरोसा करे। यह संस्थागत संकट का रूप लेता सामाजिक भय अपने उद्धारक को कहाँ खोजे। अपने विश्वास को कहाँ स्थापित करे, यह चुनने की आज़ादी को चुनौती देने में लगा भय आज की महिला का अन्धकार में खड़ा छिपा हुआ आतंकित करता सबसे शक्तिशाली भय बन गया है।

नताशा पर हुई ज़बरदस्ती ने सन्धि को गहरे सोच में डुबो दिया था। वह सोचती है बलात्कार अस्वीकृति पर ज़बरदस्ती लगायी गयी स्वीकृति की वह मुहर है जिसमें काली स्याही में घुले तमाम नैतिक मूल्यों के अवमूल्यन को व्यक्ति अपने चेहरे से दूसरे के चेहरे पर पोत देता है। यह अयोग्य पराजित मनोवृति को अपने ईमानदार प्रतियोगी के साथ किये गए बेशर्म ज्यादिती के सिवा कुछ भी नहीं है।

सन्धि कुछ देर बाद कहती है, "चलो इस वीर को अंतिम विदाई देने का वक़्त आ गया है।" नताशा रोने लगती है। फिर अपने आँसू पोंछते हुए खड़े होने की कोशिश करती है। खड़े होते वक़्त वह दर्द से कराहती है, सन्धि उसका हाथ पकड़ते हुए कहती है, "क्या हुआ?"

नताशा अपने स्तनों की और इशारा करती है। सन्धि देखती है वहाँ पर दांतों के निशान बने हुए थे। सन्धि आँख बंद करके मुँह में उपस्थित थूक को निगल लेती है। इस सबसे उबरने में उसे वक़्त लगता है। फिर वह अपने ईश्वर को याद कर नताशा के पास आकर उसे स्नेह से थाम कर अपने हृदय से लगा लेती है। उसके पश्चात धीरे से नताशा से कहती है, "चलो कपड़े पहन लो नताशा।"

नताशा कपड़े हीरो के लगे खून के ऊपर ही पहन लेती है और दर्द से कराहते हुए नताशा और सन्धि हीरो को उठाते हैं। धीरे-धीरे अंडरग्राउंड कमरे से निकालते हैं, फिर सामने जहाँ मलबा था, वहाँ जाते हैं हीरो को लेकर। सन्धि हीरो को बच्चे की तरह पकड़े होती है अपनी गोदी में। सन्धि मलबे के पास पहुँच कर हीरो को नताशा को दे देती है और वहीं मलबे के पास कुछ ढूँढने लगती है, फिर उसे वही राकेट का टूटा भाग मिलता है और उस टूटे पैने भाग से सन्धि जमीन खोदने लगती है। सन्धि जिस तरह जमीन खोद रही थी, उससे एक बात साफ़ थी कि खोदने के पीछे की भावना उसका गुस्सा था युद्ध के लिए। बहुत जल्दी ही सन्धि काफी गहरा गड्डा खोद देती है, फिर अचानक खोदते-खोदते गिर जाती है। उसने काफी तेज़ पकड़ रखा था उस टुकड़े को, उसके हाथ पर उस टुकड़े के निशान तक आ गये थे।

नताशा सन्धि के पास जाती है और उसे एक हाथ से उठाती है। सन्धि को वह हीरो सौंप देती है और अब नताशा वह टुकड़ा उठा लेती है और खोदने लगती है, नताशा भी पूरी शक्ति के साथ खोदने लगती है, दोनों ने कुछ ही देर में कब्र खोद दी थी।"

सन्धि ने नताशा से कहा, "मेरे गले से स्कार्फ निकालो।" नताशा ने स्कार्फ निकाल लिया। सन्धि ने कहा, "स्कार्फ को फैला लो।" नताशा समझ गयी कि वह हीरो को अपने स्कार्फ में लपेट कर दफ़न करना चाहती थी।

सन्धि हीरो को लपेटते हुए कहती है, "यह स्कार्फ वो हमेशा अपने मुँह में दबा लेता था। उसे पता था मैं खीझ जाती थी जब वह ऐसा करता था।"

नताशा कुछ नहीं कहती... दोनों उसे अपने हाथ से पकड़ कर कब्र में रख देते हैं। नताशा उसका मुँह खोल देती है जिस पर स्कार्फ आ रहा था। फिर दोनों मिट्टी डालने लगते हैं। सन्धि और नताशा अचानक दोनों रुक जाते हैं, फिर हीरो के चेहरे को देखने लगते हैं और फिर से मिट्टी डालने लगते हैं। हीरो की कब्र को पूरा मिट्टी से ढकने के बाद दोनों वहीं बैठ जाते हैं कुछ देर बिना डरे, बिना कुछ सोचे समझे। थोड़ी देर के बाद सन्धि कहती है, "चलो घर चलते हैं।" नताशा कहती है, "हमारा घर का एक हिस्सा हीरो के साथ दफन हो गया।"

नताशा कब्र की तरफ देख कर कहती है, "मैं यहाँ नहीं रह सकती सन्धि, मैं यहाँ नहीं रह सकती सन्धि।"

16

*हथियार कैसे बने, चीजों
का रूपांतरण हुआ
ज़मीन में पड़ा गंधक,
कोयला और कुछ अन्य
अवयव उनका दोष नहीं
है यह, हथियार बनाने
वाले की नीयत के बारे
में सोचो, वह कितना
चिंतित था अपने
अस्तित्व को लेकर और
आज उसने सबका
अस्तित्व बन्दूक की
नोंक पर रख दिया है।*

6 महीने बाद

10 अक्टूबर २०२२

रूसी – यूक्रेनी सीमा से करीब 15 किलोमीटर दूर

रात के करीब 11 बजे

एक बड़े से अंडरग्राउंड कमरे में कमरे के बीचों-बीच एक बहुत बड़ी सी मेज़ पर यूक्रेन का मानचित्र रखा हुआ था, एक बड़ी सी अलमारी थी, जिसमें कई किताबें रखी हुई थीं। कमरे में काम चलाऊ सुविधाएं उपलब्ध थीं। मेज़ के चारों ओर मंत्रणा करते लोग खड़े थे। नताशा के हाथ में सिगरेट थी, सन्धि के हाथ में कलम। नताशा और सन्धि आमने-सामने खड़े थे। सन्धि के बगल में अलेक्स खड़ा था और नताशा के बगल में एम्बर खड़ी थी। गोहेन अचानक कमरे में प्रवेश करता है और पूछता है, "फिर क्या निश्चित हुआ हम कब करेंगे कैंडल मार्च, रुसी-यूक्रेनी सीमा पर।"

सन्धि कहती है, "हम कल करेंगे और वक़्त होगा रात के करीब 9 बजे का। तुमने खारकीव के सारे शरणार्थी शिविरों को बता दिया है ना कि कल सबको इकट्ठे होना है।"

"हाँ, बता दिया और कई लोग आगे रास्ते में हमसे जुड़ना भी चाहते हैं। उम्मीद है काफी लोग होंगे कैंडल मार्च में।"

अलेक्स कहता है, "सन्धि तुम्हें लगता है कि यह करना ज़रूरी है, क्योंकि यह काफी खतरे वाला काम हो सकता है।"

सन्धि नताशा की तरफ देखते हुए कहती है, "हाँ मुझे पता है यह खतरे का काम है, जान भी जा सकती है पर अलेक्स हमें यह खतरा उठाना पड़ेगा। अगर हम समूची मानवता के भविष्य को सुरक्षित देखना चाहते हैं तो ऐसे कई खतरे हमें उठाने ही होंगे। तो तुम बताओ 6 महीने से ऊपर हो गए है और युद्ध चल रहा है, लोग अब मौत के आदी हो गए हैं, अब बताओ क्या करूँ

मैं, कोई और विकल्प है क्या? मुझे मेरी जान से प्यारा शांति का स्पर्श है अगर मैं जीती तो शांति सबके लिए और अगर मैं हारी तो शांति मेरे लिए, पर प्रयास तो करना पड़ेगा। कितने दिन और इंतज़ार करेंगे हम युद्ध को अपने आप ख़त्म होने का।"

नताशा कहती है सिगरेट का धुआँ छोड़ते हुए, "पर सन्धि हम कुछ न कुछ कर ही रहे हैं, आज इस युद्ध में भी हमारे पास एक लम्बी-चौड़ी शांति समर्थकों की टोली है जो बदलाव के लिए हर संभव प्रयास कर रही है। हमारे लोग हर वक़्त शांति का परचम उठाये हुए हैं, सन्धि।"

"लेकिन हम अपने उद्देश्य के लिए क्या हासिल कर पाए। मगर मैं यह ज़रूर कहूँगी कि हमें सिर्फ मानवता और अहिंसा के साथ ही चलना है और हाँ यह दो लोग जो बाहर खड़े हैं, बन्दूक के साथ, इन्हें फौरन कहो कि यह या तो बन्दूक छोड़ दें या मुझे।"

"सन्धि तुम बहुत ही ज्यादा जिद्दी हो जाती हो कभी-कभी, हम सीमा के इतने पास हैं इसीलिए मैंने यह प्रबंध किया था।"

"मुझे हथियार याद दिलाते हैं व्लादिमीर और हीरो की मौत का, और ना जाने कितने व्लादिमीर और हीरो इन हथियारों ने खा लिए हैं।"

नताशा सिगरेट ऐश ट्रे में बुझा कर बाहर चली जाती है। सन्धि एम्बर को इशारा करती है, एम्बर भी नताशा के पीछे-पीछे चली जाती है।

बाहर जाकर एक सुरंग में जो कि उस कमरे से ही लगी हुई थी, वहाँ खड़ी हो जाती है। नताशा नीचे ज़मीन पर बैठी हुई थी उस सुरंग में, एम्बर उसके बगल में आकर खड़ी हो जाती है। नताशा एक और सिगरेट जला लेती है और कहती है, "हीरो को आज भी मैं बहुत खोजती हूँ, अपने आस-पास, उसकी कमी हमेशा रहती है, पर जो मेरे साथ हुआ, वो मैं सन्धि के साथ नहीं होने

देना चाहती, इसलिए मैं हथियारों का साथ लेती हूँ कभी-कभी। एम्बर जाओ उन्हें जाकर मना कर दो।"

एम्बर सुरंग में चलती जाती है और थोड़ी दूर जाकर एक दरवाज़ा आता है लोहे का बहुत विशाल सा, जिस पर एक प्लास्टिक का डब्बा लगा था जिसके अन्दर कुछ बटन लगे थे। एम्बर कुछ बटन दबाती है और दरवाज़ा खुल जाता है। फिर वह बाहर जाती है और थोड़ी देर बाद अन्दर आ जाती है। दरवाज़े बंद करने के बाद फिर वह कुछ बटन दोबारा दबाती है। फिर वो चलती हुई नताशा के पास आ जाती है और कहती है, "नताशा चलो अन्दर चलते हैं... मैंने उन्हें जाने को कह दिया है।"

नताशा सिगरेट पीते हुए कहती है, "अलेक्स की वजह से हमें इतनी सुरक्षित जगह मिल गयी नहीं तो हम लोग और भी ज्यादा असुरक्षित होते।"

नताशा उठती है और अन्दर की तरफ जाने लगती है। एम्बर भी उसके पीछे पीछे चलने लगती है। अन्दर जाकर देखती है सब लोग कुर्सियों पर बैठे होते हैं, नताशा सन्धि के बगल वाली कुर्सी पर बैठ जाती है। सन्धि उसके हाथ पर अपना हाथ रखती है और पूछती है, "तैयार हो कल के लिए?"

नताशा हँसते हुए कहती है, "हमेशा रहती हूँ तुम्हें पता है, बस एक दिन नहीं थी और तब।"

अलेक्स बीच में बात को बदलने के लिए कहता है, "भूल जाओ वो सब, ये बताओ सन्धि कि तुमने वह पर्चा तैयार कर लिया क्या जो हमें कल लोगों में बांटना है?"

"अभी नहीं पर कर लूँगी... अभी समय है, मेरे दिमाग में है कि मुझे क्या लिखना है।"

अलेक्स हँसते हुए कहता है, "शेरिन बहुत ही ज्यादा उत्सुक है कल के लिए, कह रही थी कि सन्धि सब कुछ बदल देगी।"

सन्धि हँसते हुए कहती है, "अगर इतना आसान होता मेरे लिए सब कुछ बदलना तो मैं अब तक कर चुकी होती, पर माँ से मैंने हमेशा मुस्कुराना सीखा है।"

नताशा जलती हुई सिगरेट को देखते हुए कहती है, "यह हँसी ही तो ले ली है इस युद्ध ने।"

अलेक्स मेज पर हाथ मारते हुए कहता है, "मुझे समझ नहीं आता कि आखिर युद्ध में कोई भी सैनिक क्यों लड़ता है जबकि उसे मालूम है कि वह भी मर सकता है... फिर भी क्यों युद्ध में जाना है?"

सन्धि मानचित्र को देखते हुए कहती है, "सवाल यह होना चाहिए कि युद्ध उपजे ही क्यों, लहू के बीज बोयें ही क्यों। मुझे लगता है कि जब सामाजिक खेल एक युवा को या किसी व्यक्ति को संतुष्टि नहीं दे पाते, तो वह युद्ध करने को आतुर हो जाता है, इन खेलों में रोज़गार न मिलना भी सम्मलित कर रही हूँ। समस्या ये नहीं है वह युद्ध में क्यों जा रहा है, समस्या यह है कि वह युद्ध के बगैर करेगा क्या। उद्देश्यविहीन समाज है और उसकी संतानें भी उद्देश्यविहीन हैं। यह आकलन कड़वा ज़रूर है पर संघर्ष की मनोवृति को शनैः शनैः विकसित करने और विजय की लालसा का भाव सदैव दिल में बसाये लोग किस अंत को प्राप्त होंगे। यह जीवन का गहन परीक्षण करने पर हम सभी देख सकते हैं। "

एम्बर सन्धि की बात काटते हुए कहती है, "नहीं ऐसा नहीं है, उद्देश्य तो होता है लोगों का। "

“हाँ पर जीवन की सततता को बनाए रखने के लिए, जो उद्देश्य लोगों पर होता है उस उद्देश्य को पाकर उनकी घर की रोटी चल सकती है पर संतोषप्रद जीवन नहीं, जहाँ एक ओर नव उदारवादी वैश्वीकरण के कारण पूरी दुनिया की अर्थव्यवस्था जुड़ चुकी है और बाज़ार मुक्त हो चुका है और इसी मुक्त बाज़ार ने अब इंसान को ज्यादा अकेला और ज्यादा लाचार कर दिया है। अगर 1960 से देखना शुरू करें तो हमें दिखेगा की युद्ध रुके ही नहीं हैं सबसे पहले कांगो संकट, फिर बाजौर कैंपेन, जिसमें अफगानिस्तान और पाकिस्तान भिड़े थे आपस में, फिर गुआतेमालन गृह युद्ध, फिर चीन और बर्मा सीमा मुद्दा, फिर इथोपिया का अकस्मात शासन परिवर्तन, फिर अंगोला का स्वतंत्रता युद्ध, फिर बे ऑफ़ पिग्स आक्रमण, फिर एलजीरियन युद्ध, फिर निकारागुआ का युद्ध, फिर बिज़ेरते संकट.......... मैं बोलती जाऊंगी पर युद्ध ख़त्म नहीं होंगे। 1960 के बाद हम अभी तक लगभग 500 छोटे-बड़े युद्ध कर चुके हैं, और कोई भी बड़ी और पुख्ता कार्यवाही नहीं हुई है, इन्हें रोकने के लिए। हर देश युद्ध करने से पहले अपने कुछ कारण बताता है और युद्ध शुरू कर देता है। इन 500 युद्धों में असंख्य लोग मरे होंगे, ना जाने कितने परिवार पुरुषविहीन हुए होंगे और ना जाने कितने परिवार बिल्कुल ख़त्म हुए होंगे, ना जाने कितनी सार्वजानिक संपत्ति और धन का नुकसान हुआ होगा। यह बात क्या काफी नहीं है कि कोई युद्ध क्यों करता है यह समझने के लिए कि उसके पास कोई और दूसरा विकल्प ही नहीं है युद्ध के अलावा। वह विकल्प तैयार करना होगा जो युद्ध के समान शक्तिशाली हो, मैं आस-पास देखती हूँ तो सिवाय मानवता के मुझे वह विकल्प दिखता ही नहीं। हमें जाति, प्रजाति, क्षेत्र, लिंग, वर्ग इन सब से ऊपर उठकर बात करनी होगी। शैक्षणिक पूर्णता के नए बीज मंत्र प्रेम, शांति, सहयोग और सहिष्णुता पर हमारा दीर्घकालीन विश्वास होना चाहिए, उससे कम कुछ भी हमारे भविष्य को सुरक्षित नहीं करेगा।”

अलेक्स उस कमरे की छत को देख कर कहता है, "लगता है कि सिर्फ समय ही सिखाएगा मनुष्य को कि कैसे युद्ध छोड़े वह और कैसे अपने मुद्दों को सुलझाए।"

नताशा सिगरेट को बुझाते हुए कहती है, "सिर्फ समय नहीं धैर्य भी रखना होगा... अक्सर युद्ध धैर्य ना रखने से होते हैं, हालाँकि मैं भी धैर्य खो देती हूँ, जब मुझे हल नहीं मिलता मेरी समस्याओं का पर धैर्य होना चाहिए क्योंकि धैर्य के बिना सब तबाह हो जायेगा।"

सन्धि नताशा को देख कर कहती है, "अगर हर कोई सिर्फ अपने विश्वास के लिए लड़े तो युद्ध नहीं होगा। हम अक्सर दूसरे के विश्वास के लिए लड़ने लगते हैं, मेरी सोच हो सकता है, थोड़ी व्यक्तिगत हो पर यह सही होगा कि हम अपने विश्वास के लिए खुद संघर्ष करें, कोई और नहीं। इस युद्ध को देखो... एक आदमी के विश्वास के लिए कितने लोग लड़ रहे हैं, जो लड़ रहे हैं, उनमें से तो कई लोगों को अब संदेह भी होना शुरू हो गया होगा और यह दोनों तरफ के लोगों में हो रहा होगा।"

एम्बर बड़े ही अटपटे अंदाज़ में कहती है, "अपनी बात खुद रखना बिना किसी दूसरे के तो फिर समाज है ही क्यों?"

तभी एक आदमी आता है और एक पोस्टर दिखाता है जिस पर बड़े-बड़े अक्षरों में लिखा था, "युद्ध सामाजिक अपराध है, युद्ध बंद करो।" सभी लोग पोस्टर को गौर से देखने लगते हैं।

सन्धि उस पोस्टर को थोड़ी देर देखने के बाद कहती है, "पूरी दुनिया दो हिस्सों में बँटी हुई है... एक तरफ वे लोग हैं जो प्रेम के साथ हैं और एक तरफ वे लोग हैं जो प्रेम के साथ नहीं। समाज इसलिए नहीं बना कि तुम अपने लिए उस समाज को युद्ध में झोंक दो बल्कि इसलिए है समाज कि जब तुम अपने खुद के कुछ मुद्दों को लेकर पक्षपाती हो जाओ तब समाज तुम्हें बताये कि

तुम पक्षपाती हो रहे हो। समाज की संकल्पना दादी-बाबा जैसी है, वह बस प्यार से समझायेंगे। मुझे यह भी पता है कि इस संकल्पना पर समाज कार्य नहीं कर रहा है क्योंकि बाज़ारवाद समाज को विभिन्न लोभ-लालचों में फँसाए हुए हैं। पर कुछ आवाजें समाज से हमेशा आयेंगी जो तुम्हें बतायेंगी कि तुम गलत हो अगर तुम गलत हो तो।"

नताशा बहुत आशान्वित और तेज़ स्वर में कहती है, "हमें हतोत्साहित नहीं होना चाहिए... ख़ुशी की संभावनाएं हमेशा होती हैं समाज में, बस वही ढूंढनी है और सबको हँसाने का प्रयास करना है।"

अलेक्स कुर्सी पर पीछे जाते हुए कहता है, "इस प्रयास में काफी शोर होगा और कहकर हँसने लगता है।"

सन्धि खड़ी होते हुए कहती है, "समाज हमें कुछ बातें सिखाने में विफल रहा है जैसे सबसे प्रमुख है कि समाज हमें मनुष्य की पहचान बताता है कि कौन शत्रु है कौन नहीं, इसी सोच के चलते हम अपने सबसे प्रिय मित्र, पिता, माँ और परिवार से अनन्त मानवीय प्रेम करते हैं पर अपने शत्रु से प्रेम नहीं कर पाते क्योंकि शत्रु से प्रेम कर पाना बुद्धि पर निर्भर करता है, आपकी मानसिक योग्यता पर निर्भर करता है और यह योग्यता समाज सिखाता है आपको, आपका परिवार सिखाता है ताकि आप अपनी बुद्धि से यह निर्णय कर सकें कि सामने वाले व्यक्ति की मानसिक योग्यता कितनी है और वह कैसा व्यवहार करेगा। वह अपने परिवेश शिक्षा और सामाजिक प्रभावों से आगे नहीं जा सकता जब तक कि उसके पास अपनी विचार करने की क्षमता नहीं होगी। यह कोई दैवीय गुण नहीं है... बस आपको यह समझना है कि उससे नफरत करके कुछ नहीं कर पाओगे आप, सिवाय इसके कि आप उस से लड़ बैठो। उससे प्रेम इसलिए भी करना ज़रूरी है ताकि तुम उसे समझने का प्रयास कर सको बजाय इसके कि उसकी बुराइयों में वक़्त खर्च करो। उसे समझो कि

वह ऐसा क्यों है और समाज हमें शत्रु में समय खर्च करना नहीं सिखाता है। उसकी जड़ों में कहाँ-कहाँ का पानी डाला गया है, वो किन रास्तों पर चल कर किस परिवेश से आया है, यही आपके द्वारा किसी व्यक्तित्व की तस्वीर बनाने का वैज्ञानिक आधार होना चाहिए और यहीं पर तलाश कर विकास की प्रक्रिया को दुरुस्त किया जा सकता है।"

एम्बर आश्चर्य के साथ कहती है, "आप यह कह रही हैं कि जो राष्ट्रपति पुतिन कर रहे हैं, हमें उसे समझना चाहिए... क्या समझे हम उसमें, हज़ारों-लाखों लोग मर रहे हैं, बलात्कार हो रहे हैं और आप कहती हो कि समझे उन्हें, युद्ध न करें उनसे, क्या तर्क है ये!"

सन्धि हंसती है फिर एकदम गंभीर हो जाती है और कहती है, "अगर तर्क से तुम मानवीय सभ्यता को दोबारा से स्थापित करने की सोच रही हो तो भूल जाओ, नहीं होगा यह। सिर्फ और सिर्फ प्रेम से आएगी शांति और इसमें तर्क मत लगाना। हम देख चुके हैं कि तर्क से हम कहाँ आ गये हैं। बस यह समझ लो कि बिना प्रेम के हम एक मूर्छित सभ्यता में जी रहे हैं। अगर सभ्यता को मानवीय गरिमा रखनी है तो प्रेम अति आवश्यक है।"

अलेक्स उठकर हँसने लगता है कहता है, "मूर्छित सभ्यता! तुम भी ना सन्धि।"

"अगर तुम अलेक्स ख़ुशी के गर्भ में झांकोगे तो तुम्हें प्रेम मिलेगा, ढाई आखर प्रेम को पढ़े सो पंडित होय, यही एक मात्र सभ्यता का सबसे लाडला बच्चा है जिसे हमने दुत्कार कर भगा दिया है क्योंकि उस प्रेम की जगह पदार्थ ने ले ली है। प्रेम की कमाई कम थी पर प्रेम आखिरी तक अपने बूढ़ी सभ्यता रुपी दादी का ख्याल रखेगा।"

गोहेन कहता है, "सन्धि तुम्हारी बातें सिर्फ सैद्धांतिक है... और कुछ नहीं है इनमें।

सन्धि मेज के पास खड़ी होती है और मेज़ पर हाथ रखके कहती है, "सैद्धांतिक है सिर्फ! गोहेन, यह सैद्धांतिक और व्यवहारिकता की जंग नहीं है, यह जंग है प्रेम और युद्ध की। सभी धर्म कहते हैं कि हर चीज इस ब्रह्माण्ड में ईश्वर ने बनायी है तो तुम्हारे शत्रु की अभिव्यक्ति किसकी है बताओ, वह भी ईश्वर की ही तो हुई। हर अभिव्यक्ति को प्रेम और धैर्य से समझना पड़ेगा तभी मानवता आ पाएगी। मैंने यह पहले ही कहा था युद्ध आसान है, पर मानवता बहुत कठिन क्योंकि यह पूर्ण रूप से पलायन कर चुकी है, अब इसे लाने के लिए बहुत मनाना पड़ेगा इसे। मैंने जब पेत्रोविच को आखिरी बार देखा और मैं उससे दूर चली गयी तब मैं बहुत परेशान थी क्योंकि मेरा मस्तिष्क कह रहा था कि तुम अब भी उससे नफरत नहीं कर पायी, और मुझे खुद से नफरत होने लगी क्योंकि मैं उससे तब भी प्यार कर रही थी। बहुत दिनों बाद मुझे समझ आया कि मानवीय प्रेम अक्सर नफरत में बदल जाता है किसी एक कृत्य से, पर प्रेम की सार्वभौमिकता ही प्रेम का सही उद्देश्य और रूप है।"

"प्रेम तो अपनी जगह है और युद्ध अपनी जगह है, यूक्रेन की स्थिति युद्ध में ठीक हो रही है, हम जीत रहे हैं युद्ध से ही, सन्धि।"

"गोहेन! मेरे सिर्फ एक प्रश्न का उत्तर दो।"

"हाँ पूछो।"

"तुम्हें भय है युद्ध से, तुम्हें युद्ध के परिणामों से भय है, क्या होगा अगर तुम हार जाओगे, मेरा मतलब यूक्रेन हार जायेगा।"

"मैं सोचना भी नहीं चाहता कि क्या होगा।"

"मतलब भय है, जब तक भय का अस्तित्व है, तुम कुछ और अपने अन्दर रख ही नहीं सकते। तुम बस भय में रहोगे पर प्रेम होने पर या प्रेम को

आत्मसात करने पर तुम सिर्फ और सिर्फ प्रेम में रहोगे, भय नहीं होगा आस-पास तब तुम किसी भी भाव को सही मायने में ग्रहण कर पाओगे अन्यथा तुम अचेतन सब कुछ महसूस करोगे। युद्ध एक संक्रामक बीमारी है, युद्ध में हम नैतिक रूप से पीड़ित होते हैं और इसी नैतिक अवनति की वजह से जाने-अनजाने हम युद्ध चाहने लगते हैं। गोहेन इसे सैद्धांतिक कह लो या व्यवहारिक पर असलियत इतनी सी है बस।"

नताशा पहले गोहेन को देखती है, फिर सन्धि को और कहती है, "पर यह सब होगा कैसे सन्धि... कैसे मुमकिन होगा, मुझे तो यह होते दिखता नहीं है, 6 महीने हो चुके हैं युद्ध को, कैसे होगा यह सब।"

सन्धि कमरे में चलते हुए कहना शुरू करती है, "हम जब भी अपने रोज़ के रास्ते से भटकते हैं तो हमें लगता है कि हम कुछ गलत कर रहे हैं, शायद हम सही जगह नहीं पहुचेंगे पर मेरा विश्वास मानो सिर्फ जीवन ही ख़ुशी है, मौत नहीं। जब तक जीवित हैं तभी तक ख़ुशी के आसार हैं। 6000 साल से हमारी सभ्यता चल रही है, हर सुबह खड़ी होती है, चलती है, कुछ खोजती है और फिर रात में सो जाती है। कभी-कभी रात भर जागती है, दिन भर जागती है, शायद इतना चलने से अब उसके लिए चलना महत्वपूर्ण हो गया है। वह अपनी मूल्यपरक उद्देश्यों को खो गयी है। हम जब भी उससे सवाल पूछते हैं तो वह हमें उसके किये हुए कार्यों को गिनाने लगती है जैसे विकास, मनुष्य की समझ, मनुष्य की होशियारी, मनुष्य के किये हुए आविष्कार वगैरह-वगैरह। वह यह नहीं बताती कि कितने लोग उसने मार दिए, वह यह भी नहीं बताती कि दुःख किस कदर बांटा है उसने। उसे ठहर कर सोचना होगा कि जाना कहाँ है, नहीं तो एक विशाल गड्ढे में सब गिर जायेंगे और फिर सिर्फ वही बाहर आ पायेंगे जिनके पास शक्ति होगी मतलब मैं और आप तो गए काम से। इसी सभ्यता ने हर चीज को बांटा है और विज्ञान, अर्थशास्त्र, सामाजशास्त्र, विपणन, इतिहास और राजनीतिशास्त्र, इन सभी विषयों ने

चीजों को जानने के लिए उन्हें हद से ज्यादा बाँट दिया है और बाँटने से अब सब कुछ मर गया है। जब तक जुड़े थे सब, सब कुछ ताकतवर था, अब सब अलग हैं और सब कुछ विखंडित हैं, समिष्टि ही सत्य है।"

सन्धि की बात ख़त्म होते ही दो लोग अन्दर आते हैं और अलेक्स के हाथ में एक छोटा कागज़ और एक पोस्टर थमा देते हैं। अलेक्स छोटे कागज़ को पढ़कर सन्धि को बताता है, "एक हज़ार मोमबत्तियाँ, 6 दर्जन माचिस के पैकेट और 8 गैस लाइटर भी मंगा लिए हैं।" उसके बाद वह और गोहेन पोस्टर को गौर से देखने लगते हैं और फिर पोस्टर को सबके सामने मेज़ पर रख देते हैं। सन्धि पोस्टर पढ़कर कहती है, "युद्ध की यह पूरी संरचना और इसके अवयव सब गुलाम हैं। अगर नहीं हैं तो इनका विरोध मुखर क्यों नहीं है। क्यों इतिहास दोबारा नहीं लिखा जाता है और उसमें क्यों नहीं कहा जाता है कि समस्त युद्ध मूर्खों के द्ववारा हुए हैं। आखिर सारे युद्ध किसके हित संवर्धन के लिए शुरू हुए थे या किये गए हैं। युद्ध के असली हितग्राही सदैव ही सामान्य जनता को गुमराह करने के कारणों को ढूंढ निकालने में लगे रहते हैं। जिस भी युद्ध में हिंसा हुई है वह सब मूर्ख हैं और अपने हितों के लिए युद्ध किये हैं, पहले बदलाव के लिए युद्ध चाहिए था, अब उस बदलाव को संजोने के लिए युद्ध चाहिए, फिर उस बदलाव को तरोताज़ा रखने के लिए युद्ध।"

यह सब कहते-कहते सन्धि चुप हो जाती है, पानी का गिलास उठाती है। पानी पीने के बाद कहती है, "और इन युद्धों में कई युद्ध सिर्फ इसलिए हुए होंगे क्योंकि कई लोग युद्ध नहीं कर पाएंगे और पिछड़ जायेंगे पर जब कभी वे पुनः शक्ति अर्जित करेंगे तो फिर वह अपना हिस्सा मांगने के लिए युद्ध करेंगे और यह प्रक्रिया चलती रहेगी, युद्ध होते रहेंगे और इतिहास इन्हें सिर्फ राजाओं के हिसाब से या फिर ऊँचे पदों के हिसाब से दर्ज करता रहेगा। अनावश्यक लालसाएं मानवीय असंतोष का प्रमुख कारण हैं। विज्ञान खीजता रहेगा, इंसान को विचलित करता रहेगा, अर्थशास्त्र नयी-नयी लूट की

विधियों का समागम करता रहेगा, राजनीति शास्त्र भय का विपणन करता रहेगा और समाज शास्त्र जाति, सभ्यता, संस्कृति, प्रजाति और लिंग में उलझती रहेगी। हम कभी एक नहीं हो पाएंगे जब तक यह विखंडित विषय अपने-अपने विषयों में प्रेम को अन्तर्निहित नहीं करेंगे। ज़िन्दगी चलती रहेगी पर हम जीना नहीं सीख पाएंगे।"

कुछ और लोग कमरे में आते हैं। सन्धि थोड़ा रुक जाती है और वह लोग सन्धि के कान में कुछ कहते हैं। सन्धि बड़े ध्यान से सुनती है और फिर से बोलना शुरू करती है। उसके बोलने की शुरुआत होते ही वह लोग चले जाते हैं।

"हमारे माता-पिता हमें इस सोच के साथ स्कूल भेजते रहेंगे कि हम कुछ बड़ा करेंगे, हम बैग का बोझा उठाये मस्तिष्क में नंबर ज्यादा लाने की लालसा से स्कूल जाते रहेंगे, वहाँ पहुँच कर मास्टरों के भी उद्देश्यों का बीड़ा उठाएंगे, बड़ा आदमी बनना है, बस यही सीख पाएंगे। सारी उम्र पीछा करेंगे उस बड़े आदमी का और वह बड़ा आदमी एक दिन युद्ध के सामने खड़ा होगा उसी बस्ते के साथ जो वह बचपन में ले कर फिरता था पर फिर भी उस बस्ते में भय ही होगा, लाचारी ही होगी, समाज से चिढ़ ही होगी क्योंकि अब तक वह यह समझ जायेगा कि उसने जो भी किया वो निरर्थक था। अब उसकी ज़िन्दगी किसी के गोली चलाने पर निर्भर है। सिर्फ प्रेम उसे बचा सकता है पर सम्पूर्ण विषय और स्कूल बस यही नहीं सिखाते। अंक पत्र के झूठे दिलासे एक झूठे समाज का निर्माण कर रहे हैं जो आपको यह बताने में अयोग्य हैं कि आप गलत रास्ते पर हैं।"

नताशा भी खड़ी होते हुए कहती है, "यह सभ्यता और इस सभ्यता के लोग किसी भी चीज को पूर्ण रूप से नहीं जानना चाहते हैं और उनका आत्मविश्वास मिथ्याओं पर टिका है जैसे कि उनका राष्ट्र बहुत शक्तिशाली

है, पूरा विश्व उनके राष्ट्र के सामने नतमस्तक है, उनके राष्ट्र की संस्कृति बहुत उम्दा है, किसी के राष्ट्र में सबसे बड़ी जीडीपी है, किसी राष्ट्र में सबसे अच्छी प्रौद्योगिकी है, किसी राष्ट्र में उसकी पार्लियामेंट बहुत संगठित है, किसी राष्ट्र की आर्मी बहुत मज़बूत है इत्यादि। इस तरह का आत्मविश्वास निर्विवादिता पैदा करता है और इस आत्मविश्वास को फैलाने का काम हर देश की मीडिया कर रही है, जिससे और ज्यादा निर्विवाद सोच पैदा होती है जो आपकी स्वतंत्र सोच को बाधित करती है, जो इन्हीं सब फालतू की चीजों पर आपका ध्यान केन्द्रित रखती है, असल उपयोगिता मनुष्य की प्रेम करने में है और प्रेम करने के बाद उसका आत्मविश्वास बहुत आडम्बरहीन होगा। उसमें अहंकार नहीं होगा, उसे कुछ दिखाना नहीं होगा, उसे अपने अच्छे होने का प्रमाण नहीं चाहिए होगा। मनुष्य की समस्याएं और दुःख मानवीय ज़रूरतों की कमी के कारण नहीं है बल्कि इस सपने के कारण है जिसमें हम मानवीय ज़रूरतों की अतिशयता दिखाते हैं। पीड़ा, स्वतंत्रता, सुख और दुःख इन चारों की सीमायें हैं।”

सन्धि सिर हिलाते हुए कहती है, “मैं नताशा की ही बात में एक बात और जोड़ूँगी, वह यह है कि इस उत्तरआधुनिकता में होशियार होने का मतलब धूर्तता और दुष्टता का समागम है। तो जब भी कोई यह बताता है कि होशियार बनो तो वह कहना चाह रहा है कि दुष्ट और धूर्त बनो।”

एम्बर इस बार ज्यादा आत्मविश्वास से कहती है, “जो भी तुम लोगों ने कहा इस हिसाब से तो हम कुछ जानते ही नहीं हैं, पूरी सभ्यता बस ऐसे ही खड़ी है, यही हमारा और इस सभ्यता का विवेक है।”

सन्धि चलते-चलते एम्बर की तरफ आती है और कहती है, “इसे जो भी कह लो पर यही सर्वोच्चता है हमारी अज्ञानता या फिर ज्ञान की।”

अलेक्स पोस्टर्स को रखते हुए कहता है, "हमें इतनी आज़ादी मिली ही क्यों कि हम हथियार उठा लें और किसी को मार दें।"

नताशा हंसते हुए कहती है, "नहीं अलेक्स, इसके लिए आज़ादी को मत कोसो... यह आज़ादी का नहीं, आज़ादी को ना समझने की गलती है।"

सन्धि कहती है, "अलेक्स, हथियार उठाना और किसी को मारना, यह अतार्किक कृत्य ही सिर्फ स्वतंत्रता नहीं है पर हम जिस स्वतंत्रता से किसी को मार सकते हैं हम उसी स्वतंत्रता का उपयोग करके उसे फूल भी दे सकते हैं।"

"अलेक्स दोबारा से अपनी जगह पर बैठते हुए कहता है, "तो समस्या चुनाव में है ना कि स्वतंत्रता में।"

नताशा कहती है, "समस्या चेतना में है जब हमारी चेतना किसी को नफरत से देखने लगती है तो हम उसे मारने, उसको गलत साबित करने या उसका नुकसान करने के बारे में सोचते हैं, इस युद्ध में क्या हो रहा है, कुछ लोगों की चेतना युद्ध की है पर उसे सबकी चेतना का रूप देकर हमें दिखाया जाता है और हम भी अपनी चेतना की आवाज़ न सुनते हुए युद्ध करने लगते हैं पर जब पीड़ा बढ़ने लगती है और खतरा खुद की ज़िन्दगी पर आने लगता है तब हमें लगता है कि हमारी चेतना कह रही है कि हमें युद्ध नहीं चाहिए। राज्य युद्ध के फायदे गिनाने लगता है, युद्ध क्यों ज़रूरी है, यह बताने लगता है। राज्य खुद कानून लिखता है अहिंसा के पर हिंसात्मक गतिविधियाँ करता है। कानून लिखना बहुत आसान है राज्य के लिए क्योंकि उसे अपने हित देखने हैं पर उसे अमल करना सही मायने में उसके लिए तभी संभव है जब राज्य लोगों की चेतना के लिए शिक्षा-व्यवस्था को भी ऐसी बनाये जिसमें लोग सोच-विचार और विमर्श से निर्णय लेना सीखें। राज्य, राज्य के लोगों पर नज़र रखता है और राज्य के लोगों को राज्य पर नज़र रखनी चाहिए इसलिए

किसी भी राज्य के अंध भक्त किसी भी राज्य के लिए जड़े खोदते चूहों के समान है। राज्य की जनता को राज्य के सारे कृत्य बड़े ही समालोचनात्मक रूप में देखने चाहिए तभी एक लोक हितकारी राज्य का निर्माण हो सकता है, जिसकी कमी आज लगभग पूरे विश्व में दिखाई देती है।"

सन्धि कहती है, "अगर विस्तृत देखा जाये तो कुछ भी आज़ाद नहीं है, मैंने जो बात प्रारंभिक तौर पर कही थी कि तकरीबन 500 युद्ध हुए हैं और यह इस बात का प्रमाण है कि किसी की भी स्वतंत्रता किसी भी तरह से पूर्ण और अबाधित नहीं है। अगर हम ऐतिहासिक तौर पर देखें तो युद्ध के पीछे कुछ कारण होते हैं और उस कारण के पीछे कोई और कारण और युद्ध के तत्कालिक कारण इन सभी कारणों का मेल होते हैं। आर्कीमिडीज को जब पानी में बाल्टी के ऊपर आने का मतलब समझ आया तो उसकी वह सोच ऐतिहासिक अर्थों में बिल्कुल स्वतंत्र नहीं थी और वह सोच परिणाम थी उसकी पूर्व में किये गए सोच-विचार का, युद्ध का उदघटन कभी भी तत्कालिक नहीं होता, हमेशा उसके बीज इतिहास में छिपे होते हैं, तो क्यों नहीं हम रोपते सिर्फ प्रेम को इतिहास में ताकि आने वाली पीढ़ी एक स्थायी प्रेम को देखें, क्षणिक प्रेम को नहीं।"

गोहेन कहता है, "मुझे लगता है कि जब मनुष्य ने युद्ध किया और लोग मरे तो बड़ा आसान है मनुष्य और सभ्यता को कोसना, सारे इल्ज़ाम उस पर लगा देना पर जब यही सभ्यता प्रेम फैलाती है तब हम कुछ नहीं कहते, इसकी तारीफ नहीं करते।"

सन्धि गोहेन के संदेह को दूर करने के लिए कहती है कि समाज में व्यवस्था द्वारा दिन-प्रतिदिन बढ़ाई जा रही जटिलताएं आमजनों में चिंता, असंतोष और सहजता के साथ ज़िन्दगी चलाने के दबाब को लगातार पैदा करती रहती है और यही कारण है कि वह सबसे कम समय प्रेम जैसी नैसर्गिक चीज

को देता है क्योंकि यह सब परिस्थितियां मिलकर उसके शारीरिक-मानसिक स्वास्थ्य के साथ उसकी सहज स्वस्थ नैसर्गिक रचनात्मक उर्जा को भी ख़त्म करने में लगी रहती है। सभ्यता का अनुकूलन सिर्फ प्रेम के लिए ही हुआ है, प्रेम एक नैसर्गिक उत्पाद है सभ्यता का इसीलिए हम उसकी तारीफ नहीं करते क्योंकि यह करना प्राकृतिक है। दुनिया भर में फैले प्रारंभिक भित्ति चित्र सभ्यता के प्रेम और रचनात्मकता की मूल निशानियाँ हैं। यह नैसर्गिक लालसा सामाजिक जटिलताओं की भेट चढ़ गयी।"

नताशा थोड़ा सा उग्र होते हुए कहती है, "इससे पहले कि हम मर जाएं और प्रश्नों के उत्तर हमें न मिले, हम यह पता ना कर पायें कि हम क्यों हैं यहाँ, हमारा क्या उद्देश्य होना चाहिए, हमें क्यों प्रेम करना चाहिए, शांति क्यों ज़रूरी है, प्रेम क्यों ज़रूरी है, भय क्यों है, किस से है, और भय से क्या ख़त्म होगा, इतने सारे सवालों में सिर्फ एक बात निश्चित है वह है मृत्यु और उस मृत्यु से पहले हमें इन सारे सवालों के जवाबों को एक-एक करके ढूँढना होगा अपने आस-पास, इससे पहले कि हमारा यह नश्वर शरीर जल जाये, हमारी राख हमारी अगली पीढियों के किसी काम नहीं आएगी सिवाय इसके कि वह उनकी आँखों में घुसें और एक और प्रतिबिम्ब बनाये ज़िन्दगी का जो मिथ्या हो और हमारे ही जैसे कंकालों को जन्म दें जिन पर यही सवाल फिर से आघात करे।"

सन्धि दोबारा से चलना शुरू करती है और कहती है, "हमारी सत्य को जानने की नियति बहुत अवरोधों से भरी हुई है, कई संदेह है इस वक़्त पूरी दुनिया में जो आपको तरह-तरह के सत्यों से अवगत कराएँगे, सत्य इस वक़्त सिर्फ और सिर्फ तथ्य का स्वरूप ले चुका है और इस स्वरुप को हम किसी भी रूप में तोड़-मरोड़ सकते हैं। ऊँचे तबकों पर बैठे लोग हमारे और तुम्हारे लिए सत्य का गठन करते हैं जिसे सोच कर और देख कर हम आनंदित या दुखी होते हैं।"

एम्बर अपना सिर हिलाते हुए कहती है, "मुझे कुछ समझ नहीं आ रहा है, मैं थोड़ा सा भ्रमित हो रही हूँ।"

अलेक्स कहता है, "मैं इन सबको सुनकर चेत रहा हूँ और तुम भ्रमित हो रही हो, शायद हमारे पास पहले से क्या है हमारे मस्तिष्क में इस बात पर भी निर्भर होता है कि हम ज्ञान का और सत्य का क्या करेंगे, किस रूप में लेंगे, उसे लोगों की भलाई के लिए इस्तिमाल करेंगे या उन्हें ख़त्म करने के लिए या भ्रमित होकर अपने सभी कार्यों का निष्पादन करेंगे।"

एम्बर हताश हो कर कहती है, "इन सब बातों से क्या हम अपने पति और बेटों की मौतों को भूल सकते हैं, आहत होना छोड़ सकते हैं क्या, सन्धि?"

"जितने घाव तुम्हारी अंतरआत्मा पर लगे हैं, यह सब किसी दूसरे को ख़ुशी देने से ठीक होंगे क्योंकि अंत में अन्तरआत्मा का दुःख ज़िन्दगी में प्रेम शामिल करने से ही ठीक होता है। जिस तरह तुम्हारे शरीर पर चोट लगती है तो जो शरीर में ज़िन्दगी बसती है, उसी ज़िन्दगी से चोट ठीक होती है और वही ज़िन्दगी अंतरआत्मा की चोट भी ठीक करेगी, भरोसा करो... दूसरे की ज़िन्दगी को दो कुछ, घाव भरने लगेंगे। हम अपनी पीठ पर मलहम नहीं लगा सकते, कोई दूसरा ही लगाएगा, हम सब की पीठ को मिलाकर समाज बना है, तुम मुझे मलहम लगाओ मेरी पीठ पर मैं तुम्हें मलहम लगाऊंगी तुम्हारी पीठ पर। एक-दूसरे के अध्यात्मिक किनारे प्रेम से ओतप्रोत होकर जब तक नहीं मिलेंगे, तब तक मानवता का प्रवाह नहीं होगा।"

तभी अचानक सुरंग हिलने लगती है एक धमाके के बाद, अलेक्स उठ कर कहता है, "यह कभी नहीं समझेंगे इस प्रेम को, इन्हें सिर्फ हथियार समझ में आयेंगे।"

सन्धि गहरी साँस लेकर कहती है, "हथियार कैसे बने, चीजों का रूपांतरण हुआ ज़मीन में पड़ा गंधक, कोयला और कुछ अन्य अवयव... उनका दोष

नहीं है यह, हथियार बनाने वाले की स्वार्थी भय में लिप्त नीयत के बारे में सोचो वह कितना चिंतित था अपने अस्तित्व को लेकर और आज उसने सबका अस्तित्व बन्दूक की नोंक पर रख दिया है। हथियार कुछ नहीं कर सकते अगर तुम जीतने के लिए प्रतिबद्ध हो तो, यह महज हथियार ही तो हैं, युद्ध के लिए हम भी प्रतिबद्ध हैं पर हमारा युद्ध का हथियार अहिंसात्मक है, हमें उन्हें हराने से पहले खुद को जीतना होगा।"

नताशा सन्धि के गले में हाथ डालते हुए कहती है, "हाँ, पहले खुद को जीतना होगा, पर खुद को जीत कर यह भी सोचना होगा कि हम क्या जीतना चाहते हैं, हम क्यों कर्म कर रहे हैं, किस लिए कर रहे हैं कर्म।"

सन्धि पहले नताशा को देखती है, फिर बाकी सभी की ओर देखकर कहती है, "मैंने शुरुआत में ही कहा था कि रोज़गार न होना काफी लोगों को चुनने पर मजबूर करता है कि वह फौज में भर्ती हों और कुछ लोग सिर्फ इसलिए भरती होते हैं क्योंकि उन्हें उनके राष्ट्र से प्रेम होता है, रोज़गार एक ऐसी स्थिति है कि अगर आपके पास रोज़गार नहीं है तो आप बहुत ही गैर जिम्मेदाराना नागरिक मान लिए जाते हैं और मैंने यह भी कहा था कि सारी घटनायें एक-दूसरे से सम्बंधित होती हैं, ऐतिहासिक रूप से सब एक-दूसरे से सम्बंधित हैं, तो कर्म करना जैसा कि गीता में लिखा है कि निष्काम भाव से कर्म करना चाहिए, कर्मफल की आसक्ति से रहित होना चाहिए पर रोज़गार इसके ठीक विपरीत है, सिर्फ और सिर्फ आसक्ति पर निर्भर करता है, कितनी पगार मिलती है, यह कहीं ज्यादा महत्पूर्ण प्रश्न है, इस प्रश्न से कि आप क्या करते हैं और क्या सोचते हैं। कर्म और कार्य करना एक तरह से हमारे समाज में एक बाध्यता है। इस बाध्यता के कारण हम हमेशा क्रियाशील रहना और दिखना चाहते हैं, अगर हम क्रियाशील नहीं रहेंगे तो सभ्यता का पतन हो सकता है, हमारी सामाजिक प्रतिष्ठा की अवनति हो सकती है, पर मुझे लगता है अगर मनुष्य वह रिक्त पन्ना खोज पाया जो क्रिशाशील, कर्म और रोज़गार

के बीच का है पर रिक्त है जहाँ निष्क्रियता का वह उत्सव कर सकता है, थोड़ा सोच सकता है कि कर्म करने की हड़बड़ाहट क्या है, क्या बाकी सब की तरह ही मुझे भी कर्म करना है, मेरी बाध्यता कहीं मुझसे कुछ गलत तो नहीं करा रही। निष्क्रिय रह कर क्या वह समाज के लिए उपयोगी होगा, क्योंकि प्रेम कोई नहीं फैला पाया सब कोई किसी न किसी अन्य काम में लगे हैं, क्रियाशील हैं पर प्रेम नहीं फैला रहे हैं, तो क्या इनके अप्रेमी क्रियाशीलता को भी क्रिया में सम्मलित करना चाहिए या फिर इन्हें निष्क्रिय मान कर यह मान लिया जाये कि यह समाज के लिए अनुपयोगी है, उपस्थित होकर भी, अनुपस्थित हैं समाज में।"

नताशा फिर से हंसते हुए कहती है, "युद्ध एक शगल मात्र है कुछ लोगों के लिए और कुछ सिर्फ बंकरों में रह कर जिंदगी गुज़ार रहे हैं, ना ही वह कुछ क्रिया कर रहे हैं। उन बंकरों में बस गोले-बारूद से बचना ही उनकी क्रिया है वहाँ, क्या मनोरंजन है यह लोगों का, क्यों हमने इंसानों को मारने के अलग-अलग तरीके ईजाद कर लिए हैं।"

सन्धि कुर्सी पर बैठ जाती है, फिर कहती है, "इंसान ऐसा ही बना रहेगा जब तक हम हिंसा द्वारा बदलाव के बारे में सोचते रहेंगे, बदलाव का स्थायित्व तभी होगा जब बदलाव अहिंसा से होगा, प्रेम से होगा।"

एम्बर बड़े ही जिज्ञासा से पूछती है, "तो क्या बदलाव नहीं होगा या बदलाव होकर भी सब कुछ पहले जैसा ही रहेगा।"

नताशा सन्धि की तरफ देखती है और कहती है, "इस समय का बदलाव, इस समय का देश प्रेम, इस समय के बलिदान और तथाकथित वीरता यह कोई याद नहीं रखेगा, याद सिर्फ यह रखा जायेगा कि कई लोगों की जान गयी इस युद्ध में, हम और तुम भी इन सब बातों से दूर रहेंगे। हम बस उन कारणों से

प्रभावित होंगे जो हमारी जान पर बन जायेंगे, बाकी यह सब पत्रकारिता और दोनों तरफ के उच्च पदों के लोगों के लिए है।"

सन्धि घड़ी देखती है और कहती है, "अब हमें सोना चाहिए, मुझे भी कुछ लिखना है कल के लिए। वैसे भी रात के 2 बज गए हैं।" अलेक्स सभी पोस्टर्स को सलीके से रखते हुए कहता है, "अच्छा लगा आज इतनी बातें करके मन की कई गुत्थियां सुलझ गयी।"

"ज़रूरी थी यह बातें कल के लिए और लोगों को भी कई समाधान बताने हैं।"

एम्बर चहकते हुए कहती है, "अब मैं भ्रमित नहीं हूँ, काफी कुछ साफ़ है मुझे।"

सन्धि कुर्सी से उठकर बिस्तर के पास आ जाती है और कहती है, "बहुत अच्छा हुआ यह तो।"

सन्धि खड़ी होकर अपने बिस्तर पर चली जाती है, बाकी सब भी धीरे-धीरे सुरंग से होते हुए अपने-अपने कमरों में चले जाते हैं।

सन्धि बिस्तर के बगल में रखे हुए पेन और पन्ने पर कुछ लिखने लगती है, नताशा सिगरेट पीती हुई सन्धि को शुभ रात्रि कहती है, सन्धि भी उसे शुभ रात्रि कहती है और कहती है कि कल का दिन हमारे लिए बहुत बड़ा दिन है।

"हाँ सन्धि बहुत बड़ा है, कल हम वहाँ होंगे जहाँ हमें होना चाहिए।"

सन्धि लिखने लगती है और अपने पेन और पन्ने के साथ मशगूल हो जाती है।

17

बरगद की जटायें पकड़ कर विकास की परिभाषाओं को छलांग लगा कर मैंने उन्हें नाप लिया है और अब मैं खुद में शांत हूँ क्योंकि मैं दूसरों के लिए जी रही हूँ।

11 अक्टूबर

रुसी-यूक्रेनी सीमा से करीब 15 किलोमीटर दूर

समय - करीब 8 बजे रात के

सभी लोग सन्धि के कमरे में इकट्ठे होते हैं, सन्धि आँखें बंद किये बैठी थी अपने कमरे में। सब आकर बैठ जाते हैं कुर्सियों पर, सन्धि फिर भी आँख नहीं खोलती, सब उसे देखने लगते हैं, उसने सफ़ेद रंग की शर्ट, उस पर सफ़ेद रंग की ही जैकेट पहन रखी थी, कमरे में कई पोस्टर पड़े हुए थे जिन पर युद्ध के विरोध और शांति के पक्ष में कुछ न कुछ लिखा था - 'तुम्हें युद्ध चाहिए और हमें शांति', एक पोस्टर पर लिखा था - 'तुम खून देखना चाहते हो और हम हँसी देखना चाहते हैं', इन पोस्टर्स को गोहेन ने बनाया था और वह इन्हें इकट्ठे कर रहा था, उसके हाथ में जो पोस्टर था उस पर लिखा था - 'शांति ही शक्ति है'। प्रेम के साथ वह बड़े सलीके से इन सभी पोस्टरों को रख रहा था। सन्धि आँखें खोलती है और सबको देखती है ऐसे जैसे पहली बार देख रही हो, अलेक्स पूछता है सन्धि से, "क्या कर रही थी तुम आँखें बंद करके।"

"मैं अपने काशी विश्वनाथ को याद कर रही थी और उन्हें धन्यवाद भी कर रही थी कि उन्होंने मुझे आज का दिन दिखाया और यहाँ तक मेरी मदद की।"

"तुम ईश्वर पर पूर्ण रूप से विश्वास करती हो?"

"मैं हर उस श्रोत पर विश्वास करती हूँ जहाँ से प्रेम का निष्पादन होता है।"

नताशा कहती है सन्धि के ऊपर हाथ रख कर, "इसलिए यह मुझ पर विश्वास करती है।" गोहेन कहता है, "इसलिए मुझ पर भी विश्वास करती है," एम्बर कहती है, "इसलिए मुझ पर भी करती है विश्वास," अलेक्स कहता है, "इसलिए मुझ पर भी करती है विश्वास और हम सभी तुम पर विश्वास करते हैं, सन्धि।"

सन्धि मुस्कुराते हुए कहती है, “धन्यवाद आप सभी का मुझ पर विश्वास करने के लिए और मुझसे प्रेम के प्रवाह का निष्पादन होता है इस बात को मुझे बताने के लिए।”

सब लोग मुस्कुरा देते हैं। नताशा कहती है, “तो अब यह बताओ कि करना क्या है?”

“अलेक्स क्या सोचा है तुमने?”

“हम यहाँ से निकलेंगे और हमें आगे कुछ दूर पर ही बाकी सारे लोग मिल जायेंगे, वहीं हम अपनी मोमबत्तियों को जलाएंगे, फिर हम चलते-चलते सीमा तक जायेंगे। कुछ लोग पोस्टर्स पकड़ेंगे और कुछ मोमबत्तियां पकड़ेंगे। हममें से कुछ लोग नारे लगायेंगे जो पोस्टर्स पर लिखे हुए हैं। सन्धि तुम आगे रहोगी, नताशा और मैं सबसे पीछे। तुम्हारे साथ एम्बर रहेगी और आगे से शेरिन भी आ जायेगी। मैंने और गोहेन ने लगभग सभी शिविर और बाकी हर जगह पोस्टर लगा दिए थे आज के कैंडल मार्च के। तो मुझे उम्मीद है एक बड़ी संख्या में लोग जमा होंगे जिसमें डॉक्टर से लेकर सैनिक सब होंगे। मैंने अपने पोस्टर्स में साफ़ लिखा था कि किसी भी तरह का हथियार नहीं लायें, मैं खुद इसकी निगरानी भी करूंगा कि कोई भी हथियार के साथ न पहुँचे।”

“बहुत बढ़िया अलेक्स... सब कुछ तैयार है मतलब।”

“हाँ!”

सन्धि गोहेन से पूछती है, “गोहेन पोस्टर्स तैयार हैं क्या?”

गोहेन तेज़ आवाज़ में कहता है, “पोस्टर्स शांति फैलाने के लिए तैयार हैं सन्धि।”

"सब आओ एक-दूसरे का हाथ पकड़ो।" सब साथ आते हैं और एक तरह का गोला बना लेते हैं। सन्धि कहती है हाथ पकड़ते हुए, "अब कोई भी प्रार्थना शुरू करें ईश्वर से।"

नताशा पूछती है, "मैं करूँ क्या प्रार्थना?"

सन्धि और बाकी लोग कहते हैं, "हाँ तुम शुरू करो।

नताशा प्रार्थना शुरू करती है, "हे प्रभु, जीवन का सौभाग्य हम सभी को अलग-अलग तरीके से वितरित किया है आपने, पर हम कुछ भी ज्यादा नहीं माँग रहे हैं। हम बस उन बच्चों को उनके खिलौने से खेलते देखना चाहते हैं, खुले मैदान में। हम चाहते हैं कि औरतें अपनी हँसी को अपने चेहरों पर बसाकर अपने घर में या बाहर जाएं और घूम सकें, उनके शरीर के अतिरिक्त आदमी उन्हें पहचानें, उनका परिवार उन्हें पहचाने, और पुरुष काम पर जाते समय अपनी पत्नी और बच्चों को प्रेम से महसूस कर पाएं। हे ईश्वर! हम चाहते हैं कि किसान अपनी मिट्टी को दोबारा छू पाएं, उसकी मिट्टी पर उसका पसीना बहे ना कि सैनिकों का खून। हम चाहते हैं कि जीने की ख्वाहिश की विजय हो और मौत युद्ध के कारणों से नहीं आये। लोग अस्पताल इसलिए नहीं जाएं क्योंकि उन्हें किसी दूसरे राष्ट्र के सैनिक ने किसी और के कहने पर गोली मार दी। हे ईश्वर! हम सभी शांति के गीत गाना चाहते हैं ना कि विजय गीत।"

सभी लोग 'आमीन' बोलते हैं। सन्धि आमीन बोलकर बोलती है, "ओम शांति"।

सब अपनी-अपनी आँखें खोल लेते हैं और एक-दूसरे के गले लगते हैं। सन्धि कहती है, "सब तैयार हैं।"

सभी लोग एक स्वर में कहते है, "हम तैयार हैं।"

गोहेन कहता है, "चलो कूच करते हैं शांति स्थापित करने के लिए।"

अलेक्स उत्साहित हो कर कहता है, "सीमा पर खड़े रूसियों को बताते हैं कि वह जो सोच रहे हैं, वह भविष्य नहीं है, भविष्य सिर्फ शांति है।"

सभी लोग एक साथ निकलते हैं सुरंग में से और बाहर आते हैं, बाहर आकर सन्धि एक लम्बी साँस लेती है और कहती है, "आज लगता है चाँद भी हमारी मोम्बतियों को और सफ़ेद करेगा और शांति फैलाएगा।"

नताशा कहती है, "आज पूर्ण चन्द्रमा है... कितना सफ़ेद है बर्फ के जैसा सब कुछ आज!"

अलेक्स ख़ुशी में कहता है, "हमारे साथ-साथ चाँद भी मार्च करेगा और शांति की अमृत वर्षा भी।"

सभी लोग धीरे-धीरे चलते जा रहे थे। रास्ते में उन्हें यूक्रेनी सैनिक मिल रहे थे, रास्ते के दोनों ओर बर्फ जमीं हुई थी और ऊपर आसमान में पूर्ण चाँद था चांदनी फैलाता हुआ। ऐसा लग रहा था कि मानो कि वह सब शांति पथ पर चल रहे हों, जहाँ हर तरफ सफ़ेद चादर तनी हो। सन्धि तो लगभग ओझल सी हो गयी थी उसकी सफ़ेद पोशाक के कारण, लग रहा था कि उसे प्रकृति ने गोद ले लिया हो... चाँदनी, बर्फ और और उसकी पोशाक का कुछ अजीब ही तालमेल हो गया था।

यूक्रेनी सैनिक भी धीरे-धीरे बिना बंदूकों के उनकी टोली में चलने लगे थे। जो बंदूकें पकड़े हुए थे, वह भी सन्धि का अभिवादन कर रहे थे, उनकी कुछ ना कुछ मजबूरी रही होंगी बन्दूक न छोड़ पाने की और सम्मिलित थे सन्धि की टोली में। वह बन्दूक छोड़ कर आये थे और शायद जाकर फिर से बन्दूक पकड़ लें पर कुछ देर के लिए उन्हें सन्धि का तरीका भी आजमाना पड़ा शांति लाने का। शायद यह एक जीत थी, छद्म जीत भी कह सकते हैं या कह

सकते हैं कि मनुष्य कितना दुर्बल हो सकता है मानसिक रूप से कि वह एक हथियार छोड़ कर दूसरा हथियार पकड़ रहा है क्योंकि उसे सामने वाले विरोधी को नहीं हराना है, उसे उसके मन के अन्दर के विरोधियों का सामना करना है, जो उसके मन में शंकाएं पैदा कर रहे हैं उसके जीवन को लेकर, उसके भविष्य को लेकर।

अलेक्स सन्धि से कहता है, "यह सब देख कर बहुत आसान होता है बिना युद्ध के शासन करना क्योंकि यह उस तरह है जैसे खुले घोड़ों का घर लौटना। किसी को कुछ चिंता करने की ज़रूरत नहीं... जनता खुद-ब-खुद सब कुछ करती है और शासक पूरा श्रेय लेता है कि उसने कितना अच्छा शासन किया पर जब घोड़े लौट के नहीं आते तब शासक की परेशानियाँ शुरू होती हैं क्योंकि अब उसे बताना होगा कि क्या हुआ। क्यों नहीं घोड़े आये वापिस, क्या उन्हें वे रास्ता नहीं बता पाए या वह भटक गए या उसके शासन से परेशान होकर वह कहीं और चले गए। शासक का रथ अब बिना घोड़ों के कैसे चलेगा।"

"नहीं चल पायेगा... बिल्कुल नहीं चलेगा, इतना आसान नहीं होता युद्ध में शासन करना पर यह भी सोचना चाहिये कि इसको इतना कठिन किसने बनाया। सभी चल रहे थे और बहुत खुश थे क्योंकि एक लक्ष्य था उन सब पर... खुद के लिए और समाज के लिए।"

गोहेन ने सबको बाँट दिए थे पोस्टर्स। सब पोस्टर्स पकड़े हुए थे पर वह खुले हुए नहीं थे।

अलेक्स चलते-चलते कहता है, "कई सैनिक दिख रहे हैं रास्ते में हथियार के साथ।"

एम्बर गर्व के साथ कहती है, "मेरे हाथ में भी हथियार है, यह मेरा पोस्टर।"

यह सुन कर सब हँसने लगते हैं। सन्धि खुद से बात कर रही होती है और मन ही मन कहती है कि आज का दिन मेरे लिए बहुत महत्वपूर्ण है, मैंने लोगों में जो विश्वास दिलाया शांति के लिए वह टूटना नहीं चाहिए, मैं शायद आज के दिन के लिए ही जीवित थी जब लोगों के लिए, लोगों की बात, लोगों तक ले जाऊंगी और लोगों को शांति दिलवा कर रहूँगी। मैंने अपने प्यार, अपने बड़े बुजुर्ग सब छोड़ दिए, शांति और प्रेम के लिए, सिर्फ उस जनता के लिए जिसे मैं जानती भी नहीं हूँ, कभी सब को देख भी नहीं सकती, जिनके लिए भी मैं कुछ कर रही हूँ उन्हें कभी नहीं देखा मैंने। मेरे आस-पास बस यही लोग हैं जिन्हें मैं जानती हूँ जिन्हें मैंने देखा है और यही मेरे लिए शांति के चेहरे हैं। इनके अलावा कुछ नहीं है मेरा इस दुनिया में और जो है इनके अलावा पता नहीं वो सब मुझे किस नज़र से देखते हैं, क्या समझते भी हैं वे सब कि मैं क्या कर रही हूँ या उनके लिए मैं सिर्फ एक स्वार्थी इंसान हूँ जिसने बस परिवार और प्यार छोड़ दिया क्योंकि उसे बदलना था यह सब कुछ।

मैं भी तो बदल गयी, बिल्कुल बदल गयी। बनारस की गलियों में गाड़ी चलाने वाली सन्धि आज कैंडल मार्च कर रही है यूक्रेन में। मैं भी तो वह नहीं हूँ, पर मेरी रूह आज भी वही है, मुझे न्याय चाहिए, मुझे लोगों के चेहरे पर हँसी चाहिए, क्या इतना सपाट सत्य वे लोग समझ पाएंगे जिन्हें मैं छोड़ कर आई हूँ। मेरा सब कुछ अब यहीं है, कुछ सत्य, कुछ लोग और संघर्ष, जिससे मैं लड़ रही हूँ सबके लिए या फिर सिर्फ खुद के लिए। मुझे व्लादिमीर का खोना बर्दाश्त नहीं हुआ, मुझे मेरी माँ का दिनभर चौके में लगे रहना बर्दाश्त नहीं हुआ, मुझे बाबूजी का गाँधी जी की बातें सुनाना पर उन पर अमल नहीं करना, बर्दाश्त नहीं हुआ, मुझे चाचा और चाची का सिर्फ पैसे के पीछे भागना बर्दाश्त नहीं हुआ, मुझे मेरी मित्र का दब्बू बन कर घर में रहना बर्दाश्त नहीं हुआ, मुझे मणिकर्णिका घाट छोड़ना बर्दाश्त नही हुआ....... मेरी यह ना बर्दाश्त करने की आदत आज मुझे यहाँ ले आई। मैं इस ठिठुरती ठण्ड में चल

रही हूँ बदलाव के लिए। अगर बर्दाश्त कर लेती तो रजाई में होती पर बेबस होती, लाचार होती, बदलाव नहीं सोचती, युद्ध सोचती क्योंकि जो बदलाव नहीं कर पाते, उनके भीतर युद्ध तो चलता ही है, और उस युद्ध में फंसे लोगों के बस की बात नहीं बदलाव करना।

उनका युद्ध शायद हथियारों के युद्ध से कठिन हो पर युद्ध तो युद्ध है, सबको सबके हिस्से का युद्ध करना ही पड़ता है और रूह शक्तिशाली नहीं है तो फिर तुम धूल में मिल सकते हो अन्यथा तुम धूल में मिलकर भी लोगों की पदचाप को कम्पन भी दे सकते हो। जो भी मैंने किया वह मेरा है, मेरी गलतियाँ, मेरी सोच सब मेरी है। मुझे खुद के सब कुछ खोने और कुछ भी नहीं पाने पर गर्व है क्योंकि मैं अभी भी सत्य के लिए संघर्षरत हूँ, इस समय पूरी दुनिया में स्वार्थ के लिए संघर्ष चल रहा है। पता नहीं वे ऐसा संघर्ष क्यों करना चाहते हैं। कैसे संभव होगा बिना सत्य के लिए संघर्ष किये जीवन को जीना। तुम कुछ भी हो, मनुष्य हो या जानवर जब तक असत्य है तब तक संघर्ष तुम्हारी नियति है। हिंसक और अहिंसक संघर्ष में बहुत फर्क होता है। यही संघर्ष है जो तुम्हें इंसान बनायेंगे, मुझे भी शायद बना ही दिया इंसान या मैं अभी भी वही पुरानी औरत हूँ जो डरती है, या मैं वह औरत हूँ जो परिधानों पर ध्यान देती है, या मैं वह औरत हूँ जो सब को छोड़ सकती है अपने मतलब के लिए या मैं वह जनजाति की औरत हूँ जो समस्याओं के जंगल में पुरुषों से ज्यादा पारंगत है, बरगद की जटाएं पकड़ कर विकास की परिभाषाओं को छलांग लगा कर मैंने उन्हें नाप लिया है और अब मैं खुद में शांत हूँ क्योंकि मैं दूसरों के लिए जी रही हूँ।

अलेक्स सन्धि से कहता है, “सन्धि यहाँ थोड़ा सा इंतज़ार करना है हमें, लोग आते ही होंगे।”

“हाँ बिल्कुल इंतज़ार करेंगे, कितने लोग आ रहे हैं।”

“पता नहीं कोई एक आंकड़ा नहीं दे सकता पर काफी लोग होंगे शायद।”

“शायद? ऐसा क्यों कहा अलेक्स।”

“इस कड़ाके की ठण्ड में जो अभी माहौल है युद्ध का, पता नहीं लोग जुटा पाएंगे अपना दम यहाँ आने के लिए, नहीं कह सकता कुछ।”

“मुझे भी नहीं पता कितने लोग आयेंगे पर जितने भी होंगे वह काफी होंगे और उनको हमारी विचारधारा पर भरोसा होगा।”

थोड़ी देर में कुछ घिसटने की आवाज़ आती है, व्हीलचेयर दिखती है, शेरिन आ रही होती है अकेले। शेरिन को देख कर सन्धि और बाकी लोग खुश हो रहे होते हैं पर सन्धि को थोड़ा बुरा भी लगता है कि इतना सब कुछ होने और करने के बाद भी सिर्फ एक व्हीलचेयर पर एक बूढ़ी औरत आती दिख रही है। सन्धि निराशा से अपना सिर नीचे कर लेती है और अपने अन्दर हौसला भरने की कोशिश करती है।

वह आँखें बंद कर कर अपने परिवार को याद करती है। तभी नताशा उसका हाथ पकड़ती है, सन्धि नताशा के कुछ बोलने से पहले आँख बंद किये हुए ही कहती है, “नताशा मैं ठीक हूँ पर यह समझ नहीं आया कि क्या कमी रह गयी हमसे, क्या हम समझा नहीं पाए कि क्या अहमियत है शांति की, शायद हमारा प्रयास कमज़ोर था।”

आँखें खोलो सन्धि तुम शायद देख नहीं पा रही हो जो मैं देख रही हूँ।

सन्धि आँखें खोलती है और आश्चर्य में भरकर देखती ही रह जाती है, मानव समुद्र को, जो हिलोरें ले रहा था। सन्धि देख कर कहती है, “गोहेन कितने पोस्टर हैं तुम्हारे पास।” “इतने नहीं हैं ना बना पाता मैं इतने पोस्टर।”

अलेक्स दौड़ कर शेरिन के पास जाता है, सन्धि भी दौड़ती है, बाकी लोग भी दौड़ते हैं उस भीड़ की तरफ। शेरिन रोक लेती है व्हील चेयर, सन्धि शेरिन के चरण को स्पर्श करती है, शेरिन कहती है "यह क्या है सन्धि?"

"हमारे यहाँ जब कोई अच्छा काम करने जाते हैं तो उम्र में छोटा इंसान बड़ो के पैर छूता है और वह बड़ा इंसान आशीर्वाद देता है।"

"फिर मुझे सोचने दो मैं तुम्हें क्या आशीर्वाद दे सकती हूँ।" शेरिन कहती है सोच लिया, दोबारा छुओ अब, सन्धि दोबारा पैर छूती है। शेरिन कहती है, "जाओ सन्धि तुम इंसान की और शंति की सन्धि करा दो।"

सन्धि उठती है पैर छूकर और उसके आँखों में आँसू होते हैं। शेरिन कहती है, "मत रो सन्धि... अब बारी युद्ध करने वालों की है रोने की।"

"हाँ शेरिन... चलो चलते हैं।"

सन्धि, शेरिन और एम्बर तीनों सबसे आगे थे... बीच में गोहेन था पोस्टर्स बाँट रहा था चलते-चलते और आखिरी में इस पूरे जुलूस को बाँधने का काम नताशा और अलेक्स कर रहे थे, जो सबसे पीछे खड़े थे। सबसे पहला नारा शेरिन ने लगाया जो पोस्टर में नहीं था। उसने कहा तेज़ आवाज़ में अपने लगभग पोपले मुँह से, "मुझे मृत्यु दो या शांति" और लगभग सभी लोगों के मुँह से यही निकला पहला नारा......'मुझे मृत्यु दो या शांति।' अलेक्स ने अलग-अलग नारे लगाने चालू किये जो गोहेन ने लिखे थे।

वहाँ जा रहे जन समूह के क़दमों में जोश और चाह झलक रही थी, हर कदम उन्हें धकेल रहा था एक अभूतपूर्व घटना की तरफ और घटना बिल्कुल साफ़ थी कि कुछ आम लोग मिलकर कुछ बहुत ख़ास कर सकते हैं। सभी के कदम एक-दूसरे से बिना प्रयास किये मिल रहे थे, सभी अलग-अलग कपड़ो

में, निहत्थे थे पर उनकी चाल कह रही थी कि वह सेना बना चुके हैं, शांति सेना।

सन्धि सबसे आगे इस पूरे जुलूस की अगुवाई कर रही थी और नताशा आखिरी में चल कर यह बता रही थी कि आखिरी सैनिक भी कमज़ोर नहीं है। सभी नारे लगाते हुए अपने मष्तिष्क में डर, खोना, पाना, युद्ध और शांति इन सब से जूझ रहे थे, जूझ रहे थे उस मानसिकता से भी जो कि उन्हें ये मानने से दूर कर रही थी कि वे शांति ढूँढ लेंगे। युद्ध में बने रहना और तिल-तिल हर दिन राकेट, मिसाइल, बम और टैंक इन सबसे जूझना, इनकी आवाजों से लड़ना, उस सायरन से लड़ना जो तुम्हें बताता है कि तुम कमज़ोर हो, बचो वर्ना मर जाओगे। इस भावनात्मक आतंक रूपी कलंक से उबरने के लिए वह सब साथ थे। आज भी सायरन बजेगा कहीं-न-कहीं पर इन्होंने अपनी किस्मत खुद लिखने की ठान ली है, वह खुले हाथों में बदलाव का पोस्टर लेके बदूकों के सामने खड़े होने जा रहे हैं।

नताशा अलेक्स से कहती है, “अब हमें मोमबत्ती जला लेनी चाहिए, दूरी अब ज्यादा नहीं बची है।”

अलेक्स जुलूस में पीछे से आगे आता है और सन्धि को रुकने के लिए कहता है। सभी रुक जाते हैं। गोहेन एक बैग में से कई बंडल निकालता है मोमबत्तियों के और सबको दे देता है। फिर वह सबसे पहले सन्धि की मोमबत्ती जलाता है, सन्धि अपनी मोमबत्ती से शेरिन की मोमबत्ती जलाती है, शेरिन अपनी मोमबत्ती से एम्बर की मोमबत्ती जलाती है। सभी एक-दूसरे की मोमबत्ती जलाते हैं और कुछ देर में ही सभी की मोमबत्तियां जलने लगती है।

जो चेतना सन्धि ने जगाई थी, उसने अब प्रकाश का रूप ले लिया था और सभी के चेहरे चमक रहे थे, इन मोमबत्तियां का जलना कोई आम बात नहीं

थी हौसले और कई मौतों के बाद इनमें लौ आई थी। हवा माहौल में बिल्कुल नहीं थी, कदम बहुत धीरे थे सबके, तेज़ क़दमों से मोमबत्ती की लौ डगमगा रही थी।

शांति भी इसी विधि से आती है, धीरे-धीरे प्रयास पर निरंतर प्रयास और हाथ में जो अहिंसात्मक विचारधारा है उसे मजबूती से पकड़े रहना है, छोड़ना नहीं है, ताकि आपके मस्तिष्क पर सिर्फ इसी की रोशनी हो। सन्धि के हाथ में पोस्टर नहीं था पर नारे लगातार उसके ज़ुबान पर थे, यह जुलूस था युद्ध के विरुद्ध और इसमें कोई भी व्यक्ति भाड़े का नही था, सब अपनी चेतना के कहने पर आये थे। नारे अब गोलियों से थे, सैनिक भी आम लोगों के साथ मिलकर नारे लगा रहे थे, धीरे-धीरे यह सब आ गये थे बिल्कुल रुसी सीमा के नज़दीक, रुसी सैनिक भी इन्हें देख रहे थे और यूक्रेनी सैनिक भी इन्हें देख रहे थे।

मीडिया भी अपनी बड़ी सी गाड़ियों में जिसमें छतरी लगी थी, उसके साथ आया हुआ था। मीडिया की गाड़ी से अचानक पेत्रोविच निकलता है फ़ोन पर किसी से बात करते हुए। पेत्रोविच की निगाह सन्धि पर पड़ती है और वह उसके सामने जा रहा था बार-बार ताकि सन्धि भी उसे देख पाए। वह सन्धि को हाथ हिला रहा था पर सन्धि के सीमा पर पहुँचने से पहले एक बड़ी तादाद में लोग मौजूद थे वहाँ। जैसे ही सन्धि को देखा उस भीड़ ने.... सन्धि के नाम के नारे लगाना शुरू कर दिए। पेत्रोविच अपने माइक पर कहने लगा "इतनी सारी भीड़ और वह सब एक लड़की का नाम चिल्ला रहे हैं...... सन्धि... सन्धि.... सन्धि।" पेत्रोविच आगे कहता है "ऐसा लग रहा है जैसे शांति का पर्याय हो यह नाम सन्धि।"

पेत्रोविच यह भी सोच रहा था कि वह लड़की जो किसी की हत्या देख कर रो पड़ी थी, बिलखने लगी थी, वही लड़की आज इतनी निडर थी कि वह कई

सौ लोगों की भीड़ के साथ रुसी सीमा पर थी, वह रूसियों को भी समझाना चाह रही थी कि युद्ध और शांति में से शांति चुनो। पोस्टर्स पर लिखे शांति वाक्य भी मीडिया में चल रहे थे, मीडिया रुसी सैनिकों से भी बात कर रहा था, रुसी सैनिक खुली आवाज़ में तो नहीं पर कई सैनिक अपना चेहरा छुपा कर बोल रहे थे कि हम भी युद्ध नहीं चाहते, हमें भी शांति चाहिए, हमें युद्ध में धकेला जा रहा है। यह खबरें यूक्रेन और दुनिया के सभी टीवी चैनल्स पर चल रही थी, पेत्रोविच अकेला नहीं था। वहाँ कई और मीडिया की गाड़ियाँ पहुँच चुकी थीं। जुलूस में शामिल लोग थमने का नाम नहीं ले रहे थे, वे अभी भी 'सन्धि सन्धि' चिल्ला रहे थे। बड़े कैमरे, अनगिनत माइक और आम लोगों की ब्रांडिंग शांति दूत जैसे अब मीडिया कर रहा था और लोगों को सनसनीखेज खबरों का इंजेक्शन लगा रहा था।

युद्ध हो या शांति सभी में अनगिनत ऐसे लोग हैं जो बिना इस इंजेक्शन के जीते नहीं हैं, उनके अन्दर इतना युद्ध बैठा हुआ है कि वह वार्ता भी सुनना चाहते हैं जहाँ सबसे ज्यादा चीख-चिल्लाहट हो। वो जो भीड़ सन्धि के आने के पहले जमा थी, उसी भीड़ में हेलगा भी थी, वह भी सन्धि को आवाज़ लगा रही थी पर सन्धि सिर्फ और सिर्फ घिरी हुई थी आम लोगों से, उन यूक्रेनी महिलाओं से जो सब अब अपनी बच्चियों को सन्धि जैसा बनाना चाहती थीं।

समाज के पास ऐसे आम मानक खत्म हो गए हैं, जिन्हें वह वास्तव में अपना नेता कह सकें, जो पहले तो बहुत आम थे पर अब विशेष बन गए हैं। अगर हैं भी तो यह मानक या तो भ्रष्ट हैं या किसी एक विशेष विचारधारा के समर्थक हैं पर फिर क्योंकि उनके पास रुतबा है, शक्ति है, इसलिए माता-पिता को अपने बच्चे वैसे बनाने होते हैं जैसे वह विशेष हैं। यह दीवानगी विशेष के लिए अजीब है समूची दुनिया में, बिना सोचे-समझे बस उस जैसा बनो, इस जैसा बनो। कोई नहीं कहता पहले मानव बनो, फिर प्रेम करो।

हेलगा की आवाज़ सन्धि के पास तक नहीं पहुँच रही थी। रुसी सैनिक अपनी बन्दूक उठाये देख रहे थे सिर्फ लोगों को और उनके इस निडर रवैये को। कई रुसी सैनिक सन्धि को देखने के लिए उछल रहे थे ताकि उन्हें दिखे तो कि ऐसा कौन व्यक्ति है जिसके पीछे इतने लोग हैं और वह भी बिना हथियार के। कइयों ने सन्धि को देखा तो उन्हें समझ ही नहीं आया कि वही है वह लड़की या कोई और है क्योंकि विशेष इतना साधारण नहीं हो सकता। वह जनता से इतने करीब से नहीं मिलता, तो भी वह विशेष क्यों है, उन अति विशिष्ट विशेषों को जनता से किस बात का खतरा है। वह जिन लोगों के नेता हैं, वह उन्हीं के करीब नहीं जाते हैं, उन्हें गाड़ी चाहिए, सुरक्षा चाहिए, और चाहिए चुनाव उनसे मिलने के अवसर के तौर पर।

पर यहाँ सन्धि लोगों के चुनाव पर, आशाओं की गाड़ी में बैठ कर, आम लोगों की ही सुरक्षा में शांति के लिए लड़ रही है। उसके चारों और बंदूकें हैं, सैनिक हैं, दूसरे राष्ट्र की सीमा है और है लोगों की भीड़ जो समझ गयी है कि आसान सब कुछ है बस एक इंसान होना ज़रूरी है, सबसे ज़रूरी जो समस्याओं से ताल्लुक रखे। समस्याओं का एक होना, उद्देश्यों का एक होना, नीयतों का एक होना और पराजितों का एक होना। उस भीड़ में कोई भी जीता हुआ नहीं था, सब हारे हुए थे... फिर भी वह शांति को पाने की ख्वाहिश रखते हैं क्योंकि सब की ख्वाहिश मिलकर अब आशाओं का महाद्वीप बन गया था जिस पर सभी बराबर थे। समान रूप से हारे हुए।

गूंजते नारों के बीच सन्धि सब को इशारा करती है शांत होने के लिए। सन्धि का इशारा देख कर गोहेन और अलेक्स भी सबको बोलते हैं शांत होने के लिए। जुलूस बिल्कुल शांत हो जाता है मानो सन्धि को सब सुनना चाहते हों। पेत्रोविच का कैमरा सन्धि के चेहरे को एकदम पास से दिखाता है जो अब बिल्कुल पतला-दुबला निरीह हो गया था। सन्धि के शांति पथ पर चलने से पहले कई दिनों तक उसका देह लोचन हुआ, भावनात्मक लोचन हुआ,

विचारों का लोचन हुआ, और भय लोचन हुआ और तब जाके वह सन्धि बनी, जो आज अभी पेत्रोविच के कैमरे में चल रही थी।

विभिन्न टी.वी. चैनेलों के कैमरामेन खड़े हुए थे, भीड़ को वह थोड़ी जगह देने के लिए गुजारिश कर रहे थे और भीड़ बड़ी मुश्किल से उन्हें थोड़ी जगह देती है। सन्धि बोलना शुरू करती है, उसके हाथ में उसका लिखा पर्चा था जो गोहेन और बाकी के लोग बाँटना शुरू करने वाले थे। सन्धि के उद्बोधन के बाद, सन्धि अपने दोनों हाथ जोड़कर काशी विश्वनाथ को नमन कर अपना वक्तव्य प्रारंभ करती है, "मैं आज यूक्रेन की धरती पर शांति"..... तभी अचानक हवा में एक ड्रोन नज़र आता है, नीले आसमान पर स्लेटी ड्रोन और अतिद्रुत गति से उड़ता हुआ वह ड्रोन सबकी नज़र में आता है और अगले ही पल वो ड्रोन ज़मीन से टकराता है जहाँ सन्धि खड़ी थी।

एक भयानक विस्फ़ोट होता है। धुएं के गुबार में लिप्त विस्फ़ोट, जिसमें सन्धि और उसकी शांति के लिए की गई तमाम कोशिशें ध्वस्त हो जाती हैं। सन्धि के साथ-साथ कुछ और लोगों के चीथड़े भी हवा में उड़ते हैं और धुएं में खोकर दोबारा से धरती पर गिरते हैं। कुछ भी संगठित नहीं था, वहाँ अफरा-तफरी थी, खून था, मांस के जले लोथड़े थे, हताशा थी, भगदड़ थी और फिर से अशांति अंगड़ाई ले रही थी। ड्रोन के कुछ टुकड़े ज़मीन पर टकराने के बाद लोगों को इधर-उधर उड़ कर चुभे थे, ये हथियार कैसे दुश्मन हैं और विज्ञान क्या बना रहा है। एक लड़की, जो शांति का विस्तार चाहती थी, उसे एक हथियार ने मारा, कोई चेहरा नहीं था वहां जिसकी ज़िम्मेदारी तय हो इतने लोगों की शांति का ख्वाब तोड़ने की। एक आत्मघाती मशीन सब कुछ ले गयी, सारी उम्मीदें, सारे भरोसे, शांति का सैलाब, सब कुछ ख़त्म पलक झपकते ही, सिवाय सन्धि के लिखे उन पर्चों के, जो ड्रोन के हमले के बाद उस धुएं के गुबार में उड़ रहे थे और बचा था सन्धि का वो आखिरी शब्द

'शांति' जो मुँह ताक रहा था उस हमले की आवाज़ का और सन्धि के मांस के लोथड़ों का, शायद शांति सन्धि से माफ़ी माँग रही थी, चुप होकर।

ड्रोन के गिरते ही सन्धि की चेतना के शांत होते ही चारों तरफ भगदड़ प्रारंभ हो जाती है। जिन लोगों के लिए शांति विशेष थी, वही लोग एक-दूसरे के ऊपर पैर रख कर भय से भाग रहे थे। एम्बर और गोहेन सभी सन्धि की तरफ लपकते हैं, पीछे से नताशा भी सन्धि की तरफ आती है पर तब तक सन्धि विखंडित हो गयी थी कई छोटे-छोटे टुकड़ों में। हमले के बाद आम लोगों का खून सफ़ेद बर्फ पर बहुत साफ़ अंकित था सफ़ेद पन्ने पर लाल स्याही की तरह, सिर्फ स्याही... कुछ मतलब नहीं निकल रहा था उसका। हेलगा दौड़ते हुए सन्धि के पास पहुँची, पर वहाँ पर सन्धि की जगह सन्धि के लिखे गुलाबी पर्चे पड़े थे। हेलगा रोते हुए एक गुलाबी पर्चा उठाती है और फफक-फफक कर रो पड़ती है। एक आँसू हेलगा के पर्चे पर लिखे यूक्रेन पर गिरता है, पर्चे पर लिखा था -

दुनिया के सभी नागरिक बंधुओं! तुम्हें राष्ट्र के नाम पर अनगिनत बार तुम्हारे चुने हुए लोगों ने युद्ध में झोंका है, आज दुनिया में तमाम अराजकता और अव्यवस्था के साथ, उत्तेजित और व्यथित होना आसान है, अनगिनत बार उन लोगों की वजह से युद्ध हुए जो अपने शासन करने की कमी को छुपाने के लिए युद्ध थोप देते हैं आम जनता पर। यूक्रेन और रूस का युद्ध महज़ एक युद्ध नहीं है। ऐसा तुम अनगिनत बार देख चुके हो सैनिक के रूप में, पिता के रूप में, माता के रूप में और परिवार के रूप में मृत हुए हो युद्ध की खातिर। सरकारें हमेशा युद्ध को तार्किक बता कर तुम्हारे हाथों में बंदूकें, तुम्हारे चूल्हों में भूख और शमशानों में तुम्हारी लाशें डालती रही हैं। तुम्हारे जीवित अस्तित्व को कई बार मौत के कुएं में झोंका गया है, तुम्हारे समूचे वजूद को सिर्फ युद्ध तक ही सीमित रखा गया है। ऐतिहासिक रूप से तुम्हें कभी भी युद्ध से कोई फायदा नहीं हुआ, युद्ध तुम्हारे लिए थे ही नहीं कभी, युद्ध हमेशा स्वार्थी और दो गैर जिम्मेदाराना लोगों की गैर जिम्मेदाराना नीयत का नतीजा थे। तुम सभी शांति से हमेशा दूर रहे और लड़ते रहे और तुम्हें बताया जाता रहा कि युद्ध बहुत आवश्यक है। युद्ध कितना भी आवश्यक हो पर किसी भी तरह से सही साबित नहीं किया जा सकता क्योंकि वह मानव जाति के अस्तित्व पर लड़ा जाता है, वह लड़ा जाता है मांओं की लोरियों पर, पत्नियों के चुम्बनों पर, बच्चों के खिलौनों पर और किसान की धरती पर। ऐसा युद्ध किसे चाहिए, सिर्फ उन्हीं चुनिंदा लोगों को चाहिए जो आम लोगों के स्वतंत्र अस्तित्व से घबराते हैं या फिर उन्हें ख़त्म करके उनके संसाधन वह अपने पूंजीपति मित्रों में बाँटना चाहते हैं। मानवीय अस्मिता पर लगे युद्धों के दाग अब शांति के सिवाय कोई भी नहीं साफ़ कर सकता है। मैं आवाह्न करती हूँ कि समस्त युद्धों को समाप्त करने के लिए एक अंतिम शांति युद्ध का, जो अहिंसात्मक चेष्टाओं के बल पर होगा, जिसमें समस्त मानव जाति की प्रतिज्ञा की आहुति पड़ेगी और उस आहुति से शांति सार्वभौमिक रूप में अविराम प्रवाहित होगी।

ॐ शांति

सन्धि (शांति दूत)

www.ingramcontent.com/pod-product-compliance
Ingram Content Group UK Ltd.
Pitfield, Milton Keynes, MK11 3LW, UK
UKHW022035041026
15591UKWH00013B/691

9 789359 891316